Un cóctel en Chueca

Un cóctel en Chueca

Josu Diamond

Papel certificado por el Forest Stewardship Council®

Primera edición: marzo de 2022

© 2022, Josu Diamond
Autor representado por Editabundo Agencia Literaria, S. L.
© 2022, Penguin Random House Grupo Editorial, S. A. U.
Travessera de Gràcia, 47-49. 08021 Barcelona

Printed in Spain – Impreso en España

ISBN: 978-84-666-7130-9
Depósito legal: B-897-2022

Compuesto en Llibresimes

Impreso en Liberdúplex
Sant Llorenç d'Hortons (Barcelona)

BS 7 1 3 0 9

Para quien no pudo leer algo así cuando más lo necesitaba.
Por todos los armarios que necesitamos romper.
Ahora es nuestro momento

1

Mauro

—Vale, relájate, que no pasa nada.

Mauro se encontraba frente a la puerta de entrada de un edificio enorme. Llevaba solo unas horas en Madrid y aún no se acostumbraba a la envergadura de aquellos bloques de pisos. Su pueblo, de tan solo unos pocos miles de habitantes, ni siquiera era de esos que tenían chalets adosados, sino casas bajas de hacía por lo menos cien años, y por enésima vez en apenas unos días la misma pregunta se le vino a la cabeza: ¿qué me he estado perdiendo?

Le temblaban las manos y las llaves que sostenía chocaban entre sí, emitiendo un tintineo bastante molesto. Un señor pasó por delante de Mauro, entre las maletas y la puerta de la que iba a ser su nueva casa, y le preguntó con la mirada si se encontraba bien.

—A la de tres —dijo para sí una vez que estuvo solo de nuevo.

Venga, si no es nada, de verdad. Menos mal que te han dado las llaves en la inmobiliaria y han confiado en ti, porque si estuvieran viéndote... Qué vergüenza.

Mauro tragó saliva antes de avanzar los pocos metros que le quedaban para alcanzar el portal. Con el pulso un poco más estabilizado se lanzó a introducir la llave por la ranura. Sujetaba con la otra mano parte de su equipaje. No tenía demasiadas pertenencias, o al menos no demasiadas que quisiera recordar, porque se había propuesto que su vida en Madrid iba a ser una experiencia completamente nueva.

Iba a empezar desde cero.

Trataría de descubrir por primera vez en la vida quién era ese Mauro que trataba de ocultar. Deseaba con todas sus fuerzas vivir todo lo que no había podido vivir en casi veinticinco años.

Se armó de valor para girar la llave y escuchó cómo la puerta emitía un sonido profundo antes de abrirse. Ya en la entrada principal introdujo sus maletas y buscó el ascensor con la mirada.

—Tercero C, tercero C —repetía para sí.

No es que Mauro fuera demasiado olvidadizo, pero centraba todos sus esfuerzos en recordar hechizos y estrategias de los juegos de fantasía que adoraba desde que era un crío. No había tenido más entretenimiento durante su adolescencia que hablar con Blanca después de clase sobre series o leer novelas de fantasía con caballeros con pelazo, pecho depilado y fuertes brazos con los que sujetaban espadas milenarias.

Se subió al ascensor. A duras penas fue capaz de meter su equipaje dentro con él. Las puertas se cerraron, pulsó la tecla del tercer piso y esperó. Cuando el ascensor frenó en seco, Mauro no podía moverse.

¿Estarán aquí mis compañeros de piso? Parecían majos cuando hablamos por la aplicación de los alquileres, pero no sé... Debería haber escuchado a mis padres, seguro que me quieren matar con esta cara de pardillo que tengo.

Su torrente de pensamientos se vio interrumpido por unos ojos castaños que parecían reírse de él. Mauro se asustó, se llevó la mano al pecho y se tropezó hacia atrás.

—¡Cuidado, que te cargas el espejo! —le dijo el chico de ojos avellanados.

Mauro trató de no apoyarse en el cristal, con tan mala pata de cambiar su trayectoria en el momento exacto en el que aquel chico estiraba la mano para agarrarle, que terminó impactando en su cara.

—¡Joder, lo siento! —se disculpó este.

Mauro era incapaz de ver nada, notó cómo la piel se le hinchaba por segundos. Era eso o que estaba siendo muy exagerado. Pero desde luego sí que sentía un mareo cada vez más acuciante.

—¿Te encuentras bien?

Escuchó aquella voz como a lo lejos. A los pocos segundos, el ruido de las maletas moviéndose le llegó a los oídos y las manos de aquel chico le tocaron los hombros.

—Hey, hey. Eres Mauro, ¿verdad?

Mauro asintió como pudo. Le estaba empezando a doler la cabeza. Y la nariz. ¿Y la oreja? No tenía sentido. Sin embargo, el dolor se mitigó cuando le llegó el olor de quien supuso sería uno de sus compañeros de piso. Fue como si todos sus males se desvanecieran de golpe.

Olía a macho. De estos que huelen bien, de anuncio de colonia.

—Vale, mira, vamos adentro. Menos mal que está Andrés y nos puede echar una mano.

Se escuchó movimiento más allá del ascensor, a través del pasillo. Mauro se dejó llevar por aquel muchacho, que le sujetaba con sus enormes manos y su fuerza bruta y su olor a masculinidad y...

—¿Te encuentras bien de verdad?

Joder, menos mal que me ha interrumpido porque iba a pasar algo que definitivamente me mandaría de vuelta al pueblo. Contrólate, Mauro.

—Sí, no te preocupes —le contestó como pudo.

—Ahora te ponemos hielo, pero venga, ya estamos dentro.

Mauro trató de enfocar la visión. Pudo observar que el piso era aún más bonito que en las fotos y vídeos que habían compartido en sus charlas a través de la aplicación. Era perfecto, ¡y eso que lo estaba viendo borroso!

—Toma —le dijo alguien. Una nueva voz apareció en escena. Mauro supuso que sería Andrés. Solo podía entrever que era rubio, alto y bastante delgado. Es decir, todo lo contrario que él. Físicamente, polos opuestos.

—Gracias. —Mauro cogió lo que le ofrecía: un trapo de cocina con un par de hielos en su interior.

El chico que le había golpeado, que entonces debía de ser Iker, se apartó para ver con mejor luz el aspecto de tamaño accidente.

—Joder, pues... Tiene mala pinta, ¿verdad?

—Sí —respondió Andrés. Sonaba preocupado.

—No os preocupéis, de verdad...

Pero Mauro, tal cual estaba de pie en medio del salón, se desplomó en el suelo. Lo último de lo que fue consciente fue un pensamiento que cruzó su mente:

No me jodas, Mauro. Empezamos mal. Vuélvete al pueblo.
Panoli. No me jodas, Mauro. Empezamos mal.

—Parece que se está despertando...

La voz de Iker se abrió paso en los oídos de Mauro. Lo primero que sintió fue algo acolchado bajo él y a su alrededor. Cuando abrió un poco los ojos, sintiéndose aún un poco mareado, vio las caras de sus nuevos compañeros de piso, algo borrosas, observándole.

—Sí, se ha despertado —corroboró Andrés.

—¿Qué ha pasado? —preguntó Mauro con un hilo de voz. Le dolía la cabeza como si le fuera a explotar.

—Que la he liado. Lo siento mucho. Pero se te ha bajado un poco la hinchazón con el hielo y tal. —El tono de Iker dejaba claro que se sentía como una mierda.

—No te preocupes, son cosas que pasan. Soy muy torpe.

Iker y Andrés se rieron. Normalmente, cuando una persona está mal y comienza a hacer bromas, las tensiones se liberan.

—Venga, que tienes que ver el piso. Levántate tranquilo y eso pero no te vayas a tirar todo el día en el sofá —le advirtió Iker en tono distendido.

Mauro trató de esbozar una sonrisa y acto seguido intentó levantarse. Aunque estaba algo mareado, consiguió ponerse recto y sentarse en el sofá. Fue entonces cuando apreció el lugar donde se encontraba. Se quedó pasmado mirándolo durante unos segundos.

—¿Te gusta? —le preguntó Andrés.

Mauro asintió con la cabeza.

—Es precioso.

El salón era blanco (como todo el piso, liso, sin gotelé de ese que no le gusta a nadie). Un enorme televisor de pantalla plana reinaba en la estancia, sobre un mueble de madera minimalista y de corte recto. A los lados del televisor tan solo había un par de altavoces y lo que parecían los cables de unas pequeñas luces.

—Vas a flipar cuando veamos aquí el buen mamarracheo. —Iker se acercó a la televisión mientras hablaba, le dio a algún botón oculto detrás de esta y las luces se encendieron—. Van cambiando, dependiendo de lo que haya en ese momento en la pantalla. ¡Es la hostia!

Parecía genuinamente emocionado por aquel cachivache. Para Mauro era, cuando menos, sorprendente. La televisión de su casa no era ni una cuarta parte de eso. Y tenía culo. ¡Ah, y estática! A veces seguía jugando con acercarse lo suficiente como para que los pelos de su brazo se volvieran locos. Pero el contraste con aquello que tenía enfrente le gustaba.

El resto del salón se configuraba de un modo parecido: sencillo, diáfano, bien decorado. No había demasiadas cosas por medio y lo único que separaba el sofá de la televisión era una enorme mesa del mismo color que el mueble principal, un marrón claro que hacía del ambiente una mezcla entre moderno y antiguo.

—Bueno, ¿apruebas la decoración? Llevamos un tiempo dejándolo esplendoroso —le dijo Andrés a Mauro.

—Claro, me encanta. —Mauro sonrió.

—Fantasía —fue la respuesta de Andrés, también sonriendo.

Mauro trató de levantarse.

—Voy a meter las maletas y eso para que no os molesten. Lo siento de verdad, qué vergüenza llegar así de primeras...

—Ha sido mi culpa, hombre —le dijo Iker.

Por primera vez pudo fijarse al cien por cien en sus compañeros de piso. Los tenía frente a él y ya estaba casi recuperado para poder verlos sin tanto ajetreo alrededor.

Andrés era rubio y delgado, como bien había medio observado hacía unos minutos. Tenía mucha cantidad de pelo y lo llevaba estilizado como si fuera un tupé desaliñado que se mantendría así por ciencia infusa o por mucha laca, pensó Mauro. Vestía una camiseta de tirantes que decía: *YES, I'M THE TWINK ONE* en colores rosas. Mauro no entendía lo que significaba, así que pasó a observar brevemente a Iker.

Iker, tal y como se había fijado al principio, era perfecto. Mediría uno noventa, tenía el pelo negro bastante corto y unas facciones increíblemente masculinas, bien definidas y marcadas. Llevaba una camiseta de manga corta que dejaba claro que pasaba muchas horas en el gimnasio. Mauro se sintió pequeño a su lado: esos brazos no eran normales. Ni tampoco lo era el resto de su cuerpo. Era espectacular en todos los aspectos.

—Oye, maricón, al menos disimula —le cortó de pronto Andrés.

—¿Qué?

Mauro quería morirse. Notó que se ponía rojo al instante.

—Parece que estás en una discoteca analizándonos. —Iker se echó a reír.

Vale, no parecían molestos.

—A ver, es normal, nosotros ya le hemos analizado mientras estaba medio desmayado —le dijo Andrés a Iker.

—Sí, claro.

—¿Cómo? —preguntó Mauro, confuso.

—Pues nada, rey, que necesitábamos identificarte, ya sabes. No es que nos quedara claro por los mensajes.

—¿El qué?

Iker y Andrés se miraron, divertidos, como si tuvieran una broma interna.

—Pues que eres un maricón con acento en la o, vamos. De libro. Maricón rural —sentenció Andrés.

Mauro tragó saliva y abrió los ojos. Preguntó en voz alta aquello que le rondaba por la cabeza:

—¿En serio os lo parezco?

Tanto Iker como Andrés se miraron, ahora con una sonrisa dibujándose en sus labios. Movieron los brazos para hacer chocar las palmas y dijeron a la vez:

—¡Digo!

Al instante siguiente rompieron a reír ante la atenta mirada de Mauro, que sentía que se había perdido algo. Fue entonces cuando Iker y Andrés dejaron de reírse y se mostraron serios.

—Mauro, ¿lo pillas?

Este negó con la cabeza.

—Tenemos mucho trabajo que hacer, entonces. Las sospechas eran ciertas: es un maricón rural de pura cepa —le comentó Andrés a Iker.

Iker se rio y, tratando de que no fuera ya más incómodo de lo que estaba siendo para Mauro, se acercó a él y le dijo que tenía que ver la casa y adaptarse a su habitación. Así que eso hicieron.

Mauro no se enteró de casi nada de lo que le contaron sus compañeros, solo se quedó con algunas cosas como que la tostadora a veces lanzaba chisporroteos, que la lavadora hacía demasiado ruido y que por eso solo se ponía al mediodía para no molestar, o que el cuarto de Iker era el que más alejado del suyo quedaba, en la otra punta de la casa, y que nadie podía entrar sin avisar.

Le ayudaron a meter las maletas en su habitación y Mauro, ya a solas, se sentó en la cama de su nuevo piso. Su piso en Madrid. Estaba lleno de dudas, preguntas y emociones que no sabía identificar. Lo único que, sin embargo, tenía más claro que el agua era que le encantaba la sonrisa de Iker.

2

Mauro

Para Mauro los primeros días en Madrid habían sido más un auto-descubrimiento que otra cosa. En el piso, se dedicó a ordenar sus pertenencias, a hacerse con los horarios de sus compañeros... De momento, los estaba conociendo y se encontraba bastante a gusto con ellos. Charlaban de muchas cosas que él desconocía y cada vez parecían más y más emocionados por enseñárselas.

Al tercer día de su llegada, Mauro estaba en la cocina cenando con ellos una lasaña que había preparado Iker.

—La verdad es que te ha quedado deliciosa —le dijo Mauro, algo nervioso. Y es que hablar con Iker siempre le hacía sentirse así, desde el primer momento.

Iker le sonrió agradeciéndoselo con la mirada.

—¿Qué plan tienes hoy, Mauro? —le preguntó Andrés.

Mauro se encogió de hombros.

—Seguiré aquí, no sé. Siento que tengo que aclimatarme. Solo con mirar por la ventana ya me da la sensación de que estoy en otro planeta.

Durante esos días Mauro les había contado que venía de un pueblecito en medio de la nada, donde ni siquiera podían ir a comprar el pan todos los días porque no tenían una panadería como tal, ya que la compartían con los pueblos de alrededor. También les contó que en su clase del instituto no eran más de diez y que había tenido acceso a internet y a un ordenador hacía apenas unos años, cuando empezó a darse cuenta de que no encajaba para nada allí. Que quería escapar, romper con todo, descubrir el mundo.

Tanto Iker como Andrés le miraron con ojos vidriosos. Para Mauro no era más que su realidad, pero chocaba bastante con la de sus compañeros.

¿Era de verdad tan raro?

—¡MAURO! ¡MAURO!

Los gritos desde el salón lo despertaron como si una bomba acabara de caer sobre el techo. Se levantó corriendo de la cama, abrió la puerta de su habitación y se dirigió a la fuente del barullo.

Se encontró a Iker y Andrés desayunando porras y churros con chocolate con semblante divertido.

—Toma, desayuna —le dijo Iker, lanzándole una bolsa de papel con un texto impreso que aseguraba contener los mejores churros de la ciudad.

—Pero ¿qué pasa?

Mauro aún estaba a medio despertar. Notaba los párpados pegados y sí, sin duda eso duro que tenía junto al lagrimal era una legaña.

—¡Es fin de semana, maricón! Solemos desayunar churros cuando tenemos algo que celebrar. —Andrés parecía disfrutar del chocolate como un niño pequeño, mientras que Iker comía con más mesura.

Mauro se sentó en el suelo, la altura perfecta para comer en la mesa de centro del salón.

—¿Te has asustado? —le preguntó Iker divertido.

—Pensaba que os estabais muriendo. Y era lo que me faltaba —respondió Mauro fingiendo estar malhumorado.

—A ver, es que no solo era por los churros... —comenzó Andrés.

—Queríamos proponerte algo —continuó Iker. Hablaban como si estuvieran presentando un programa de televisión, donde lo siguiente que dirían sería la respuesta para ganarse un bote de un millón de euros.

—Algo que solo puedes vivir en Madrid.

—Y que siempre recordarás.

—¿Y qué pasa con eso?

—Hay muchos chicos —comenzó Iker— que como yo prefieren hombres más... masculinos. Yo, por ejemplo, no tengo demasiada pluma y no me gusta verla en los chicos con los que me acueste.

Mauro trataba de unir conceptos, pero era incapaz. Así que, aprovechando que le estaban explicando un poco la dinámica gay de Madrid de la que tan inexperto era, decidió que era buen momento para preguntar. Cuanto antes comprendiera su nueva realidad, mejor.

—Sigo sin entenderlo. ¿Qué pasa si un chico tiene pluma? ¿Te deja de gustar por algo en especial o es solo... eso?

La inocencia en la pregunta de Mauro dejó sin palabras a Iker, que buscó la ayuda de Andrés con la mirada. Este lanzó una carcajada.

—¡Dilo, tata! Así se habla.

—Es que no es... No sé, no... —balbuceó Iker.

Mauro esperaba su respuesta con las cejas levantadas, sonriendo de medio lado. Era gracioso ver a Iker, la definición de la confianza en uno mismo, desconfigurarse con una pregunta tan sencilla. No había necesitado demasiados días para sentir que ya le conocía, al menos lo suficiente como para comprender que era un tema delicado para él y le hacía sentirse incómodo.

—A ver, porque sigue siendo un chico —retomó Mauro—. O sea, no entiendo qué tiene que ver la pluma y la masculinidad esa que comentáis con otras cosas. Ni siquiera conocía los conceptos, así que ya ves tú la importancia que tienen.

Entonces Andrés aprovechó para inclinarse sobre la mesa y acercarse un poco a Mauro para decirle en voz baja:

—Mira, te lo explico muy sencillamente: odian lo femenino.

Iker dejó la porra untada de chocolate en la mesa, molesto.

—¡Eso es mentira! Sabes que tengo camisetas de Alaska y Adore.

—Cielo, no tiene nada que ver. No mezcles churros con drag queens, te lo pido por favor. —Andrés se rio de su propio chiste y retomó su explicación—: El problema es que cuando un chico tiene pluma, es decir, se comporta más femenino de lo que debería comportarse por ser hombre —dijo Andrés, entrecomillando sus palabras con un gesto de las manos—, no les parece atractivo porque les recuerda a una mujer. Y eso se llama ser misógino, pero no quiero entrar en debates, *girl*.

—No, si siempre es lo mismo, Andrés —le dijo Iker, suspirando.

—*Don't worry, my darling*. Solo deberías hacerme caso de una vez y verte algún documental o abrirte Twitter para enterarte de la movida. Poquito a poco lo irás entendiendo.

—O nunca, ¿verdad? Hay gente que nunca cambia —intervino Mauro en tono melancólico, sin poder evitarlo, pensando en la gente de su pueblo y en sus padres. Sabía que jamás entenderían que fuera homosexual y cada vez que pensaba en ello sentía una punzada de dolor en el pecho.

De hecho, se había marchado casi con lo puesto, huyendo de lo que ahora formaba parte de su pasado, sin más explicaciones que querer buscar algo mejor.

—Bueno —dijo Iker como respuesta, tratando de cambiar de tema rápido—. La cosa es que te vamos a sacar de fiesta y nos vamos a emborrachar para celebrar que ya somos tres en este piso. Ve haciéndote a la idea, Mauro, de que hoy empiezas una nueva vida.

3

Iker

Iker, vestido con un jersey de lana de punto grueso bastante ceñido y unos pitillos negros, salió del piso sintiendo que aquella noche lo iba a petar. A decir verdad, siempre lo hacía. La gran motivación detrás de salir de fiesta era terminar la noche acompañado. Aunque no demasiado tiempo, eso también había que dejarlo claro. Primera norma de Iker Gaitán: no se pasa la noche con ningún chico. Era un alma libre, ¿vale? Un aquí-te-pillo-aquí-te-mato de toda la vida y adiós muy buenas. Así que obviamente aquella noche tenía que ir deslumbrante, como siempre, y embadurnado en desodorante y colonia 212 VIP, para terminar la velada de la mejor manera posible.

Caminaban por el barrio, acompañando a Mauro por primera vez a una fiesta en Madrid. Iker aprovechó el camino al metro para enseñarle las principales atracciones turísticas del barrio.

—Mira, un día fui a por tabaco a ese bar y un grupo de chavales de quince años me dijeron que si era maricón y me amenazaron con una navaja. Y justo al lado, donde está la tienda de todo a un euro, me encontré una vez un muñeco de Mickey Mouse que en realidad era un consolador.

—Y costaba diez pavos solo —añadió Andrés. Llevaba una gabardina color crema que le hacía parecer aún más alto y delgado. Le gustaba vestir «bien», según él, pero para Iker era un rollo Cayetano que no le terminaba de convencer. Nunca comprendería el estilo de

Andrés: no te puede gustar Selena Gomez y vestir como si fueras a un concierto de Taburete.

Mauro abrió los ojos, sorprendido ante la anécdota del consolador Disney.

—Eso es —afirmó Iker entre risas—. Lo compré y se lo regalé a Andrés por un cumpleaños.

—Y yo lo tiré.

—Es que no le van mucho esas cosas —le dijo Iker a Mauro en un tono de voz más bajo, acercándose a él más de lo necesario.

Mauro sonreía y asentía, era lo único que hacía. Iker notaba como si le costara conectar con ellos de alguna manera, como si todo le supusiera demasiadas emociones. Y es que era normal viniendo de donde venía. Él era incapaz de imaginarse vivir en un lugar donde ni siquiera era posible soñar con un trabajo más allá de cuidar del campo. Era un chico de ciudad desde que nació, cosmopolita y moderno. A veces pensaba que era privilegiado por ello, y con la llegada de Mauro le había quedado más que claro. No se quería imaginar lo mal que lo habría pasado al descubrir su sexualidad en el culo del mundo... Pero Iker era de no pensar las cosas más de lo debido para no sentirlas, así que continuó distrayéndose mientras seguía con el tour a su nuevo compañero de piso.

Era mejor así, mirar siempre hacia delante.

—Mauro, mira bien ese quiosco. —Lo señaló con el dedo—. Ahora está cerrado, pero normalmente vende de todo, desde algo de comida en plan patatas hasta libros y revistas, vaya. Pues no vayas nunca los domingos entre las ocho y las nueve de la mañana, porque el dueño aprovecha esas horas en las que no hay apenas gente por la calle para hacer trapicheos de lo más turbio.

—¿Qué tipo de trapicheos?

Iker se encogió de hombros.

—No sé, pero ha habido ya como tres redadas de la policía y siempre se lo llevan. Termina volviendo a los meses, pero no tengo ni idea. La verdad es que prefiero no saberlo. En las cosas del barrio es mejor no meterse. Y no es que sea peligroso, pero cada uno está mejor a su bola.

Estaban llegando a la boca del metro. Iker se llevó la mano al bolsillo y sacó el bono. No solía llevar cartera porque sentía que le hacía formas raras en los pantalones. Le gustaba llevarlos apretados, que se notara cada músculo que se curraba en el gimnasio y, por supuesto, que ningún otro bulto desviara la atención del más importante que debía marcar. Así que, por supuestísimo, era imposible que saliera de fiesta cargando cosas innecesarias. DNI, tarjeta de transporte y tarjeta de débito. Y poquito más.

Una vez en el metro, Andrés e Iker pasaron los tornos mientras charlaban. Pero no se dieron cuenta de que se habían quedado solos hasta que escucharon la voz de Mauro detrás de ellos:

—Oye, no sé cómo funciona.

Estaba ahí parado, con la cartera en la mano. Iker pensó que parecía un pulpo en un garaje y aparte de lo cómico de la situación, no pudo negar que sintió cómo la presión de su pecho se relajaba.

—Espera, que salgo y te echo una mano.

—*Gurl...* —comentó Andrés medio riéndose.

Iker salió de los tornos y le explicó de forma breve a Mauro cómo funcionaba la máquina del metro. Compraron un bono de diez billetes para ir hasta el centro.

—¿Cuántos años dijiste que tenías? —preguntó Iker cuando terminaron la transacción.

—A punto de cumplir veinticinco.

—Vale, entonces aún puedes pillarte el abono joven. Qué suerte, te sale superrentable.

—Mazo —añadió Andrés.

—A mí ya me lo quitaron, ahora pago como una persona normal —comentó Iker.

—¿Hasta qué edad es? —Mauro hizo la pregunta mirándole a los ojos. Supuso que sentía verdadera curiosidad por saber su edad.

—A los veintiséis años, *ciao pescao*. Yo tengo treinta, así que llevo cuatro añitos a dos velas.

—Yo hace nada cumplí los veintiséis, así que empezaré a rascarme el bolsillo —añadió Andrés, riéndose.

—Entonces he tenido suerte, ¿no? —preguntó Mauro, y los chicos asintieron con la cabeza y abrieron mucho los ojos.

Ya estaban bajando las escaleras hacia el andén cuando de pronto Iker cayó en la cuenta de que si Mauro ni siquiera sabía cómo funcionaba el metro de Madrid, menos sabría volver a casa en caso de que se le fuera la mano con el alcohol y se marchara con algún chico a su casa.

—¿Es la primera vez que montas en metro? —le preguntó Andrés a Mauro, como si le hubiese leído la mente.

—Sí. Cuando llegué el primer día cogí un taxi. Era la primera vez también.

—Vaya, provinciano, tenemos que darte una buena introducción a la vida moderna. ¡Esto no puede ser! —dijo Iker entre risas.

Para su sorpresa, Mauro se rio.

—Me siento tonto. —En su voz había un toque de pena.

—No lo sientas, Mauro. Es normal. Nosotros porque somos de aquí de toda la vida, pero conocemos gente que se tuvo que hacer a Madrid. ¡Sin ir más lejos, tengo un amigo que el primer día aquí estuvo más de tres horas en la misma línea dando vueltas! No se enteraba de nada. A ver si un día lo conoces, seguro que os llevaríais genial. Sobre todo con ese tema.

Los tres rieron mientras llegaban al andén.

Una vez en el vagón, Mauro se sentó en un hueco libre, e Iker se dio cuenta de que no dejaba de mirarle de reojo.

Gran Vía se abrió ante sus ojos al subir por Montera. El enorme McDonald's que rompía la arquitectura más clásica les iluminaba la cara con su luz. Había alboroto, como cualquier sábado por el centro. Los taxis pululaban despacio por la calzada en busca de potenciales clientes entre los grupos de gente joven vestidos con ropa para nada acorde al tiempo que hacía, pero daba igual: la cosa era darlo todo en las discotecas con el mejor look posible.

—Bueno, pues esto es Gran Vía. A mí me gusta más de día, la verdad —le dijo Andrés a Mauro.

—Es como en la tele —respondió Mauro. Tenía los ojos vidriosos y lo contemplaba todo ensimismado.

Esperaron a cruzar de una acera a otra y, cuando el semáforo cambió a verde, se cruzaron en el paso de cebra con un señor que les dio un *flyer*.

—Chicas guapas toda la noche, barra libre.

Andrés se apartó de un salto, como si le repugnara la idea, mientras que Iker se rio y Mauro cogía la publicidad.

—No nos interesa, gracias —le dijo Iker.

El señor pareció no escucharle y continuó repartiendo *flyers* a todo grupo de chavales que se encontrara.

—Vamos a ir a un bar superchulo, ya verás —le dijo Andrés a Mauro—. Aunque tampoco te esperes el mayor fiestón del mundo, que este vejestorio ya tiene una edad y no aguanta tantos trotes como antes.

Iker le pegó un puñetazo en el hombro a Andrés, pero no dijo nada, acostumbrado ya a ese tipo de bromas. Se había quedado sin respuestas graciosas.

Caminaron entonces por Fuencarral. Las tiendas ya estaban cerradas, pero eso no evitaba que se sintiera el poder de las calles de Madrid. Iker vio cómo Mauro pasaba la mirada de un lado a otro, quedándose con las grandes marcas que tenían allí su punto de venta. Desde Victoria's Secret al grupo Inditex o tiendas de maquillaje como MAC, Fuencarral era sin duda un emblema del centro de Madrid. Además, como era peatonal y con algún que otro árbol, era la mejor calle para caminar a esas horas. Tan solo se cruzaron con personas que iban o venían a tomar unas copas, justo como ellos estaban a punto de hacer.

Al cabo de unos minutos, durante los que Andrés e Iker le iban contando anécdotas graciosas a Mauro sobre alguna tarde de tiendas, torcieron en una calle para llegar al bar.

—¿Lakama? —dijo Mauro, leyendo el cartel en voz alta.

—Sip, nos encanta —le respondió Andrés.

En la puerta del bar había un chico de dos metros, grandes brazos y una melena rubia que le hacía parecer parte del casting de la serie *Vikingos*. A Iker siempre le había llamado la atención, pero estaba deseando ver la reacción de Mauro ante el tipo de camareros que había en ese bar.

—¿Mesa para tres? —preguntó entonces el rubiales.

Iker asintió, acompañando el gesto con una sonrisa. En algún momento aquel hombre tenía que caer en sus redes.

El camarero les hizo una seña y entraron en el bar. Mauro se quedó perplejo con la decoración: era un ambiente totalmente distinto al de fuera. La iluminación era tenue y en tonos cálidos, y por todos lados había plantas y más plantas. Había mucho alboroto, pues la gente trataba de hablar por encima del estruendo que generaba el *Levitating* de Dua Lipa.

—Esa mesa de ahí está libre, chicos. Cualquier cosa podéis avisar a mis compañeros —les dijo el camarero.

Los amigos se sentaron al fondo a la izquierda, y su vista entonces se vio bastante reducida, pues perdieron de vista la puerta y el resto del bar. Casi al instante un nuevo camarero apareció para tomarles nota.

—Vaya —dijo en voz baja Mauro, sin poder evitar su reacción.

—¿Algo que quieran tomar? —El camarero sonreía. Sin duda había escuchado el comentario de Mauro.

—Tenemos que mirar la carta, un segundo. Es la primera vez que viene y no sabe lo que tenéis —le explicó Iker.

—A vosotros entonces os pongo lo de siempre, ¿verdad? ¿Dos daiquiris?

—Eso es —dijo Andrés mientras le pasaba la carta a Mauro, que se concentró exageradamente en las letras e imágenes del papel para evitar mirar demasiado al camarero.

—¿Qué te ha pasado, muchachito? —le preguntó Iker con sorna.

—No sé qué pasa en este bar.

—Te lo digo yo: para currar aquí tienes que estar más bueno que un modelo de pasarela. —Andrés se refirió a ello como si fuera algo negativo.

—Alegra bastante la vista —comentó Iker encogiéndose de hombros—. A mí me gustan los rubios, como el de la puerta.

—Si ya se te nota, ya...

—Es que se tiene que notar para que te hagan caso. Aunque por otro lado, estarán demasiado acostumbrados a que les tiren la caña. —Iker hizo una pausa para desbloquear su teléfono móvil—. Estoy seguro de que estarán en Gri...

—¿Ya sabe lo que desea? —le interrumpió otro camarero distinto con voz grave.

Mauro levantó la vista de la carta y tartamudeó al hablar. El nuevo camarero tenía el pelo negro con un tupé y una barba poblada que le daba un aspecto rudo. Su aspecto fornido era aún más creíble cuando te dabas cuenta de que llevaba un septum en la nariz. Iker sonrió, divertido. Por lo visto el prototipo de Mauro incluía el pelo oscuro.

—O-otro daiqui-quiri —dijo finalmente.

El camarero lo anotó y se marchó con una sonrisa y la carta en la mano.

—Te va a encantar, para mí es lo mejor que tienen.

—¿No es fuerte?

Iker se encogió de hombros.

—No lo sé. ¿Cuál te suele gustar más? Yo es que soy de vodka con piña y tal, no me va demasiado lo dulce. La gente que toma ron con Coca-Cola, por ejemplo... No voy a opinar.

—Va a ser mi primer cóctel. —La voz de Mauro rompió el ambiente. Por cómo compartió aquello, parecía un asesino en serie confesando un homicidio.

Por lo que, obviamente, el silencio se hizo en la mesa.

—¿En serio? —preguntó Andrés incrédulo.

—Sí. —Mauro acompañó la palabra asintiendo lentamente con la cabeza. Tenía la mirada en algún punto fijo de la mesa de cristal; evitaba mirar a sus compañeros—. Allí en el pueblo no tengo demasiados amigos. Con Blanca, mi amiga de toda la vida, he tomado algo alguna vez, en plan cervezas y tal, pero no es que me gustara demasiado... No sé, nunca he sentido esas ganas de probar el alcohol ni de emborracharme.

Mauro parecía inseguro de compartir aquella parte de su vida. No había nada malo en no haber sucumbido al alcohol. Quizá sí lo hubiera en tener casi veinticinco años y no haber vivido lo normal en una persona de su edad, pero ¿qué era normal? Desde luego, vivir en un pueblo tan alejado de todo no lo era, así que obviamente Mauro no podía formar parte de la normalidad que él conocía. A Iker le daba mucha rabia ver cómo Mauro se sentía incluso culpable de aquello, cuando no tenía la culpa de nada.

—No te preocupes. ¡Será por cócteles, cariño! —dijo entonces, tratando de animarle—. Tienes decenas donde elegir. Si no te gusta este, luego te pillas otro y ya está. Si ves que no te lo puedes tomar, me lo termino por ti, pero tú lo pagas.

Ese comentario arrancó una pequeña sonrisa en Mauro.

Por su parte, Andrés continuaba con cara de shock. Bueno, más bien era de incredulidad mezclada con asco.

—Si es la primera vez que tomas uno, no sé si podrás soportarlo. Tienes que hacerte con el alcohol. Podrías haberte pedido un agua o algo así, que es más barato y vas a lo seguro.

—Oye, es su primera vez en un bar de copas en Madrid. Déjale al muchacho disfrutar, ¿no? —le defendió Iker.

Mauro terminó de formar una sonrisa completa y le miró a los ojos, agradecido. En ese momento apareció el primer camarero que les había atendido con las tres copas en una bandeja. Estaban decoradas con sombrillas y alguna que otra chuche, algo que pareció hacerle gracia a Mauro.

—¿Qué tal? —le preguntó Andrés una vez que sorbió de la pajita de colores.

Los amigos esperaron su reacción.

—No está mal, me lo esperaba más fuerte.

—¡Celebremos! —casi gritó entonces Iker.

Chocaron las copas y brindaron por una nueva vida para Mauro en Madrid. Después de eso bebieron más cócteles, charlaron sobre otros bares del barrio y de la vida en general. A medida que las horas pasaban poco a poco, Iker se fijó en que en la mesa al otro lado de Lakama había un par de chicos más que atractivos. Decidió lanzarles alguna mirada, que fue correspondida, y entonces su atención se dividió entre lanzar chistes graciosos con sus amigos y seducir a los de la mesa de enfrente.

El alcohol ya comenzaba a hacer sus estragos y una vez que se iniciaba el tonteo, era difícil pararlo. Uno de los chicos le guiñó un ojo y se pasó la lengua por los labios de manera sensual. Iker notó un hormigueo en su entrepierna y esa fue la confirmación que necesitaba para saber que aquella noche sería *muy* divertida.

4

Gael

Gael Rodríguez llevaba un tiempo en España, pero aún no se acostumbraba a vivir en las condiciones en las que lo hacía. Compartía un piso pequeño en el centro de Madrid con otras cinco personas. Él llegó de los últimos y su habitación era nada más y nada menos que el salón. Su cama, el sofá. Estaba harto de vivir así, pero era incapaz de encontrar algo mejor. Desde el primer momento en el que pisó el país, conseguir un trabajo decente había sido imposible, pues necesitaba regularizar sus papeles. En otras palabras: demostrar que tenía la misma razón de existir de manera legal que el resto de las personas. Para ello, tenían que pasar unos tres años para iniciar los trámites que le permitieran tener un empleo digno y así cotizar. Cada vez quedaba menos para ese momento, pero el camino se le estaba haciendo eterno. ¿Era eso para lo que había dejado su vida en Colombia? ¿Para malvivir sin conocer qué le depararía el futuro más cercano?

Aunque, dentro de lo que cabía, hacía buen dinero. En ese sentido se mantenía como buenamente podía. Sin embargo, el dinero no servía de nada si no tenía papeles. Nadie le dejaba entrar en un piso sin ese requerimiento principal, así que era la pescadilla que se mordía la cola. Le había tocado enfrentarse al pasado que tenía en Colombia en un nuevo territorio. No estaba orgulloso de sus actos, pero hacía de tripas corazón para poder despertarse cada mañana.

Se engañaba a sí mismo para creer que aquello era la felicidad o, al menos, para llevarlo de la mejor manera posible.

Así que ahí estaba, preparándose para una noche más de trabajo. Se vistió con unos pantalones vaqueros azul oscuro, una camiseta negra y una chaqueta vaquera con cuello de borrego. Le apretaba un poco la muñeca izquierda, donde llevaba un enorme reloj de agujas en tonos plateados. Muy masculino, eso le gustaba. No pudo evitar fijarse antes de salir por la puerta si ese pantalón le marcaba lo que tenía que marcarle. Así era. Vio su paquete aprisionado contra la tela del pantalón reflejado en el espejo. Sabía que era un arma infalible para cada ronda nocturna, lo que le hacía ser de lo más deseado de la noche madrileña. Y sí, ahora le encantaba que las miradas fueran a parar allí, aunque durante un tiempo le daba vergüenza que, se pusiera el pantalón que se pusiera, se marcara tanto. No todo era de color de rosa, pese a ser la envidia de muchos.

—Me voy, chicos —le dijo a la nada. Ninguno de sus compañeros respondió, así que se marchó y dejó atrás su piso con, de nuevo, esa sensación de abandono que tan acostumbrado estaba a sentir desde que había llegado a España.

Una vez abajo, las calles de Madrid se abrieron ante él. Vivía entre Chueca y Malasaña, dos de los barrios por excelencia de la capital. El ambiente era moderno y gay, justo lo que necesitaba. Algunos de sus clientes se encontraban en barrios más pijos, como el de Salamanca o Moncloa, pero le gustaba lo cerca que le quedaba todo lo que necesitaba.

Caminó durante unos minutos hasta llegar a su primera parada de la noche: Lakama Bar. Era un sitio indispensable para el ambiente nocturno madrileño, relajado y sin llegar a ser un pub. La clientela solía ser más pudiente que en otros lugares, lo que le interesaba enormemente. Era más un bar de copas, charlas y ligoteos que luego pasaban a mayores en otros lugares.

—Hola, Gael —le dijo el camarero que estaba en la puerta.

Chocaron las manos con una sonrisa.

—Llevabas tiempo sin venir, ¿eh?

—Ya, es que ya sabe, las necesidades van cambiando —le dijo este.

—Bueno, ¿y qué te trae de nuevo por aquí? ¿Vas a necesitar mesa?

Gael negó con la cabeza.

—Solo vengo a mirar, ya sabe.

El camarero rubio asintió y le dejó pasar sin problemas. Él, como tantos otros, sabían perfectamente a lo que se dedicaba Gael. Y él, como tantos otros, lo había hecho en algún momento de su vida en Madrid.

Una vez dentro de Lakama se dio cuenta de que la música estaba más alta de lo habitual. Miró la hora en su reloj y comprobó que no quedaba demasiado para el cierre, y por eso el ambiente de la sala había cambiado un poco. Sin embargo, justo por ser la hora que era, los clientes ya se iban marchando y no había demasiadas personas que parecieran estar solas buscando aventuras nocturnas. En los altavoces se escuchaba un remix de *Like A Virgin*, de Madonna, pero era tan techno que apenas era posible saber quién cantaba realmente.

Subió por las escaleras de madera. La zona del segundo piso era más salvaje que la de abajo: una enorme barra redonda reinaba en el centro, entre helechos y plantas. Los baños se encontraban ahí, al fondo.

Cuando se dirigía al servicio para comprobar que estaba en perfectas condiciones, es decir, guapísimo, se chocó con un chico un poco más bajito y con unos cuantos kilos más que él. Bueno, bastantes más.

—Perdón —musitó el muchacho.

Casi perdió el equilibrio tras el choque. Gael trató de sujetarle: iba bastante afectado por el alcohol. Pudo ver en los ojos de aquel chico que estaba contento, de esos pedos en los que reinaban las risas y el buen ambiente.

Físicamente no le atraía, pero había algo en él que gritaba ayuda. No como si se estuviera muriendo, sino más bien como si necesitara que le echaran una mano. Así, en general.

Y eso hizo.

—La primera vez es increíble.

—Va a ser una experiencia.

Tras unos segundos de pausa que Mauro interpretó como que era el momento para preguntar de qué narices hablaban, los dos amigos respondieron al unísono:

—¡Salir de copas por Chueca!

—Vas a flipar —añadió Iker casi al instante—. Hombres guapísimos, precios increíbles, locales decorados con todo lujo de detalles... —Contaba cada cosa con los dedos, enumerando las razones por las que aquello iba a ser espectacular.

—Bueno, solo si te gustan los hombres como Iker.

—¿Por qué dices eso?

—Pues casi todos son como su prototipo, así en plan metro noventa y que van a la WE Party.

Mauro tuvo que interrumpirle porque ya se estaba perdiendo:

—¿El qué *párti*?

—Es una fiesta gay. El estilo es muy del rollo de Iker. Eso sí, solo puedes ir si no te da asco el sudor porque todos andan sin camiseta y da un poco de asco. Ah, y si eres fan de la electrónica —apuntó Andrés levantando el dedo y haciendo una mueca.

—No digas tonterías. No le hagas caso, Mauro. —Iker se dirigió a él—. Que los de la WE Party sí que están obsesionados con el gimnasio. Yo voy y eso, soy sano y trabajo mi cuerpo, pero ellos son el triple de grandes que yo.

—Bueno, es verdad, pero son de tu estilo. Acéptalo, Iker.

—¿Y cuál es mi estilo?

Mauro se dio cuenta de que Iker había cambiado el tono y ahora parecía estar a la defensiva.

—De esos gay que parecen heteros —le dijo Andrés, acompañando la frase con un chasquido de lengua—. Vomito, colega.

—Oye, no hay nada de malo en no tener pluma —se defendió Iker encogiéndose de hombros.

—Sabes perfectamente a lo que me refiero.

—Yo no —dijo entonces Mauro.

—A ver, que igual me estoy expresando mal, pero no es mi estilo de chico. No es que yo sea aquí el más heterazo o el que más pluma tenga, pero sinceramente me da igual —le explicó Andrés a Mauro mientras bañaba un churro en el chocolate.

5

Mauro

Mauro se había quedado pasmado con semejante hombre frente a él. Le miraba sin decir nada, con una sonrisa, esperando a que hablara. Antes de hacerlo, Mauro se fijó mejor en cómo era. La luz le daba desde atrás, pero pudo apreciar los principales detalles: un poco más alto que él, en *muy* buena forma física y de un color de piel bastante más oscuro de lo que había visto Mauro jamás en su pueblo.

—¿Cómo va? —le dijo entonces el chico.

Mauro era incapaz de ubicar el acento, pero le gustó. Le hizo sentir... cosquillas.

—Mi primera vez tomando alcohol. No sé si esto es normal —le respondió riéndose.

—Relájese, parce, que yo lo noto bien. Me llamo Gael, por cierto.

—Yo Mauro.

Gael le dio la mano y Mauro le devolvió el apretón. Vio el reloj en su muñeca y se dio cuenta de que parecía de bastante calidad.

—¿Está parchado? —le preguntó Gael.

—¿Qué? —Mauro no entendió nada de aquella frase. ¿Que si tenía un parche?

—Ah, es verdad, que usted no me entiende. Los españoles creo que le dicen... ¿«tener un plan»?

—Sí, estoy con unos amigos. ¿Por?

—Porque me parece que está lindo. Con esa carita —le dijo a Mauro con una sonrisa tierna.

Ninguno de los dos parecía tener intención de moverse. Gael le transmitía buen rollo y confianza, no solo en sí mismo, sino en general. Tenía algo magnético. ¿Era su acento? ¿Que hablaba como si todo lo que dijera tuviera una connotación sexual? ¿O era que sus labios, tan bonitos y carnosos, dotaban a cada palabra de un aura misteriosa?

Para Mauro era la primera vez que un chico le decía que «se veía lindo». Lo que le hizo sentir era indescriptible, una mezcla entre miedo y emoción. Pero lo que hicieron esas emociones definitivamente fue ponerle nervioso, como todo en la vida, vaya.

—No sé qué decir —dijo finalmente.

—Relájese, parce. Solo era un comentario.

Mauro tragó saliva. Estaba embobado con las facciones de aquel chico. Tenía la mandíbula más tensa y cuadrada que hubiera visto en su vida, y una nariz recta y perfecta, ancha en los bordes, que le daban un aspecto atractivo.

—¿Qué hace por aquí, pues?

—Ir al baño —respondió Mauro.

¿Así es como se liga? Creo que me he perdido algo.

La carcajada que emitió Gael le confirmó sus sospechas: estaba haciendo el ridículo.

—Llevo bastante tiempo en Madrid como para saber que su acento no es de aquí.

—Ah. Es que soy de un pueblo, lejos de la capital.

—Entiendo.

Gael mantuvo el silencio después de hablar. Tenía una especie de sonrisa de medio lado. Parecía que la situación le resultaba divertida.

—Y contame, ¿qué anda haciendo por Madrid?

Mauro puso los ojos en blanco antes de responder. Contestar a esa pregunta tenía posibilidades infinitas. Claro que su primera motivación, le pesara lo que le pesase, era romper por fin con su virginidad y disfrutar de la vida, algo que no había podido hacer hasta entonces. Ese era su gran secreto, lo que le había llevado a Madrid.

Pero no le iba a decir aquello a Gael. Obviamente.

—Quiero perder la virginidad.

¿Perdón? ¿Eres idiota, Mauro? Vuelve a tu cueva, en serio, ¿a quién se le ocurre? Panoli.

Tragó saliva e intentó disimular la vergüenza que le daba haber dicho aquello en voz alta. Porque ya no había marcha atrás.

—Vaya —fue la única respuesta de Gael. Se cruzó de brazos mientras dejaba su cuerpo apoyarse en la pared. Ahora, Mauro se sentía algo intimidado por él. Su presencia era, simplemente, magnética.

—Es que... —comenzó a excusarse Mauro.

Cállate, por favor. Deja de cagarla.

Gael se movió de forma veloz y le puso el dedo índice en los labios.

—Chisss, no hace falta que diga nada. Tendrá sus motivos, parcero. Yo le puedo ayudar.

Mauro casi se cayó de la vergüenza. Notaba el alcohol en su cuerpo como si fuera un monstruo, tratando de hacerle decir o hacer cosas de las que se pudiera arrepentir. Pero por otro lado, la vergüenza y ese calor en las mejillas no le hacían sentirse mal. Era algo rarísimo y no sabía cómo actuar.

—¿Cómo?

Entonces Gael separó su dedo de los labios de Mauro y se acercó un poco más.

—Le dejo mi número de teléfono y podemos ver qué pasa.

Mauro no apartó la mirada de Gael durante unos segundos, tratando de entender si le estaba tomando el pelo. Aquel hombre era una escultura, era imposible que le estuviera diciendo aquello, ¿verdad? Sin embargo, parecía que iba en serio. Así que apartó la mirada para buscar en qué bolsillo guardaba su teléfono móvil y lo anotó.

—Hablamos pues, rey —se despidió Gael, marchando hacia el lavabo.

En cuanto la puerta se cerró, la música golpeó los oídos de Mauro como si hubiera estado desconectado de toda realidad. Ahora sonaba una canción repetitiva que parecía taladrarle con sus bajos. Notó cómo sus mejillas ardían, entre sonrojadas y por el calor reinante del lugar.

Bajó las escaleras algo mareado e indeciso respecto a contarle a sus amigos lo que acababa de pasar.

Mauro llevaba un rato con Iker y Andrés, apurando el último cóctel que se habían pedido. El bar estaba a punto de cerrar y apenas quedaba gente. Mauro no dejaba de notar cierta tensión entre la mesa de enfrente e Iker, algo que no le gustaba demasiado, pero tampoco él podía dejar de pensar en su encuentro de la planta de arriba. Le latía el corazón con fiereza cuando pensaba en lo atractivo que era Gael y en cómo le había tratado.

—Disculpad, tengo que ir —dijo de pronto Iker.

Se levantó del asiento y se acercó a la mesa donde se encontraban los dos amigos. Enseguida se pusieron a hablar. Mauro apartó la mirada y continuó charlando con Andrés.

—Siempre es así —le dijo entonces él.

—Así ¿cómo?

Andrés se encogió de hombros.

—Que da igual que salga él solo que con sus amigos. Siempre quiere terminar la noche llevándose a alguien a casa. Es un poco pesado, parece que solo vive de follar. —Andrés convirtió aquellas palabras en sentencia cuando terminó todo lo que le quedaba en la copa—. Está enfermo.

—Bueno —comenzó Mauro, queriendo defenderlo de alguna manera—, sí que está feo que estando los tres se vaya, pero tampoco sé...

—Está feo, Mauro. Y ya está. Es que siempre es lo mismo, en serio, le sube el ego que flipas sentirse deseado y si ya consigue lo que pretende...

—¿Por qué te molesta tanto?

Mauro se encontraba en una vorágine de sensaciones. Una de ellas era defender a Iker de los comentarios de su supuesto gran amigo, y otra era sentir lo mismo que Andrés. No se entendía ni a sí mismo, caray.

—A ver, que yo encantado de que disfrute de su sexualidad y todas esas cosas. Pero honestamente, ¿es tan necesario? Le pones un culo delante y no responde. Es que me jode que nos deje plantados, como si fuéramos un complemento.

—Ya, eso es verdad. Es raro.

Ambos miraron a la mesa de enfrente. Iker sonreía y rodeaba con el brazo al chico con el que más contacto visual había mantenido durante la velada. No era feo para nada. Iker sabía dónde elegir.

Aun así, Mauro no quería ver cómo se comportaba Iker con otros hombres que no fueran él. ¿Eso eran celos? No sabía identificar las emociones que sentía al ver a Iker hablar con ellos. Era inseguridad y un poco de malestar. Pero seguro que era por el alcohol.

¿Verdad?

6

Andrés

¡Por fin fuera! A Andrés ya se le había pasado el cabreo con el tema de Iker. Eso sí, tenía que comerse sus actos sexuales, porque en aquel momento se encontraba caminando por detrás con su nueva conquista al lado. Por su parte, él charlaba con Mauro mientras todos se dirigían a coger un búho que los llevara de vuelta a casa a aquellas horas.

—¿Crees que llegaremos a tiempo? —le preguntó Mauro.

—¡Claro! Pasan cada veinte minutos y nos dejan casi en la puerta. Renta mazo —le respondió Andrés.

Durante toda la noche Andrés se había sentido algo fuera de lugar. Y ojo, no era culpa de nadie. Bueno, en realidad sí lo era. Llevaba toda la velada tratando de no mirar demasiado su iPhone de última generación, el cual aún seguía pagando en cómodos plazos sin intereses. Claro que eso no lo sabía nadie más que él y su entidad bancaria. No podría permitir que pensaran que le costaba llegar a fin de mes. Eso jamás.

Al salir a la calle, Andrés había decidido mirar finalmente las notificaciones. Encontró justo lo que no quería (o debía) encontrar: un mail de su jefe a las cuatro de la mañana. Su infierno en la Tierra, eso era.

—*Fuck me* —dijo en voz baja, para que Mauro no le escuchara y le tuviera que dar explicaciones.

Revisó el correo electrónico mientras caminaba:

Andrés:
Necesito informes de lo que mando en adjunto
para el lunes. Son urgentes. Nos jugamos mucha
pasta, son grandes apuestas, así que ya sabes
lo que toca. Que seas becario es un regalo que
te estamos haciendo, recuerda que tienes suerte
de trabajar conmigo.
Date prisa,
Lucas G. Murillo, Editor Jefe

Dejó de caminar durante unos segundos. Las lágrimas le vinieron a los ojos como si fuera a romper a llorar ahí mismo, sin poder evitarlo. ¿Qué narices era eso? Hacer un informe para Lucas no era moco de pavo y, por los adjuntos que le había mandado, quería que hiciera tres en veinticuatro horas. ¡Tres informes en un fin de semana! No se lo podía creer.

Pero... no le quedaba otra. Y lo sabía. Trabajar en una de las editoriales más grandes de España era una suerte. Era muy difícil conseguir entrar en el mundillo, siempre se requería experiencia previa y demasiada formación complementaria. ¡Por no hablar de que escogían a los trabajadores a dedillo! Andrés había conseguido el puesto porque siempre había sido fan de una autora de novelas románticas a la que ya conocía de tanto ir a sus firmas desde hacía años, y le había hecho el favor de hablar con su equipo para que le dieran una oportunidad.

Si Andrés hubiera sabido que iba a ser así...

Trató de no pensar demasiado en la parte negativa, respiró hondo y recuperó su sonrisa antes de seguir charlando con Mauro. Tenía que ser así: hacer de tripas corazón y soñar con dar lo mejor de sí mismo en las peores circunstancias en busca de su ansiado ascenso. Algún día, él estaría por encima.

—¡Cuidado!

Salió de sus cavilaciones mentales cuando vio cómo Mauro se tropezaba con un bordillo y, de un modo más cómico que dramático, se agarraba con fuerza a una farola para no caer despatarrado al suelo.

El mail de su jefe podía esperar. Ahora había otras cosas de las que preocuparse, como conseguir que Mauro llegara sano y salvo a casa o dejar de escuchar la risa bobalicona del ligue de Iker.

No sabía cuál de las dos cosas iba a ser más complicada.

7

Gael

La noche no había ido como quería, pero no se iba a quejar. Había pasado por un par de sitios más en busca de trabajo, pero se dio cuenta de que la noche estaba bastante espesa, a excepción de aquel hombre... Aun así, Gael llegó a casa a las tantas de la madrugada con un sueño terrible. Tan solo quería tumbarse en el sofá y dormir hasta que sus compañeros de piso despertaran, porque a partir de ese momento era imposible volver a conciliar el sueño y debía aprovecharlo al máximo. Cada minuto contaba.

Recordó brevemente el cliente que había tenido aquella noche. Había sido atento con él, que ya era más de lo que se podía pedir en fin de semana, y pasaron gran parte del tiempo viendo la televisión. Cuando no la estaban viendo, el hombre le decía a Gael que si podía masturbarse con un calcetín en la boca. Cosas más raras le habían pedido, así que estaba curado de espanto. Después de varias propuestas extrañas más, aquel hombre le había regalado una pequeña bolsa de plástico transparente con marihuana. Según él, no tenía nada más con lo que pagarle, y Gael había aceptado a regañadientes. Al menos le había dado algo, pensó.

Gael sacó la bolsita del bolsillo y se sentó en el sofá. Debajo de la mesa del salón tenía su alijo con todo lo necesario para liarse un porro.

—Qué rico —susurró para sí mientras lo prensaba, pensando en el sabor que tendría en su lengua dentro de unos segundos.

Al encenderlo, se acordó de que llevaba tiempo sin consultar su teléfono móvil y vio que alguien que no tenía agregado le había escrito.

> Hola!
> Qué tal?

Gael frunció el ceño mientras consultaba la foto de perfil. ¡Era Mauro! Vaya, sí que era rápido aquel chico. ¿O quizá aún estaría borracho? Comprobó las horas de los mensajes y eran de hacía apenas unos minutos.

> Bien, aquí en casa
> Y vos?
> A estas horas conectado...

> Me ha afectado mucho el alcohol
> Ya estamos llegando a casa
> Estoy algo mejor

> Me alegro, parcero
> Acuérdese de lo que yo le dije

> El qué?
> Tengo todo como borroso
> Es normal?

> Sí, es normal
> Ya se acostumbrará

> Eso espero
> Quiero que Madrid me dé eso

> Lo que me dijo?

> Sí
> Y más cosas

> Entonces acuérdese de que yo le puedo ayudar
> Si quiere

> [... escribiendo
> ... escribiendo]
> Vale

Gael dejó el teléfono sobre la mesa con una sonrisa. Qué gracioso le parecía Mauro. Tan inexperto, pero a la vez tan agradable. Normalmente no le proponía ese tipo de cosas a chicos sin experiencia, pero eran más fáciles de manejar. Supuso que le gustaban los retos. Este sin duda iba a serlo, de algún modo u otro. ¿Le estaba engañando? Tenía la sensación de que Mauro no había entendido a lo que se dedicaba. No decirlo era jugar sucio.

Pero necesitaba dinero. Estabilidad. Buscarse la vida como mejor podía, de la manera más rápida posible para mandarle cuanto más pudiera a su familia en Colombia. Estaba harto de hacer de tripas corazón, pero no le quedaba otra.

Terminó de liarse el porro con la mente ya en las nubes, pensativo, y se desvistió y tapó con una manta para tratar de dormir. A los pocos minutos ya estaba soñando con el día siguiente: más chicos, más billetes y más sentirse como que su vida no era lo que quería.

Antes de dar la siguiente calada, se había quedado dormido.

8

Mauro

Mauro sentía que el móvil le ardía en el bolsillo. Acababa de mandarse mensajes con un chico. Nada más y nada menos que con semejante hombre. ¡No se lo podía creer! Sin embargo, algo le atravesó la mente que le cambió el humor.

Las risas de Iker y el chico que se llevaba a casa llegaron a sus oídos de un modo inconfundible. Andrés miró a Mauro de reojo y puso los ojos en blanco, y este le devolvió el gesto.

—Bueno, pues ya estamos aquí —dijo Andrés mientras sacaba las llaves y abría la puerta.

El piso les dio la bienvenida en la mayor oscuridad posible. No entraba ni un ápice de luz de la calle, algo que la cabeza de Mauro agradeció: le empezaba a doler como si llevara un casco de hierro de una talla que le apretaba por todos lados.

Andrés encendió las luces y entraron los cuatro. Iker continuaba en una realidad paralela, ajeno a todo lo que pasaba a su alrededor, como si la cosa no fuera con él y el chico que llevaba a su lado.

—Si quieres tomar algo antes de dormir, siempre tenemos un poco de agua fría en la nevera.

—Pero es de Iker, ¿no?

Andrés se encogió de hombros.

—No creo que le importe.

—Pues también es verdad. —Mauro dijo aquello con odio. ¿De

dónde narices salía? Meneó la cabeza para quitarse ese sentimiento de la cabeza y se dirigió hacia la cocina.

Aún no habían dividido del todo la nevera, así que estaba todo hecho un lío. Encontró la botella de agua fría entre varios yogures y huevos que corrían sueltos por la bandeja de plástico. Se bebió toda el agua de casi un trago. En cuanto cerró la puerta de la nevera, se encontró a Andrés al otro lado.

—¡Joder! —gritó Mauro.

—Nena, te la has bebido entera. Mañana te vas a levantar maritrini, se te nota en la cara. —Hizo una pausa y le señaló un armario con el dedo—. Ahí tenemos ibuprofeno. Tómate uno, que mañana me toca currar y no quiero estar cuidándote.

—Vale, tienes razón —le respondió Mauro mientras buscaba la caja del medicamento—. Pero oye, ¿cómo vas a currar un domingo?

Andrés se encogió de hombros.

—No lo sé ni yo... —Después de suspirar, volvió a darle un consejo a Mauro sobre la borrachera—: Y si vomitas, hazlo dentro de la taza del váter, porque paso de limpiarlo, que siempre me toca.

—Jo, vale, espero que no pase, mami —le respondió Mauro en tono burlón.

—Pues hijo, es que como diría la JLO: *I ain't your mama.* —Tras soltar la referencia, Andrés chasqueó los dedos.

Pero a decir verdad, Mauro no lo pilló —como era de esperar—, así que el chiste de Andrés murió casi en el instante en el que había nacido.

—Bueno, yo me piro a dormir. Descansa —le dijo Andrés antes de darse la vuelta.

Mauro se quedó solo en la cocina. De pronto se dio cuenta de que escuchaba un murmullo lejano. Avanzó unos pasos hasta poder ver mejor el resto de la casa. Vio cómo Iker se reía de algo aparentemente graciosísimo que había dicho aquel chico, y que el otro se lo comía con los ojos. Mauro tragó saliva, incómodo. Era como presenciar algo que no le pertenecía.

Salió de la cocina en dirección a su habitación.

—Ey, ¿tan prontito a la cama? Apura los últimos chupitos con nosotros —le dijo Iker.

Para Mauro aquello fue como una invitación... Pero para irse más rápido. Así que eso fue lo que hizo.

—Qué va, lo siento, me duele mucho la cabeza. Primera vez tomando alcohol —le dijo al ligue de Iker, en un intento de ser gracioso y quitarle hierro al asunto.

El chico le devolvió la sonrisa incómodo y apretó la pierna de Iker. Mauro lo tomó definitivamente como lo que era: estaban quedando bien con él, pero no era bienvenido ahí. Querían que se marchara del radar para poder dar rienda suelta a lo que fuera que le dieran rienda suelta.

—Buenas noches —anunció Mauro antes de cerrar la puerta de su habitación. Ninguno de los dos le respondió.

Mauro no tardó demasiado en tumbarse en la cama. Le pesaban las piernas, la cabeza y los brazos. En cuanto apoyó la espalda contra el colchón, todo estalló en el interior de sus ojos. Miles de formas y figuras aparecían y desaparecía, y sentía como si todo su ser estuviera transitando hacia otra realidad. ¿Sería la misma realidad paralela en la que se encontraba Iker desde que habían salido del bar?

Por mucho mareo que tuviera, Mauro fue incapaz de encontrarse mejor en cuanto escuchó las voces amainar, porque lo siguiente fue la puerta de Iker cerrarse y el sonido de una silla al arrastrarla. El golpeteo del metal del pomo de su puerta contra la madera fueron inconfundibles.

No me jodas, se encierran como si lo que fuera a pasar...

Mauro prefirió no pensar nada más de lo que estaba pasando en aquella habitación. De pronto, las ganas de vomitar y el sentirse en el más allá dejaron de ser un problema. Se levantó, furioso, a por su neceser. Cogió unos tapones para los oídos y se los incrustó como si quisiera perforarse el tímpano.

¿Sí? ¿Vas a molestar? Pues hala, que se te dé bien.

Se durmió al cabo de cinco minutos con los brazos cruzados sobre el pecho, intentando ignorar lo que pasaba a tan solo unos metros de él. Incluso con tapones, se escuchaban golpes secos contra la pared, como si un cabecero de cama tratase de derribar un muro.

Joder, qué mala leche.

Sí, estaba enfadado. Definitivamente.

En plan superenfadado.

No eran celos, ni de coña. ¡Jamás!

Era enfado.

Muy enfadado y mucho enfadado.

9

Andrés

La mañana siguiente comenzaba bastante torcida para Andrés. La resaca le taladraba la cabeza como nunca y el sol entraba con tanta fuerza que le hacía casi imposible abrir los ojos sin quedarse ciego. Medio dormido, medio despierto, se dio la vuelta en la cama para mirar el móvil. Eran las nueve de la mañana y ya tenía tres llamadas perdidas de su jefe, aparte de unos cuantos wasaps en los que le decía cosas como:

> Espero que estés trabajando en esos informes...
> Si no me respondes entiendo que estás currando

Andrés quiso morirse. Aquellos mensajes le hicieron levantarse de la cama como si le estuvieran apuntando con una pistola. Y es que en cierto modo así era. Se sentía aprisionado. No veía el momento de escapar de la jaula, como la Miley Cyrus cuando se puso alas y rompió los barrotes en sujetador, bailando y sintiéndose libre. Así quería sentirse, con eso soñaba.

El trato de su jefe Lucas hacia él era tan injusto que lo único que quería hacer era llorar. Luego pensaba en que era probable que si salía indemne de todo eso, le dieran un puesto fijo. Ser becario no era para nada lo que esperaba en la vida, pero ¿quién entra en su trabajo soñado por la puerta grande?

En la cocina reinaba el silencio. Se puso un café solo porque necesitaba cafeína en sangre. Si hubiera algún tipo de inyectable, se lo pincharía sin dudarlo dos veces.

Al cabo de unos minutos volvió a su habitación aún tratando de despejarse. Encendió el MacBook y abrió el correo para descargar las novelas sobre las que tenía que trabajar. Mientras se guardaban en su ordenador, miró hacia arriba, pensativo. Justo encima de su escritorio había un póster gigante de Taylor Swift, de la época *Fearless,* una de sus favoritas. Adoraba a Taylor: era la única que parecía comprender el amor como él. Algo puro, casi sagrado y por lo que merecía la pena luchar. Sus letras le desgarraban, pero también le hacían creer en el amor.

A diferencia de TayTay, Andrés no había encontrado eso. Solo le quedaba escribir novelas románticas que nunca acababa porque no sentía estar representando bien lo que para él era el concepto del amor. Él no lo había conocido nunca, y era extraño ponerse en la piel de personajes que sí lo vivían. Suspiró fuertemente y volvió la vista de nuevo a su ordenador. Puso el álbum *Lover* de fondo, a volumen bajito, para entrar en el modo de trabajo. También encendió una vela de soja con olor a vainilla.

Las novelas que le había mandado Lucas tenían casi quinientas páginas cada una. Era imposible poder leerlas y mandar los informes a tiempo. ¿Ese señor se encontraba bien? Andrés negó con la cabeza: definitivamente no.

Se sumergió en una lectura diagonal de la primera novela, algo a lo que no le gustaba recurrir, pero a lo que a veces se tenía que enfrentar. Era básicamente leer por encima, centrándose sobre todo en los diálogos y en las partes que a primera vista parecieran importantes. Al cabo de media hora había avanzado unas cincuenta páginas, y echando cálculos... No, tenía que ponerse las pilas.

Volvió a la cocina, se hizo otro café que se bebió de un trago y se dirigió de nuevo a su habitación. Ya olía a vainilla y el sol entraba directo por la ventana, apuntando hacia su escritorio, como si una señal divina le estuviera diciendo que tenía que trabajar.

Un maldito domingo a las nueve de la mañana.

Qué ganas tenía de dejar de ser becario. Sus compañeros de piso no sabían con exactitud a qué se dedicaba. Iker quizá se hacía una idea, pero le daría tanta vergüenza saber que personas de su entorno conocían la verdad... Andrés no había nacido para ser becario. Andrés había nacido para encontrar el amor, ser feliz, tener dinero y trabajar en el mayor grupo editorial del mundo. Pero como jefe, claro. ¿Qué era eso de tener que tragar y no poder quejarse?

Joder, odiaba esa sensación.

Aguantando las lágrimas, cantó por lo bajo *Cruel Summer,* lo que le llevó a perderse durante unos minutos en su melodía. Después continuó con la lectura, deseando en su interior que esa pesadilla terminara cuanto antes.

10

Iker

—¡Buenos días!

Iker abrió los ojos asustado por aquella voz. ¿Quién era? Notaba algo a su lado. Se movía y estaba caliente. ¿Era su chinchilla Lupin? ¡Era imposible, siempre se aseguraba de cerrar bien su jaula! Se desperezó un poco, en tensión por notar movimiento a su lado entre las sábanas...

—Te cuesta despertarte, ¿eh? —dijo la voz a pocos centímetros de su cara.

Terminó de darse la vuelta y *boom*. Ahí estaba el chico de la noche anterior, sonriéndole como si estuvieran en una película romántica.

¿Qué narices? Iker Gaitán nunca pasaba la noche con nadie. Era su primera norma, la más importante y la que siempre debía cumplir. ¿Qué hacía despertándose enredado en las sábanas con otra persona?

Se levantó como movido por un resorte, con el corazón a mil por hora. La luz del sol entraba tímidamente por la ventana y podía ver algo de su habitación.

—Perdona, pero ¿qué haces aquí? —le preguntó Iker a ¿Carlos? ¿Marcos? ¿Lucio? Ni siquiera recordaba su nombre. Lanzó aquella interrogativa con desdén, con un tono de voz frío.

—Me dijiste que me fuera, pero te quedaste dormido a los pocos segundos y me dije: con el frío que hace mejor me quedo y ya me marcho por la mañana —le respondió el chico con una sonrisa.

Iker notó que para él había sido un acto bonito, casi romántico. Como si debiera de estarle agradecido por algo.

—Pues ya te estás largando, flipado —le dijo Iker.

Aquella frase pareció sentarle bastante mal al chico, que abrió los ojos sorprendido, aunque no se movió de la cama. El silencio se adueñó de la habitación mientras uno de los dos decidía su siguiente movimiento.

Fue entonces cuando Iker se dio cuenta de que estaba desnudo, como todas las mañanas. Dormía sin nada porque si no pasaba demasiado calor. Así que ahí estaba, recién despierto y tratando de echar a un chico de su habitación..., pero en bolas.

Agarró lo primero que vio sobre su escritorio: una camiseta. Se la puso sobre sus partes íntimas. No le daba vergüenza estar desnudo, al contrario, pero no quería darle esa satisfacción al intruso.

—No te preocupes, te lo he visto todo ya —le dijo él—. Merece mucho la pena. Estás tremendo. Y justamente lo que te quieres tapar... Delicioso. Quiero más.

Iker no quería que pasara, pero... Su entrepierna se movió levemente debajo de la tela. Era automático. Un piropo bien lanzado le hacía desencadenar ciertos comportamientos a su cuerpo. No había nada más que le llenase que saber que era deseado. Y poco ayudaba que aquel chico estuviera medio tapado con la sábana, con el cuerpo medio fuera, y que su abdomen delicado estuviese tenso y marcado. Era imposible no seguir con los ojos la línea que formaba su cadera con su piel, y cómo eso invitaba a continuar mirando hacia abajo, más por debajo de la sábana...

Sin embargo, Iker negó con la cabeza.

—Tienes que irte.

—¿No quieres repetir? —le dijo el chico, que comenzó a bajar aún más las sábanas para revelar que también estaba completamente desnudo. Y excitado.

Iker apartó la mirada para no verlo. Si había pasado una noche de sexo con él, era por algo: le ponía cachondo. Pero además muchísimo. Nunca se acostaría con alguien que no le atrajera lo suficiente como para dedicarle horas y horas de esfuerzo.

El chico permaneció desnudo sobre la cama de Iker con los ojos clavados en él, esperando a que diera el siguiente paso.

Pero Iker no podía.

—Tienes que irte, en serio.

—Debajo de esa camiseta están pasando cosas... —medio susurró el chico como respuesta y se llevó un dedo a la boca, lo lamió y lo condujo por su cuerpo hasta debajo de sus genitales, sin apartar la mirada de los ojos de Iker. La intención era clara.

Iker se mordió el labio, nervioso. Sabía que tenía razón, que bajo la camiseta estaba luchando porque no se le pusiera dura como una roca, porque ver a un hombre tan disponible para él le volvía loco.

Por otro lado, Iker Gaitán no fallaba a su palabra. No se pasaba la noche con él y mucho menos se decidía de manera unilateral. Así que, por mucho que le doliera (e incluso físicamente en sus partes nobles), tuvo que dejar para otro momento lo que fuera a ocurrir en esa habitación.

—Lo siento. Vete. Tengo cosas que hacer.

El chico no reaccionó al momento, y es que parecía que no iba a ceder tan fácilmente. Hasta que se levantó de pronto y recogió su ropa, suspirando. Se vistió rápido mientras miraba a Iker a los ojos, como esperando que cambiara de opinión, con una sonrisilla picarona.

—Déjame mamártela —le dijo el chico de repente, acercándose—. No he probado nunca una así.

Iker recordó de pronto la noche, la buena experiencia que habían vivido, cómo lo había empotrado contra la pared, cómo le había lamido absolutamente todo, cómo le había cogido por el cuello mientras le daba por detrás... Su cuerpo ya estaba en efervescencia, deseando continuar con lo que estuviera pasando.

A ver, técnicamente, si ya había roto su promesa...

No, estaba pensando con el pene. Eso no podía ser.

Pero por otro lado...

—Si te dejo, ¿terminas y te marchas? ¿Sin molestar más?

—¿Te molesto? —le preguntó el chico ofendido.

—Sí. Pero puedes molestarme menos si te marchas después de dejarme contento.

—Y me volverás a llamar. —Aquellas palabras vinieron acompañadas de un dedo acusador y una mirada que no dejaba lugar a jueguecitos.

Iker asintió con la cabeza, dándole la razón. Pista: jamás le llamaría.

Entonces, el chico se puso de rodillas mientras Iker lanzaba la camiseta de vuelta a su escritorio. Ya estaba lo suficientemente cachondo como para ir a por todas. De perdidos al río, ¿no? El intruso en su habitación comenzó a lamerle suavemente alrededor del pene, creando tensión hasta llegar a él. Cuando lo hizo, Iker tuvo que agarrarle del pelo para mantenerlo ahí. Le encantaba sentirse un poco dominante. O bastante, ya puestos. El chico recibió sin queja aquel gesto e incluso apretó más contra su pene para sentirse dominado. Fue entonces cuando Iker comenzó a bombear levemente y el placer recorrió cada poro de su cuerpo. Levantó la cabeza y puso los ojos en blanco. Debía admitir que aquel chaval lo hacía de un modo espectacular. Y con todo tendría que sacrificarse y no volver a llamarle. Putas normas.

Iker continuó disfrutando durante unos minutos sin mirar hacia abajo, hasta que, cuando lo hizo, se dio cuenta de que el chico le buscaba con la mirada. Cuando las de ambos se cruzaron, este sonrió. Se apartó del pene de Iker y le dijo con una sonrisa en los labios:

—¿Te gusta?

Iker asintió y le mandó callar, empujándole de nuevo para que no se distrajera demasiado. Al cabo de un rato, Iker le avisó de que se iba a correr y el chico comenzó a lamerle aún más rápido. Y más y más...

—Me corro, me corro —advirtió Iker.

Finalmente explotó en la boca de aquel chico, que recibió su semen sin rechistar, respirando fuerte por la nariz, cansado. Al separarse, Iker vio cómo la mirada de él era tranquila, como si supiera que lo había hecho fenomenal. Se tragó lo que tenía en la boca y se levantó, muy dignamente.

—Bueno, señor Iker... —comenzó a decirle, llevándose las manos tras la espalda, como si fuera un camarero de un restaurante pijo—. Ahora si me disculpa, voy a marcharme. Espero que empiece bien el día habiéndose quedado vacío. Un buen trabajo merece una recompensa, por lo que agradecería que me llamara. Un trato es un trato, señor Gaitán.

—Sí —fue lo único que respondió Iker, tratando de no sentir vergüenza ajena por la performance que se acababa de marcar aquel tipo. ¿Qué cojones?

Estaba desnudo en medio del cuarto. Aún estaba agitado y su pene no había recuperado su forma original, todavía excitado. El chico le echó un último vistazo, cogió lo que quedaba de su ropa y se marchó sin decir nada más.

En cuanto Iker escuchó la puerta de casa cerrarse, se puso un pantalón de pijama y salió corriendo al baño para ducharse. Estaba lleno de sentimientos encontrados: ¿por qué narices había hecho eso? Sabía perfectamente que no volvería a ver a aquel chico en la vida, y aun así, le había dado ilusiones. Bajo el agua caliente, se encogió de hombros: tampoco era raro para él hacerlo. Y sin embargo, se sentía extraño...

Volvió a su habitación al cabo de unos minutos. Lo primero que haría ese domingo sería recogerla. Al hacer la cama, algo salió volando por los aires. El ruido asustó a Lupin, que saltó dentro de la jaula.

—¿Qué cojones?

Iker se acercó a lo que fuera que hubiera generado aquel ruido y...

—Mierda.

El chico se había dejado su cartera. Iker la inspeccionó con el corazón en el pecho para cerciorarse: ahí estaban sus tarjetas de débito, el bono de transporte, el DNI... Eso significaba algo muy sencillo: tenía que volver a verlo.

11

Mauro

El domingo amanecía diferente para Mauro. Por primera vez en la vida notaba la cabeza dolorida por algo que no entendía. El alcohol le había afectado más de lo que pensaba, pero... ¡Era su primera resaca!

Ya puedes tachar otra cosa más de tu lista de persona normal.

Se desperezó entre las sábanas y contempló, aún medio dormido, que tenía sus pertenencias a medio acomodar en la habitación. Necesitaba empezar a asumir que aquello iba a ser su casa: sería su presente y, sobre todo, su futuro. Comenzaría una nueva vida en Madrid y debía dejar de pensar en que era temporal. Su mente era incapaz de procesar un cambio tan radical. Pasar de un pueblo donde ni siquiera la carretera principal había sido asfaltada en los últimos cincuenta años a un lugar como aquel era, cuando menos, algo que le tenía bloqueada la cabeza. Con ese pensamiento le escribió un mensaje a Blanca, su mejor amiga, para dejarla tranquila. Le dijo que todo iba bien en Madrid y que ya entraría más en detalles cuando tuviera un buen rato libre. Tenían demasiado de lo que hablar.

Al otro lado de la puerta, Mauro escuchó un leve hilo musical. Canciones en inglés con un rasgueo de guitarra que trasmitían sus vibraciones a través de la pared. Provenían de la habitación de Andrés. No logró identificar de quién se trataba la canción, aunque tampoco se consideraba ningún experto en música.

Mauro de pronto se dio cuenta de que sentía un agujero en el estómago. Estaba muerto de hambre, y es que pensando... No había comido nada desde el día anterior por la noche, antes de salir de fiesta. Consultó la hora en el teléfono y casi se cae de la cama. La una y cuarto. ¡La una y cuarto!

Se levantó corriendo en dirección a la cocina. Atacaría lo primero que encontrara y se lo comería de un solo bocado.

Y lo primero que se encontró en la cocina fue a Iker.

—Oye, buenos días, muchacho —le dijo sonriente mientras removía algo rojo en una olla—. Es pasta. Con su tomate y chorizo, ¿sabes? Lo que mejor entra para un día de resaca.

—¿Esto es normal? —le preguntó Mauro, señalándose la cabeza, y tratando de no pensar en la ironía de la situación que era estar tan hambriento y encontrarse al hombre de sus sueños frente a él.

—Te refieres al dolor de cabeza, ¿verdad?

Mauro asintió con la cabeza.

—Pues claro que sí. A veces es recomendable tomarse un buen pastillote antes de dormir.

—Lo hice, lo comenté con Andrés.

—Ah... —Iker continuó removiendo la salsa de los macarrones.

—Estabas ocupado —le dijo Mauro. En su tono de voz notó algo que no le gustó, y es que por un momento se había olvidado completamente de lo que había sucedido la noche anterior.

Iker. Con un hombre. A apenas un par de pasos de donde estaban en ese momento.

—Sí —dijo Iker, como si de repente quisiera dejar de hablar—. ¿Por qué lo dices?

—No, por nada. —Mauro se encogió de hombros. No quería tener problemas con nadie, y mucho menos con Iker. Acababa de llegar a Madrid y solo tenía que hacerse a su nueva vida, a cómo vivía cada uno de sus compañeros...

Eso no evitaba que sintiera que su corazón estaba a punto de salírsele del pecho.

—Esto estará en unos minutos, si quieres ve preparando la mesa en el comedor y comemos ahí.

—¿Y Andrés dónde está?

—Creo que currando. Pobrecito —dijo Iker.

Mauro se puso a llevar las cosas de una estancia a otra sin dejar de pensar en que iba a comer con Iker. Los dos solos. Y bueno, sí, Andrés estaba en la casa, en la habitación de al lado... Pero era como una cita de las que había visto en las películas, ¿no?

Bueno, casi casi...

—Me han quedado genial, pruébalos —le dijo Iker cuando entró en el salón con los dos platos.

Los puso sobre la mesa central y esperó a que Mauro los probara. En efecto: deliciosos.

—Eres buen cocinero —le dijo Mauro.

—Lo sé, rey. Pero no te emociones demasiado porque suelo comer cosas mucho más sanas que esto.

—¿La pasta no es sana?

Iker abrió los ojos como asustado.

—¿No has oído hablar de los carbohidratos?

Mauro negó con la cabeza.

—En el pueblo no es algo que suela comer demasiado, aunque mi amiga Blanca siempre los hace con nata y huevos de su corral y le quedan de rechupete.

—Bueno, quizá allí los productos son mejores... Pero vamos, que esto lo tomo solo los días de resaca como excepción. O si estoy en volumen.

Iker dio por terminada la conversación cogiendo el mando a distancia para encender la televisión. Mauro no dijo nada mientras le veía toquetear los botones y seleccionar aplicaciones.

—Como buen fin de semana que es, toca ganarme el carnet de maricón que Andrés dice que no tengo por no tener pluma: es día de ver la Rupola.

—¿El qué?

El mando a distancia cayó sobre la mesa con un estruendo. Iker se dio la vuelta con cuidado.

—Una cosa es venir de un sitio donde no tenéis ni luz, pero otra muy diferente es no conocer *RuPaul's Drag Race*, Mauro. Esto es algo muy serio, tenemos mucho trabajo que hacer, más del que pensaba.

Mauro no supo qué contestar. Iker estaba muy cerca de él, ya que la mesa de centro del salón era grande, y al volverse para echarle la bronca, su pierna le había rozado. Se sentía ruborizado.

Penco, que eres un penco.

—Lo siento —fue lo único que pudo articular finalmente, sin terminar de entender si aquello era una broma o si Iker iba en serio.

—No te preocupes. Me pongo manos a la obra ya mismo.

Y fue tal cual. Vaya si se lo tomó en serio. Mauro estaba fascinado. Iker había seleccionado un capítulo de aquel programa y le estaba contando con pelos y señales cada una de las cosas a tener en cuenta.

—Las drag queens llevan décadas existiendo, pero no ha sido hasta hace unos años que han entrado por la puerta grande en todo tipo de eventos, incluso en los Oscar.

—¿En los Oscar?

—Sí. Shangela, que es de *RuPaul's Drag Race*, la versión de Estados Unidos, estuvo invitada. Es algo que jamás se habría pensado que pudiera pasar, pero aquí estamos: con drags en todos lados. En parte ha sido gracias al programa, pero no podemos olvidar que en España tenemos una tradición suuuperlongeva sobre el transformismo. Y por eso tenemos aquí también nuestra propia versión.

Mauro tenía que morderse la lengua. Iker parecía estar encantado contándole cada detalle, y en los pocos días que llevaba conociéndole, nunca le había visto ese brillo en los ojos.

—Pero ¿qué son exactamente?

—Mira —Iker le indicó la pantalla—. Es gente que se maquilla y se viste para expresar algo. Hay drags de todo tipo. Cualquier cosa que te imagines, de verdad. En *RuPaul* suelen meter sobre todo chicos gay, pero poco a poco está cambiando. Es una pena, porque hay drag kings muy buenos...

Mauro fijó la vista en la pantalla durante unos minutos. Nunca había visto nada igual: vestidos coloridos y espectaculares con tacones de infarto y unos maquillajes más propios de las novelas de fantasía que adoraba que de un escenario. Aquellas drags que estaba viendo en la televisión bailaban, cantaban, cosían y se peinaban. No necesitó demasiado tiempo para darse cuenta de que las personas que veía eran realmente:

—Artistas —susurró, fascinado.

Iker sonrió.

—Eso es, muchacho. Te aviso de que una vez empiezas a ver esta mierda, se vuelve adictiva. Ahora presta atención, es el momento en el que deciden quién se marcha a casa.

Como era de esperar, Mauro continuó con la vista clavada en la pantalla. Dos drags se enfrentaban entre ellas para ver quién era la mejor: se arrancaban las pelucas, daban volteretas y se abrían de piernas como si fuera lo más normal del mundo. Mauro tenía los pelos de punta.

—Está claro quién se va —dijo Iker, visiblemente molesto—. No me jodas.

Se tumbó contra el sofá con los brazos cruzados y, con los ojos en blanco en evidente gesto de burla, dijo una frase a la par que la presentadora del programa:

—*Sashay away!*

—¿Y eso qué es? —preguntó Mauro, tratando de no estropear el momento intenso que se revelaba ante sus ojos, con las participantes llorando y abrazándose.

—Eso es que se va a su casa. Pero no debería, era una de mis favoritas desde el principio.

—Pero no ha sido la que mejor cantaba...

—Ya, pero se ha enfrentado a otra que llevaba tres semanas en el *bottom*. Es injusto, ¿sabes? Ella es quien debería haberse ido.

—Bueno, supongo que sí —dijo Mauro, sin entender qué era eso de «*bottom*». No quería preguntar más, porque terminaba por sentirse tonto. El capítulo estaba terminando, e Iker se lanzó a por el mando.

—Mira, ahora que ya me he puesto al día, te voy a enseñar la versión española.

A los pocos segundos, los créditos iniciales aparecían en la pantalla.

—Mi favorita es Carmen Farala, es una puta diosa, y en el reto de La Veneno para mí se coronó para siempre. Aunque no sé, ¿a ti qué estilo te gusta?

Mauro se encogió de hombros. No dijo nada, mientras en la televisión se presentaban una a una a medida que entraban en la zona de trabajo, y luego se subían a un toro mecánico.

—A ver, no soy experto, pero de momento me hace mucha gracia esa —dijo, señalando la pantalla.

—¡La Pupi Poisson! Normal, lleva toda la vida haciendo esto. Es graciosísima. A mí, aparte de la Farala, me flipa Hugáceo Crujiente.

—¿Y esa?

Iker miró a la pantalla, para ver a quién se refería Mauro.

—Coño, pues normal. La Sagittaria. Vas a flipar con el outfit de la crema catalana. Tú ponte cómodo y verás.

Mauro continuó en silencio, pero al cabo de un rato, una duda sobrevoló sobre su cabeza. Necesitaba saber más, conocer más. Como si fuera una esponja que tuviera que absorber todo lo posible.

—¿Y cómo son en persona?

—¡Increíbles! Aquí en Madrid hay muchos eventos o discotecas donde actúan drags en directo. Yo tengo mis favoritas, pero no te voy a decir quiénes son para que no puedas cotillearlas en ningún lado, así te llevas la sorpresa. Tenemos que hacer un plan de ir todos una noche, ¿te parece?

Mauro asintió con la cabeza. Qué majo era Iker y qué bien le había tratado desde el principio. Irradiaba confianza y seguridad en sí mismo, y siempre trataba de hacerle sentir bien. Era algo que nunca le había pasado en la vida, ni siquiera con sus padres. Siempre se esperaba más de él, algo diferente a lo que podía ofrecer... Y sin embargo, Iker le trataba como si no esperase nada, como si fuera perfecto tal como era.

Perdido en sus pensamientos, Mauro temió ponerse triste o continuar con esa ruta que iba abocada al fracaso con un hombre tan atractivo como su compañero de piso. Así que decidió centrarse de nuevo en las reinas españolas.

—Pon más —le pidió a Iker en cuanto terminó el primer episodio.

Y este sonrió y aceptó el reto con gusto.

—Prepárate. Ya no hay vuelta atrás, *henny*.

Mauro se acomodó más en el sofá y se sintió completamente a gusto en su nueva casa, por primera vez, desde que había llegado a Madrid. ¿Ese calor que sentía en la boca del estómago era sentirse como en tu hogar? ¿La sensación de encajar por fin? Porque era una sensación nueva y le encantaba.

Quizá Madrid sí iba a ser su sitio.

12

Andrés

Andrés comenzaba la semana con enormes ojeras que no soportaba ver. Se había mirado al espejo al salir de la ducha y se había sentido como lo que veía: una mierda. ¿Desde cuándo llevaba teniendo esas manchas moradas debajo de los ojos? Ah, sí, desde que había comenzado a trabajar los putos fines de semana.

De camino al trabajo revisó los correos de su jefe para comprobar que todo estaba en orden. No sería la primera vez que se la jugaba con juegos de palabras o cosas ocultas que debía entender entre líneas. Respiró tranquilo cuando descartó cualquiera de esas posibilidades y se apeó del metro. Desde el andén, era subir unas pocas escaleras, cruzar un par de calles y ya estaría en la editorial.

En la puerta, lo primero que hizo fue saludar al de seguridad.

—Buenos días, Paco —le dijo mientras se identificaba con su tarjeta de empleado.

Como todos los días, este ni siquiera le miró. Andrés no sabía si era por ser un simple becario (algo que odiaba con todo su ser cada día de su existencia) o por ser un mariconazo con una mochila rosa cuyo cierre era una pequeña flor. Fuera como fuese, no le afectaba. Sabía que estaba por encima de aquel señor en muchos aspectos.

Se subió solo en el ascensor y cuando alcanzó la segunda planta, lo primero que vio al abrirse las puertas fue a su compañera Laura corriendo de un lado para otro.

—¿Qué pasa? —le preguntó, de pronto nervioso. Más aún de lo que ya se sentía.

—Es Lucas. Está que trina. —El terror en la cara de su compañera fue suficiente para comprender la gravedad del asunto—. Se ha adelantado una reunión y necesitaba tener tus informes impresos.

—¿Cómo que mis informes impresos? Se los mandé al correo.

—Claro, pero tenías que traerlos tú.

—¿Y cuándo se supone que los tengo que traer?

—El buzón —le dijo Laura, cortante, pestañeando de manera exagerada.

Oh, mierda. El maldito buzón.

Hacía ya unas semanas, Lucas había tenido la idea revolucionaria de habilitar un buzón cualquiera en la puerta del edificio. Su único propósito eran cosas como esa: que los empleados dejaran ahí trabajo adelantado de los fines de semana.

—¿Y lo sabías?

—Todos lo sabemos, Andrés. —La manera repipi en la que Laura le respondió le llenó de rabia. Trató de mantener el control.

—No, Laura. Lucas no me dijo nada.

—Mira, Andrés. Bastante tenemos ya en la ofi hoy como para que vengas con excusas. Tendrías que haberlo dejado y listo. Sanseacabó.

—Te repito, guapa: ¿lo sabías? —Le tocó ponerse borde.

—No me hables así, no soy una de tus amigas mariliendres, te lo he dicho mil veces.

—Cielo, jamás lo serías, tenlo por seguro —respondió Andrés con su Sonrisa Afilada™—. Pero me estás jodiendo: ¿no podrías haberme avisado?

—No es mi problema directo. —Se encogió de hombros—. Como dices tú: *sorry not sorry.*

Y se volvió en dirección a las puertas de entrada de la oficina.

Andrés se quedó frente a ellas, quieto, sin saber qué hacer. Realmente, hiciera lo que hiciese, todo iba dirigido hacia el mismo camino: la muerte.

Cogió aire, se llenó de valentía y decidió, por undécima vez en los últimos diez días, que nadie en aquella oficina era más que él y que valía su peso en oro. Tenía que recordárselo: trabajaba ahí porque estaba destinado a cosas mejores, a cosas grandes. Las conseguiría algún día. Estaba seguro.

Ahora le tocaba respirar hondo y trabajar en no romper los ventanales de la oficina y clavarle las esquirlas a Lucas en los ojos. Debía hacerlo por su bien...

Se armó de valor antes de entrar. ¿Se encontraría a su jefe o tendría que ir a la reunión? Siempre había algún tipo de problema con eso: no le invitaban a casi ninguna y luego le echaban la bronca por no ir. Pero si asistía, le echaban porque no estaba invitado. Sin embargo, aquella vez decidió que lo mejor sería plantarse ahí. Para Lucas, él no estaba implicado como debería en la editorial. ¿Quizá eso le demostraría que lo estaba?

—Buenos días, Andrés. ¿Qué tal vas? —le preguntó la recepcionista nada más entrar.

—Espero que sea una pregunta retórica.

No le importaba aquella chica. Era cotilla como ella sola, así que pasó de largo y se dirigió hacia la sala de reuniones. Era enorme y con cristales tintados de un color gris semitransparente. Pudo ver, antes de entrar, que Lucas estaba de pie haciendo enormes aspavientos con las manos.

—... y por eso creo que es importante contratar este tipo de novelas para el nuevo sello, no tenemos nada como esto en el mercado y seríamos pioneros en traer algo así para el público adulto —estaba diciendo. No le dirigió la mirada a Andrés. Él, mientras, se sentó en la primera silla libre que había en torno a la mesa ovalada. Lucas hablaba frente a la pantalla, donde habría una presentación proyectada—. Tenemos informes favorables. No he podido dejar de leer en todo el fin de semana. Este tipo de novelas no son comunes y estos autores concretamente traen algo diferente al panorama. Desde aquí, confiamos en ellos. Son unas obras espectaculares.

Ah, bueno. Lucas estaba fingiendo haber leído los manuscritos él mismo. Era obvio que no le había dado tiempo a leer los informes y no sabía muy bien por dónde tirar. Andrés le conocía: le gustaba hablar de las novelas con pelos y señales, y no estaba siendo el caso.

—Acaba de interrumpir esta preciosa reunión nuestro becario Andrés, que ni siquiera ha saludado. Os presento. Andrés, estos son los directores generales de los nuevos sellos de la editorial, con los que lanzaremos nuevas historias a partir del verano que viene. Como sabes, estamos trabajando codo con codo con ellos, debido a la absorción de su antiguo grupo editorial por parte del nuestro.

Andrés asintió sin saber qué decir. Los directores no se dignaron ni a saludarle.

—Por lo pronto —continuó Lucas—, me gustaría convenceros de romper con los esquemas establecidos en vuestras líneas para tener una coherencia con el resto de la editorial de la que ahora formáis parte. Estos dos autores de los que os hablo están, ahora mismo, trabajando con sus agentes en pujas de grandes cantidades para sus publicaciones en el extranjero. Es el momento de atacar.

Se hizo el silencio en la sala de reuniones. Uno de los directores generales intervino para romper la tensión:

—¿No nos puedes contar algo más? Lo veo muy crudo...

Lucas le clavó la mirada a Andrés de manera breve pero venenosa. Él sintió que, literalmente, se hacía caca encima. En cuanto la reunión terminara, le iba a caer una buena... Y todo por culpa de su amiguísima Laura, obcecada en lamer culos. Tenía que devolvérsela, fuera como fuese.

Vaya que si lo haría.

—Os puedo hacer llegar los informes ahora mismo a vuestro correo electrónico y podemos vernos mañana para terminar de cerrar la compra. No podemos dejar correr demasiado el tiempo —advirtió Lucas.

—Ya sabes que no trabajamos así —dijo el otro director general, que no había hablado hasta entonces—. Pero confiamos en ti y en tus años de experiencia... Supongo que podemos pensarlo.

Dicho aquello, se levantaron los dos y se despidieron de Lucas con la cabeza. Andrés se quedó quieto viendo cómo se marchaban, sin decir nada. Entonces, Lucas aprovechó para acercarse a él, como si aquello fuera un documental de La 2 en el que su jefe era el león. Y, obviamente, Andrés era la presa.

—Es la última vez, chaval. La puta última vez que me haces quedar así de mal —le dijo Lucas. Tenía los ojos inyectados en sangre y le apuntaba con el dedo. Andrés vio la saliva salir de las comisuras de sus labios.

Andrés tragó, aguantándose las ganas de decirle cuatro cosas bien dichas. De todas formas, tampoco le habría dado tiempo, puesto que Lucas recogió sus cosas y se marchó como si llegara tarde a algún lado.

La sala de reuniones se quedó en silencio. El proyector emitía un ruido de estática mientras mostraba la imagen de la presentación: era la portada provisional de uno de los libros que Andrés había tenido que leer durante el fin de semana, con un breve resumen y la nota que le había puesto. Debajo se leía:

INFORME REALIZADO POR LUCAS G. MURILLO

Andrés volvió a coger aire y sonrió, resignado.

—Ya me tocará a mí hundirte, cielo. Solo dame tiempo.

La amenaza no llegó a oídos de nadie, pero decirlo en voz alta fue suficiente para él. Al menos de momento.

La hora de comer llegó como si fuera un toro clavándole los cuernos en el estómago. Andrés notó un pinchazo, miró la hora y se dio cuenta de que había estado tan ofuscado en sus tareas en la oficina que no se había percatado del paso del tiempo.

—Me voy —le dijo a Laura.

Se sentaba frente a él, en otra mesa, y solo se veían a través del ordenador si levantaban un poco el culo del asiento. Laura no le dijo nada y siguió tecleando.

Los lunes y los miércoles era cuando Andrés tenía libre un rato más que el resto de la semana para comer. Al ser becario, hacía más horas que el resto, y para tenerle contento le dejaban descansar dos horas esos días. ¿Que estaba bien? Pues sí, pero al mismo tiempo, casi que le obligaba a comer fuera, y era gastar más dinero.

Y le pagaban una mierda.

Andrés recogió sus cosas y salió en apenas unos minutos del edificio. Decidió cambiar de aires: estaba sobrepasado por la situación vivida por la mañana. Buscó recomendaciones en The Fork y encontró una cafetería nueva que ofrecía comidas tipo *light*. Eso le vendría bien, nada como comer algo sano, tirando a vegetariano, para cuidarse. Tan solo estaba a unos minutos caminando.

Cuando llegó, eligió una mesa cercana al ventanal y dejó sus cosas en la silla de enfrente. El ambiente era calmado, sosegado, y de fondo se escuchaba una versión acústica de una canción de Ed Sheeran. Cerró los ojos durante unos segundos, hasta que un camarero le interrumpió.

Oh, mierda.

Tremenda mierda. Sis, wake up!

Era la persona más guapa que había visto en su vida. Tenía el pelo castaño oscuro, una casi melena que llevaba peinada hacia atrás con algunos pelos sueltos, a lo loco. Labios finos y nariz grande pero con el puente recto, fino. Era, literalmente, un ángel en la tierra. Era perfecto. Tenía unos pequeños aros en la oreja izquierda, color metal, con un aspecto que contrastaba con su aura de ángel. Ah, y ojos azules. Del color del mar cristalino de las Bahamas. Andrés nunca había estado en las Bahamas, pero se imaginó que sería un poco así. Iba vestido con un delantal negro con un cartel de plástico donde ponía «Efrén». Qué bien sonaba. Efrén, ¿el hombre de sus sueños?

—¿Qué te pongo? —le dijo con una sonrisa.

Andrés estaba procesando aquella belleza. Tenía una chispa en sus ojos que... Ay, era demasiado guapo.

—No sé, es mi primera vez aquí.

—Vale, enseguida te traigo el menú. ¿Y para beber?

Efrén aún no había mirado directamente a Andrés, y lo hizo en aquel momento. Hasta entonces había mantenido la mirada fija en su libreta.

Cuando los ojos de los dos se cruzaron, Andrés volvió a sentir por segunda vez en la mañana que se cagaba encima. Esta vez no era en plan mal, sino que estaba tan nervioso y notaba tantas emociones en su estómago que no podía resistirse a sentirse así.

—Agua —dijo Andrés, con la boca seca.

—Desde luego, la necesitas —le dijo Efrén entre risas. Se dio la vuelta y se dirigió a la barra a por el menú.

Andrés se dio cuenta de que estaba tenso y se relajó. Tenía que comentárselo a alguien. Cogió su teléfono móvil y buscó en sus contactos, pero antes de que pudiera comentarlo, Efrén había vuelto con una botella azul de Solán de Cabras.

—Te la cobro a precio normal —le dijo Efrén, y volvió a marcharse, sin esperar respuesta.

¿Perdón?

No podía estar pasando aquello. ¿El camarero más guapo de Madrid estaba ligando con él? Andrés no se lo podía creer. Obviamente, no podía tratar así a todos sus clientes, ¿verdad? Aunque también era cierto que una belleza como la suya no era normal. Andrés estaba bastante seguro de ser guapo, porque los chicos rubios casi siempre lo eran. Al menos, como él, cumplía con todas las características básicas de un *twink*. Del montón bueno, no del malo. Claramente.

Así que sí, quizá cabía la posibilidad de que le hubiera gustado a Efrén.

A todo eso, aún no había mirado el menú. Decidió qué comer, lo pidió (pero no a Efrén, sino a un compañero) y terminó el plato en cuestión de minutos. Su camarero favorito había desaparecido de la faz de la Tierra. Cuando era momento de pedir el café y ya daba su historia de amor por perdida, le vio aparecer de nuevo a través de la barra, al otro lado.

Cruzaron miradas durante un segundo, lo suficiente como para que Efrén le sonriera.

Estaba hecho: se iban a casar. Mañana mismo buscaría casas con jardín para los perritos que iban a adoptar.

—Un cortado —le pidió al compañero que le había tomado nota de la comida. Vio cómo Efrén se lo preparaba, comentaba algo brevemente con su compañero, lo señalaban y, al traerlo, Andrés se dio cuenta de que en la servilleta había un usuario de Instagram con su arroba correspondiente.

Andrés no pudo disfrutar del café. Tampoco lo iba a necesitar, pues la adrenalina ya le había recorrido cada parte de su cuerpo.

Dejó dinero en efectivo sobre el plato y se marchó sin mirar atrás. Una vez fuera, buscó con la mirada a Efrén a través de la cristalera, y vio cómo este le buscaba de vuelta. Cruzaron las miradas de nuevo, se sonrieron y, entonces, Andrés sintió que podía marcharse.

De vuelta al trabajo, no dejó de pensar en su primera cita y, después, en su primer viaje a París, comiendo queso bajo la Torre Eiffel y escuchando a Taylor Swift arropados en su cama.

Va a ser mi marido. Vaya que sí.

13

Mauro

Mauro no esperaba que Iker tuviera, así como de la nada, unos cuantos días libres. No sabía aún de qué trabajaba, pero no parecían ser demasiado exigentes con él. Y parecía cobrar mucho, a juzgar por el tipo de ropa que llevaba.

Después del fin de semana de resaca viendo el programa de las drag queens, Mauro se sentía más cercano a él, así que pasaban más tiempo juntos. Iker le había recomendado varios portales en línea para mandar currículums, y se encontraban los dos tumbados en el sofá, cada uno hacia un lado, haciendo sus cosas.

—Yo te diría que es mejor que fueras en persona, ¿eh? Siempre funciona —le comentó de pronto Iker, cuando ya llevaban un rato en silencio.

—No sé, me da como vergüenza.

—A ver, es normal si nunca has tenido que buscar trabajo. Yo no he tenido nunca ese problema.

Mauro no supo qué responder.

—¿Por qué? —le preguntó al cabo de un rato.

—Trabajo en la empresa de mi padre.

Vaya, qué casualidad. Pero bueno, misterio resuelto.

—Es un mero trámite —continuó, como excusando su enchufe—. Lo bueno es que si no hay mucho curro, me deja cogerme días libres, como hoy. —No parecía que Iker quisiera hablar demasiado del tema, ni que le hiciera demasiado feliz.

—Entiendo —le dijo Mauro, y continuó enviando su currículum a diferentes tiendas, librerías y cadenas de ropa. No sabía en qué quería trabajar, la verdad, así que probaría suerte con cualquier oportunidad que se le presentara—. De momento prefiero enviarlos online, no me siento preparado para ir puerta a puerta pidiendo trabajo. Me parece raro.

—No estás pidiendo nada, Mauro —le tranquilizó Iker—. O sea, obviamente hay miles de personas como tú. Están acostumbrados.

—Ya, pero que no, que prefiero estar aquí calentito.

Iker se rio y se encogió de hombros. Mauro advirtió que no despegaba la vista de su teléfono móvil. ¿Qué estaría haciendo? Estaba tapado con una manta hasta la cintura y con las piernas levantadas, así que apenas podía verlo. Era como si se estuviera ocultando.

Al cabo de una media hora de más silencio, Mauro le preguntó:

—¿Qué haces tú, por cierto?

Fue entonces cuando Iker, por primera vez en toda la mañana, le buscó con la mirada.

—Estoy jugando a un juego. Se llama Grindr. —Volvió a fijar su atención en el teléfono.

—Ah, pues mátalos a todos, supongo.

La carcajada de Iker fue demasiado exagerada. Tanto que el sofá rebotó debajo de Mauro. Iker se incorporó con una sonrisa burlona, aún sin recuperar del todo el aliento.

—Rey, no es un juego como tal. Si los matara de verdad, estaría en problemas; solo lo puedo hacer metafóricamente. De hecho, ahora que lo dices, alguna vez me han pedido cosas parecidas...

Tras una pausa durante la que pareció recordar algo turbio, Iker le mostró brevemente la pantalla a Mauro: eran un montón de cuadrados con caras de chicos, cuerpos o cuadraditos negros con la silueta de una persona.

—Digo que estoy jugando porque me lo paso bastante bien —aclaró.

—No entiendo nada.

Con los días, Mauro había aprendido que era mejor preguntar y aprender todo lo que pudiera. No estaba dispuesto ni a perder el tiempo ni a dejar la vida pasar: tenía que recuperar todo lo perdido después de tantos años en el pueblo. Ya no le daba miedo parecer idiota por sentir curiosidad.

—Esto que ves son hombres. —Iker le señaló la pantalla con el dedo. En ese momento, en la parte de abajo, apareció un número. El icono era como de un chat, así que Mauro supuso que alguien le estaba hablando.

—Vale, supongo que es una aplicación de citas. Marisa, de mi pueblo, se casó con un hombre que conoció por una página web y se tuvo que marchar porque no paraban de criticarla. Pero no sé, ella parecía feliz. Pobre Marisa.

El comentario de Mauro dejó a Iker sin saber qué responder y, de nuevo, se instauró un silencio incómodo, pero retomó el tema rápidamente.

—Bueno, vale, es como una aplicación de citas. Más o menos. Pero aquí nadie busca el amor, en verdad.

—¿Entonces?

Iker se acercó un poco más a Mauro, que ya había dejado el ordenador un poco alejado. Le interesaba más mantener una conversación más clara con Iker, más cercana, y que le contara qué narices era esa app. ¿Quizá podría descargarla y...?

—Se busca follar, básicamente. Va como por GPS, te calcula la ubicación y qué chicos están más cerca.

Mauro abrió mucho los ojos.

—Qué miedo... Así que saben dónde vives. *Vivimos* —se corrigió Mauro, rodeándose con los brazos en señal de protección.

Iker negó con la cabeza.

—No es tan exacto, es aproximado. Sirve para, pues bueno, si tienes ganas de hacer algo, coges, lo miras un poco, mandas cuatro fotitos y listo. A chuparla. Literalmente.

—Creo que sigo sin entenderlo. ¿Es con gente aleatoria?

—Puedes filtrarlo.

—¿Por qué?

Mauro se estaba mareando. Aquello le parecía una auténtica burrada. Parecía que estuviera eligiendo en el menú de un restaurante, a ver qué plato quería probar. Le hacía sentir algo incómodo, aunque no supo si era por no tener experiencia en el terreno sexual o por simplemente no verle ningún tipo de interés a mantener relaciones de aquella manera...

—Pues por diferentes categorías. Yo, por ejemplo, suelo buscar pasivos y más o menos de mi edad —le explicó Iker, mostrándole un poco más el funcionamiento de la aplicación. En ese momento, estaba toqueteando los filtros. El diseño de la app era horrible: negro sobre naranja. Puaj—. Mira, ahora puedo poner que busco chicos de veinticinco a treinta y, de los que me salgan, busco los que me interesen, y de ahí les hablo o espero que me hablen y elijo el que más me guste.

—¿Y llevas haciendo eso toda la mañana?

Llegó el silencio a la escena. Mauro pronunció aquellas palabras con una sensación similar a la de hacía unos días, cuando Iker se había llevado a casa al chico que había conocido en el bar de Chueca.

—Suelo tener preparado algo en caso de que quiera. Luego, si no, me da más pereza.

Mauro no dijo nada, necesitaba procesar la información. Se sentía un poco desubicado. Era como las películas de ciencia ficción que veía de vez en cuando y que no le terminaban de gustar, porque en cierto modo eran reales. O sea, ¿a Iker le parecía normal tener una aplicación con, literalmente, un menú de hombres con su ubicación y preferencias? Era demasiado para ser miércoles por la mañana y llevar solo un café en el cuerpo.

—Pero bueno, que no te preocupes. Esto es para un nivel ya más avanzado. Puede haber cosas turbias y necesitas una clase para entender tooodo lo que puede haber por ahí.

—Quiero saberlo ya, Iker. Cuéntamelo —le dijo Mauro, con un tono de voz que no reconoció. Era una mezcla de sensaciones. Por un lado, horror y rechazo, por otro, curiosidad y excitación.

—Nah, no te ralles, Chico Virgen.

La conversación terminó con eso por parte de Iker, que volvió a recostarse en el sofá. Mauro sintió su pecho hundirse, como si le hubiera lanzado un cuchillo afilado y helado y luego se rompiera en otros cientos de cuchillos.

¿Chico Virgen? ¿Este es idiota?

Cerró el portátil con un golpe (aunque no demasiado, no quería discutir), recogió su taza de café de la mesita central y se marchó a su habitación para continuar enviando currículums.

—Ey, ¿qué *la* pasa? —le dijo Iker en tono burlón.

Mauro no dijo nada, cerró la puerta tras de sí y se tumbó en la cama con los brazos cruzados. Se le pasaban por la cabeza muchas cosas. La primera era que Iker tenía razón: era un pedazo de virgen que ni la María en el pesebre. Eso era cierto, no lo iba a negar. ¿Que le faltaba experiencia y conocer más de su nueva realidad? Pues sí, pero no le había sentado nada bien aquel mote.

—Chico Virgen... —susurró para sí. Negó con la cabeza y se mordió el carrillo, dándole vueltas.

La otra cosa que se le pasaba por la mente, y casi de un modo más fuerte que sentirse avergonzado por no haber mantenido relaciones sexuales, era que se imaginaba a Iker teniéndolas con otros chicos y... había algo que no le gustaba. No podía identificar qué narices era, porque nunca había sentido algo similar. ¿Qué mierdas le pasaba?

Mientras continuó buscando trabajo, no dejaba de pensar en las piernas musculadas de Iker, en sus brazos y en su sonrisa, que le aparecían en la mente como si fueran un pensamiento recurrente.

Y es que, al fin y al cabo, tenía que reconocer que lo era, más de lo que le gustaría admitir.

14

Iker

Tras un día de descanso en casa, Iker cenó en la cocina mientras veía vídeos de YouTube sobre finanzas. No le gustaba desconectar del todo de su trabajo, sentía que con faltar un solo día a la oficina le hacía estar detrás de sus compañeros. Desde su conversación por la mañana, apenas había visto a Mauro más de cinco minutos, y Andrés, que había llegado a casa hacía un par de horas, tampoco entabló demasiada conversación con él. Además, había hecho sesión doble en el gimnasio, por lo que no se habría cruzado demasiado con sus compañeros aunque hubieran estado por la labor de hablar.

Vaya, un día entre semana al uso: aburrido y monótono.

Se dirigió a su habitación, dispuesto a finiquitar lo que había comenzado aquella mañana. Se había propuesto varios objetivos para aquella noche. Estaba claro que debía aprovechar sus días libres para follar lo que no podría cuando trabajase y tuviese que madrugar. Se metió en los chats de Grindr y vio que le habían hablado varios chicos.

> PASIVO SEX YA
>
> Heyyyy
> guapo
> Tienes sitio?

> **DOMDADDY SCAT**
>
> Estoy buscando activos para fiesta,
> varios pasivos, popper, electro
> Te van sesiones?

> **PAS VERS MD 32**
>
> Hola
> qué guapo
> cuánto mides
> ?

> **PAREJA AHORA !! XXL**
>
> Soms 2
> Vers+Pas
> Te bienes y lo pasamos bien? unas birras
> hechamos un FiFA y lo que surga

Iker respiró hondo y puso los ojos en blanco. No le iba nada de aquello, así que decidió ignorar esos mensajes y centrarse en los chicos que más le habían gustado durante el día. Aquel era el momento decisivo. Comenzó con el primero.

> Ya estoy por aquí
> Estaba en el gym

> Sudadito?
> Enséñameee

> Foto
> Foto

Obviamente, Iker tenía una gran galería de fotos que reutilizaba continuamente. Uy, sí, esas se las había sacado sudoroso y sin camiseta exclusivamente para aquel muchacho.

Pista: no, mi ciela.

Aquellas fotos las tenía ya medio Madrid, y pensarlo le excitaba. No lo iba a negar. Le encantaba enseñar su cuerpo y saber que excitaba a los hombres.

> Qué bien te ves
> Tienes sitio?

No

Era mentira. Iker no tenía problema en llevar a cualquiera a su piso. Sin embargo, aquella noche no sentía que fuera lo correcto. No era para nada por Mauro, pero no quería molestar más aún con el tema del sexo. Quizá, como era virgen, le hacía sentirse incómodo...

> Yo tampoco
> Ahora mismo no
> Luego en un rato
> Enséñame mas

Pero vas a tener sitio?

> Ns

Entonces no
Lo siento

> Espera un momento
> Vale, síPuedes venir

Pásame ubicación y lo que tarde

> Tráete unas cervezas o algo
> No?
> Pasamos un rato

Voy a follarte
Y me vuelvo a casa

> Bueno, podemos verlo

No, es lo que va a ser
Lo pone en mi perfil
Directo al grano
No quiero perder el tiempo

> Me gusta eso
> Te esperaré entonces

Cómo?

> UBICACIÓN

Cómo me vas a esperar? Si no tardo nada
No entiendo

> Preparado
> Solo para que me uses
> Y te vayas
> Así te gusta?

SíMe estoy vistiendo

> Yo desvistiendo

Uff, aquello le estaba poniendo a Iker más de la cuenta. Volvió a revisar las fotos que le había compartido aquel muchacho durante el día y, definitivamente, se le puso bien dura. Tenía unos labios carnosos y por su mirada parecía que siempre estaba deseando que le dieran... Definitivamente, la noche pintaba bien.

Iker no llamó al timbre. Avisó al chico por la misma app de Grindr, que le abrió el portal. Subió en el ascensor: era la tercera planta. Cuando llegó al rellano, la puerta estaba entreabierta. Asomaba algo de luz y, antes de entrar, Iker pudo ver que el piso era bastante amplio y parecía limpio.

—¿Hola? —preguntó, mientras abría la puerta en su totalidad.

Escuchó un ruido al fondo, a través de un pasillo que se abría frente a sus ojos.

—Estoy aquí, segunda puerta a la izquierda —le dijo una voz, que supuso sería la del chico.

Iker tuvo dudas durante un instante. No sentía un ambiente amenazador, pero aquello era extraño.

—Voy —dijo en voz alta mientras avanzaba más por el piso. Al llegar a la habitación que le había indicado la voz, se quedó de piedra.

El chico estaba completamente desnudo sobre la cama, esperándole. No estaba tumbado como un palo, no, sino que tenía una de las piernas medio doblada, apoyando parte del peso sobre la rodilla. ¿Eso qué hacía? En efecto: sacar a relucir el culazo que tan loco había vuelto a Iker en fotos. Ahora en persona era mucho mejor.

—Pasa —le dijo el chico—. Puedes llamarme Jack.

—¿Te llamas así?

—No —le respondió con una sonrisa.

Iker asintió. Le parecía correcto. Él no le iba a decir su nombre si no era necesario.

—Estás más bueno en persona —le dijo de pronto Jack, llevándose un dedo a la boca. Iker no podía apartar la mirada de sus labios carnosos.

—¿Te gusta lo que ves? —le dijo Iker, seguro de sí mismo, hinchado de orgullo.

Jack asintió con la cabeza. Entonces Iker procedió a desnudarse. Llevaba un pantalón de chándal gris largo sin ningún tipo de sujeción (o sea, sin calzoncillo), y una camiseta de tirantes con una chaqueta vaquera. Se quedó desnudo frente a Jack, que le analizaba mientras le comía con la mirada.

—Ve al grano —le dijo Jack—. Me he cansado de esperar.

Dicho aquello, sacó aún más el trasero. Iker ya estaba erecto: las dinámicas como aquella le ponían a cien. Vio que en la mesita de noche había un par de condones y un bote de lubricante. Se colocó el condón y se llenó la mano de lubricante. Se acercó a la cama de Jack y llevó aquel pringue a su abertura. Jack no dijo nada, no se movió. Estaba en tensión, esperando la penetración.

—Venga —le apremió entonces.

Iker abrió los ojos sorprendido.

—Poco a poco —le respondió.

Jack se volvió, contrariado.

—Que me folles. Métela de una vez, ya estoy dilatadísimo.

Joder. Iker pensaba que no podía estar más duro, pero aquella frase le hizo estarlo aún más. Así que obedeció, y, sin avisar, introdujo su pene. Tenía razón: aquello estaba dilatado como una cueva. Entró sin problemas y, al instante, comenzó a bombear a buen ritmo. Jack comenzó a emitir sonidos que se unían a los que salían de entre su trasero y el pene de Iker al entrechocar. Al cabo de unos minutos, Jack le dijo:

—Más fuerte, joder. Reviéntame. ¿No eras activazo...?

Iker no le dejó terminar, porque ya le estaba embistiendo.

—Hostia, hostia —empezó a decir Jack, que se puso a morder la sábana y agarrarse a las almohadas con las manos.

—¿Suficiente?

Jack asintió sin añadir nada más. Continuaron durante unos minutos, Iker estaba sudando y las gotas caían sobre la espalda de Jack, algo que parecía excitarle, porque con cada una de ellas apretaba aún más los ojos y gemía más alto. Iker, mientras embestía a aquel chico, le manoseaba el increíble trasero. Era de los mejores que se había follado nunca, debía admitirlo.

—Venga, joder —le apremió Jack al cabo de un rato—. Quiero sentirte.

Era obvio a lo que se refería: quería que se corriera. Jack empezó a devolverle las embestidas, moviendo su culo al ritmo contrario que Iker, para hacer que terminara cuanto antes.

Iker se volvió loco, le agarró por la cadera y le dio más fuerte de lo que nunca le había dado a nadie. Al cabo de unos segundos, no pudo contener el grito de placer y su cuerpo comenzó a convulsionar. Agotado, sacó su pene de dentro de Jack y se sentó para recuperar el aliento.

—Pfff, qué rico, tío —le dijo el chico, que aún se mantenía en la misma postura.

Iker aprovechó para quitarse el condón.

—¿Dónde lo tiro? —Jack le señaló una papelera. Iker se deshizo de la goma, que estaba bastante cargada, y aquello le hizo sentir orgulloso. Se dirigió hacia la entrada de la habitación, donde se encontraba su ropa tirada en el suelo. Empezó a vestirse—. Encantado, Jack. Has aguantado muy bien.

—Obvio —le dijo este, de nuevo con una sonrisa pícara y se volvió a llevar un dedo a la boca—. Y me dejas cachondísimo.

—Vaya, lo siento —se disculpó Iker. Sin sentirlo, claro.

—No pasa nada. Me gusta así.

—¿Que te dejen a medias? —Iker ya estaba poniéndose la camiseta—. Yo lo hago a propósito. Estaba claro en mi perfil.

—Lo sé. Eso me gusta, que lo tengas claro. Te he servido para lo que veníamos buscando los dos.

—Eso es. —Iker dio por terminada la conversación con una sonrisa falsa. Se puso la chaqueta—. Hasta luego, Jack.

No esperó respuesta y se marchó por el pasillo hasta la puerta principal. Le dio tiempo a ver un poco mejor dónde se encontraba, y es que realmente era un muy buen piso. Fuera quien fuese aquel chico, desde luego tenía bastante dinero. Qué pena que Iker no estaba interesado en encontrar pareja, pero no habría estado mal conocerle un poco más, ¿no?

Mmm, no.

Madre mía, ¿qué le pasaba? Ah, sí, era aquel sofá de cuero que había visto de reojo en el salón. No había nada que le gustara más que un buen estilo de vida como con el que se había criado. Bueno, quizá si aquel chico le volviera a escribir...

No, imposible.

Nothing, rien, nada.

En el ascensor se volvió a meter en Grindr. Tenía cientos de mensajes, como casi cada noche en la que se cambiaba la foto de perfil a una de su torso. Bloqueó el contacto de Jack para no pensar cosas raras, porque no le gustaban nada, y de esta forma abandonó para siempre esos pensamientos. Era como si haberse acostado dos veces con aquel chico de Lakama Bar le hubiera abierto una nueva forma de pensar. Y no le gustaba en absoluto.

Que, por cierto, hablando de ese chico...

El móvil de Iker vibró y mostró un mensaje.

¡Hola! Oye, se me olvidó la cartera... Qué rabia y qué vergüenza. Supongo que tendremos que vernos para que me la devuelvas. Ya que tú no me hablas y que han pasado tantos días, pues te escribo yo. ¡Nos vemos cuando quieras! Estoy disponible.

Mierda.

15

Mauro

Tras varios días intentando que alguien le llamase para hacerle una entrevista, Mauro decidió seguir la recomendación de Iker de imprimir los currículums y marchar por Madrid. Estaba nervioso, no lo iba a negar: era la primera vez que pasearía tranquilamente él solo por el centro. Por un lado, tenía ganas, pero por otro... ¿Y si se perdía en el metro como el amigo de Iker? ¿Y si le robaban? Había visto algunos reportajes de gente que se te acercaba demasiado y terminaba por quitarte el móvil o la cartera. Eso le daba mucho miedo, porque no era una experiencia común de donde venía. Aun así, se armó de valor para lanzarse a una nueva aventura en su nueva vida.

Llegó al metro sin problemas. De camino a la estación, reconoció el quiosco algo turbio que en su primera salida nocturna le habían señalado sus compañeros, que estaba repleto de gente comprando periódicos o tabaco. Ya en el hall del metro, pasó los tornos y buscó con la mirada la parada en la que tendría que bajarse para llegar a Sol.

Sol, la Puerta del Sol. La había visto muchas veces por la televisión, era el centro de Madrid, donde siempre ocurrían muchísimas cosas. Muchas. Estuvo pensando en ello hasta que alzó la mirada y se dio cuenta de que acababa de llegar.

—Vaya —dijo para sí.

Sí que es rápido este cacharro.

Pero más rápida era la vida en Madrid. En medio del andén, sin terminar de ubicarse para salir, la gente se arremolinaba a su lado y le golpeaba con los codos e incluso le pisaban. Nadie le pedía perdón, era una persona más en aquel maremágnum, alguien que no importaba. La gente iba o bien mirando su teléfono móvil o con cara de que un familiar se hubiera muerto y llegara tarde al entierro.

A Mauro ese frenesí no le gustaba.

Miró los carteles, encontró la salida que más le interesaba y se lanzó a por ella. Al cabo de unos minutos de caminar bajo tierra y subir escaleras, terminó enfrentándose al sol de la Puerta del Sol en su cara. No había visitado el centro de día y la emoción le recorrió la espalda en forma de temblor. Agarró con fuerza la carpeta que llevaba en la mano, cogió aire y decidió emprender rumbo hacia lo primero que encontrara.

No dejaba de pensar en lo necesario que era el trabajo para él. Tenía dinero ahorrado, por supuesto, pero no lo suficiente como para perder el tiempo. Podría pagar otro mes más de alquiler, lo que le dejaría con el dinero justo para comer arroz con tomate frito seis días a la semana. Así que era mejor ponerse las pilas.

—Maricón, pero si esto se sabe de toda la vida. —Una voz interrumpió sus pensamientos. Provenía de un hombre de unos cuarenta y tantos años con mucha barba y el pelo corto. El vello del pecho le sobresalía por encima de la camisa, que parecía estar a punto de romperse de lo apretada que la llevaba. Le había dicho aquella frase a un hombre que le acompañaba, el cual indudable-mente era, como mínimo, su gemelo más bajito. Eran iguales, e incluso vestían la misma ropa.

—Nena, pero que soy de Manacor. Yo no lo conozco.

—Pues hija, Montera es la calle de las putas de toda la vida de Dios. Ahora ya está mejor, pero...

Mauro dejó de escuchar la conversación. Se había parado, sin darse cuenta, en medio de la plaza. Anotó mentalmente que quizá la calle de la que hablaban no era la mejor opción para empezar. No tenía nada en contra de las prostitutas, pero sintió miedo. ¡Y más si se encontraba hombres como aquellos paseando! Tan grandes y rudos... Ay. No, no, era mejor evitar cualquier conflicto.

Retomó la marcha y continuó recto.

Me siento como en las películas.

Los edificios, la gente... No llevaba ni cinco minutos en pleno centro de Madrid y ya se sentía agobiado. Quizá no estaba hecho para la gran ciudad, al fin y al cabo. Por lo visto, aquello era lo normal: gente corriendo de lado a lado, gritos, policías... ¡Ostras! ¡Que había policías armados! ¿Qué habría pasado?

Mauro miró de reojo lo que se encontraba a su alrededor y no notó nada extraño, pero no entendía por qué cargaban con semejantes armas en medio de la ciudad. Para evitar sentirse más incómodo, se dirigió hacia una de las calles principales que nacían desde la Puerta del Sol. Entregó algunos currículums en tiendas de todo tipo, desde zapaterías hasta para atender a la gente en un par de estudios de piercings y tatuajes, y finalmente llegó a una intersección semipeatonal. Le dio por mirar hacia arriba y leyó el cartel que indicaba el nombre de la calle: Montera.

No se lo podía creer. ¡Estaba en la calle de las putas!

Se tocó los bolsillos y la cabeza con las manos, nervioso. Pero no tenía motivos para estarlo, pues estaba intacto.

Eres ridículo. Estás en Madrid, no te va a pasar nada.

Mauro pasó la mañana echando currículums, escuchando conversaciones que no quería escuchar de gente que pasaba por su lado y tratando de entender cómo funcionaba la ciudad. Se había sentado en una mesa pequeña en una cafetería del centro, repleta de libros por todos lados. Había escuchado a alguien decir que estaba en el barrio de Malasaña.

—Tenemos té matcha o frappés recién hechos —le había dicho el camarero en cuanto Mauro le había preguntado qué tenían. No entendió nada, así que se pidió un Nestea.

Y ahí estaba, mirando la vida ajetreada de los madrileños a través de la ventana. Le quedaban pocos currículums en la carpeta y se notaba cansado. Lo único que quería era un trabajo normal, con su dinero a final de mes para poder empezar a vivir una vida decente en la ciudad.

Un camión se apartó al otro lado de la calle. Llevaba ahí parado desde que Mauro se había sentado en la cafetería. Al retirarse, dejó ver un enorme cartel. Era una imagen en tonos morados y azules con una marca arriba. La imagen era sexual. Anunciaba condones.

Joder.

Eso era. Él había llegado a Madrid lleno de ilusión y deseando conocer todo lo que se había perdido, pero lo que más ansiaba (y no le dedicaba el tiempo suficiente en su día a día a pensarlo porque le daba un poco de vergüenza) era perder la maldita virginidad. Además, el comentario de Iker no le había ayudado en nada. Ahora más que nunca tenía que demostrarse a sí mismo que podía hacerlo, que era su momento.

Deseó que los astros se alinearan de alguna manera para cumplir su deseo. Sabía que una vez eliminada esa barrera, todo iría mejor. Algo se lo gritaba en su interior.

De pronto le vibró el bolsillo del pantalón. Lo cogió y vio que se trataba de, nada más y nada menos, una persona con la que no había vuelto a tener contacto en días.

> Qué pasó, parcero?
> Se lo comió la gran ciudad?

Si eso no era una señal, que bajara Dios y lo viera. Le respondió enseguida:

> No, estoy tratando de encontrar trabajo
> Qué tal, Gael?

> Nada, viendo qué dinero le mando a mi mami
> Allá en Colombia

> De qué trabajabas?
> Sabes si buscan a alguien?

> No le gustaría

> No sé, nunca he trabajado
> Supongo que cualquier cosa estaría bien

> Lo mío no
> A ver si nos vemos, webón

Mauro se quedó de piedra. ¿Le acababa de insultar? Se salió del chat y buscó en Google qué significaba «webón» en colombiano, porque en el pueblo se lo decía su padre cuando era un vago... Vale, se quedó tranquilo al saber que el significado era positivo. Incluso amigable.

¿Quieres?

Sí

Mauro dejó el teléfono sobre la mesa. Le temblaba la mano. Un chico que ya había conocido en persona quería volver a verle. ¡Eso tenía que significar algo!

16

Iker

Iker había quedado con el chico de la cartera al salir del trabajo. Con una ensalada en el cuerpo, no quería perder demasiado tiempo entre el encuentro y volver a casa para poder hacer su rutina en el gimnasio. No estaba dispuesto a desperdiciar su tarde con aquel chaval, lo tenía claro. Le daría su cartera y hasta luego. Además, Iker le había dicho de verse en Callao, un lugar grande y lleno de gente donde, si se le iba la pinza, lo verían muchos pares de ojos.

Iker tenía bastante experiencia con hombres que no entendían el concepto de follar una sola noche y no volverse a ver. Creía saber cómo manejarlo, pero la mirada de aquel chico no le daba buenas vibraciones.

Le vio aparecer por la calle Preciados. Le saludó con la mano.

—Hola, guapo —le dijo nada más llegar. Trató de acercarse para darle dos besos en las mejillas, pero Iker se apartó, convirtiendo el momento en algo aún más incómodo de lo que era—. Cómo me gustan los chicos con traje.

—Hey —fue lo único que respondió Iker. Se había olvidado de que iba con el uniforme del trabajo. Estaba tan cómodo que a veces se le pasaba.

Iker se dio cuenta de que no recordaba que el chaval fuera tan atractivo, pero no estaba ahí para apreciar su belleza. Buscó su cartera en el bolsillo y se la entregó.

—Menos mal, muchas gracias, en serio. Qué susto. —El chico la agarró y se la guardó en el bolsillo derecho del pantalón. Iker lo siguió con la mirada y... ¡sorpresa!

—¿Fumas? —le preguntó entonces Iker, notando de pronto la rabia brotar por su pecho y garganta.

El chico negó con la cabeza.

Iker le señaló el bolsillo izquierdo.

—¿Esto? —preguntó el chico, sorprendido.

Se llevó la mano al bolsillo y sacó una cartera, bastante más grande de la que Iker le había dado en aquel momento.

—La que se me había olvidado era la de «por si acaso», ¿sabes? Mi madre siempre me decía que tenía que llevar dos porque nunca sabes lo que te puede pasar.

Respira. Respira. No le pegues un puñetazo.

—Entonces no necesitábamos vernos. Entiendo que lo importante lo llevas en esa. —El tono de Iker no podía ser más cortante.

—Sí —le respondió el chico, encogiéndose de hombros—, pero era una buena excusa para poder charlar contigo un rato.

Vuelve a respirar. Tranquilo.

—¿Eres consciente de que estás enfermo?

—No, Iker, en serio. Me gustó mucho pasar esa noche contigo, de verdad. Era solo por si te apetecía dar una vuelta o, no sé. Sabía que me dirías que no... ¡Y eso que me dijiste que me llamarías! —El tono del muchacho era pasivo-agresivo. Decía las cosas con buen tono y una sonrisa, pero era inevitable notar que le molestaba haberse sentido abandonado.

Iker no se podía creer lo que estaba pasando.

—Me voy a mi casa.

—Siento si te ha molestado. —El chico se lanzó a por Iker. Le agarró del brazo con las dos manos; en sus ojos, una súplica—. Los hombres no me suelen hacer caso. Para una vez que lo consigo... No sé cómo actuar. Lo siento de veras si te ha sentado mal o algo. Lo entendería.

—No te preocupes, de verdad. Pero no nos volveremos a ver, espero que eso quede claro —le dijo Iker con voz seria. No estaba para juegos ni tonterías. Se habían traspasado varias líneas rojas en cuestión de segundos.

—Lo entiendo perfectamente, ¿vale? Para cualquier cosa ya tienes mi número de teléfono.

—Sí, debía de estar muy borracho porque no recuerdo que los intercambiáramos.

Hubo un silencio en el que el chico tan solo sonrió de medio lado.

—Será eso.

—Adiós.

Iker se dio la vuelta y se marchó de nuevo al metro. Estaba tan lleno de rabia, con tantas ganas de llegar al gimnasio y hacer tres horas seguidas de boxeo... No se podía creer lo de aquel chico, de verdad. ¿Qué cojones le pasaba en la cabeza?

Ya en el andén, trató de pensar en otra cosa. Se sentía totalmente sobrepasado por la situación. Fue entonces cuando, revisando su Instagram y la gran cantidad de interacciones que había recibido su historia en el baño del trabajo vestido de traje, se dio cuenta de que le había entrado un nuevo mensaje de WhatsApp.

Era el chico. Otra vez.

> Iker. Lo siento de veras. Espero que puedas perdonarme y entiendas mi situación. Solo quería pedirte perdón de nuevo y prometerte que, aparte de este mensaje, no te volveré a molestar si es necesario. A veces en el amor tienes que jugar todas tus cartas...

El dedo de Iker fue directo al botón de bloqueo.

Qué.

Cojones.

17

Andrés

—Oye, Laura.

Andrés estaba sentado en su puesto de trabajo. Tenía a su compañera al otro lado, tapada por la enorme pantalla del ordenador. Habían pasado un par de días desde la hecatombe de los informes entregados tarde y la traición de Laura, días durante los que Andrés había pensado la mejor forma de anotarse un tanto. Solo por estar entretenido en la oficina, vaya.

—Dime.

Era la primera vez que Laura le prestaba atención en horas. Estaba demasiado concentrada en algo, según ella, demasiado importante como para que un becario lo entendiera. Honestamente, Andrés no entendía por qué no se había vengado en condiciones de su compañera. A veces se echaban unas risas, pero no era suficiente para olvidar el veneno que desprendía.

—Tengo que contarte algo, ¿vale?

Laura despegó la mirada de la pantalla y la cruzó con la de Andrés.

—Nos tomamos un café de descanso y te lo cuento, que no quiero que se corra la voz.

¡Bingo! La vena cotilla de Laura empezó a llenarse de sangre y no tardó ni un segundo en levantarse de su silla. El lugar donde tomaban café era una pequeña cocina con todo lo necesario para que un par de personas comieran algo entre horas. Había un frigorífico, un par de cafeteras y un microondas. Laura se sentó en una de las sillas mientras Andrés servía dos cafés.

—Después de la movida del otro día estuve hablando con Míster Espléndido.

Andrés a veces llamaba así a Lucas.

—¿Y bien? —El tono de voz de Laura era curioso, naturalmente.

—Me dijo que... —Andrés mantuvo la tensión mientras le echaba unos sobres de azúcar a los cafés. Los cogió, los dejó en la mesa y luego se sentó frente a su compañera. Estaban cerca, podía casi notar su respiración—. Me dijo que estaba pensando en hacer cambios.

—¿Qué tipo de cambios? —Laura era expresiva y alzó tanto la ceja izquierda que Andrés pensó que se le iba a salir disparada.

—Cambios en nuestro departamento, en nuestro lado.

—No somos muchos.

—Eso es. Así que nos tocaba. —Andrés volvió a hacer una pausa dramática.

Prepárate, perra.

—Ya sabes que lo que te diga no se lo puedes contar a nadie, ¿vale? Es secreto, y me lo dijo porque estaba en caliente y se le escapó. Yo no debería estar contándotelo.

Laura asintió frunciendo los labios. Estaba deseando conocer la información, mientras que Andrés estaba deseando que no pudiera dejar de ser la cotilla que era. En cuanto le confiara la información supersecreta y confidencial, no tardaría ni una hora en pregonarla por toda la oficina.

Era su momento.

—Me dijo que te iba a ascender. Que llevas aquí tres años y que no has hecho nada más que currar y currar, que te dejas la piel en la empresa y no sé qué más.

—¿Perdón? —Laura abrió mucho los ojos. Al igual que el resto de los compañeros, todos soñaban con un buen ascenso dentro de la editorial. En aquel momento, Laura desempeñaba unas pocas funciones más que Andrés, pero no era suficiente para lo que quería alcanzar.

—Como lo oyes. Yo me mantengo como becario, porque meten en tu puesto a alguien nuevo, pero es que... —Nueva pausa dramática—. Necesita una ayudante en Edición.

Laura golpeó la mesa con las palmas de las manos. Su cara se tornó en algo caricaturesco que a Andrés le recordó a una villana de Disney.

—¡Sí! ¡Lo sabía, joder! Ya era hora, Lucas, coño.

Andrés tuvo que aguantarse la risa ante la reacción de su compañera.

—¡Enhorabuena, tía! —le dijo de la manera más falsa que pudo, pero lo suficientemente creíble como para que Laura se lo tragara. Aunque, a decir verdad, en aquel momento de euforia se hubiera tragado cualquier cosa.

—Uff, esto es muy fuerte. Por fin, Andrés. Siento mucho todo lo que te he hecho, ¿vale? No te he tratado de la mejor manera... Pero odio mi puesto de trabajo, no es normal lo que se nos exige. Hago demasiadas cosas. Necesitaba ya un cambio. Por fin ha visto todo mi esfuerzo. Ha servido para algo.

Ni siquiera cuando un par de lágrimas se le escaparon, Andrés se sintió mal por ella. Laura parecía desquiciada, con el rímel corrido por las mejillas.

—Pero acuérdate que es megasupersecreto —le recordó Andrés, con mala intención—. Creo que lo quería anunciar la próxima semana, una vez que se cierren las nuevas contrataciones del trimestre.

—Madre mía, muchas gracias, Andrés. Si no me lo hubieras contado... —Se señaló la cara. Tenía los ojos anegados en lágrimas, con un tic nervioso incluso, y los pelos de la coleta alborotados—. Mira cómo me he puesto. No puedo permitirme tener esta reacción ante Lucas, así que te lo agradezco. Me has salvado del ridículo de mi vida.

Andrés asintió en silencio mientras sorbía el café. Se abrazaron de la manera más falsa posible y, tras unos segundos durante los que Laura trató de recomponerse, volvieron a su puesto. Andrés siguió trabajando como si nada y, al cabo de media hora desde el descanso para el café, Lucas había llegado al edificio haciendo aspavientos, como siempre. En la oficina se respiraba tensión. Sus pasos eran inconfundibles: todos lo conocían.

Laura se acicaló rápidamente antes de que entrara. La oficina de Lucas estaba al otro lado y para llegar debía pasar por delante de todas las mesas.

—Laura, ven un momento —le dijo Lucas sin mirarla siquiera.

Continuó recto, entró en su despacho y dejó la puerta abierta. Laura se levantó como movida por un resorte. No, mejor dicho, como si le hubieran puesto un petardo en el culo.

Andrés vio que sus ojos estaban llenos de ilusión.

Oh, pobrecita. Va a ser incapaz de ocultarlo.

Pero a Andrés no le daba ninguna pena. Laura casi que corrió hasta el despacho de Lucas. Era una escena digna de ver.

—Cierra el entrar —le dijo Míster Espléndido.

La puerta se cerró y la oficina quedó en silencio. Solo se oía teclear y alguien comiendo una bolsa de patatas fritas con la boca abierta. Andrés aguzó el oído para tratar de escuchar lo que pasaba dentro del despacho. A veces, era capaz de oírlo sin problemas. Aquella vez no parecía tener tanta suerte, porque estaba siendo incapaz...

—¡¿Eres tonta?! ¡Jamás! ¡No sabes ni mandar un email!

Andrés se mordió los labios por dentro, tratando de no reírse.

Ni te muevas.

Movía el pie con un tic nervioso para desviar la atención de la carcajada que le rascaba la garganta. Necesitaba explotar de risa. Se imaginó la cara de Laura y sintió que la energía cósmica le volvía a dar la razón.

Eso es el karma, perra.

18

Gael

Gael había llegado al hotel donde había quedado con su cliente de aquella noche. La habitación era la número 206. Miró su teléfono móvil para confirmar que estaba frente a la puerta correcta y llamó con los nudillos. Una voz de hombre le respondió desde el otro lado.

—Un momento.

Se escucharon ruidos amortiguados tras la enorme puerta de madera y, al cabo de unos segundos, un señor de unos cincuenta años le abrió. Era la tercera vez que contrataba sus servicios, por lo que ya se conocían. A Gael ya no le iba a sorprender su físico: era más bajito que él, con barba poblada y una especie de tupé que comenzaba a ser canoso. No andaba mal de músculos y demás, era deportista, pero con la edad que tenía no se podía pedir mucho más.

En resumidas cuentas, si aquel hombre saliera a las discotecas, decenas de chicos jóvenes irían detrás en busca de un *daddy*. Era el prototipo ideal. Además, obviamente por el hotel en el que se hospedaba, como mínimo era el director general de una multinacional. Y eso era lo que le gustaba a Gael: que le pudieran soltar los billetes.

—Buenas —le dijo el hombre cuando Gael entró por la puerta, directo a dejar su mochila negra sobre algún lugar libre.

Una vez que lo hizo, se liberó de su chaqueta de cuero y se quedó esperando. Su cliente se apellidaba Cooper, y así era como se refería a él.

—Cooper, siéntese en la cama.

El hombre obedeció. Tenía una sonrisa en la cara, se lo comía con los ojos.

—Puede empezar —le dijo entonces Gael.

Cooper asintió con la cabeza y tragó saliva de manera visible. No era la primera vez que hacían aquello, pero parecía nervioso. Cooper se deslizó desde el borde de la cama hasta el suelo y se puso de rodillas a una distancia prudencial de donde se encontraba Gael.

—Mi Majestad, ¿sería posible observarle con las ropas fuera de su hermoso cuerpo? Soy solo un pobre y humilde sirviente de su reino...

Gael tenía que aguantarse la risa cada vez que Cooper se ponía en ese plan. No entendía los fetiches de la gente, pero cuanto más raros fueran, más billetes le ofrecían. Era un buen dinero calentito para mandarle a su madre a Colombia y seguir cuidándola. Dentro de lo que cabía, pensó Gael, aquello no era tan malo. Quizá ni siquiera tuviera que mantener relaciones sexuales con Cooper: a él le pagaba por ser «su rey».

—No le he dado permiso para hablar, pueblerino —respondió Gael, haciendo acopio de todas las fuerzas que podía para no mearse de la risa. No lo podía evitar.

Cooper cerró los ojos con fuerza, como esperando ser azotado por su insolencia. Así que Gael lo hizo. El guantazo reverberó por toda la habitación.

—Lo siento, oh, Su Majestad. No volveré a interrumpir sus pensamientos con mis inservibles opiniones. Era solo una simple propuesta...

Gael, sin embargo, estaba ahí para algo. Así que se quitó la chaqueta y a continuación la camiseta. Cuando la tela terminó de pasar ante sus ojos, vio cómo Cooper continuaba en la misma postura, pero ahora se relamía los labios.

—¿Le gusta lo que ve? —Cooper asintió—. Si quiere ver a Su Majestad de cuerpo completo, deberá ordenar sus aposentos. Este lugar da asco.

Cooper no dudó en levantarse. Tenía una visible erección en el pantalón. Comenzó a ordenar lo poco que había desordenado. Guardó sus pertenencias en un cajón de la mesita de noche, su abrigo y demás complementos en uno de los armarios y alisó la cama. Luego colocó sobre ella de manera perfecta los mandos a distancia de la televisión y las almohadas.

—¿Así le gusta?

Gael mantuvo la tensión durante unos segundos antes de responder:

—¿Cómo?

—Disculpe, mi señor. Le preguntaba si así le gustaba, mi señor —corrigió Cooper. Agachó la cabeza visiblemente avergonzado.

Gael no podía aguantar más. Le dio la espalda durante un instante, haciendo ver que se estaba quitando el cinturón, pero realmente estaba riéndose sin hacer demasiado ruido. Era demasiado, ¡ese señor estaba mal!

Cuando volvió a su posición anterior, ya en calzoncillos, vio que Cooper enviaba su mano directa a su entrepierna.

—Campesino, usted se tocará cuando el rey decida que es el mejor momento para hacerlo. Pero de momento, Su Majestad requiere algo.

—¿Qué es lo que quiere, mi señor? —Cooper volvió a ponerse de rodillas—. Dígame qué requiere y haré sus sueños realidad, oh, mi rey.

Gael lo pensó. ¿Qué le apetecía? ¿Una buena cena? ¿Un masaje? ¿Dormir? Fuera lo que fuese, iba a cobrar, pero cuanto más se lo currara, más dinero recibiría al final de la noche.

—En este momento me duelen mucho los pies.

Cooper se levantó hacia la cama y aplanó de nuevo las sábanas con las manos.

—Siéntese, mi señor. Déjeme masajearle los pies. Todo por mi rey.

Dios, que pare. No puedo aguantarme la risa durante tanto tiempo.

Gael se dirigió hacia la cama, se tumbó y le hizo una señal con la cabeza a Cooper para que le quitara los calcetines. Este lo hizo como si le fuera la vida en ello y casi al instante comenzó a masajearle los pies sin apartar la mirada de ellos.

—¿Le gusta a mi señor?

—Cállese, siervo. No tiene permiso para hablar hasta que Su Majestad lo ordene. No eres más que un campesino sucio y borracho. —Cooper asintió, de nuevo en actitud avergonzada, pero sintió que con aquellas palabras había dado más en el clavo. Gael decidió que, mientras le hacía el masaje, podría ver algo en la televisión.

Al cabo de media hora, Gael estaba mucho más relajado. Quizá podría acostumbrarse a eso.

—Ya puede parar, pueblerino.

—¿Qué más puedo hacer por mi señor?

—Tengo hambre. Deme de comer la mejor comida que haya en este palacio y quizá luego pueda volver a prestarle atención. De momento no me está cuidando como se merece un rey de mi calibre.

—Tiene razón, señor. Le estoy fallando. Puede castigarme si lo ve necesario.

Hombre, pues sí. Así sería más entretenido.

—Venga, campesino, acérquese.

Cooper se acercó a Gael y este le volvió a abofetear la cara. Una vez. Dos. Hasta tres veces. Cooper las recibió como si fuera una conexión divina, hasta puso los ojos en blanco como si lo disfrutase. Como tenía los ojos cerrados, Gael aprovechó para poder sonreír al menos. Al abrirlos, Gael retomó su semblante serio para que su cliente no le pillara *in fraganti*.

—Pídame la mejor cena posible, tráteme como lo que soy.

Cooper asintió con la cabeza.

—Eso haré, mi señor.

Mientras Cooper pedía la cena por el teléfono, Gael cruzó las piernas y se estiró. Estaba a gusto, la verdad. Su trabajo no era el ideal, pero le traía momentos como aquel, con un masaje y una buena comida cara en un hotel de lujo.

La cena llegó. Continuaron con la dinámica hasta que Cooper se masturbó y Gael se marchó de ahí con un buen fajo de billetes en el bolsillo. Su madre ahora podría llegar a fin de mes y renovar el armario sin problemas, además de comprar las medicinas para el asma.

¿Y qué había hecho para ayudarla? Abofetear a un *daddy* cincuentón. Una noche cualquiera en Madrid.

19

Una semana

ANDRÉS

Andrés llevaba unos días enganchado al teléfono móvil. No estaba concentrado para nada en su trabajo, pero no podía evitarlo: Efrén le había comenzado a seguir en Instagram. Sus conversaciones variaban en temas, pero la intención estaba clara. Se estaban conociendo, chateando a todas horas, compartiendo experiencias y visiones de la vida... Andrés no se lo podía creer.

> Cómo le va a mi camarero favorito?

> Bien, rey
> Un poco estresado

> ¿Por qué?

> Demasiado curro a veces
> Pero es normal

> Trabajas de cara al público, además
> Si yo tengo que aguantar a gente de todo tipo...

Imagínate yo

Ya
Te comenté lo de mi compañera Laura no?
Desde que me vengué se ha relajado un poco

Sí, me comentaste
En mi trabajo estamos viendo cómo podemos hacer
Para que nos dejen librar medio día más

Pero libras los fines de semana, verdad?

Sí
Podríamos vernos

Aún quedan muchos días

Pero no pasa nada
Así me lo reservas
Y podemos vernos
No?

Puede ser
Es que normalmente los fines de semana hago cosas
Con mis compañeros
De piso

Nunca me las has presentado
Son majas?
Podríamos hacer algo con ellas

MmmSon compañeros

Todos?

Sí
Iker y Mauro
Mauro acaba de llegar
Es muy gracioso

> Ah
> Guay

Pero sí que podemos hacer algo todos

> No, no
> Si tienes reservado los findes para ellos
> No te preocupes
> Ya haré algún plan!

Como quieras
Estás más que invitado
Así te conocen

> No importa
> Ya habrá tiempo para eso
> Te dejo, que estaba en el descanso
> Vuelto a entrar a currar

Andrés no sabía qué narices le había picado a Efrén, pero le gustaba hablar con él. Durante la semana continuaron charlando sobre otros temas, como si era mejor Taylor Swift o... En verdad, Efrén no escuchaba música pop. Solo le gustaban las bandas británicas y cosas de esas, todo muy alternativo. No era lo que a Andrés le hubiera gustado de quien tenía papeletas para ser su novio, pero no había otra. Lo bueno es que tocaba la guitarra, y eso era megarromántico. Poco a poco le convencería de que escuchara por lo menos algo de Lana Del Rey. Si lo conseguía, sería una conquista.

En la oficina, el ambiente se había relajado durante los últimos días. No es que fuera el mejor entorno de trabajo después de sus rifirrafes con Laura, pero honestamente, ¿a quién le importaba? Andrés no solo estaba ahí de paso —o como trabajo que le lanzaría a algo mejor—, sino que cada vez que terminaba su turno corría a su teléfono móvil para ver los mensajes que le había enviado Efrén. Le encantaba leerlos con su voz.

GAEL

Los días de Gael eran de todo menos rutinarios. Su trabajo le impedía aburrirse, eso estaba claro, pero no podía permitirse tener malos momentos. Solo buenos, y a veces.

Convivía con gente con la que no terminaba de cuadrar. Solo podían compartir risas entre cerveza y cerveza o si fumaba marihuana, y ninguna relación era sana si la única forma de parecerlo era mediante las drogas. Eso estaba claro.

Sus compañeros eran como él: extranjeros que trataban de conseguir la mejor vida posible en Madrid. Debido al alto precio de los alquileres en el centro, tenían que vivir entre cuatro y cinco personas en un piso pensado para una pareja. Gael, como había sido el último en llegar, se había tenido que conformar con que su habitación fuera una zona común; su cama, un sofá. No le dolía, porque había vivido en peores condiciones en alguna época en su vida allá en Colombia, pero le era inevitable pensar que el sueño español le había prometido una vida mucho mejor. Y sí, había mejorado en ciertos aspectos, pero añoraba muchas cosas de casa. Desde la comida a los amigos, la familia o poder dormir en una cama decente sin sentirse un intruso en su propia casa.

Estaba pensando en ello mientras se liaba un porro, sentado en una esquina del sofá. Tenía el móvil encima del muslo y sobre la pantalla caían trozos de tabaco marrón que la ensuciaban. Poco le importaba, a decir verdad, pues aquel teléfono de última generación se lo había regalado uno de sus clientes. Y si algo le pasara, estaba seguro de que conseguiría otro en un santiamén.

—Hey —le dijo uno de sus compañeros de piso. Se presentaba como Sánchez, que era su apellido, pero realmente todos le llamaban y conocían como Gono. Sí, Gono de gonorrea. No porque fuera una expresión usada en Colombia (él también era colombiano), sino porque parecía tener mucha mala suerte con las infecciones de transmisión sexual.

—Hey —respondió Gael sin levantar la mirada.

Gono se le acercó y se sentó en el sofá.

—¿Me invita? —le preguntó. Gael asintió con la cabeza; estaba concentrado—. Oiga, le quería decir... El otro día vino el casero.

Baby, ya sabe, que se presenta sin avisar. Me dijeron que no podía hacerlo y él sabe que no puede, pero sigue viniendo. Montó un show, marica.

Gael giró la cabeza con una sonrisa, divertido y curioso por descubrir qué había pasado. Gono era el que mejor le caía de todos porque era muy gracioso hablando y contando historias.

—Marica, no sabe la que armó. Que si los vecinos se quejaban de nosotros, que si nos iba a quitar una de las llaves porque teníamos mucho movimiento... Sacó la billetera y nos mostró que la tenía vacía, que si le hacemos perder dinero. —Hizo una pausa dramática—. Parce, no es mi problema.

Ah, porque claro. Ni siquiera era un piso normal, sino un Airbnb en condiciones un poco extrañas. El señor que le rentaba, al que llamaban casero por llamarle de alguna forma, no se preocupaba lo más mínimo de lo que les tenía que dar, como servicio de limpieza o papel higiénico. Solo le importaba el dinero que pudiera sacarles. Lo que era aquel lugar, en definitiva y sobre todas las cosas, era irregular. Como ellos.

—¿Y qué hicieron?

—Nada, nada. El *man* se fue furioso porque no tenía razón, le respondimos que estábamos cumpliendo con todo bien y eso. Byron le mostró las facturas y todo estaba pagado, entonces no tiene que decirnos nada. Marica, es que no sabe cómo vino, pensé que nos botaba o algo.

—Bueno, pero al fin ¿en qué quedó la cosa?

Gael estaba terminando de liarse el porro. Solo le quedaba cerrarlo. Lo lamió con la lengua y se reclinó sobre el sofá para seguir charlando con Gono antes de encenderlo.

—Parce, pues nos subió el arriendo.

—¿Cómo?

Gono parecía molesto.

—Que le estaban cobrando mal a él algún recibo y nos subió cien euros. No le podemos decir que no porque nos está haciendo un favor, sin tener papeles y eso... Ya sabe.

Gael asintió con la cabeza. Llevó el mechero a la punta del canuto y le prendió fuego. La primera calada le hizo volar rápidamente, y se lo pasó a Gono.

—Bueno, pues habrá que ver. Yo no tengo problema. Me jode,

pero no tengo problema —dijo finalmente, mientras Gono jugue-teaba con el porro entre los dedos.

—Pues sí. Yo ahora mismo voy mal, pero a fin de mes estaré mejor. Ya sabe, uno tiene que mandar y mandar y mandar...

Durante unos minutos no dijeron nada más. Solo se escucha-ba el ruido de la calle y cuando expulsaban el aire viciado de sus pulmones.

—¿Y qué más? —dijo al cabo de un rato Gael.

Gono se encogió de hombros.

—Papi, pues verá, ya sabe que el otro día le comenté sobre una chica tremenda, metro ochenta, rubia. Yo estaba prendido, pero igual la invité a chupitos de guaro, estábamos por donde la casa de Yeffer. ¿Recuerda? —Gono esperó a que Gael asintiera con la cabeza para continuar—. Pues, parce, no sabe cómo se mueve esa mujer. La me-jor salsa que bailé nunca.

—Buenooo, ¿cómo así?

—Pues éramos Yeffer, ella, otros amigos y yo. Todos de Colom-bia, pues pura música de beber, ya sabe. Al final terminamos lián-donos, pero no joda, ella me dice: «Tengo novio». Y yo como: «Pues pa qué calienta lo que uno no se va a comer, ¿no?». Me dice: «No, es que yo no soy complicada. Él no es celoso, usted mejor béseme».

Gael estaba aguantándose las ganas de reírse a carcajadas. Las historias de Gono siempre eran divertidísimas, y por algo se llevaba tan bien con él.

—¿Y al fin qué pasó?

—Pfff... —Gono se sumió más en el sofá, entre los cojines, con una sonrisa. Tenía ya los ojos enrojecidos de la yerba—. Nada, marica, me dio rabia, pero me la comí.

—Tan raro —le dijo Gael entre risas.

—Vea, y me escribió hoy. Dizque se enteró el novio, que me iba a golpear, pero que eso le gustaba, como que fuera así tóxico, que nos viéramos de nuevo. —Le dio otra calada al porro y se lo pasó a Gael—. Y yo como ah, pues no, mami, usted está loca, me va a hacer que me den una paliza. Entonces me dice: «¿Cómo así?». Y yo: «Pues su novio, mami».

—No entiendo nada —confesó Gael, con los ojos abiertos. Ya empezaba a notarse bastante mareado, y no sabía si es que la historia no tenía sentido o si su cerebro no funcionaba.

—Paaarce —le dijo Gono, exagerando las vocales—. Que ella misma se olvidó su excusa, que era mentira, solo por puro show. Le dije: «Ay, no, ¿sabe qué? Usted está loca, ni quiero saber nada de usted más...».

La conversación se interrumpió porque una chica alta y rubia irrumpió en el salón. Llevaba puesta una camiseta que Gono usaba para dormir.

—Baby, vuelva a la cama.

Tras decirle eso, la chica se dio la vuelta. Gono miró a Gael con mirada culpable, pero los dos terminaron rompiendo a reír.

IKER

No era una buena semana. Eso lo sabía. No solo el trabajo le estaba empezando a cargar, sino que todos los pensamientos que había tratado de encerrar en lo más profundo de su mente comenzaban ahora a aflorar. Y es que para Iker tener un compañero de piso como Mauro significaba mucho, más de lo que podría admitir.

Y nadie más podía saber lo que le hacía sentir.

Hacía muchos años que Iker había dejado atrás la persona que era. Al menos, cómo le percibían los demás. Con seis años le robaban el bocadillo en la escuela, y con diez, a punto de entrar en el instituto, le dibujaron una ballena en la mochila con rotulador de tinta indeleble. En el instituto fue el hazmerreír de turno durante los primeros años, pero llegó de pronto una primavera y comenzaron a salirle unos pocos pelos en la barba y en el bigote. Al cabo de unos meses medía casi veinte centímetros más y había perdido decenas de kilos. Sus compañeros se cruzaban con él por la calle y le ignoraban, no porque hubiera terminado el acoso, sino porque el cambio fue tan radical que no le reconocían.

Iker aprovechó ese cambio que le había dado la genética para continuar por un camino que él consideró bueno. Estaba harto de que, durante tantos años, le hubieran hecho sentir tan mal por algo que él era incapaz de controlar y que era tan natural como tener unos kilos de más. Sabía que no pasaba nada, pero no podía evitar mirarse al espejo y no terminar de encontrarse a gusto. Se apuntó al gimnasio con dieciséis años. Iba todos los días. Cambió su dieta, amigos y su ritmo de vida. Decidió que sí, iba a traicionar su esencia, por decirlo de alguna manera, y seguiría los pasos de lo que la sociedad consideraba como atractivo... Pero no iba a ser lo único que haría.

Él no tuvo a nadie. Nadie le explicó cómo funcionaba el mundo, mucho menos el mundo gay. Tuvo tantos problemas, tantos encontronazos e incluso agresiones por no entender de qué iba, que estaba lleno de rabia, pero era rabia que devolvería al mundo como un favor.

Y ese era Mauro.

Quería protegerlo.

Le recordaba tanto a él hacía unos años... No solo físicamente, sino por llegar el último a una nueva realidad donde la competición formaba parte casi del día a día. Mauro tenía mucho que aprender y no quería que corriera peligro.

Porque Iker en el pasado cometió errores y se equivocó. Si hubiera tenido a alguien a su lado que le guiara y ayudara para no cagarla, su vida habría tenido mucho menos sufrimiento.

Era el momento de devolverle el favor al mundo.

MAURO

Pasaban los días y su teléfono continuaba muerto. Vale, sí, hablaba con Blanca de vez en cuando, pero no era el tipo de llamadas o mensajes que esperaba. ¡Necesitaba encontrar un maldito trabajo! Ya era hora de ponerse las pilas y buscarlo hasta debajo de las piedras, cualquier cosa le valdría.

Mientras continuaba buscando puestos disponibles en cualquier lugar, Mauro recordó una de las experiencias más extrañas que había tenido desde su llegada a Madrid. Y sí, obviamente, sucedió mientras buscaba trabajo.

—Hola —saludó Mauro nada más entrar.

Había estado caminando por el centro y esa vez iba a probar preguntando en bares. Ya llevaba unos cuantos. En el que acababa de entrar había poca luz, algo que le extrañó.

Desde la barra un chico le saludó con la mano, tenía una sonrisa espectacular. Parecía bajito, pero delgado. Era bastante mono, aunque no le gustaba su nariz.

—Buenas tardes, ¿qué te pongo?

Mauro negó con la cabeza, nervioso. Con tan poca luz no se había dado cuenta de que aquel chico iba sin camiseta. De pronto, y mientras sus retinas se adaptaban a la tenue iluminación, se dio cuenta de que había por lo menos dos hombres besándose... a cada lado.

—Venía a entregar mi currículum. Acabo de llegar a Madrid. —Mauro le tendió la hoja sobre la barra, pero el camarero no la cogió. Le miraba serio.

—No, cariño —fue su única respuesta al cabo de unos segundos, tras evaluarle con la mirada.

—Vale, lo siento.

—Pero te puedo poner una copita si quieres —se apresuró a añadir el camarero, antes de que Mauro se diera la vuelta—. Soy Allen, por cierto. No sabes dónde has entrado, ¿verdad?

Mauro tuvo que admitir la verdad:

—No tengo ni idea.

Entonces el camarero se echó una carcajada y Mauro notó cómo algunos ojos se le clavaban como cuchillas.

¿Otra escenita? Eres subnormal.

—Pues mira, cariño, este sitio es un bar distinto. Servimos copas, porque los condones, si los usas, tienes que traerlos de casa.

Mauro abrió muchos los ojos. ¿Dónde se había metido?

—Aquí conoces y abajo —señaló el camarero—, es donde ocurre la magia. Tú siéntate por aquí y déjate llevar.

Y es que honestamente, Mauro no tenía mucho más que hacer. Sin saber muy bien qué hacía, tomó la cerveza que le había servido, la pagó y se quedó en la barra trasteando con el teléfono. Al cabo de un rato se dio cuenta de que el lugar estaba más lleno que antes y, nervioso, pidió otra cerveza.

—Cari, pero que si no hablas con nadie no va a pasar nada. —Tras decirle eso, el camarero le guiñó un ojo y se acercó a atender a otros clientes.

Tras un par de tragos, Mauro se percató de que tenía que ir al baño. Buscó con la mirada el cartel que le indicara dónde se encontraban y... estaban abajo.

Donde ocurría la magia.

Condones.

Oscuridad.

Empezó a temblar. No sabía dónde se estaba metiendo, pero con lo poco que llevaba en Madrid podía imaginarse por dónde iban los tiros. Sin embargo, su vejiga iba a reventar, así que tenía que ir al baño sí o sí.

Al bajar las escaleras escuchó más música, electrónica, que rebotaba contra las paredes. Encontró los baños más o menos entre la negrura y, cuando entró, lo primero que vio fue una polla. La imagen duró tan solo un segundo, porque alguien se la acababa de meter en la boca. Le miraron. Quien tenía la boca llena le guiñó un ojo, y Mauro se quedó de piedra, ahí, quieto en el sitio. No sabía qué hacer, pero... las piezas encajaron en su cabeza. De hecho, estaba seguro de que se escucharon los engranajes chirriar.

—Hola —dijo, nervioso.

¿Por qué saludas? ¿Qué mierdas te pasa?

Fue hacia uno de los baños al fondo, el único abierto, cerró la puerta y orinó. Se tomó unos segundos para respirar y recuperar el ritmo cardiaco, pero su calma se vio interrumpida por el sonido de una bofetada. No, no. No era una bofetada. Escuchó mejor y percibió que eran varias, de manera repetida.

—Sí, joder. Dámelo.

La voz provenía del baño de al lado. Se quedó tieso de nuevo, sin moverse.

—Me voy a correr —dijo otra voz.

Aquello ya fue demasiado. Mauro se abrochó bien el pantalón y abrió la puerta espantado. Salió sin mirar hacia los chicos que estaban en la entrada y corrió por las escaleras hasta que salió al exterior.

Recuperó el aliento mientras miraba el lugar en el que había estado. Y es que era tan torpe que no había reparado en el cartel verde con cuerpos desnudos que daban la bienvenida al bar.

Dios, si es que eres idiota.

20

Mauro

Parecía que Gael tenía interés en verse con Mauro.

> Parce
> Quiere tomarse algo??
> Conmigo, yo invito

> ¿Cuándo?

> Cuando quiera

> Vale
> Hoy?

> OK

Mauro estaba preparándose para lo que fuera aquello con Gael. ¿Era una cita? No, no podía serlo. Hablaban de vez en cuando, pero sus conversaciones eran muy similares a aquella. A decir verdad, Gael era un poco escueto por mensajes. En persona la conversación fluía más, como aquella primera noche que se conocieron en el bar.

Delante del espejo, Mauro se probó varias camisetas y pantalones. Era la primera vez que iba a quedar con un chico y se acababa de dar cuenta ahí, en calzoncillos y con un calcetín a medio poner. ¿Qué estaba haciendo? De pronto sintió que tenía ganas de salir corriendo, porque su corazón empezó a palpitar superfuerte.

Relájate, hombre, que Gael te da buen rollo. Si no, no hablarías con él.

Y era verdad. Así que terminó de decidir su atuendo al cabo de media hora y bajó a la calle, luego al metro y, cuando llegó al centro, caminó durante unos minutos hasta el sitio donde le había dicho Gael que iban a quedar.

El bar frente a Mauro se llamaba Baranoa. Tenía pinta de estar decorado o inspirado en aquel donde se conocieron: lleno de plantas, con toques exóticos. Eran las ocho y media de la tarde y parecía haber bastante gente. Había un señor en la puerta.

—Estamos hasta arriba, chico, ¿tienes a alguien dentro esperando? —Le señaló una cola de personas con la mano, que le devolvieron a Mauro una mirada inyectada en sangre.

—Sí, tengo un amigo dentro. Mi amigo Gael. —Mauro no supo por qué añadió el nombre, pero pareció surtir efecto.

—Pasa —le indicó el puerta, serio.

Entró en el local. La música sonaba a todo volumen, una canción de desamor, y varios chicos parecían bailarla con ritmos latinos. Era la primera vez que Mauro escuchaba algo así. Buscó con la mirada a Gael entre toda la gente que había ahí apelotonada. Lo encontró a la derecha, nada más entrar. Se abrió paso para llegar hasta él.

—Hola, rey —le dijo Gael en cuanto Mauro estuvo lo suficientemente cerca como para escucharle por encima de la música.

La zona donde se encontraban parecía *chill-out,* con sillones acolchados y mesas bajas frente a ellos. No demasiado lejos había un grupo de tres hombres tomando algo en unas enormes copas de colores llamativos que Mauro no pudo evitar mirar.

Finalmente, se sentó.

—¿Qué tal? —le preguntó Gael.

—Qué calor hace aquí —fue la respuesta de Mauro. Se quitó la chaqueta, sin poder mirar aún a Gael a los ojos. Los nervios habían vuelto.

¿Qué te pasa, colega?

—Sí, es porque está lleno de gente como yo.

—¿Como tú? ¿Y eso qué significa?

—Latinooos, parce. Tenemos sangre caliente, no como ustedes los españoles.

Mauro no supo qué contestar a eso, así que se limitó a sonrojarse durante unos segundos. Gael sonreía y parecía bastante cómodo, con los brazos apoyados en el respaldo, ocupando espacio. No sabía por qué, pero a Mauro aquello le pareció atractivo.

Porque tiene confianza en sí mismo, no como tú.

Ay, bueno, iba a tratar de dejar de pensar cosas feas y disfrutar de aquella extraña cita.

—Es que fíjese que yo creo que es usted el único español que está en el Baranoa.

—Puede ser. Pero no pasa nada, ¿verdad? Me dejan entrar igual.

—Claro que sí, Mauro. Es porque estoy yo aquí.

Mauro iba a preguntar qué tendría que ver una cosa con la otra cuando un chico espectacularmente guapo, moreno, alto y musculado apareció a su izquierda. Mauro pegó un salto. ¿De dónde narices había salido? ¿Y por qué era tan guapo? ¿Para trabajar en un bar de Madrid había que medir metro noventa, tener barba y estar esculpido por los dioses?

—Hola, guapo —le dijo el camarero a Gael, sin mirar siquiera a Mauro—. ¡Cuánto tiempo sin verle por acá! ¿Qué les pongo?

—¡Christian! —respondió Gael—. ¿Cómo van sus concursos? Vi su última sesión de fotos en Instagram, una pasada.

El camarero Christian soltó una carcajada. Tenía los dientes más blancos que Mauro hubiera visto en su vida.

—Nada, ya sabe, ahí sigo haciéndome un huequito. Gracias por apoyarme siempre, Gael. —Con una sonrisa dio por zanjada la conversación y es que, con tanta gente como había en el bar, no era momento de estar charlando por las esquinas—. Entonces ¿qué van a tomar?

Mauro se encogió de hombros.

—Es su primera vez —señaló Gael.

Fue entonces cuando el camarero giró la cabeza hacia Mauro y le lanzó una sonrisa.

—Pues yo le recomiendo...

—Chisss, mejor no le diga, que se lleve una sorpresa. Póngala para dos, porfa. —Y le guiñó el ojo.

Tras eso, se despidió del camarero con una sonrisa y, cuando

Mauro volvió la cabeza para ver cómo respondía Christian, este había desaparecido entre tanta gente.

—¿Le conoces?

—Vengo mucho por aquí.

—Con esos camareros...

Gael se rio. Más alto de lo que a Mauro le hubiera gustado, que trató de acallarle abriendo los ojos.

—Es mi amigo, es un amor de chico.

—Qué vergüenza. —Mauro se quería morir. Acababa de llamar guapo a un chico que Gael consideraba su amigo. ¡Por Dios, no dejaba nunca de cagarla!

—No se preocupe, parce —le tranquilizó Gael. Se acercó un poco más. Ahora, sus rodillas se tocaban—. Este bar me gusta mucho por el ambiente, la música...

—Nunca había estado aquí.

—Es que aún no visitó demasiado Madrid, ¿cierto?

Mauro negó con la cabeza.

—¿Y por qué?

—No lo sé —dijo, mientras encogía los hombros—. No quiero gastarme demasiado dinero y la primera noche que salimos terminó mal. Demasiada resaca, era mi primera vez.

—¡Es que ustedes los españoles no saben beber!

—Deja de decir esas cosas —le respondió Mauro incómodo.

—¿Qué cosas?

—Sobre los latinos y los españoles. Es incómodo. —Mauro se sorprendió de lo tajante que sonó su tono de voz.

—¿Le sienta mal?

Hubo un silencio que duró unos cuantos segundos, los suficientes para notar el cambio de una canción a otra. Ahora, un chico y una chica cantaban sobre ser ateo por amor o algo de eso.

—No, al contrario, me hace gracia, pero no debería, ¿verdad? —Mauro no sabía cómo abordar la conversación.

—A mí no me importa —respondió Gael encogiéndose de hombros, como restándole valor—. Desde que pisé España he recibido comentarios horribles por parte de muchos españoles. No todos, claro está, pero sí que te miran diferente por ser de fuera. Y sobre todo porque no sé si se ha dado cuenta de que soy bastante, bastante moreno.

Mauro no dijo nada, parecía que Gael tenía ganas de hablar del tema.

—Simplemente digo esas cosas porque hay un choque cultural y porque si a alguien le sienta mal... Lo siento, pero yo he tenido que vivir comentarios fuera de lugar. No me gustan. Y aquí casi todos han pasado por lo mismo que yo, ¿ve que todo son latinos? Es como si tuviéramos un pequeño espacio seguro.

Entonces Mauro creyó entenderlo.

—Claro, tiene sentido.

—Pero si me meto con usted por ser españolito y le molesta, me lo dice, ¿eh? No problema.

—No, no, ahora que lo dices tiene mucho sentido.

Antes de continuar, Mauro esperó a que el camarero (¡que había vuelto a aparecer de la nada sin hacer ningún ruido!) dejara una enorme copa sobre la mesa. Era como la que estaban tomando los hombres de al lado. Tenía varias pajitas, un par de botellas de cerveza de cristal metidas en el hielo y decenas de colores llamativos.

—¿Qué es esto?

—Pruébelo y ya está.

—Espero que sea zumo —dijo Mauro, mientras se acercaba a una de las pajitas para sorber. Gael le miraba expectante—. ¡Está superfuerte!

—Está delicioso y no se hable más. —Gael se acercó a sorber. De pronto, los dos estaban muy cerca. Demasiado, quizá. Mauro se apartó deprisa para volver a su sitio y Gael le devolvió la mirada divertido.

—Bueno, le quería preguntar, entonces.

—Dime.

—Sobre algo que dijo el primer día que nos vimos.

—¿Lo de que soy virgen?

Ups. ¿Otra vez? Ponte mejor un cartel en la frente y dilo en alto por Gran Vía, tarado.

—Eso es. ¿Cuántos años tiene?

—La tendría que haber perdido hace tiempo, si es lo que preguntas.

—¿Y qué pasó?

Mauro se encogió de hombros. No le gustaba hablar del tema, aunque su boca parecía ir más rápido que su cerebro. Sin duda era por dos motivos: el primero era que Gael le transmitía confianza y se sentía a gusto a su lado, como si le transmitiera de alguna manera la confianza que tenía en sí mismo; y el segundo motivo era porque, por muy raro que sonara, el lugar le hacía sentirse en un espacio seguro, como había dicho Gael. ¿Por qué sería? ¿Era el efecto de estar en Chueca?

—Vivir en un pueblo, no saber que era lo que soy hasta pasados muchos años... No sé, cosas de la vida, supongo —respondió Mauro ante la mirada inquisitiva y curiosa de Gael.

—No se preocupe —le respondió este, poniéndole la mano sobre el muslo, algo que puso de pronto muy tenso a Mauro.

A ver, a ver. Respira.

—¿Por qué? —pudo decir Mauro entre dientes. Estaba mareado.

—Porque ya le dije que puedo ayudarlo.

Mauro sonrió de forma tensa y fingió estar más entretenido de lo normal en absorber de la pajita de aquella bebida. Bebió muchos sorbos. Quizá demasiados. Los suficientes como para que el calor que sentía en las mejillas y en todo el cuerpo se convirtiera en una temperatura normal y pudiera seguir charlando con Gael, aunque no sabía si quería. Si la conversación continuaba por otros caminos... No quería ni imaginarse su reacción. Igual se meaba encima de los nervios.

—Podemos hacerlo cuando quiera, Mauro —prosiguió Gael.

Mauro no respondió, porque algo le pareció extraño. Gael siempre le miraba: clavaba sus ojos en él. Pero justo en ese momento, al hablarle, había desviado la mirada durante unos segundos y guiñado un ojo. Mauro no entendía nada.

Así que se dio la vuelta.

Había un hombre de unos cincuenta años con una cerveza en la mano mirando sin reparo a Gael. Quieto, en medio de la pista de baile. Mauro devolvió la mirada a su acompañante.

—Un segundo —le dijo Gael.

Mauro vio cómo se levantaba y se dirigía hacia aquel hombre. Charlaban bajito, el uno en el oído del otro, tratando de que ¿nadie se enterara de lo que charlaban? El hombre parecía contento, porque de pronto no dejaba de sonreír. Gael sacó su teléfono móvil, escribió algo y se despidió del hombre, que desapareció de nuevo en la pista de baile.

—¿Qué pasaba?

—Nada, era Manuel.

—Ah —dijo Mauro, tratando de que Gael le dijera algo más sobre aquel misterioso hombre, pero en realidad no tenía por qué hacerlo, ¿verdad?

Al cabo de unos segundos en los que ninguno de los dos dijo nada, el teléfono de Gael vibró y este lo sacó de su bolsillo. Tecleó algo y volvió a mirar a Mauro con una sonrisa.

—Mucho ajetreo —comentó Mauro por lo bajo.

—Ya sabes... El trabajo.

Y Mauro no tenía ni idea de a qué se refería, así que se encogió de hombros y se pusieron a hablar de música.

21

Mauro

De vuelta a casa, ya pasada la medianoche, Mauro no paraba de darle vueltas a la extraña actitud que había tenido Gael con aquel hombre llamado Manuel. Caminaba por la calle con el ceño fruncido. Sentía que se estaba perdiendo algo, pero no llegaba a entender exactamente el qué... Y le daba rabia. ¡Es que era como un bebé en la gran ciudad! Demasiadas cosas que no llegaba a comprender. Sin embargo, estaba dispuesto a solucionarlo.

En cuanto cruzó la puerta del piso se encontró a Iker en el salón, tumbado sobre el sofá, chateando en la aplicación naranja y negra que le había dado un disgusto el otro día a Mauro.

—Heyyy, muchacho, ¿cómo te va la vida? —le dijo Iker con una enorme risa.

Dios, es que tiene los dientes perfectos.

—Tengo que hablar contigo —le respondió Mauro, serio—. No hay momento para bromas, estoy preocupado.

—¿Qué pasa?

Iker se había asustado. Prácticamente tiró la manta con la que estaba tapado al suelo y se incorporó en el sofá. Mauro vio que iba vestido con unos pantalones de deporte cortos y holgados y, al sentarse con las piernas un poco abiertas, un bulto apareció entre...

—Me tienes que ayudar —dijo Mauro, interrumpiendo a propósito sus pensamientos. Tenía que dejar de pensar en Iker así. Ahora, quizá Gael le iba a dar una oportunidad de perder la virginidad y era momento de pensar con la cabeza.

—¿Te ha pasado algo?

Mauro sintió que Iker estaba nervioso, tenso. Parecía que quisiera pegar a alguien, porque apretó bien fuerte los nudillos. Por alguna razón, Mauro percibió aquello como algo muy bonito y durante un breve instante se le llenaron los ojos de lágrimas.

—Estoy hablando con un chico. Desde hace días —comenzó Mauro. Iker no relajó su semblante—. Hoy nos hemos visto por segunda vez en un bar y...

—Espera, ¿por segunda vez? Te lo estabas callando, ¿eh, maricón?

Mauro rio nervioso, intentando dejar claro que quería contar su historia sin interrupciones. Carraspeó y prosiguió:

—Llevamos unas semanas hablando y la verdad es que es un chico muy bueno, me da buenas vibraciones. Pero hoy estábamos en el bar y he visto cosas raras... No sé, no me han gustado mucho.

—¿Qué tipo de cosas? ¿Algo de drogas? —Iker estaba serio.

—Puede ser que sí... —Hubo un silencio—. Había un hombre mayor, como de cincuenta años. No dejaba de mirarle. Hasta que se han acercado y han hablado, y es como si hubieran intercambiado el teléfono o algo así.

—¿Y el chico que estás conociendo es joven?

Mauro asintió con la cabeza.

—¿Y cómo era el hombre?

—Pues no sé, tenía un reloj supergrande como de oro y parecía empresario.

Con esa nueva información, Iker entrecerró los ojos, pensando, cuadrando esas imágenes en su cabeza. Mauro estaba nervioso: ¿se estaría metiendo en líos?

—Dime una última cosa, porque creo saber lo que estaba pasando. ¿Cómo se llamaba el bar?

—Algo así como Bar de Noa o no sé. Tenía muchas plantitas por todos lados. Y camareros guapísimos, como los del otro día.

Mauro vio que Iker estaba tratando de contener la risa.

—Perdón, perdón... Mauro, siento decirte esto, pero con lo que me has dicho creo que te puedo asegurar que ese chico que estás conociendo es un prostituto.

¿QUÉ?

—No puede ser...

¡Eres idiota! Idiota, idiota e idiota. No te enteras de nada.

—Pero cómo va a ser...

El mundo de Mauro se cayó, como un globo desinflado. Sintió que se mareaba, pero cogió aire y con la vista clavada en el suelo bajo la atenta mirada de Iker, recobró la respiración. Entonces la mente de Mauro empezó a conectar las piezas: el interés de Gael por «ayudarle», que le conocieran tanto en aquel bar, que le diera su número de teléfono la primera noche que se vieron sin apenas conocerse... Era imposible que un chico tan guapo y buenorro como Gael se fijara en él. Ahora todo cobraba sentido.

Sin embargo, Mauro no se sintió ofendido. ¿O quizá había malinterpretado algunas cosas? En ningún momento le había pedido dinero...

—Qué vergüenza —dijo finalmente, tapándose la cara con las manos.

Iker se acercó a él y le abrazó.

—No te preocupes que a todos nos ha pasado.

—¿Cómo que os ha pasado a todos? Por Dios, no digas eso.

—¡Claro que sí, Mauro! Esto está lleno de maricones que ponen el culo.

—Pero no tiene sentido...

—Claro que tiene sentido. Se lleva mucho. Y más si me dices que era un cincuentón. Vamos, está claro, o era un cliente potencial o directamente es uno de sus *sugars*.

—¿Un qué?

—Hombres mayores que le dan dinero a chicos más jóvenes —dijo Iker, rápido, como resumiendo con un gesto de la mano—. Mira, si este chico te gusta, hacemos una cosa, ¿vale?

Mauro no dijo nada. Iker se apartó un poco para tratar de observarle mejor.

—Porque el chico... ¿te gusta?

La forma en la que dijo aquello Iker le hizo sentir cosquillitas a Mauro, que se encogió de hombros.

—Puede ser, no lo sé. Es todo muy confuso ahora. —No quería pensar demasiado en sus sentimientos, estaba hecho un lío.

—Bueno, mira, si te parece bien, le invitas un día y yo le echo un ojo. Cualquier excusa es suficiente, a tomar unas copas o a charlar, no sé, lo que quieras inventarte. Y yo te digo si es trigo limpio. Si así te sientes más a gusto, claro —añadió.

Mauro se sintió muy agradecido por aquel gesto de su compañero de piso. Fue como si le quitaran un peso de encima de los hombros, un peso que no había sabido que cargaba hasta esa noche. Qué bueno era Iker con él, no se lo merecía. ¿Él qué podía darle a cambio? No tenía nada que ofrecerle, como mucho, darle consejos sobre qué verduras estaban más ricas que otras. El pueblo no le había dado lugar a tener muchas más experiencias como para ir dando consejos útiles por ahí.

—Vale, muchas gracias, de verdad —dijo Mauro finalmente—. Creo que así me quedaré más tranquilo, sí, porque todavía no me entero de cómo es la vida por Madrid.

—No te preocupes, Mauro. Estás empezando a entenderte.

Aquella frase le dejó pensando durante unos instantes. No demasiado, eso sí, porque de pronto fue consciente de que la televisión estaba de fondo. Se fijó en la pantalla y se encontró a Lydia Lozano bailando el chuminero. Mauro no se consideraba fan de *Sálvame*, pero era de lo poco que veía su madre en la televisión de culo que tenían en el pueblo.

Iker se dio cuenta de que Mauro se había quedado pasmado viendo el programa.

—¿Te gusta?

Mauro se encogió de hombros.

—A veces lo he visto. No le he prestado nunca demasiada atención. Me hace sentir incómodo.

—¿Y eso por qué? ¿No serás de esos? —Mauro arrugó la nariz como intentando entender a qué se refería Iker, que continuó explicándose—: Hay gente que piensa que es telebasura. Por ejemplo, Andrés.

—No, a mí me gusta.

—Entonces ¿por qué te hace sentir incómodo?

Mauro carraspeó y tragó saliva. Venga, ya que estaban... Lo iba a decir.

—Me parece atractivo Jorge Javier.

Era la primera vez que decía algo tan directo en voz alta sobre el físico de un hombre en presencia de otro hombre. ¿Estaba bien dicho? ¿Era así como se comentaba? Ojalá hubiera clases en el instituto para enseñarte a expresar ese tipo de cosas.

—Tienes suerte entonces, a él le gustan jovencitos.

—¿Suerte por qué? Es famoso, ni que le fuera a conocer.

Iker se acercó a Mauro y posó su mano en el hombro.

—Guapo, que estás en Madrid. Aquí tenemos a todos los maricones controlados. He estado de fiesta dos veces con Pablo Alborán y los de *Gran Hermano* también. Incluso una vez tonteé con Antonio Rossi, el del *Sálvame*. Sabemos dónde van, créeme. La ciudad es como un Grindr en la vida real.

—Qué miedo —comentó Mauro soltando un aspaviento.

—Ninguno. —Iker se rio—. Un día vamos adonde suele ir Jorge Javier, por si coincidimos. Solo para que lo veas en persona, si te hace ilusión.

Mauro sonrió algo incómodo, pero volvía a tener esa sensación de que se había quitado cierto peso de encima. Iker no solo era bueno con él y le cuidaba, sino que además se preocupaba por hacerle entender el mundo gay de Madrid. Era buena señal, ¿no? ¿O era que Iker no estaba realmente interesado en él de ninguna manera?

Con sus rayadas en la cabeza, Mauro no prestó demasiada atención a cómo Belén Esteban escondía un bollo de chocolate debajo de la mesa, ni cómo María Patiño gritaba con la vena hinchada por un tema de actualidad. No dejó de pensar en su apodo, Chico Virgen, y en que debía tomar decisiones.

Cuanto antes.

El tiempo iba en su contra.

¿Ahora qué narices se suponía que tenía que hacer? No paraba de darle vueltas al asunto. Estaba tumbado en su cama después de haber estado un rato en el salón con Iker.

Con Gael se sentía cómodo y a gusto. Le imponía, sí, pero es que era arrebatadoramente atractivo. Enterarse de que se dedicaba a ofrecer sexo por dinero lo había dejado en shock, pero no tanto como hubiera esperado. No tuvo que purgar demasiado en sus pensamientos para entender por qué: no era una locura pagarle.

A ver, si era la primera persona con la que sentía que había «conectado» fuera de sus compañeros de piso desde que había llegado a Madrid, sería por algo, ¿verdad? Por lo menos podían mantener una conversación, era atento y agradable. No era una mala opción para perder la virginidad.

Quizá le echaba para atrás eso de que se acostara con hombres que prácticamente le doblaban la edad... Tenía que hablarlo con alguien, así que buscó el número de Blanca en su agenda y le hizo una videollamada. Ya se había acostumbrado a ellas desde que estaba en Madrid.

—Madrileñooo —le dijo ella al otro lado de la pantalla.

Charlaron un poco sobre la vida en general, sobre la búsqueda de trabajo de Mauro, sobre cómo estaban los padres de Blanca... Hasta que Mauro supo que no podía aguantar más.

—A ver, Blanca, tengo una pregunta. Es todo hipotético, ¿vale? Es que estaba viendo una película con Iker y hemos estado hablando de ello.

—Uy, ¡Iker! ¡Buenorro!

Mauro agarró con fuerza el teléfono sin saber qué hacer, tapando de manera torpe el altavoz con las manos.

—CHISSS, tía, cállate.

Blanca se meaba de la risa.

—Perdón, perdón...

—Bueno, escúchame. Hipotéticamente, ¿qué pasaría si conoces a alguien que se dedica a vender su cuerpo a cambio de cierto tipo de servicios?

—¿En plan puta?

La cara de Mauro: blanca, como su amiga.

—Joder, no quería decirlo así.

—Pero es eso, ¿no?

Mauro asintió con la cabeza, sin querer dar más detalles por si era demasiado evidente.

—La verdad es que no sé qué decirte. Solo que tranquilo, que Madrid es grande y está lleno de gente. Son millones de personas, Mauro, no tienes por qué irte con el primero que...

—No es sobre mí. —Mauro trató de redireccionar la conversación, pero obviamente Blanca se había dado cuenta.

—Bueno, solo te digo que tengas cuidado. Y ya sabes a lo que me refiero.

—Pucs no.

—Hijo, a usar condones y todas esas cosas. Ten cabeza y no te vuelvas loco, que lo último que quiero es que encima pilles una ITS.

De pronto, una voz cortó la conversación.

—¡BLANCAAA!

Era su madre, que gritaba como si se hubiera tragado un megáfono. Mauro lo odiaba, y más desde que había llegado a Madrid, donde la gente hablaba mucho más bajito que en su pueblo.

Blanca colgó sin despedirse. No era necesario: no pasaba nada. Había tanta confianza entre ellos que no se veía como un gesto grosero.

Mauro se quedó de nuevo solo en su cuarto, con su torrente de pensamientos ininterrumpido, y quiso tener agallas para poder decidir de una vez por todas qué narices iba a hacer con su maldita virginidad.

22

Mauro

Habían pasado unos días desde que Mauro le confesara a Iker sus dudas sobre Gael. Y desde aquella conversación, Mauro había tomado finalmente una decisión. Perdería la virginidad con Gael solo si Iker le diera su aprobación. No iba a desestimar la ayuda de su compañero de piso, y si le decía que todo parecía correcto, no tendría dudas en plantearle la posibilidad de acostarse con Gael.

O sí.

No lo sabía, la verdad. Estaba hecho un lío. Incluso estuvo pensando en ir a una floristería para coger una margarita.

¿Me acuesto con él? ¿No me acuesto con él?

Era raro tener que pagarle a una persona por tener sexo, ¿verdad? Pero estaba desesperado. Su máxima meta en Madrid era esa. Esa y aprender a vivir la vida que no había disfrutado por haberse enterado tarde de su sexualidad y haber vivido en un pueblo perdido de la mano de Dios. Pero sentía que para empezar a vivir todo lo que no había vivido, debía dejar atrás ciertas vergüenzas y arremeter contra ellas. Y para ello tenía que romper con lo primero que le imposibilitaba tener confianza en sí mismo y en su sexualidad, y era la virginidad. Era indiscutible.

¿Acaso tenía más opciones?

No poseía un cuerpo de dioses. Ningún chico le había mirado

como lo había hecho Gael, aunque le entraban dudas pensando que él solo buscaba una compensación económica...

Todo era demasiado raro, pero la decisión estaba tomada. Si se arrepentía, sería después, pero podría recuperar el tiempo perdido. Así que dentro de lo que cabía, no estaba mal del todo.

Había llegado el momento. Quedaban tan solo horas para que Gael apareciera por la puerta e Iker le confirmara sus sospechas. ¿Que a esas alturas ya daba igual? Sí, pero no podía dejar tirado a Iker. Si le confirmaba que le daba buen rollo pese a dedicarse a lo que se dedicaba, iría hacia delante. Si le decía que no se fiara de él, quizá Mauro se lo pensaría... Pero no iba a dejar de buscar alguna otra posibilidad.

Era ahora o nunca. Lo sentía en su interior.

Y así como si nada, de pronto, sonó el timbre.

23

Mauro

El momento en el que sonó el timbre del piso fue caótico, como lo era la mente de Mauro. Su corazón comenzó a latir con fuerza y se levantó de la cama como movido por un resorte. Iba vestido «de estar por casa», pero él jamás iría con vaqueros y deportivas dentro de su propio hogar. Estaba en modo casual, como le había indicado Iker, para no demostrar demasiada desesperación.

De camino a la puerta de su habitación para ir a abrirle a Gael, Mauro se tropezó —obviamente— con un cable que andaba por ahí suelto. Ni siquiera sabía de dónde narices había salido. El golpe fue tan brutal que temió haberse roto el brazo por siete lados, pero en cuanto recuperó un poco el aliento, se dio cuenta de que no era para tanto y de que quizá no le saliera un moretón.

Pero ya era tarde.

Aguzó el oído porque unas voces le llegaban desde la entrada.

—¡Pero bueno, Gael, qué sorpresa!

Era Iker dándole la bienvenida a su cita.

Gael. Su cita.

Iker.

¡UN MOMENTO!

¿Se conocían?

No podía ser. Totalmente imposible. Si era verdad, Mauro no quería salir de su habitación hasta el año 2145 por lo menos.

—Hombre, pero pasa. Llevabas un buen tiempo sin pasar a vernos, ya se te echaba de menos.

Se escucharon sonidos sordos, indudablemente se estaban dando golpes en la espalda al darse un abrazo. Mauro estaba temblando. Literalmente. Aún no había terminado de recuperar el aliento y ya lo había perdido.

O sea, que Gael e Iker son amigos. Pero ¿sabrá Iker que Gael es el mismo chico que yo estoy conociendo?

La pregunta es absurda, Mauro. Claro que sí, seguro que lo sabe. ¿No?

Mauro meneó la cabeza para borrar esos pensamientos y, tras escuchar a través de la puerta que Iker y Gael se dirigían al salón, se levantó y atusó la ropa, dispuesto a salir. Abrió la puerta y la conversación de sus amigos le llegó con más claridad.

—¿Y eso que has pasado a vernos? ¿Pasabas por la zona?

—Se podría decir —respondió Gael entre risas.

Mauro respiró algo más tranquilo. Le estaba cubriendo, no eran imaginaciones suyas. Quizá Gael estaba igual de incómodo que él. ¿Cómo iba a saber que el chico que estaba conociendo, recién llegado de un pueblo y virginal, era compañero de piso de sus amigos de Madrid? Eran demasiadas coincidencias.

Había pasado un rato. Varias latas de cerveza sobre la mesa y varias bolsas de patatas abiertas indicaban que la cosa fluía.

—Bueno, parce, el otro día un *man* me pidió lo que está de moda ahora. El tema de los escupitajos y eso.

—Hombre, eso está desde siempre —le replicó Iker, como sorprendido.

—Ah, ¿que a usted le gusta? —La cara de Gael era un poema.

—Oye, no me mires así. Siempre está bien. Que si la situación lo requiere, pues toma...

—¿Pero escupitajos de verdad? —preguntó Mauro, aterrado. ¿Quién narices querría una baba gelatinosa a saber dónde y en qué parte del cuerpo? Puaj. Esperó que fuera una broma.

—Sí. En plan...

Iker buscó con la mirada una lata de cerveza vacía. La cogió y, mirando directamente a los ojos de Mauro con diversión, cogió fuerza y... Boom. Escupitajo. Gael soltó un grito, mientras que Mauro se echó hacia atrás en el sofá, asqueado.

—Flipo. La gente está mal de la cabeza.

—Tú espera a probarlo —le dijo Iker, guiñándole el ojo.

Ante eso, Mauro no tenía respuesta, así que no la dio. Se quedó mirando su lata de cerveza, ya algo más caliente entre sus dedos sudorosos.

No admitas que te ha gustado verle escupir. No lo admitas, es asqueroso.

—Los escupitajos siempre son mejores que otras cosas —soltó Gael, retomando la conversación tras aquella extraña pausa—. Es como sadomaso pero más suave.

—A ver, Gael, que ni siquiera es sadomasoquismo. Lo que pasa es que eres tiquismiquis.

—¿Yo? Perdón, sabe que no lo soy —chilló haciéndose el ofendido. Incluso arrugando la cara o poniendo caras de bufón, Mauro no podía dejar de apreciar su espectacular belleza.

Hostia. Es que tenía a dos pibones en el salón de su casa. Vale que uno vivía allí, pero... Uf, no quería pensar en aquello. No quería hacer que la situación se volviera incómoda, pero sí, desde luego que eran las dos personas más guapas que había visto nunca. Y estaban ahí, pasando el rato con él, por alguna extraña razón.

—Me vas a decir que eres Dora la Exploradora en tu vida normal. Y ya sabes a lo que me refiero —le dijo Iker.

—Pues no, no lo soy, pero intento ser pasional. —Gael le dio un trago a su cerveza—. Y ser pasional no tiene nada que ver con el sadomaso o escupir o asfixiar. Usted está tarado.

—Yo creo que van de la mano. Para mí es un básico. —Iker se encogió de hombros.

—Es que está de moda.

—Que no, Gael, que no está de moda. Que es de toda la vida del Señor, y encima me lo estás intentando colar tú, con la experiencia que tienes.

Los ojos de Gael se abrieron en alerta, como avisando a su amigo Iker de que no quería que mencionara algo en particular.

—Si usted lo dice... —reculó el colombiano, apartando la mirada de Iker.

—Yo lo único que quiero es que se laven —lanzó de repente Iker, alzó las manos y negó con la cabeza—. Si no, me da un asco...

—Entiendo que es molesto, pero es normal. No estás introduciendo tu pipí en un sitio totalmente limpio. Por ahí se caga, parce.

—*I know*, pero las lavativas están para algo.

Gael se encogió de hombros. En esos temas parecía estar cansado de escuchar las mismas opiniones de Iker una y otra vez, como si no fuera nada nuevo. Se le notaba cansado de pelear, porque a decir verdad, Mauro se había percatado de la cabezonería de su amigo. No parecía muy dispuesto a cambiar en muchos aspectos y a la mínima saltaba para defender su opinión. Si Blanca estuviera ahí, tendría claro que era un tauro de los pies a la cabeza.

—A mí no me importa. Son cosas que pasan —dijo Gael.

—A mí se me baja, no lo voy a negar.

—Creo que me he perdido —confesó Mauro, tras sentirse desligado de la conversación durante un buen rato. Una parte de él quería que le prestaran atención, mientras que otra no tanto. ¿Serían las cervezas, que le hacían tener una vocecita angelical y otra demoniaca comiéndole la oreja?

—¿En qué parte? —le preguntó Iker, con una sonrisa. Era una sonrisa de esas como cuando miras a tu primo pequeño después de preguntar sobre los Reyes Magos, condescendiente, pero tratando de conservar la dulzura de la inocencia.

—¿Qué es una lavativa?

Mauro había aprendido la lección: preguntar no era de tontos. Llevaba en su cabeza una enorme pizarra donde anotaba los conceptos clave de los gay, por si acaso hubiera un examen, aprobar con matrícula.

—Ay, mijo —le dijo Gael, medio riéndose—. Es meterse agua a presión en el culo para que a chicos como Iker no les dé asquito.

—¿Y quien la mete qué hace?

—¡Eso es! —Gael se levantó del sofá, como victorioso—. No hace nada. Los pasivos siempre tienen que estar preparados. Eso es feo, Iker —le dijo girándose hacia él, poniendo morritos de recochineo.

—Yo solo digo que es lo que hay —se defendió Iker—. Si te la voy a meter, voy a escupirte, arañarte y morderte, qué menos que estés perfecto. Además, que no todos los días alguien se mete una polla tan perfecta como la mía.

Ante aquel comentario, Mauro se ruborizó, mientras que Gael fingió vomitar y luego reírse junto a Iker.

—Son cosas naturales del cuerpo humano, ¿no? —atajó Mauro rápidamente, para disimular lo estimulante que había sido la visión imaginaria del miembro de Iker en todo su esplendor.

Gael asintió, mientras se recuperaba de la risa.

—Como ve usted, aquí su amigo Iker tiene la mente cerrada. —Le dio unos golpecitos amigables en el hombro—. ¡Y luego soy yo, que no me gusta escupir o que me escupan! Que si hay que hacerlo se hace, pero parce, hay cosas y cosas. Si metes una verga en un culo, puede salir con regalo. Y es que es normal.

—Mira, qué asco. Igual estáis equivocados y no soy yo el loco.

—Yo no tengo experiencia en nada —dijo Mauro—, pero ¿no es injusto?

Entre risas, Iker respondió:

—Siempre con tus preguntas inocentes. No me rayes más, que ya bastante me he rayado con el tema de los chicos con y sin pluma. Y fue hace días, ¿eh? ¡Déjame tranquilo, maricón!

Mauro se encogió de hombros, pero se rio. Se llevó la lata de cerveza a los labios, sorbió y continuó escuchando a Iker y Gael hablar sobre sexo. Era reconfortante más que incómodo ver cómo personas con experiencia compartían sus visiones sobre el tema. Mauro se tomaba aquello como otra forma de aprender. Quizá no todo era la práctica, ¿no? Sino que, cuando llegara el momento, supiera todo lo que podría pasar, atenerse a que las cosas no siempre son ideales o que hay cosas naturales o que suceden durante el sexo sobre las que no se tiene control. Anotaría aquella reflexión en su pizarra mental.

Pero aún tenía una duda más.

—Hay algo que no entiendo —volvió a confesar. Gael e Iker lo miraban con una sonrisa en los labios, una mezcla de ternura extraña y de varias cervezas ya en el cuerpo—. Habéis dicho algo de ¿versátil? No entiendo...

Las carcajadas en las que rompieron los amigos fueron las más altas de la noche.

—No, no, no, espera... —Iker se intentó serenar. Mauro le miraba sin saber qué cara poner. A decir verdad, ¿se reían de él o actuaban así porque era una situación graciosa en general, pero no por él en concreto?—. De eso entiendo que no tienes ni idea, ¿no?

Mauro negó con la cabeza de manera enérgica.

—Vale, pues mira, es sencillo.

—No es tan sencillo, no le mienta —le cortó Gael.

—Hay tres cosas que debes saber. —Iker continuó hablando, ignorando a su amigo. Levantó tres dedos de la mano y fue señalándolos uno por uno con la ayuda de la otra mano—. Activos, que les gusta dar; pasivos, que les gusta que se la metan; y versátiles, que les da igual.

—Y luego están los versátiles más pasivos, o los versátiles más activos, por ejemplo —apuntó Gael.

—Bueno, sí, pero en líneas generales con eso te sirve.

—¿Y cada uno tiene una función? —fue la pregunta de Mauro. Iker se encogió de hombros.

—Depende, ¿sabes? Porque puedes ser activo y sumiso. La verdad es que son conceptos que se usan mucho en las aplicaciones y tal. En la vida real también, pero no sé, como que la cosa fluye en el momento.

—¿Y yo cómo sé lo que me gusta? —Mauro trataba de entender, pero se sentía como cuando iba a la escuela y le mandaban ecuaciones para hacer en casa. Entendía lo que le estaban contando, pero no terminaba de comprenderlo. Su cerebro era incapaz de unir todas las piezas.

—Supongo que probando, pero yo lo sabía antes de hacerlo. Es como que... lo notaba, ¿sabes? —le respondió Iker. Mauro asintió con la cabeza. ¿Y qué le gustaba a Iker? ¿Era descarado preguntarlo?

—Este *man* de aquí —dijo entonces Gael, a la vez que lo señalaba con el pulgar y trataba de no reírse demasiado— va de activazo de la vida, pero yo creo que es versátil. Le gusta de vez en cuando que le metan la puntita.

Iker le dio un puñetazo en el hombro a Gael, en broma.

—Mentira, solo lo probé una vez y fue suficiente. Ahí no entra nada. —Iker fingió estar enfadado u ofendido, pero no podía evitar que una sonrisa se le formara en la comisura de los labios.

—Nah, usted está cerrado a nuevas experiencias. Tiene que probar de todo —se burló Gael.

—Ahora eres tú Don Mente Abierta, maricón. En Colombia no sé qué os dan, pero te digo en serio que a veces no hay quien te entienda.

Gael se rio, aunque no respondió. Le pegó unos sorbos a la cerveza y Mauro no pudo evitar sentirse incómodo. Trataba de no sentirse violento cuando escuchaba o formaba parte de chistes de ese calibre, pero parecía que eran más normales de lo que pensaba en un principio.

De pronto, el cerebro de Mauro se quedó sin pilas. Lo sintió porque de pronto le llegó un ramalazo de cansancio, desde lo más bajo de su espalda hasta el cuello, como si hubiera estado en tensión y todo se disipara de repente. Demasiada información, demasiado poco tiempo para entenderla, demasiada tensión. Los ojos se le estaban cerrando de repente.

—Ey, que lo perdemos —dijo Gael.

Mauro no respondió, pero trató de despejarse.

—No sé qué me pasa.

—Será la cerveza —le dijo Iker. Se acercó a él y le quitó la lata que tenía en la mano. La dejó en la mesa y volvió a su sitio.

El silencio llegó de nuevo a la estancia, momento en el que Gael aprovechó para hacerle un gesto a Mauro. Antes de que este pudiera responder, Iker preguntó:

—Bueno, Mauro, ¿tú no tenías una cita? ¿Cuándo llega? Que se nos ha ido el santo al cielo...

De nuevo, silencio. Incómodo. Bastante incómodo.

Mierda, mierda, mierda. ¿En serio no se ha dado cuenta?

Mauro tragó saliva y miró a Gael, que le miraba con una media sonrisa.

—Tenemos que hablar, parce —le dijo Gael a Mauro, aunque parecía que la frase iba dirigida tanto a él como a Iker.

La cara de Iker de pronto se tornó roja. Su sonrisa bobalicona producida por la cerveza y el buen rollo desapareció. Apartó las piernas del sofá para dejarle paso a Gael, que se levantó, y Mauro hizo lo mismo. Sin decir nada más, se dirigieron a su habitación.

24

Iker

Qué cojones.

Iker se había quedado a solas en el salón. No se podía creer que hubiera sido tan ciego o tan idiota de no haberse dado cuenta de que Gael y la cita de Mauro eran la misma persona. Y ninguno le había avisado, habían dejado que la cosa fluyera sin más...

Estaba hecho un lío, pero una cosa sí que parecía concretarse en su mente cada vez más.

Iker ya lo tenía claro. Las punzadas de dolor que sentía al hablar con Mauro, tan inexperto, eran indudablemente porque le recordaban a su pasado. Lo había pensado durante aquellas últimas semanas, pero verle con Gael le había hecho tener más que claro que quizá su papel iba a ser más fundamental de lo que hubiera imaginado.

¿En serio había sucedido aquella coincidencia en una ciudad de más de cuatro millones de habitantes? ¿Cómo narices se habían conocido y cuándo?

Pensar en eso le volvía loco: necesitaba hablar con Gael, pero no quería ser como el típico padre que iba a hablar con los profesores para que al día siguiente se burlaran de su hijo por ello. Y es que se sentiría así si lo hacía. Conocía a Gael y confiaba en él, pero una parte del chico le recordaba a su vida pasada. Iker había tratado por todos los medios de olvidar sus primeros años como gay fuera del armario en Madrid, tantas cosas que había intentado ocultar.

A veces, tenía pesadillas con su peor época. Aquella que no quería recordar y que le hacía verse reflejado en Mauro. Y la recordó, sentado en el sofá, con la cerveza en la mano.

Iker tenía apenas dieciocho años y muchas ganas de follar. Era joven, aún le estaba creciendo la barba y su cuerpo estaba comenzando a parecerse a los que salían en los anuncios de perfumes a las diez de la noche. Se sentía, por primera vez en años, una persona atractiva. Y eso, sin poder evitarlo, le subía mucho el ego. Quería que le vieran y le apreciaran.

De manera irrevocable, Iker terminó conociendo a personas que no le hicieron bien.

Pablo. Maldito Pablo.

Iker entró en un bar. Le había llamado la atención la cantidad de gente que había delante de la puerta mientras se echaban un cigarro con la copa en la mano y cómo la música se escuchaba de manera amortiguada, incluso desde metros de distancia.

Lo primero que vio Iker fue a un montón de hombres. Eran el doble de grandes que él, por lo menos del doble de edad, y un montón de músculos, barbas y camisetas de tirantes. No sabía qué era aquello, pero no se iba a dejar amedrentar. Ya llevaba muchos años haciéndolo, ¿verdad?

Pidió unas copas, bailó un poco en una esquina, y un hombre de unos treinta años se le acercó. Era pelirrojo, con el pelo corto y una barba de tres días que le daba un aire bastante sexy. Llevaba puesto lo que parecía ser el uniforme de aquel antro: una camiseta de tirantes que le marcaba los músculos definidos. También, por la abertura del cuello, dejaba ver un colgante de oro.

—¿Estás solo? —le preguntó aquel hombre a Iker.

—Sí. Bueno..., ahora no —fue la respuesta de este.

—Soy Pablo.

Así se conocieron.

A los dos días, Iker se preparaba para quedar con él en otro bar. Echaron unas risas y terminaron en una habitación de hotel, porque a Pablo no le gustaba llevar a nadie a casa. No se fiaba, según él. Pero Iker no le iba a poner en entredicho. Creía que se estaba enamorando. Pablo era tan atento...

Dos semanas más tarde, Pablo e Iker se habían visto ya unas tres veces más. Pablo siempre parecía distraído y le dedicaba el tiempo justo a Iker, pero para él era más que suficiente. Era el inicio de algo nuevo, quizá de ahí surgiera una bonita relación.

Al mes de conocerse, Iker le dijo a Pablo que quería ponerle una etiqueta a la relación.

—Quiero que seamos algo más.

Pero para Pablo ser algo más era demasiado. Le dijo que no podía, y dejó a Iker con el corazón roto. Pronto entendió por qué.

—No puedo hacerlo, Iker. No lo entiendes —le confesó en otra ocasión, más adelante. Iker ya no confiaba tanto en él, pero seguía derritiéndose en sus brazos.

—Siempre dices lo mismo y no entiendo qué pasa.

—Iker, ¿nunca te has preguntado de qué trabajo?

El mundo de Iker se hizo añicos. Descubrió cosas que no quería descubrir. Quizá lo había tenido delante todo aquel tiempo, pero se había hecho el ciego y autoconvencido de que era mentira. Pero no: era verdad. Una verdad dolorosa.

Trató de querer a Pablo como los primeros días y le fue imposible. Pablo no parecía dolido, pues Iker era un entretenimiento más en su vida. Otro chico, un número en su lista de conquistas.

Iker se hartó al poco tiempo de saber la verdad. Nadie le había contado que existía esa realidad. ¿Tan malo era querer amar sin dolor? Quería un romance como en las películas.

Pero gracias a Pablo aprendió a no fiarse de la gente. Su primer amor, su primera gran desilusión. Se le abrieron las puertas a otro mundo, paralelo al Madrid que parecía empezar a conocer. Y desde ese momento, Iker decidió que no se dejaría engañar más. Y que trataría de guiar a aquellos que lo necesitaran mientras estuviera en su mano para que no pasaran por lo mismo.

25

Gael

—Bueno.

—¿De qué quieres hablar?

—De usted. De nosotros. Después de esta conversación, ¿lo tiene más claro?

Mauro se encogió de hombros.

Estaban sentados en su cama. Gael se encontraba apoyado contra la pared, con las piernas medio encogidas. Mauro, en la otra esquina. Parecía incómodo o, más que incómodo, nervioso.

Gael se había sorprendido de que Iker fuera compañero de piso de Mauro. No se lo habría imaginado, pero tenía sentido. Sus amigos solían ir bastante a Lakama, que es donde se conocieron. Así que si lo hubiera pensado un poco, quizá hubiera sido evidente.

—No lo sé —dijo finalmente Mauro.

—Sabe que le puedo ayudar. Es fácil.

—Sí, pero tengo dudas.

—Parce, relájese. Es una tontería.

Aquello pareció sentar mal a Mauro, que puso una cara extraña, aunque trató de disimularla.

—¿Va a ser hoy?

Gael cambió de postura y se acercó al chico. Apoyó la mano en su muslo y con la otra le rodeó los hombros. Olía bien: una mezcla de cerveza con una colonia estándar de toque masculino. Gael notó que Mauro estaba temblando. Poco, pero lo hacía.

—Mire, no se preocupe. —Gael decidió dejar de forzarle. Si no estaba cómodo no serviría de nada, y aunque el dinero fuese lo más importante para él... Aquello no era correcto. De pronto no se sentía bien; era un sentimiento prácticamente nuevo que no sabía identificar—. Ya veremos qué podemos hacer, ¿vale? No hay prisa.

—Sí la hay. Pero quiero estar preparado. Tú me podías ayudar en eso.

—Y puedo hacerlo, Mauro, pero primero es usted quien tiene que decidir cuándo y cómo. Yo no puedo decidir esas cosas.

—Pero es lo que haces, ¿no?

Vale, Mauro ya sabía de qué pie cojeaba. ¿Habría sido Iker quien le había contado a qué se dedicaba? No parecía saber que él era la cita de Mauro... Quizá estaba subestimando al pobre Mauro e igual era más listo de lo que parecía. Sonrió para dentro.

—No todo se soluciona con dinero.

Aquella frase que pronunció Gael se quedó en el aire, como si fuera una verdad más profunda de lo que pareciera en un primer momento. El mensaje caló y ninguno de los dos dijo nada. Mauro ya no temblaba tanto. No se había quejado de que Gael le estuviera tocando.

Al cabo de unos segundos en esa postura, Gael decidió que era momento de marcharse. La noche se había torcido, y su mente también. ¿Qué estaba haciendo? Mauro no se merecía algo así. Apenas le conocía, pero sí lo suficiente como para saber que tan solo guardaba amabilidad en él.

—Me marcho —le anunció a Mauro.

Este no se movió mientras Gael se levantaba de la cama.

Le vio ahí tendido, con la mirada perdida, mordiéndose los carrillos... Había conocido a gente así. Nunca jamás le habían dado pena, porque él tenía la suerte de tenerse en muy buena estima y poder trabajar gracias a su cuerpo. Pero Mauro era diferente. Necesitaba un pequeño empujón.

Así que hizo algo que llevaba tiempo sin hacer.

Gael se agachó, acercó su cara a la de Mauro y le besó en los labios. Fue tan solo un pico, que acompañó con una leve caricia en el moflete. Tras eso se levantó y se marchó de la habitación.

Para él, un beso no significaba nada. Daba decenas cuando salía de fiesta, para caldear el ambiente. El beso que le había dado a Mauro, sin embargo, había nacido desde otra parte. Era el momento de que aquel chico comenzara a confiar en sí mismo.

Venga, parce, ahora le toca a usted.

26

Mauro

Pasaron varios minutos en los que Mauro se quedó tal y como estaba: sentado sobre la cama, mirando a la nada.

No podía procesar lo que acababa de vivir.

Cogió aire.

SU MALDITO PRIMER BESO.

No solo con un hombre, sino en general.

GAEL LE HABÍA BESADO.

Aquello era impensable hacía tan solo unas semanas. ¿Quién le iba a decir al Mauro de un pueblo perdido en la nada que se mudaría no solo a la capital del país, sino que tras solo unas semanas allí besaría a un hombre? Era una locura. ¡Pero era *su* locura!

Trató de respirar y se concentró en cada inspiración para relajarse. Necesitaba calmarse y procesar lo que acababa de pasar.

Aunque Gael se dedicara a la prostitución, aquel beso... Había sido extraño. Mauro no era ni mucho menos un experto en romance, pero la delicadeza con la que le había tocado Gael no era muy propia de como se imaginaba que trataría a quienes le contrataban. Lo que había sucedido en la habitación había sido indudablemente mágico. Mauro lo sentía así.

Pero se iba a quedar no con quién le había besado, sino que acababa de conquistar un escalón más. Ahora perder la virginidad no parecía tanta locura, aunque si se iba a sentir tan nervioso como en aquel momento...

Agitó la cabeza para librarse de esos pensamientos, que eran más negativos que positivos. Podía conseguirlo si se lo proponía. Ahora tenía dudas sobre hacerlo con Gael, pero sí que estaba a gusto en su compañía. Y parecía que era mutuo. Quizá no todo era sexo.

Decidido a hablar sobre lo que acababa de ocurrir con alguien, se levantó de la cama. Le temblaban las piernas, pero aun así consiguió levantarse sin caerse, que ya era bastante. Se dirigió al salón para hablar con Iker, al que se encontró enfurruñado mientras recogía el desastre sobre la mesa frente al sofá, llena de patatas y latas de cerveza.

—Iker —le dijo Mauro. En su tono de voz se notaba el nerviosismo. Iker no le dijo nada, ni siquiera le miró. ¿Le estaba ignorando? Mauro carraspeó y lo volvió a intentar—. Iker.

Nada. Cero. Ninguna respuesta.

¿Y a este qué le pasa?

Mauro se acercó para ayudarle a terminar de recoger lo que faltaba, quizá estuviera enfadado por haberle dejado recogiendo. Pero no, Iker no se enfadaba por esas cosas.

—¿Iker? —Aquella vez, Mauro fue más precavido y usó un tono de voz más suave.

Iker lo miró, pero no con buena cara.

—Qué. —Más que una pregunta era una manera de decirle que no le hablara más.

—¿Pasa algo?

Durante unos instantes, Iker no respondió. Finalmente, en su último viaje a la cocina, cargado de los restos que quedaban entre las manos, se volvió para responderle:

—Sí, Mauro. Sí pasa.

Y como si aquello fuera una respuesta normal, se volvió a dar la vuelta y terminó su viaje hacia la cocina. Mauro no dijo nada, tratando de entender lo que pasaba. Lo siguiente que vio fue a Iker dirigirse a su habitación y cerrar con un portazo.

Mauro había decidido sentarse en el sofá. Aún sentía la cabeza llena de dudas, no solo por el beso de Gael, sino por la actitud de Iker, que no tenía ningún sentido. Estaba viendo en la televisión un reportaje de investigación sobre mafias chinas, algo que jamás había pensado que le interesaría, pero ahí estaba.

—Blanca, cuando puedas me escribes, ¿vale?

Era la cuarta vez que le mandaba una nota de voz a su amiga. Ni siquiera le llegaban los mensajes. Mauro necesitaba hablar con alguien urgentemente.

Y de pronto unas llaves sonaron en la puerta y apareció Andrés.

—Hey, ¿qué tal, Mauro?

Andrés se quitó la gabardina color crema y la dejó sobre el sofá.

—Estoy muerto de hambre —le dijo.

Mauro pensó que Andrés llevaba un tiempo algo desconectado del piso. Y ahora sus ojos parecían algo apagados... Supuso que sería por las horas extra que estaba haciendo en el trabajo. Sí, sería eso.

—Andrés, ¿te puedo hacer una pregunta?

Hala, sin rodeos. Deja al pobre que se ponga el pijama ni que sea.

—Claro —le respondió Andrés, mientras se descalzaba. Se le veía cansado.

—Bueno, en verdad no es una pregunta. —Mauro se movió incómodo en el sofá—. Es que hoy ha pasado algo.

Y procedió a contarle toda la historia. Toda. Desde que Gael y él se cruzaran en Lakama Bar, pasando por los mensajes y la cita en Baranoa, hasta aquella noche, para culminar en el beso. Andrés estaba sorprendido a juzgar por su expresión: tenía la boca abierta y los ojos como platos.

—Te lo tenías bien callado, ¿eh? Mira el maricón rural qué suerte tiene.

—Es ironía, ¿verdad?

—Puede ser. —Andrés sonrió, entre riéndose de la situación y disculpándose por ella.

—Es que ha sido todo una locura. Tengo muy mala suerte, desde que nací. Soy megatorpe y no hago nada bien...

—Ey —le dijo Andrés, acercándose—. Nos puede pasar a todos. Pero no te preocupes.

El silencio se alargó unos segundos, y Mauro aprovechó para

poner en orden sus pensamientos. No quería contarle a Andrés más cosas para no sonar aún más desesperado con el tema de lo que ya le parecía.

—Si la cosa es que estoy demasiado obsesionado con perder la virginidad —comenzó Mauro—. Y es como si me diera igual cómo, ¿sabes? Pero al mismo tiempo no. Pfff, no sé. Es un lío.

—Claro. Te entiendo perfectamente. —Andrés asintió. Se le escaparon un par de mechones de su tupé rubio y perfecto. Mauro se dio cuenta de que le brillaban mucho los ojos.

—¿Cómo fue tu primera vez? Si es que quieres contármelo, claro —le dijo Mauro. Se excusó rápidamente por aquella pregunta—: Hoy he tenido que escuchar demasiadas cosas de nivel experto y estoy... mareado. Tú eres más romántico, ¿no? Me da esa sensación. Como más calmado, no sé explicarlo. Perdón, aún sigo un poco borracho.

Andrés se rio, una pequeña carcajada. Chasqueó la lengua y respondió:

—Así es. Pero te tengo que decir una cosa, Mauro, antes de que sigas por ahí.

—¿El qué?

Andrés se acercó aún más y se atusó el pelo mientras se deslizaba por el sofá. Era un momento íntimo, de confesión entre amigos. Andrés subió las piernas al sofá y las cruzó. Clavó sus ojos en los de Mauro y dijo:

—Yo también soy virgen.

Espera.

No puede ser.

—¿En serio? —fue lo único que pudo responder Mauro.

Andrés asintió, medio avergonzando, medio liberado de habérselo contado.

—Me daba la impresión de que no... O sea, por lo que hemos hablado y eso... —balbuceó Mauro, nervioso y lleno de pronto de una conexión invisible entre él y su compañero de piso.

—Iker no lo sabe. Ni Gael. —Se encogió de hombros, incómodo—. Son mis amigos, y sé que serían muy pesados con el tema. Un día dije que sí, que había follado y no sé qué, y la mentira se quedó. En parte, me ha hecho algunos momentos más llevaderos. Menos presión, no sé.

—Pero entonces no puedes preguntar tus dudas.

—A ver, Mauro, que esto tampoco es como ir a clase.

Silencio.

—Entonces... Eres virgen. Como yo.

—Sí. Estoy esperando el momento adecuado. Y más que el momento, el chico adecuado.

—¿Por qué?

—Creo que la primera vez es algo bonito, como en las películas. Encontrar a alguien ideal que no te folle una noche de borrachera en una discoteca y que no vuelvas a ver al día siguiente. Vaya, como Iker. —En su mirada parecía haber rabia acumulada. Mauro se preguntó de dónde vendría—. Quiero que mi primera vez sea especial, algo único y que recuerde durante toda mi vida con una sonrisa. Hasta ahora no había encontrado a nadie...

—¿Ya lo has hecho? —Mauro se ilusionó. ¡Qué callado se lo tenía!

—No, olvida eso. Son mis pajas mentales —reculó Andrés con rapidez—. Bueno, la cosa es que no pasa nada por ser virgen. La sociedad nos dice todo el rato que el sexo es la única respuesta, como si no fuéramos válidos sin él.

—Es verdad.

—Y en parte no está bien estar obsesionado con perder la virginidad. Yo tuve una fase como la tuya. Estaba todo el día en aplicaciones y subiendo historias a Instagram para encontrar un buen macho que me reventara, pero... —Andrés se rio—. A decir verdad no tengo prisa.

—Tienes razón. Qué pena...

—No te tiene que dar pena. Como tú hay miles y miles de personas. No dejarse llevar es un trabajo.

—A mí honestamente creo que me da igual cómo o con quién. Mientras pueda mantener una conversación con él, me sirve.

—¿Y qué buscas?

Mauro se encogió de hombros.

—Esta misma noche he descubierto que hay diferentes roles en la cama. Que si uno la mete y el otro recibe y cosas de esas. Tengo que dormir y que mi mente lo procese con la almohada.

—Cualquier cosa, me dices. Sé que desde que llegaste no hemos sido los mejores amigos. Con Iker es más fácil hablar y soltarse, porque no voy a negar que es encantador. Pero me alegra haber tenido esta conversación contigo, Mauro. No quiero que te sientas solo en esto, y ahora yo también me siento más en compañía.

—Lo mismo digo, Andrés.

Terminaron la conversación con un abrazo y Mauro se fue a dormir a los pocos minutos. Quizá había perdido la oportunidad de desvirgarse aquella noche, pero había ganado un buen amigo en el camino. En el fondo, se sentía como un ganador.

27

Mauro

Pasaban los días y Mauro seguía sin encontrar trabajo.

Las jornadas siguientes a la charla nocturna y cerveceo con Gael e Iker habían dejado secuelas. Iker se comportaba de una manera extraña, pero según pasaban los días su actitud iba relajándose. Mauro no entendía qué narices le pasaba, e intentaba hablarle y acercarse a él para descubrir qué mosca le había picado. Nunca lo consiguió, así que poco a poco dejó de insistir.

Había, sin embargo, una buena noticia. Una nueva positividad que reinaba sobre el piso y sus habitantes, y era un nuevo fin de semana. Mauro deseaba salir de fiesta, se sentía extrañamente estresado y necesitaba darse un descanso de la ansiedad que le provocaba el tema de no encontrar trabajo. Le quedaban ahorros, pero no demasiados: podría salir como mucho un par de noches de fiesta, y luego tendría que apretarse el cinturón. Pero esta vez de verdad, no como las semanas anteriores.

—Oye, estaba pensando... —comenzó Mauro.

Se encontraba en la cocina preparándose la cena, un buen plato de pasta con tomate, chorizo y queso en polvo. Andrés estaba sentado en la mesa leyendo un libro mientras se le cocinaba algo indeterminado en el horno (Mauro no quería preguntar, pero no tenía muy buena pinta), y justo en aquel momento Iker también entró en la cocina.

Andrés dejó el libro sobre la mesa para escucharle.

—Podríamos salir de fiesta.

—Claro —respondió Iker. Era la tercera vez que le contestaba algo a Mauro en toda la semana. ¿Sería el influjo del buen rollo del viernes, para el que faltaban apenas unas horas?

—Había pensado que podríamos ir a ver drag queens. Quiero verlas en persona.

—Es que el otro día vimos *RuPaul* —le aclaró Iker a Andrés, que hizo un gesto con la cabeza y las cejas como comprendiendo—. Se quedó con ganas de ver algo así en vivo.

—Oye, que estoy delante —le recriminó Mauro a Iker, cuidando el tono para no sonar demasiado cortante. Continuó removiendo la pasta.

—Bueno, pues eso —casi cortó Iker.

—Vale, ¿al LL como siempre? —preguntó Andrés—. Para una primera toma de contacto.

—Mismamente —respondió Iker—. Y si le mola nos apuntamos a alguna Dragalada o a ¿Quién la invitó?, aunque ese sitio es un agobio.

—Yo donde digáis.

Mauro pensaba dejarse llevar. Quería ver aquellas pelucas y maquillajes en directo. La noche madrileña aún tenía muchos secretos con los que sorprenderle.

Desodorante, colonia y un jersey de cuello alto de color negro. Ese era el look que había elegido Mauro para la salida. Desde que la noche anterior habían pactado ir a aquel bar, Mauro estaba deseando que llegara el momento.

Alguien llamó al timbre: era Gael. Iker les había comentado si les parecía bien salir con él y tanto Andrés como Mauro no habían tenido problema. Gael y Andrés eran amigos, aunque no demasiado cercanos, y aunque Mauro habría preferido esperar unos días más para reencontrarse con él, tampoco le importaba demasiado salir de fiesta con el colombiano.

—¿Están preparados? —fue lo que dijo Gael nada más entrar en el piso.

Mauro salió a su encuentro.

Gael vestía una camisa de color blanco y manga larga que le

marcaba bastante los músculos. Algunos de sus tatuajes se transparentaban a través de la tela, y el pantalón que había elegido, tipo chino, le marcaba sus atributos quizá demasiado. Tanto los de delante como los de atrás.

Qué difícil es resistirse.

—Baby, su primera noche con las drags —le dijo Gael, mientras le daba un abrazo de bienvenida a Mauro.

Todos parecían listos para marchar, pero Iker salió de la cocina con una bandeja y cuatro vasos grandes de Ikea con unos hielos.

—La primera copa de rigor siempre se toma en casa, chavales. —Dejó la bandeja sobre la mesa frente al sofá y se sentó.

Nadie pareció contradecirle y se sentaron con él.

Aquella primera copa le sentó bastante bien a Mauro. Pusieron música de fondo que, según Andrés, eran remixes de una tal Ariana Grande, y charlaron durante una buena media hora sobre cosas banales. Entre ellas, si esa cantante era mejor que otra llamada Britney Spears, mientras discutían quién ostentaba el verdadero título de Princesa del Pop. Mauro disfrutó de la conversación, aunque no pudiera entender todo lo que decían sus amigos.

Lo único que hizo la situación un poco amarga (y no del todo, porque el cubata estaba bastante dulce) fue la complicidad entre Iker y Gael. No era como si no hubiera pasado nada, sino como si durante aquellos días en los que Iker no le había dirigido la palabra a Mauro, esos dos se hubieran hecho aún más cercanos. Mejores amigos para siempre, como diría Blanca.

Fue al momento de salir cuando Mauro determinó que aquello era raro.

—Vámonos, que al final no llegamos a ver a nuestras favoritas —apremió Iker.

Gael se levantó de un salto y se estiró después de haber estado despatarrado en el sofá. Iker pasó por delante y Gael le azotó el culo con la palma de la mano, con un sonoro *plas.*

—Ese culitooo —le dijo Gael.

Los dos se rieron. Mauro buscó con la mirada a Andrés, que sonrió, como si solo fuera una broma más.

¿Una broma más?

Mauro se había perdido algo y lo descubriría aquella misma noche.

28

Iker

La semana de Iker había sido dura y estaba deseando salir de fiesta aquel finde.

Los días en la oficina pasaban como si tuvieran cuarenta y ocho horas, en vez de las veinticuatro habituales. No se encontraba bien después de haber vuelto a recordar momentos de su adolescencia, de Pablo, del acoso que sufrió en la escuela... Desde que Mauro había llegado no paraba de tener esos *flashbacks*, y lo odiaba. Era incapaz de concentrarse en nada, se sentía perdido. Lo único que le animaba era echar un par de horas en el gimnasio: ese era su momento zen. Bueno, ese y subir stories con los músculos hinchados para ver si superaba su récord de reacciones en forma de emoji de fueguito.

A Iker no le serviría de nada amargarse por lo que le pudiera pasar a Mauro. Si estaba en su mano cuidarle como no hicieron con él, lo haría.

Así que le había escrito a Gael.

Iker le consideraba un muy buen amigo en quien confiar y con quien hablar. Encajaban bastante bien desde que se conocieron de fiesta una noche. Los últimos meses su relación se había enfriado, así que tuvo la excusa perfecta para retomarla tras la noche de cervezas en el piso. Y, por supuesto, mantenerse al tanto de todo lo que pasara con Mauro.

Gaeeel

Hacía mucho que no nos veíamos

Ayer estuvo genial, volverte a ver después de tanto

Hey, parce

Claro, man

Fue una sorpresa

Dímelo a mí

Mauro estaba preocupado

Lo supuse

No sabía lo que hago

Verdad?

No tenía ni idea

Creo que aún no termina de entenderlo

Pobrecito, me da pena a veces

No en el mal sentido

Lo entiendo

Es muy buena gente

Buena vibra

Sí, desde luego

No quiero que le pase nada

Parce, no le va a pasar nada

No se preocupe

Ya sabe cómo soy

No le voy a forzar a nada

Lo sé

Solo que me preocupa

En fin, podríamos repetir lo de anoche

Echarnos unas cerves

Claro, man
Nos podemos ver hoy
Tengo un cliente
Un sueco
Pero es a las 11pm
Cuándo sale del trabajo?

Como siempre
Voy al gimnasio y nos vemos
Tarde noche

Bueno

—

Oye, mk
Genial ayer
Repetimos hoy?

Hombre
Cuando quieras
Qué risas cuando le dijiste eso al camarero

La cara que puso el man
De risa

Echaba de menos estos momentos maricón
Estás loco

Repetimos entonces
En busca de más camareros

Venga, dale

Fue así como, a partir de aquel día, Gael e Iker retomaron la confianza perdida en aquellos últimos meses. Y ahora, de nuevo, volvían a ser los amigos que habían sido. Como decía Gael, su amistad era sin «compliques» ni problemas. Buen rollo, momento para lo bueno y para lo malo, y no se peleaban por los hombres, porque tenían gustos muy distintos. Se complementaban a la perfección.

Además, Iker podría estar pendiente de lo que le pasaba a Mauro por la cabeza con respecto a Gael. ¿Esa protección? Se lo debía a su yo adolescente. Mauro ya se lo agradecería, aunque ahora no lo viese.

Y por supuesto que mostraría más cercanía con Gael de la habitual en presencia del resto de sus amigos. Tampoco quería hacerle daño a Mauro, pero si veía un tonteo, aunque no fuera a parar a ningún sitio, sería suficiente para que perdiera la esperanza con el colombiano.

Los quería a los dos, de manera diferente, pero sin duda había un sentimiento bonito hacia ellos. Quería lo mejor para ambos. Y, lamentablemente, le tocaba jugar a dos bandos. Para mantenerlos separados y que Mauro no terminara herido. ¿Era su papel? ¿Debía hacerlo? En el fondo no lo sabía, pero tenía claro que cualquier cosa que pudiera hacer para que Mauro se alejara de Gael en el aspecto sexual y sentimental, sin levantar demasiadas sospechas, lo haría. Y era complicado, porque aquello implicaba pintar a Gael como un demonio del que su amigo no quisiera saber nada... Era realmente difícil.

Sin embargo, lo hacía por Mauro. Y también por el Iker inocente al que destruyeron.

Nadie le había protegido. Pero ahora estaba en su mano enmendar el pasado. Costara lo que costase, demostraría que era algo más que músculo y sexo. Que nadie jamás tendría que pasar por lo que él había vivido.

29

Mauro

Justo al girar una esquina para entrar por una bocacalle, había una mujer de algo más de dos metros con el pelo rojo y naranja y los ojos maquillados de azul. ¿Era...?

—¡Pero qué son estos buenorros! Llevabais tiempo sin venir y ya echaba de menos ver vuestros paquetones, cariños —gritó de pronto en cuanto vio al grupo de amigos acercarse.

Iker y Gael estallaron en carcajadas. La risa de Andrés fue más escueta, pero se le veía divertido. Mauro tenía los ojos abiertos, en estado de shock.

—Dadme un besito, guapos, que estoy seca de amor —les dijo. Puso los morros y fue uno por uno pidiéndoles un pico. Al llegar a Mauro, y de manera muy exagerada, la drag se llevó la mano al pecho con cara de circunstancia—. Pero mirad, si me traéis otro maricón. ¿O no? Tiene pinta de estar dentro del armario todavía. ¿Cómo te llamas?

Mauro no respondió. Sentía las mejillas efervescentes, ni siquiera rojas.

—Se llama Mauro —le respondió Iker con una sonrisa en la boca, ante la reacción del chico.

—Bueno, encantada —le dijo—. Yo me llamo Lady Vaska y soy la más...

—Bruta de Chueca y alrededores —terminaron Andrés, Iker y Gael al unísono.

—Ea, mira qué bien se lo saben. —Le guiñó un ojo a Mauro y sacó de entre sus pechos de silicona un buen taco de *flyers*—. Ya sabéis lo de siempre, cielos, lo de las copitas y las ofertas. Hoy yo no actúo, que me tienen explotada en la calle, pero dentro está la Quila, la Melano, la Vainilla, la Power y la Macha. Y, por cierto —señaló a Andrés—, ya te he dicho que no vengas con camisetas de las drags esas de la RePollas, que yo tengo también las mías y nadie me las compra. —Andrés se rio y le pidió perdón con las manos con una sonrisa de oreja a oreja, divertido. Lady Vaska abrió los brazos y les dijo entonces como despedida—: ¡Venga, a pasarlo bien, maricones y a mamarla en el baño!

Pero ¿por qué habla tan alto? Le va a escuchar todo el mundo. Qué vergüenza.

Mauro aún era incapaz de reaccionar.

—¿Mucho shock?

—Era muy alta —dijo en voz baja, asegurándose de que no le escuchara. Estaban ya más cerca de la puerta. Había un par de grupos de personas haciendo cola, esperando a que los dejaran pasar—. Me ha dado miedo. Además, habla muy... bruto.

—Es normal. Así son todas.

Sus amigos rieron, hasta que Iker le preguntó:

—¿Te ha molestado algo de lo que te ha dicho?

Mauro negó con la cabeza. Era una sensación extraña, similar a cuando Gael bromeaba sobre ser extranjero. Se estaba acostumbrando a ese humor, pero no terminaba de sentirse cómodo con él. ¿Qué le pasaba? A todo el mundo parecía gustarle.

—Eso de que sigo en el armario, no sé de dónde se lo saca... —dijo finalmente, tras tratar de identificar qué era lo que más le había molestado de todo lo que había dicho la drag.

—Cariño, si te calamos el primer día —atacó Andrés, levantando una ceja—. Marica de pueblo, maricona rural de los pies a la cabeza.

—Ya, pero no sé... —Mauro apartó la mirada y se fijó más en detalle en la camiseta de Andrés, la que había criticado la drag de la esquina. Era un dibujo a todo color de una tal Miss Vanjie. Mauro lo supo porque su nombre aparecía repetido no una ni dos, sino tres veces.

Miss Vanjie, Miss Vanjie, Miss... Vanjie.

—Mira, no te preocupes demasiado por lo que digan las drags. Si te fijas, al entrar en el bar hay un cartel que te avisa de que «ladran». —Iker le echó una mano—. Su humor es así, como Gael: negro.

Andrés se aguantó la risa.

—No le gusta —dijo Gael, negando con la cabeza.

—¿Tú o el humor? —preguntó rápidamente Iker, entre risas—. Pero es así, Mauro —continuó—. No te lo tomes en serio y ya está. Que es una noche de fiesta y con un par de copas ni te das cuenta.

—Solo tienes que evitar que...

Iker le dio un codazo a Andrés, que parecía advertirle a Mauro de un peligro inminente. Tras varios segundos de silencio, Andrés se quejó.

—¿Qué pasa? —Lo dijo mirando directamente a Iker, pero también a Mauro de reojo.

—Le vas a asustar al pobre.

Mauro tragó saliva.

—Chicos, ¿adónde me habéis traído?

Ya dentro, Mauro era incapaz de pestañear. En el escenario estaba una tal Vania Vainilla metiéndose un micrófono por la boca fingiendo hacer... cosas de mayores. La gente aplaudía y se reía, y él no terminaba de entender qué era tan gracioso.

—Bebe, anda —le dijo Andrés y empujó la copa hacia su boca.

Mauro obedeció y le dio un sorbo. Era vodka con naranja. Se concentró demasiado en los hielos y cuando levantó la mirada, la drag estaba haciendo como que cantaba.

—Esto se llamaba elipsis, ¿no? —le preguntó a Iker, que era su guía con todo lo relacionado con las drags.

—*Lipsync*. O *playback* de toda la vida en España.

Mauro asintió en silencio y vio cómo Vania interpretaba una canción que, para su sorpresa, sí reconocía. Era de Rocío Jurado, una de las favoritas de su madre. Se vio tentado a sacar el móvil del bolsillo y grabarlo como recuerdo, al igual que la mayoría de los que estaban en el concurrido bar, pero decidió no hacerlo. Si le enseñaba eso a su madre, no le quedarían iglesias a las que ir para confesarse. Era mejor así.

Pasaron los minutos y otra drag entró en escena.

—Me llamo Camela Melano y soy lesbiana. —El público se volvió loco y estalló en risas y aplausos. Mauro tampoco pudo acallar su carcajada. Eso había sido gracioso, porque no tenía sentido—. Me gustan muchísimo los chochitos, como a estas de la primera fila. ¡Miradlas! Tienen flequillo de leerse la *Loka* por las tardes cuando tenían diecisiete años y luego enseñarse las tetas a ver quién las tenía más bonitas.

Las carcajadas eran casi más altas que la música de fondo. Mauro pensó que se iba a quedar sordo. Vio cómo Iker se reía tanto que estaba a punto de hacer saltar el líquido de su copa por los aires. Parecía ser que Gael no había entendido la referencia y solo tenía una sonrisa en los labios, mientras que Andrés se secaba las lágrimas que le caían por la mejilla.

Pero a Mauro aquello no le terminó de gustar. Camela Melano no conocía de nada a aquellas chicas que estaban en la primera fila como para decir esas cosas. ¿Era eso a lo que se referían antes sus amigos?

—Cuidado, que se viene —le dijo Gael al oído.

De pronto, Mauro se dio cuenta de que Iker y Andrés se habían hecho a un lado. Mauro levantó la mirada y vio cómo Camela le miraba fijamente.

—Estás sordo, sí, tú. —Le apuntaba directamente con el dedo. Sus uñas eran negras, al igual que su atuendo y su peluca.

—¿Qué pasa? —preguntó Mauro, algo incómodo. Todos los ojos le miraban, como esperando una reacción—. No me he enterado.

—Tenéis que ir al médico, chicos —dijo la drag, sujetando con fuerza el micrófono y dirigiéndose a todo el público—. La grasa es mala y si coméis mucho McDonald's se os sube hasta los oídos y luego estáis sordos, como este.

Las risas sonaron como cristales rompiéndose. De pronto el bar dejó de ser un lugar agradable o al que Mauro se pudiera acostumbrar, incluso a base de alcohol. Pero Camela Melano no parecía haber terminado con él.

—¿Cómo te llamas?

Mauro no respondió, estaba sin palabras. Notaba su corazón rebotar en el pecho como nunca antes. El jersey le empezó a picar y se arrepintió de haberse puesto uno con cuello vuelto: le impedía transpirar. Se estaba ahogando.

—Bueno, no está muy comunicativo el chico. Te voy a llamar Pulgar, que es otra forma de llamarle al dedo gordo. —Risas. Muchas risas—. El pobre no sabe qué decir, se ve que es la primera vez que viene. ¿Te asusta una tiarrona como yo con estas tetas? ¿Te gustan, verdad? ¡Cerda!

Camela empezó a menear las prótesis de silicona, lo que hizo saltar varios botones del vestido. La gente no paraba de reírse, aplaudir y silbar. Los focos lo apuntaban directamente a la cara. Mauro se dio cuenta de que se había abierto un pequeño pasillo entre él y el escenario donde se encontraba la drag. La gente seguía mirándolo. ¿Estaban disfrutando de su incomodidad?

—No os preocupéis de nada, que no sería la primera vez que un maricón se come mis tetas. La última vez fue en un taxi y terminé, en vez de pagando la carrera, con una carrera. —Hizo un gesto para señalar que se refería a las medias y la gente se rio, pero no demasiado. Así que cogió carrerilla de nuevo y señaló a Mauro—. Este chico me recuerda con ese pelo y esa cara a... ¿Cómo se llama este? El del *Sálvame*. ¡A Jorge Javier! Es como Jorge Javier de pequeño pero sin tantas cejas. Seguro que si va a Telecinco se puede hacer pasar por él, porque tienen la misma talla.

Mauro tuvo suficiente con aquello. Le dio su copa a Gael de malas formas, que es el que estaba más cerca, les dijo a sus amigos que no le siguieran y se dirigió hacia el fondo del bar, en dirección a las escaleras.

No podía más. No podía más.

Buscó con la mirada y encontró un cartel que indicaba que el baño se encontraba en la planta de abajo. Decidió bajar, pues fuera hacía demasiado frío.

Además, necesitaba llorar en soledad.

Mauro no pudo llorar en soledad. No había ni un cubículo del baño disponible para sus intenciones. Tardó unos minutos en darse cuenta de lo que pasaba allí abajo.

Abrió uno de los baños y se encontró a un chico con el pene

fuera. ¡Otra vez! Y en otro había dos chicos besándose apasionadamente. En el último que tuvo el valor de mirar volvió a encontrarse a un hombre en actitudes extrañas, esta vez sentado en la taza del váter, mientras aspiraba algo de un pequeño bote de color amarillo. Le invitó a unirse con la mirada.

¿Qué cojones pasaba con los baños de Madrid? ¿No había nadie... meando?

Mauro decidió aguantarse las lágrimas. Allí abajo, pese al shock de ver penes sin quererlo y el olor intenso a meado, estaba mejor que arriba. Mucho menos ruido y... Se miró en el espejo y no se vio. Era como si fuera incapaz de enfocarse. ¿Qué narices? ¿Tanto había bebido? Se dio cuenta de que llevaba encima la copa del piso y dos más que había tomado en el bar. En apenas hora y media.

No supo cuánto tiempo pasó tratando de enfocar la vista en el espejo, todo le daba vueltas y sintió cómo la gente le empujaba al salir y entrar en el baño.

Al cabo de unos minutos, decidió que era momento de hacer algo, moverse aunque fuera, y se dio la vuelta solo para chocarse con unos enormes pechos de silicona embutidos en un traje negro.

Vomitó las copas enteras. Vio cómo el líquido salía de su boca para derramarse por cada centímetro posible de aquella monstruosidad.

—Qué asco, maricón —le dijo Camela una vez que hubo terminado.

Mauro se apartó y trató de limpiarse con la manga, pero la drag le interrumpió.

—Espérate, que siempre llevo toallitas húmedas en el bolso. —Camela las sacó y le ofreció un par—. Límpiate y échate un agua. Tienes mala cara, guapetón.

Su tono de voz era mucho más grave, calmado y pacífico que sobre el escenario. Mauro tenía ganas de empujarla y decirle lo mal que le habían sentado sus chistes, pero se encontraba tan mareado que no tenía ni siquiera fuerzas para mantenerse en pie.

Camela Melano esperó a que Mauro se mojara la cara mientras se limpiaba, y al terminar le tendió la mano.

—Vente por aquí, anda.

Al salir de los baños había otra sala, mucho más pequeña. Tan solo había un par de personas bailando y un camarero detrás de la pequeña barra.

—Ponme un agüita para este, que se me cae muerto —le indicó Camela.

—Perdón —le dijo Mauro en cuanto pudo recuperar el aliento para hablar.

La drag hizo un gesto como si aquello no hubiera tenido importancia.

—No es la primera vez que me pasa. Además, no son mías. Son de un tal *Meidin Chaina*, ¿te lo puedes creer?

Mauro esbozó una sonrisa por aquel chiste. El agua apareció frente a sus ojos y se llevó la botella a la boca. Se la bebió de un solo trago.

—Gracias —le dijo a Camela.

—No importa. Sé cómo te sientes.

La expresión de la drag queen era indescifrable, pero Mauro vio que su mirada era amable.

—Cuando me pongo esta peluca y los taconazos soy un personaje. Llevo tres fajas y un corsé. —Se levantó parte del vestido y Mauro comprobó que era verdad—. Yo no tengo un cuerpo de modelo. En Grindr nadie me habla y llevo meses sin liarme con nadie. No soy atractivo cuando soy David, pero soy una reina empoderada cuando me calzo tacones y una peluca. Y como Camela Melano, me como el mundo.

Mauro asintió sin decir nada. Aquello que le estaba contando la drag le ayudaba a entender muchas cosas, así de pronto. Continuó escuchando pacientemente.

—Mira, en la entrada ponemos un cartel para que la gente no se tome a mal los comentarios. Nuestro humor es ácido, es negro. No es un humor para todo el mundo. Pero algo positivo que tenemos en el colectivo es saber reírnos de nuestros problemas y convertirlos en algo diferente. —Camela se tomó unos segundos para que su mensaje calara en Mauro—. Se te ve inexperto, chico. Todos hemos sido tú alguna vez. Y no pasa nada por tener unos kilos de más. Yo también me río de mí mismo, y cuando subo al escenario me río de los demás. Pero porque el humor nos une, ¿sabes? Transformar lo que no nos gusta de la sociedad en un arma nos hace más fuertes. Y hacer reír es el arma más poderosa de todas, mi amor.

El discurso se vio interrumpido por unas carcajadas que venían de la parte de arriba.

—¿Ves? Ahora mismo está terminando de actuar la Quila. Trans Quila. Es una chica trans que hace drag. En sus shows siempre hace bromas sobre ser trans y la transición y movidas de esas. ¿Y sabes por qué?

Mauro negó con la cabeza.

—Porque si ella se ríe de ello, ¿por qué le iba a doler que se rían otros? Es lo que te estaba diciendo, convierte su dolor o lo que la sociedad le dice que está mal en una fortaleza. Y cuando alguien trate de ofenderla por ello, no le dolerá, porque se ha hecho fuerte.

Tras decir aquello, Camela Melano suspiró y se movió, dispuesta a marcharse. Apoyó la mano en el hombro de Mauro y sus ojos le transmitieron calma.

—Disfruta de la vida, chico, que son dos días. Y tres tenemos que pasarlos riéndonos de nosotras mismas.

30

Andrés

Tras la salida abrupta de Mauro hacia el baño, ni Andrés ni Iker ni Gael decidieron seguirle. Andrés no se sentía mal: pensaba que lo mejor era que Mauro intentara entender lo que pasaba en aquel bar. Y no solo allí, sino con las drags en general. El humor negro era algo que Andrés no compartía, aunque en ocasiones le hacía gracia, pero la mirada de Iker le había dejado claro que era mejor no intervenir. Así que continuaron escuchando los chistes de las performers y bebiendo de sus copas.

Al cabo de un rato, cuando la última drag terminó de actuar, el bar se convirtió en una pista de baile y la música de Lady Gaga comenzó a retumbar por los altavoces. Los chicos como Iker utilizaban aquellos momentos para pavonearse y vio cómo varios se acercaban con intención de liarse.

Era el momento de marcharse.

—Me encuentro un poco mal —le dijo a Gael, acercándose a su oído. De otra forma, y por culpa de la música, no le oiría.

—Parce, usted es más aburrido —le respondió este, moviendo las caderas sin prestarle demasiada atención.

Andrés se fijó en que delante de él dos chicos se besaban y mordían los labios de manera lasciva.

—Mucho trabajo. Y creo que la última copa me ha sentado mal. —Andrés levantó la copa a medio beber para que Gael se lo creyera.

Este le respondió encogiéndose de hombros. Buscó con la mirada a Iker, que hablaba con un chico en uno de los laterales del bar.

Andrés dejó la copa en el primer hueco que vio y se marchó de ahí sin despedirse de ninguno de sus amigos. No estaba de humor, a decir verdad. Llevaba toda la noche aguantando mensaje tras mensaje de Efrén. El bolsillo no paraba de vibrarle. En alguna ocasión había hecho caso de sus mensajes, y había sido suficiente para hacerle entrar en razón.

Sigues en ese antro?

Pero nos estamos conociendo
Verdad?

No entiendo nada, Andrés
En serio me haces esto?

No puedo dormir
Dime que estás bien

Las drags son asquerosas
Solo hacen chistes sobre penes
Ya está bien

Andrés, podrías hacer el favor
de decirme si estás bien
No me fío nada de nada del ambiente
A saber qué te echan en la copa

Me avisas cuando estés en casa

El taxi no tardó en detenerse frente a Andrés. Llevaba un buen rato con la mano levantada. Tanto Cabify como Uber le cobraban demasiado por un trayecto no tan largo, así que aquella sería la mejor opción.

No se encontraba bien, aunque no por el alcohol. Los mensajes tipo ametralladora de Efrén le habían dejado tocado. Vale que se estuvieran conociendo, pero tampoco era para ponerse así. El único de sus amigos que sabía algo de Efrén era Mauro, y ni siquiera sabía la mitad. Honestamente, la mejor decisión que habría podido tomar era mantenerlo de alguna manera en secreto. No se quería ni imaginar las caras o comentarios de Iker o Gael sobre su actitud. Deseó con todas sus fuerzas que se hubieran creído lo de que se encontraba mal, porque no quería dar más explicaciones de las necesarias.

Andrés suspiró con la cabeza apoyada en el frío cristal del asiento trasero del taxi. Era de noche, aunque no más de las tres de la mañana, lo suficiente como para que todo el cielo estuviera oscuro y no hubiese demasiada gente por la calle. Con aquel frío, la gente ni siquiera salía. Solo unos pocos, como Iker. Como ellos.

Quizá, en cierto modo, Efrén tenía razón.

No había sido buena idea ir de fiesta mientras estaban en proceso de conocerse. ¿Era irresponsable por su parte? No tenían la confianza necesaria como para fiarse, ¿verdad? Pero todos aquellos pensamientos contradictorios o dañinos desaparecieron en cuanto recordó su sonrisa. Sus ojos. Cómo le trataba y se preocupaba por él de manera constante.

Si algo le habían enseñado las películas románticas es que el amor era protección. El amor era, a veces, posesión. De alguna forma u otra, pero siempre con ese toque romántico de princesa que necesita ser salvada. Muy en el fondo de su corazón, era lo que Andrés quería: que le cuidaran.

¿Y daba igual qué perdiera por el camino?

Daba igual qué perdiera por el camino.

Quizá había encontrado el amor.

31

Iker

Durante parte del tiempo en el que Mauro había desaparecido y después de que terminasen las actuaciones, la música del local reventaba los tímpanos de Iker y Gael. Andrés se había marchado, e Iker había estado charlando con un chico que le resultaba atractivo. Era rubio y de muy buena forma física, como le gustaban. Tenía los labios carnosos y, si no se equivocaba, era holandés. Vamos, que si conseguía hacer algo con él aquella noche habría triunfado.

En un momento dado, el chico decidió continuar charlando con los amigos con los que había ido al bar, así que Iker pilló la indirecta y volvió con Gael. Estuvieron bailando durante un rato entre risas.

—Oye —dijo de pronto Iker, entre canción y canción.

Gael se acababa de pedir otra copa y la sostenía en la mano con sumo cuidado para que no se derramase con el movimiento de la gente al pasar por su lado.

—Creo que estaría bien que te vinieras al piso. Tenemos una habitación de sobra y sé que estás mal en el tuyo.

Los ojos de Gael se abrieron como platos, y sí, también se humedecieron en un instante.

—¿De verdad?

—Claro —sonrió Iker. Rodeó los hombros de Gael con el brazo—. No sé por qué no lo habíamos pensado antes. Parecemos tontos.

—Pero tendría que consultarlo, parce. Yo no quiero ser una molestia para nadie. Ni para Mauro ni para...

—Andrés trabaja mucho y suele estar bastante desconectado —le cortó Iker. Bebió de su cubata y continuó—: A Mauro le encantará la idea, estoy seguro.

Iker estaba borracho, definitivamente. ¿Era buena idea la propuesta que le había hecho a su amigo? Quería mantener una barrera entre Gael y Mauro, pero cuanto más cerca los tuviera, más fácil sería ver si le hacían daño, ¿no?

No sabía qué le estaba pasando, se notaba flotar en la pista de baile.

—Tengo que pensarlo —dijo Gael, mirando fijamente a Iker a los ojos.

Este se encogió de hombros.

—Pues cuando hayas decidido algo...

—Mentira —interrumpió el colombiano. Rompió la tensión con una sonrisa de oreja a oreja—. ¿Cómo me lo voy a pensar? Estoy deseando irme del piso en el que estoy. La única persona con la que hablo es con Gono y encima nos están poniendo problemas por ser demasiados.

—Pero si vives prácticamente en una caja de zapatos...

—Lo sé, baby. Por eso. Estoy mamado. ¿No habrá problemas si me voy? ¿Usted cree?

—Ninguno. Y si los hay, te cubro. Esta última semana en la que hemos retomado el contacto me ha hecho darme cuenta de que no estoy ahí para mis amigos tanto como debería.

Eso sí era verdad. Si a veces Iker se sentía vacío, ahora encontraba un posible motivo del porqué de ese sentimiento. Se rodeaba de amigos, sí, pero no los cuidaba como para mantenerlos cerca. Eso era un error monumental y, desde la llegada de Mauro a Madrid, había notado la necesidad de cambiar algunos aspectos de su vida.

—Tenemos vidas diferentes. Cada uno —dijo Gael, mientras bebía de su copa.

—Mira, estoy de fiesta y no quiero filosofar. —El gesto de la mano de Iker fue suficiente para dejar el tema a un lado—. No sé qué me pasa. Estoy intenso. Debe de ser el chupito de tequila que me he tomado con Yohannes.

Señaló con la cabeza al holandés rubiales.

—Uy, ¿así se llama? Usted no para, bebé.

—Creo que sí. La verdad es que me da igual.

Ambos rompieron a reír y continuaron bailando. En los altavoces se escuchaba una mezcla extraña entre una canción de Dua Lipa con Elton John, con un toque tecno, algo que le encantaba a Iker. Cerró los ojos para dejarse llevar, y de pronto notó una presencia a su lado.

Que, por cierto, olía un poco a vómito. ¿Pero quién no olería a vómito al terminar la noche?

—Ya estoy aquí —anunció Mauro.

Tenía los ojos vidriosos y el pelo despeinado.

—¿Estás bien? ¿Qué te ha pasado? —Iker no pudo evitar su tono de alerta. Como se enterara de que alguien se había propasado con su amigo en el baño... Cerró el puño con fuerza, los nudillos se le pusieron blancos casi al instante.

—He vomitado. Y luego Camela me ha echado una mano. Le he vomitado en las tetas.

Gael se mordió los labios tratando de no reír, mientras que Iker se acercó un poco más a Mauro y lo atrapó entre sus brazos. Fue breve, porque si le abrazaba de más parecería raro. ¿No?

—Pero ya estoy bien —continuó Mauro—. Menuda noche, en serio. ¿Alguna vez le habíais potado encima a una drag queen de casi dos metros? No sé si mi experiencia en Madrid está siendo normal o no.

—La verdad es que... —Gael fingió recordar algo lejano para terminar con una sonrisa—. No. No creo que sea algo que suela pasar.

—Te digo yo que no, Mauro. —Iker se permitió sonreír. Mauro parecía estar bien. Los ojos vidriosos serían del esfuerzo de las arcadas o algo así, no estaba tan mal como le había parecido en un principio—. Por cierto, tenemos algo que contarte.

Gael levantó los brazos hacia arriba y agitó la cabeza.

—¡Me mudo con ustedes!

Antes de que Gael hubiera terminado de compartir la noticia, Iker ya estaba atento a la reacción de Mauro. Y fue de felicidad.

Mucha felicidad y calma. Gael y él se abrazaron y de pronto Iker se sintió raro. No sabía identificar su emoción, pero era extraña. Se apartó unos centímetros de sus amigos con una sonrisa automática sobre sus labios y sorbió la copa más rápido de lo habitual, mientras que sus amigos charlaban animadamente. Notaba su corazón latir con fuerza. Seguro que estaba nervioso. No había caído en la parte negativa de todo aquello, en la ilusión que podría sentir Mauro con Gael, al tenerlo más cerca, al poder verle todos los días...

Había convertido su piso, su protección hacia Mauro, en la maldita cueva del lobo. Lo tendría cerca y podría ver qué sucedía, pero no tendría la intimidad que hasta ahora habían compartido. Joder, era idiota. La había liado aún más y no se había dado cuenta.

Putos chupitos.

—Ahora vengo —anunció.

Bajó las escaleras en dirección al baño. En la planta baja la música era más suave y no había tanta gente. La barra, en la que había tan solo un camarero, estaba desierta. A Iker le sorprendió el contraste entre una sala y otra, ya que normalmente aquella zona estaba también llena. Se dirigió hacia el lavabo con aquellos pensamientos y de pronto se chocó con alguien de su misma estatura. Le mano de Iker le golpeó el abdomen, y estaba duro como una roca. Levantó la mirada y era Yohannes.

O como se llamara.

Yohannes no se movió del sitio. Le miraba con una media sonrisa más que interesante.

Iker le devolvió la mirada y se mordió el labio sin darse cuenta. Allí, bajo las luces del baño era mucho más guapo de lo que le había parecido en un primer momento. Y como estaba estresado y con demasiados pensamientos en la cabeza, sus impulsos tomaron la iniciativa sin poder evitarlo.

—¿Qué te pasa? —le preguntó al rubio, con un tono de voz que indicaba perfectamente sus intenciones.

Yohannes llevó su mano a la copa de Iker y luego la acercó a su boca. Bebió un trago sin apartar la mirada de sus ojos y le devolvió el vaso casi vacío. La tensión crecía por momentos.

—No conozco España. ¿El lavabo funciona igual que en Holanda?

Iker sonrió.

—¿Quieres que te enseñe? —El rubio respondió asintiendo con la cabeza. Iker le hizo un gesto como para que él fuera primero y en cuanto estuvo cerca de la puerta, Iker le empujó y se coló con él dentro del cubículo—. Aquí somos un poco brutos.

Yohannes estaba rojo, probablemente por el alcohol. Ahí dentro estaban muy apretados. Iker era capaz de sentir el aliento de Yohannes y cómo su mano comenzaba a buscar en su entrepierna.

—A mí me gusta bruto.

Entonces Iker se agachó para dejar la copa en el suelo. No supo por qué lo hizo, aunque poco le importaba ya. Agarró a Yohannes de la cabeza y comenzó a besarle con furia. Iker transformaba casi todas sus emociones para convertirse en una bestia sexual. En un ser sexual dominante, donde él fuera quien marcaba cada paso que se daba. Necesitaba controlar al menos ese momento de su vida.

Los besos de Yohannes sabían a ron, eran dulces, pero sus labios eran tan carnosos que Iker no podía evitar morderlos. Tras unos segundos de besos llenos de pasión y casi desesperación, Iker llevó sus manos al cuello de Yohannes mientras este llevaba las suyas hacia la cintura de Iker para desabrocharle el pantalón. El pene de Iker necesitaba salir de su prisión, y el calzoncillo le apretaba más de lo debido.

Una vez que el pantalón permitió la liberación de aquello que pugnaba por salir, subió las manos por su cuello para agarrarlo del pelo y conducirlo hacia abajo. Antes de que Yohannes se introdujera el pene en la boca, le miró a los ojos para decirle:

—Dije que me gustaba bruto.

Iker abrió los ojos sorprendidos, pero en el buen sentido. Así que apretó con fuerza la cabeza de Yohannes contra su entrepierna y él respondió tal y como esperaba: sin rechistar. Iker le embistió. Sentía el placer recorrer cada parte de su cuerpo. Estuvo así unos minutos, tan solo se escuchaba el sonido de la saliva en la boca de Yohannes. Al rato Iker dejó de hacer fuerza.

—Date la vuelta.

—No tengo condón —le dijo el rubio. Estaba rojo y el sudor se confundía con alguna que otra lágrima que recorría sus mejillas.

Joder. Se me ha olvidado completamente.

Iker necesitaba follarle ahí mismo, como él sabía. Quería destrozarle. Lo que estaban haciendo le sabía a poco y todavía no había sido capaz de eliminar por completo la imagen de Gael y Mauro alegres por la mudanza...

—Date la vuelta —volvió a ordenar Iker.

Yohannes, algo dudoso, lo hizo. Entonces Iker se agachó, le agarró el pantalón con las dos manos y se lo bajó hasta abajo. Ahora, casi de rodillas, tenía frente a él un culazo espléndido. Comenzó a morderle los cachetes, lamiéndolos, acariciándolos. Yohannes gemía y con un gesto de mano le indicó a Iker que podía ir más allá. Y eso hizo.

Iker acercó su cara al centro, allí donde el olor era más fuerte, donde el sudor concurría en una mezcla de éxtasis y delicia. Comenzó a lamerle y notó cómo su lengua entraba en aquel pequeño espacio. El holandés apretó con más fuerza la cabeza de Iker, forzando a su lengua a entrar más y más. Iker no dejaba de moverla como si estuviera poseída, inspirando entre medias, notando aquel olor que tanto le excitaba.

Tras unos minutos, aquello quedó lleno de babas. Iker se lamió dos dedos y los introdujo en el ano de Yohannes. Este gritó. Literalmente gritó. Iker le miró y, a juzgar por sus ojos cerrados, era un grito de dolor. Así que Iker continuó con lo que estaba haciendo: juguetear en aquel agujero. Apretó los dedos, los movió... Entonces, el holandés comenzó a gemir más alto. Y más alto. Iker vio que se llevaba la mano al pene, el cual era incapaz de ver en aquella postura. Yohannes comenzó a masturbarse como un loco, mientras Iker entendía su cometido y aumentaba la presión de sus dedos y el ritmo de su lamida.

Yohannes no tardó demasiado en tensarse. Iker notó cómo lo expulsaba de allí, pero se mantuvo para que se corriera en condiciones. La mano que Yohannes tenía libre se agarró como pudo a la parte superior del cubículo e Iker escuchó cómo sus chorros golpeaban contra la pared.

Joder, menuda corrida ha debido de ser.

La idea era no parar, incluso aunque hubiera terminado, por lo que Iker continuó lamiéndole durante unos segundos hasta que Yohannes comenzó a cambiar de postura mientras recobraba el aliento.

—Uf, ahora necesito probar tu pene de nuevo —le anunció, al darse la vuelta.

Iker se levantó, increíblemente excitado por haberse comido el culazo de un guiri tan guapo. Su pene rebosaba... alegría.

—Pues sigue entonces —le indicó Iker a Yohannes, con la intención de continuar disfrutando y alejar los malos pensamientos de la cabeza. El haber pausado esos pocos segundos había sido más que suficiente para que le viniera un flashazo. No quería eso, ahora era el momento de follar y dejarse llevar por la lujuria.

Yohannes continuó con lo que estaba haciendo hacía unos minutos. Iker cerró los ojos cuando, con la ayuda de una mano, el holandés comenzó a manosearle los testículos.

—Joder —susurró Iker de placer. Al escucharlo, el otro lo hizo con más fuerza y sentimiento, e Iker no pudo evitar repetir—: Joder.

El cubículo del baño parecía estar de pronto a cincuenta grados. Iker se estaba mareando del placer y no podía quedarse ahí. Necesitaba más. La sonrisa de Mauro aún corría por su mente, así que acompañó los ya de por sí profundos movimientos de Yohannes con su cadera. Escuchó que se ahogaba, pero no parecía querer cesar, por lo que aumentó más la fuerza de la embestida.

El holandés se separó unos segundos para recuperar el aliento.

—No pares —le indicó Iker. Yohannes le devolvió la mirada, respirando fuerte. No se movió—. He dicho que no pares.

El holandés continuaba quieto. Se lamió los labios, que estaban brillantes de la saliva. Iker llevó su mano a su pene y lo cogió de la base. Le golpeó la mejilla con él repetidas veces. Yohannes cerró los ojos, disfrutando, mientras Iker le dejaba la cara llena de sus propias babas.

—¿Te gusta, verdad?

Yohannes asintió y le empujó. Iker terminó contra la puerta del cubículo y el rubio se introdujo de nuevo su pene en la boca, con más ganas que antes. Ahora, una de sus manos recorría el interior del jersey de Iker, acariciando sus músculos. Iker se dejó llevar con los ojos cerrados. Si seguía así dos minutos más se correría.

Y así fue. Yohannes notó por su respiración que aquello iba a terminar y se separó para quedarse tan solo lamiendo la punta, mientras que con la otra mano masturbaba a Iker.

—Joder, joder —dijo Iker, sin poder evitarlo.

El momento se acercaba. En su mente tan solo existía lo que tenía delante: un chico dispuesto a darle placer. Era tan guapo y estaba tan bueno que era inevitable, ¿verdad? Yohannes disfrutaba con su polla porque era grande y perfecta, no podría negarse a...

La corriente de pensamientos que Iker solía repetir como un mantra en sus encuentros se vio interrumpida por una sensación casi sobrenatural. Las piernas empezaron a temblarle y notó que se vaciaba. Los labios de Yohannes jugueteaban con su glande y con su corrida, y la recibió sin miramientos. Hasta que no había nada más que disparar, Yohannes no paró.

Se levantó sin más y se puso frente a Iker, que estaba aún recuperándose del momento. El holandés buscó con la mirada algo con lo que limpiarse y no encontró papel, como era de esperar. Así que se quitó la sudadera que llevaba puesta y se limpió la cara con la camiseta mientras miraba a Iker con una sonrisa. Se dio la vuelta para limpiar los chorros que había por la pared y luego se volvió a poner la camiseta, no sin antes darle la vuelta. Se puso la sudadera encima y ahora, si no fuera por sus ojos o mejillas, nadie pensaría lo que había sucedido allí abajo.

A Iker aquello le dio asco, el pensar en su corrida y babas pegadas a la tela..., pero él mismo se había visto en situaciones peores, así que no iba a juzgarle.

—Delicioso —le medio susurró Yohannes al oído—. Mis amigos me esperan arriba.

Y de esa forma, Iker se apartó para dejarle salir. Aún estaba mareado, pero fue capaz de guardar el armamento en sus calzoncillos, cerrar el pantalón y recobrar un poco el aliento antes de abrir la puerta del cubículo.

Para cuando Iker salió del baño y volvió a la pista de baile de la planta de abajo, las risas de Mauro y Gael habían desaparecido de su cabeza y ahora se sentía imbatible, deseado y, por supuesto, protegido.

Volvía a ser el Iker que había construido.

32

Mauro

Mauro bailaba lastimosamente junto a Gael en la pista. Le daba vergüenza y nunca había bailado en una discoteca, por lo que se sentía algo extraño. Sentía que todo el mundo le miraba, pero no tardó en darse cuenta de que no era así.

—Nadie le hace caso, baby, acá cada uno baila como quiere —le dijo Gael en cuanto se dio cuenta de su incomodidad.

Y era verdad, para sorpresa de Mauro. Así que se dejó llevar.

La música de divas del pop dio paso a éxitos del reguetón (o eso le dijo Gael que eran), y por lo visto aquellas canciones se bailaban de otra forma.

Con una sonrisa en la boca —y era preciosa, de dientes blancos y perfectos en contraste con su piel oscura—, Gael comenzó a bailar más cerca de él de un modo distendido, como si fuera una broma. Eran amigos, ¿verdad?

Mauro no sabía qué sentir cuando Gael restregaba su entrepierna con su muslo mientras él hacía lo posible por mover las caderas.

—Venga, parce, baile a lo latino —le dijo este.

Pero para Mauro no era tan fácil, y menos si advertía lo que tenía Gael entre las piernas. Lo notaba perfectamente, incluso con la tela de los dos pantalones entre medias. ¿En serio era aquello posible? Pensó en la suya, lo que él tenía entre las piernas, y desde luego no, no era normal lo que Gael poseía. Le vinieron a la mente escenas de espadas gigantes de la Edad Media, de dragones alados al ser empalados por dichas armas... Dios, no quería sonrojarse, pero era imposible. Y Gael seguía, seguía perreándole, haciéndole sentir cada centímetro de los muchos de los que parecía estar dotado.

De pronto, en su nube de pensamientos contradictorios, Mauro sintió que su amigo dejó de bailar, le cogió de una mano y se acercó más aún a él.

—A ver si esto le anima —le dijo, simplemente.

Y después de eso...

Le dio un beso.

Fue un pico. No duró ni un segundo. Fue como el de la otra vez.

Al instante siguiente, Gael cerró los ojos mientras bailaba más para sí mismo que para Mauro, moviendo las caderas, haciendo que la tela de sus pantalones se tensara, que sus músculos se percibieran bajo los efectos de la luz del techo...

Qué. Está. Pasando.

—¿Y eso? —le preguntó Mauro, bajito, aún asimilando lo que había pasado. Sin embargo, la música hacía imposible que Gael le escuchara. Así que se le acercó al oído y repitió la pregunta—: ¿Qué ha sido eso?

Gael se rio sin dejar de bailar.

—Parce, estamos de fiesta. Besitos de amigos. ¡Usted tiene que soltarse! No pasa nada, es bien hacerlo. Sea libre, marica.

Y para demostrarlo, Gael volvió a robarle un pico. Al separarse de Mauro, se dio la vuelta para pedir otra copa más y Mauro se quedó solo en medio de la pista de baile sin saber qué hacer. Literalmente, tieso, sin moverse. Procesando, como su ordenador cuando se quedaba colgado. De hecho, si alguien le hubiera prestado atención, habría visto el simbolito de «cargando» reflejado en su frente.

¿De verdad tenía que creerse que aquello era normal entre amigos? Había visto cómo Gael e Iker se tocaban el culo, así que podía ser que Gael tratara así a sus amistades... Entonces, claro, eran amigos.

Y solo amigos.

Pero Mauro no podía evitar pensar que la única persona con la que tenía esa confianza en Madrid era Gael. Se preocupaba por él, le enseñaba y sobre todo, parecía saber lo que Mauro sentía y cómo ayudarle a dar un paso más y perder la vergüenza. Era una más que buena opción para...

Sus pensamientos se vieron interrumpidos por una rápida sombra que se abrió paso entre él y el grupo de personas que tenía más cercano. No era una drag en dirección al camerino, como había visto antes entre el público, sino Iker. Parecía enfadado y se dirigía a la salida.

Cualquier sombra que viera, en cualquier momento, siempre era Iker.

¿Qué podía hacer? ¿Seguirle?

Antes de tomar una decisión, Gael le llamó desde la barra del bar con la mano. Cuando Mauro llegó, había dos vasos de chupitos sobre la mesa, rodajas de limón y un salero.

—¿Y esto?

Mauro se hacía una idea, alguna vez lo había visto, pero no terminaba de comprender para qué era cada cosa, o si tenían un orden concreto.

—Primero la sal —le señaló Gael. Cogió el salero, lo meneó delante de la cara de Mauro y después sacó su enorme lengua para lamerse la mano. Volcó la sal sobre la humedecida piel y le pasó el salero a Mauro.

Estaba sin palabras. No solo era grande lo que escondía en los pantalones, sino que la lengua también era...

—Tiene que lamerlo, si no es complicado —le dijo Gael guiñándole un ojo, y a juzgar por su expresión, Mauro detectó que había un doble sentido en aquella frase.

Una vez completado el primer paso, dejó el salero en la barra y Gael cogió su chupito.

—Bebé, ahora de un trago y corriendo el limón, ¿okey?

Mauro asintió con la cabeza. Cogió el vaso de chupito y... para dentro. El tequila pasó por su boca como si nada, pero al llegar a la garganta. ¡Joder! Aquello ardía.

—Puaj, ¡qué asco! —gritó.

Gael empezó a reírse, al igual que el camarero, pero Mauro recordó el limón y se apresuró a cogerlo. Imitó a Gael, se lo metió casi entero en la boca y lo mordió para absorber lo máximo posible.

La sensación de ardor se relajó y Mauro pudo respirar tranquilo.

Gael le revolvió el pelo y le dio las gracias por probar cosas nuevas, a lo que Mauro no supo cómo contestar.

Incómodo, se dio la vuelta para volver al sitio donde estaban. Allí, entre mesas y sillas, se encontraban sus abrigos, y no quería perderlos de vista más de lo necesario. Parecía que Gael no volvía y, en esos pocos segundos en los que tardó en hacerlo...

Iker.

¿Iker huyendo?

Antes de que pudiera preocuparse de más, vio cómo Gael volvía al sitio con dos copas llenas de un líquido rosa y hielos, una en cada mano.

—Le invito a una, parce, para que beba más y le pierda la vergüenza.

—¿A qué?

Gael se encogió de hombros y mostró sus dientes con una sonrisa de oreja a oreja.

—A la vida.

Y brindaron. Y siguieron bailando.

33

Iker

No podía ser.

Acababa de subir del baño, totalmente liberado de pensamientos negativos y, en el tiempo que había pasado allí... ¿En serio Mauro y Gael se habían puesto a perrear juntos? Bueno, Gael sí que perreaba. Mauro estaba más bien sin moverse, algo incómodo pero con una sonrisa. Y enrojecido. ¿Excitado? ¿Avergonzado?

Definitivamente invitar a Gael a vivir con ellos había sido un error. A saber cómo le podría comer la cabeza a Mauro...

Es tu amigo. Deja de pensar así sobre él. Sabes que es buena persona.

Pero su mente le jugaba malas pasadas. No podía ver a sus amigos hacerse más y más cercanos sin pensar en Pablo y sus primeras experiencias, tan similares a las de ellos, en Madrid. Era aún demasiado doloroso. Tan doloroso que no lo soportaba.

Se abrió paso entre la gente al cabo de unos segundos. Tenía que procesar aquellas imágenes. Necesitaba tomar el aire. Le dio igual dejar atrás a sus amigos, si le iban a buscar, bien, y si no, también. En cuanto estuvo en la puerta, el frío le dio de lleno mientras buscaba el paquete de tabaco y el mechero en su pantalón: necesitaba fumarse un cigarrito para calmar los nervios. Porque entenderse, no se iba a entender. Y menos con varias copas de más encima.

Mientras lo encendía vio cómo Yohannes y sus amigos salían del bar. El holandés le miró y le lanzó una sonrisa, a lo que Iker apartó la mirada. Su historia se había terminado en el mismo momento en el que había empezado. No volvería a verle jamás, ¿qué importaba ser amable con él?

Aun así, siguió al grupo de amigos con la mirada. La noche madrileña era fría, sí, pero la calle no parecía dormir. Estaban en el centro, al fin y al cabo. Un hombre de origen indio se le acercó por la izquierda para ofrecerle cervezas frías, pero Iker lo ignoró. No le apetecía beber nada.

Y casi se arrepintió de no haberla aceptado, porque el grupo de Yohannes se cruzó por la calle, a unos cuantos metros, con otro grupo de personas. Reconoció a uno de ellos y sintió la necesidad de correr.

Mierda.

Aún le quedaba medio cigarro y quería terminarlo para calmar su ansiedad. De todas formas, no le dio tiempo a actuar: ahí estaba él. Cruzó su mirada con la de Iker y supo que no tendría escapatoria.

—Pero bueno, cuánto tiempo. —Se le veía serio, y aunque parecía tener ganas de entablar una conversación con él, al mismo tiempo se notaba que el orgullo le impedía mostrar sus emociones.

—Desde luego. —Iker lo dijo sin ningún gesto visible en la cara.

Vete.

—Cumplí mi palabra, no te volví a molestar. Creo que actué mal —se disculpó de nuevo.

El cigarro parecía haber entrado en un bucle en los labios de Iker y se consumía más despacio de lo que debería. Eso o que Iker quería terminar la conversación y no veía el momento de desaparecer de nuevo dentro del bar.

—Podríamos vernos —continuó el chico—. Sin más, nada raro, solo charlar. Tomarnos algo, ya sabes.

Iker acababa de tener un encuentro en el baño del LL y no podía negar que aquel chico tenía algo que le atraía demasiado. Estaba loco, sí, pero recordó como un flash el momento que tuvieron tras despertarse y... Iker meneó la cabeza: aquello no podría volver a repetirse.

—Estoy muy liado... —trató de excusarse.

—No pasa nada. Me adapto a tu horario.

No te vas a dar por rendido, colega. ¿Cuándo vas a dejarme en paz?

—Es que...

—Mira, te escribo estos días y cuadramos. Me puedo acercar a tu trabajo o lo que sea. Solo por charlar. No se pierde nada por comenzar de nuevo.

—No hay nada que comenzar —le respondió Iker, serio—. Pero vale. Con tal de no...

—Gracias. Lo dicho: te escribo y nos vemos.

34

Gael

La casa de Gael en Madrid nunca había sido su hogar, y ahora que recogía sus pertenencias lo sentía mucho más. Era un lugar ajeno donde había hecho la vida justa: dormir, asearse y charlar de vez en cuando con sus compañeros. Pero no, aquel no era su sitio.

—¿Se marcha? —le preguntó Gono desde el marco de la puerta. Se sujetaba fuerte con los dedos a la madera porque estaba balanceándose.

—Sí. Ya siento que os dejo acá con todos los problemas...

Gono se encogió de hombros.

—No se preocupe, ya encontraremos a alguien.

Hubo un silencio entre los dos.

—¿Se va fuera de Madrid?

Gael se volvió, dejando un calzoncillo azul a medio meter en la maleta.

—Me quedo. Es otra zona, con unos amigos. No es el centro-centro como esto, pero está genial. Tiene metro directo al centro. Ay, parce. —De pronto Gael comenzó a reírse—. ¿Recuerda cuando llegué, que le conté que me perdí varias horas en el metro?

Gono esbozó una sonrisa. Estaba triste por la partida de su amigo, se notaba, pero no podía evitar reír ante aquella historia.

—No, marica, es que usted ni bien se entera en qué piso vive aún, menos por el metro.

—Yo soy bien pueblerina —casi gritó Gael, en tono de burla, mientras continuaba guardando la ropa en la maleta.

—¿Cuánto pagará allá?

—No lo hemos hablado. —Se encogió de hombros—. Seguro que más económico que vivir por acá tan en el centro.

—Bueno... Le echaré de menos, parce.

Los ojos de Gael se llenaron de pronto de una fina capa de lágrimas. Se dio la vuelta para ir a abrazar a Gono. Sería probablemente el último abrazo que le daría en mucho tiempo, porque no trabajaban en los mismos lugares y tan solo coincidían en casa. Cuando el fuerte abrazo terminó, Gael se volvió de nuevo para terminar de hacer la maleta y ordenar sus pertenencias. Gono también tenía los ojos vidriosos y no dijo nada más: se marchó para dejar a su compañero solo.

Gael pensó en Madrid. Madrid como concepto, Madrid como experiencia. ¿Estaba siendo todo lo que había pensado que sería? Había tantas cosas buenas en España, cosas que jamás habría pensado apreciar o valorar tanto cuando llegó. Sus primeros meses no habían sido los mejores, desde luego, pero no podía evitar sentir algo en su corazón que cada vez era más grande.

Si la ciudad le había dado una segunda oportunidad de seguir adelante y crecer, ¿quién era él para negarse? Quizá era un nuevo comienzo, una forma de conseguir sus objetivos de mejor manera, sin poner en jaque su salud mental, que ya se veía afectada. Su familia necesitaba dinero, y él haría todo lo posible por conseguirlo en el menor tiempo posible para volver a Colombia a cuidar de ellos.

Sin embargo, si antes lo tenía claro, ahora la sensación que tenía en el pecho le hacía dudar.

¿Estaría Madrid convirtiéndose en su nuevo hogar?

35

Andrés

Nuevo día en la oficina para Andrés, aunque este era diferente. Notaba bajo la nariz el olor de la colonia que se había echado en cada rincón posible de su cuerpo. Aquella tarde no saldría del trabajo en su horario habitual, sino a la hora de comer y... ¡Efrén estaba libre! Se verían en un restaurante para comer y charlar por fin en persona, de tú a tú, como si fuera una cita.

No, como si fuera una cita no.

¡Era una cita!

Andrés fue incapaz de concentrarse en nada de su trabajo durante toda la mañana porque no dejaba de crearse escenarios imaginarios propios de películas de amor en su cabeza. Si alguien le leyera la mente, querría matarse ahí mismo, porque en uno de esos escenarios Efrén llegaba al restaurante en un caballo y le invitaba a cabalgar con él por las calles de Madrid.

Un circo. ¡Pero era su circo!

Las horas pasaron de forma extremadamente lenta, pero cuando llegaron las tres de la tarde, Andrés recogió más rápido de lo que nunca lo había hecho.

—¡Adiós, me tengo que ir corriendo! —se despidió en voz alta.

Bajó en el ascensor mientras se miraba en el espejo. El tupé rubio lo tenía perfecto gracias a la laca y, con ayuda del dedo meñique, se sacó algún mechón para que no pareciera tan bien peinado. Se miró los dientes por si tuviera restos de algún trozo de cereal de la barrita energética que había comido a media mañana y revisó que la ropa estuviese en perfecto estado. Una vez completado el chequeo, se vio preparado para verse con Efrén. Ni siquiera recordó cómo salió del edificio y llegó hasta el restaurante en el que habían quedado en verse. No podía dejar de pensar en su cita. Estaba demasiado nervioso.

A través de la cristalera vio a Efrén mirando el móvil. Antes de entrar, Andrés se dio cuenta de lo bonito que era el restaurante. Tan solo lo había visto en el Instagram de gente que seguía y era la primera vez que entraba.

—Bienvenido a Perrachica, ¿tiene mesa reservada? —le dijo una camarera en cuanto cruzó la puerta.

—Me están esperando. —Andrés señaló a Efrén. La camarera le sonrió y le indicó que la siguiera.

Efrén le recibió con una sonrisa de oreja a oreja.

—Hola —fue lo único que pudo decir Andrés sin atragantarse con su propia saliva.

Era aún más guapo de lo que recordaba. Aquel hombre era perfecto, no había más. Literalmente, un ángel sobre la tierra, un sueño hecho realidad, la perfección en forma humana.

—Siéntate, anda, y respira, que vienes acelerado.

Andrés no dijo nada, porque le daba vergüenza. Se notaba sonrojado y como si le faltara el aliento. ¿Habría llegado corriendo? ¿O era que estaba tan nervioso que parecía que hubiera corrido una maratón? Aun así, no comprendía por qué su cuerpo reaccionaba de esa manera. Él se tenía en muy buena estima, sabía perfectamente lo guapo que era... ¿Sería que notaba algo diferente en Efrén? No era el primer chico con el que tenía una cita, pero sí el primero que le había hecho sentir tanto en tan poco tiempo.

—Me encanta este restaurante, ¿habías venido alguna vez? —le preguntó Efrén en cuanto Andrés, que negó con la cabeza, se hubo sentado.

Contempló durante unos segundos lo bonito que era aquel lugar. Pese a que era de día, la luz era tenue. Aparte de ser un espacio enorme, era diáfano, con decoraciones muy modernas y lleno de plantas. No sabía qué le pasaba a Madrid con las plantas; parecía ser el accesorio de moda en cualquier establecimiento.

—Pide lo que quieras, que yo te invito —anunció entonces Efrén.

—Ay, muchas gracias, pero no hace falta...

—Que sí, hombre. No te preocupes, guapo. Para una vez que nos vemos por fin, ¡que parecía que no querías quedar!

Andrés chasqueó la lengua.

—Nuestros horarios no coinciden, es una pena. Ha sido imposible hasta hoy, de verdad —se excusó.

—Bueno, se pueden hacer coincidir, ¿no? La vida está llena de ganas de hacer cosas —le dijo Efrén con una sonrisa.

Andrés se deshizo en ella. Qué bonitos ojos y qué bonitos labios. Efrén se atusó un poco el cabello y se puso a mirar la carta. Andrés trató de hacer lo mismo, pero se perdió en sus manos. También eran, cómo no, perfectas, como si se las hubiera robado a alguna estatua del Museo Arqueológico. No eran manos de persona, sino de escultura. Estaba seguro de ello. Al cabo de unos segundos, y ya mirando el menú sin decir nada más, Efrén retomó la conversación.

—Y bueno, ¿cómo van las cosas en tu trabajo?

—Cada vez mejor. Me sigue sin convencer todo por lo que tengo que pasar para optar a algo mejor en el futuro, pero entiendo que es lo que toca.

—Imagínate yo, que soy camarero. —El tono de voz de Efrén denotaba hartazgo hacia su trabajo—. No es por vocación y no tengo nada en contra de los camareros, ¿eh?, pero no es mi sitio. Es muy sacrificado. Lo único bueno que ha tenido mi trabajo en meses ha sido conocerte.

—Gracias. Lo mismo digo.

Hubo un silencio y volvieron a sonreírse. Andrés estaba sonrojado.

—Bueno, volviendo al tema de la cafetería, no sabes lo que es estar tantas horas de pie. Tengo los tobillos destrozados porque nos hacen llevar unos zapatos feísimos que no me dejan mover bien el empeine.

—Qué raro.

—Lo sé, pero son cosas del jefe. Yo me callo y trabajo porque al final es lo que me paga el alquiler.

—¿Vives solo?

—Sí. Ya sé que tú no.

Andrés no llegó a detectar qué implicaba aquella frase. ¿De verdad le molestaba tanto que viviera con Mauro e Iker, y ahora con Gael también? Si no los conocía de nada...

—No cobro tanto, y además me gusta compartir con mis amigos. Al final de mes se nota, no sé, pagamos todo entre todos.

—Ay, tus amigos. Salen mucho de fiesta, ¿no? —Efrén puso los ojos en blanco.

—Nos gusta en general, para desestresarnos. Lo del otro día...

Efrén le hizo un gesto con la mano para que se callara.

—No te preocupes, son tonterías. Pero cuando terminemos la comida quiero hablar de una cosa contigo, a ver qué te parece. Una propuesta.

—¿Salir de fiesta contigo?

—Yo creo que es algo mejor —le dijo con una sonrisa misteriosa.

Se vieron interrumpidos por un camarero, que anotó lo que iban a comer. Después estuvieron charlando sobre música y las diferencias que encontraba cada uno entre sus géneros favoritos. Andrés era un defensor nato de Taylor Swift, aunque a Efrén ese tipo de música parecía no gustarle pese a las insistencias de Andrés.

—Terminarás por convencerme de que sea fan o algo de eso. Aunque no me veo mucho en el rodeo con los caballos y las botas esas feas que se ponen.

—No tengas ninguna duda —le dijo Andrés entre risas— de que terminarás así, guapo.

No se reconocía. Andrés era un chico lleno de complejos, sí, y se esforzaba en ser extrovertido y gracioso con un toque de humor negro para llamar un poco la atención. Sin embargo, en presencia de Efrén las cosas eran bien distintas. Era como si su energía absorbiera parte de la de Andrés, como si él no pudiera fingir quien era y Efrén viese cada uno de sus pensamientos. No podía ocultarse: era totalmente imposible.

Tras continuar charlando durante un rato, entre risas, Efrén pagó la cuenta y salieron del Perrachica. El cielo de Madrid se había encapotado un poco y Andrés se abrochó un poco mejor el abrigo para que no se le colara nada del aire frío que corría ahora por la calle.

—Bueno, ¿qué me tenías que decir?

Era el momento tenso de cuando termina una cita y no sabes qué va a venir después. ¿Se besarían? ¿Le invitaría a su casa? ¿Se despedirían hasta la siguiente cita? ¿Irían al cine? ¡Necesitaba saber qué es lo que pasaría, por Dios!

Efrén se acercó a Andrés. Tenían casi la misma altura, pero era indescriptible la manera en la que Efrén «ocupaba espacio». Como si su presencia fuera magnética, como si no hubiera nada más que él. Andrés tragó saliva, nervioso.

—Bueno, es el momento de ir en serio, Andrés. Lo he estado pensando y después de vernos aquí y comer... He estado tan a gusto. Quiero que nos lo tomemos como lo que es: algo serio. O todo o nada.

Andrés asintió lentamente con la cabeza.

—¿Quieres decir...?

—Espera. Déjame decirte por qué quiero hacerte esta propuesta. —Efrén suspiró y cerró los ojos. Cuando los abrió de nuevo, los clavó como nunca antes los había clavado en la mirada de Andrés. Además, llevó sus manos a ambos lados de Andrés, sujetándole los brazos con suavidad—. Nunca he sentido esto por nadie en tan poco tiempo. Me hace mucha ilusión escribirte y, ahora que nos hemos visto tranquilamente, me he sentido también muy a gusto. Así que, Andrés... ¿Quieres tener una segunda cita?

Las nubes, durante un breve instante, dejaron de cubrir el cielo de Madrid y el sol apareció para iluminarlo todo. Andrés escuchó unos pajaritos piar en los árboles cercanos e incluso notó cómo el tiempo se paraba, cómo los transeúntes ralentizaban el ritmo, esperando su respuesta.

Una respuesta que tenía clara.

—Por supuesto.

Efrén entonces le cogió de la cara y le plantó un beso en los labios. Andrés estaba mareado: demasiada información en muy poco tiempo. Vio cómo la cara de Efrén se iluminaba de emoción y felicidad.

—Me pongo tan formal, tan serio... Porque hay demasiadas cosas locas pasando ahora en nuestro entorno. Si hoy nos hemos visto, es por algo. Y si te propongo una segunda cita, es porque has pasado mi primer filtro. Por supuesto, como seguiremos viéndonos, quiero que sepas que para mí serás totalmente exclusivo. Solos tú y yo. Nadie más.

Andrés asintió con la cabeza.

—Después de eso, ya tendremos tiempo de plantear otras cosas si esto tira para delante. Yo pondré toda la carne en el asador, Andrés, y solo te pido que tú también lo hagas. Para mí el amor es sacrificio, es estar siempre ahí, pase lo que pase. Y que si un día tienes que dejarlo todo atrás para poder vivir tal y como quieres hacerlo, lo hagas.

Había que admitir que Efrén era intenso, aunque era algo que no molestaba demasiado a Andrés. Se sentía bastante representado en todo lo que decía. Esa idea de amor romántico, de sacrificio, de salvación... Dios mío, es que encajaban a la perfección.

—La siguiente cita la elijo yo. Quiero sorprenderte con algo, ¿vale? Te avisaré. Será más pronto que tarde, pero ahora tengo que irme, guapo. —Efrén le dio un abrazo a Andrés, que apenas se había movido, todavía asumiendo lo que estaba pasando. Le volvió a dar un beso en los labios, para luego alejarse por la calle a los pocos segundos.

Andrés trató de respirar como una persona normal, pero sentía que todo su cuerpo quemaba y brillaba como si tuviera purpurina.

Sí, joder.

Ahora tenía prácticamente novio, ¿no? Podría convertirse en su chico.

Y era el más guapo de toda la ciudad.

36

Iker

Había llegado el día. Iker estaba de mala hostia solo de pensar en encontrarse con su acosador. ¿Sería aquella vez la definitiva para que se diera cuenta de que no le interesaba? La cabeza de Iker trabajaba a contracorriente con sus sentimientos, porque una parte de él deseaba que se volvieran a acostar, pero otra, la más cauta, le gritaba que aquello sería un error.

Estaba esperándole mientras se fumaba un cigarro. Quería que aquello terminara cuanto antes. Acababa de salir del gimnasio justo después de trabajar y, en esta ocasión, vestía ropa de deporte. Se había duchado, sí, era un cambio de ropa que llevaba siempre por si acaso. Pese a que aquellos días parecía que el frío de Madrid había llegado para quedarse de manera definitiva, Iker llevaba unos pantalones negros cortos de Adidas que le llegaban sobre las rodillas y una sudadera de la misma marca de manga larga. Las líneas blancas en contraposición al color del material le estilizaban. Colgada de la espalda, su mochila del gimnasio.

Honestamente, todo el que pasaba en aquel momento por Sol terminaba mirándole. Y eso a Iker le gustaba: sabía que estaba buenísimo y no podía remediarlo.

De pronto alguien le tocó en el hombro. Se dio la vuelta con el cigarro aún en la mano y vio que se trataba de su cita.

Bueno, «su cita».

—Hola. Estás guapísimo —le dijo.

Iker sonrió de manera forzada y de pronto se dio cuenta de que el chico vestía un abrigo de color blanco en el que algo resaltaba demasiado. Abrió los ojos, sorprendido al darse cuenta de lo que era.

—Es para ti. —Se la tendió—. Es una rosa, sin más, un detalle. Sé que estás muy ocupado y que hayas hecho un hueco para mí es de agradecer.

Iker cogió la flor con miedo, como si se fuera a transformar en una serpiente y le fuera a morder. Antes de poder soltar un simple «gracias», el chico continuó hablando:

—También quiero agradecértelo invitándote a tomar algo. Al Óscar, me gusta mucho. Está aquí al lado. Supongo que lo conoces.

Claro que lo conocía: era una de las terrazas más famosas de Madrid, en plena plaza de Pedro Zerolo, en el barrio de Chueca, junto a la Gran Vía. Era un punto de encuentro típico para muchos eventos, ya que contaba con piscina y un montón de cócteles diferentes entre los que elegir. Casi siempre que iba estaba llena.

—Pero es invierno —le dijo Iker al darse cuenta de que probablemente estuviera cerrada. Él solo había ido en verano.

—Hay estufas. No te preocupes. Te invito a lo que quieras, además. Hacen unos mojitos deliciosos.

El chico trató de coger a Iker del brazo para llevarle en dirección a la plaza, pero él fue más rápido y se cambió el cigarro de una mano a otra para impedírselo.

—¿Sabes? Creo que nunca te he dicho mi nombre —le dijo de pronto el chico, mientras se disponían a cambiar de acera.

Iker se dio cuenta de que era verdad. También se dio cuenta de que no era raro, pues si se liaba con un chico en una noche, lo más normal era que ni supiera su nombre o lo olvidara. Pero esta vez todo era diferente, y no le gustaba.

—Me llamo Jaume. Se escribe con «e» al final, pero se pronuncia con «a».

—Sé algo de catalán —fue la respuesta de Iker.

No entendió por qué, pero saber el nombre de aquel chico de pronto le añadió una sensación de responsabilidad que estaba seguro de que no quería. Ahora no era un chico aleatorio de una noche loca, sino un chico con nombre. Con el que había dormido. Al que había visto en más de una ocasión.

Dios, ¿qué estás haciendo? Las normas de Iker Gaitán nos las comemos con patatitas, ¿no?

Continuaron caminando hacia el hotel donde se ubicaba la terraza, casi en silencio. Jaume trataba de darle conversación e Iker respondía con monosílabos o frases muy cortas. Quería que aquella tarde acabara si solo iban a tomar algo y charlar. Tenía mejores cosas que hacer que aguantarle.

Llegaron al hall del edificio a los pocos minutos.

—Venimos a la terraza —le indicó Jaume a un señor de traje y con gesto serio. Era el encargado de seguridad.

—Por aquí. —Les hizo un gesto con la mano para que se metieran en el ascensor y él mismo pulsó el botón de llamada para la planta correspondiente, la última.

El silencio se cernió sobre Iker y Jaume en cuanto las puertas se cerraron. Iker no iba a negar que le excitaba la idea de hacer... algo. Lo que fuera. Aquel chico, en cuanto le prestaba un poco de atención y le miraba, le hacía notar cosas en su entrepierna. Como la primera noche. Jaume se miraba en el espejo mientras Iker peleaba con su lucha interna.

Las puertas se abrieron y salieron del ascensor. Para llegar a la terraza debían caminar un poco más por un largo pasillo y subir unas escaleras. Cuando lo hicieron, se encontraron de frente con el bar al aire libre. Un camarero joven y atractivo les esperaba para acompañarlos a la mesa.

Una vez sentados en una de las esquinas, junto a una de las estufas, Iker miró hacia fuera.

—Las vistas son preciosas —dijo Jaume.

Iker cerró los ojos. Pese a que el frío no era tanto como esperaba, sí había algo de brisa. Desde su posición se respiraba mejor que a pie de calle, y los edificios se veían desde una perspectiva completamente nueva. Madrid era mágica.

—Como llueva... —medio bromeó Iker al abrir los ojos.

Jaume le miraba con una sonrisa.

—No creo que pase. Bueno, pidamos algo, ¿no? ¿Qué te apetece?

Iker asintió con la cabeza sin añadir nada más y miró la carta.

Pensó que Jaume parecía más relajado que en sus anteriores encuentros, quizá se había tomado en serio sus propias palabras sobre empezar de cero y no estar tan loco.

No, no pienses así de él. No se puede empezar de cero algo que está al cero de por sí.

—El mojito que comentaste antes. Creo que eso. Pero no te preocupes, que tengo dinero y no pasa nada...

—Tonterías —le cortó Jaume—. Si estamos aquí es por mí, así que invito a lo que quieras. Como si quieres tomarte siete copas y follarme en una de las habitaciones de la planta baja.

Iker no pudo evitarlo. Bueno, mejor dicho, su entrepierna se estremeció durante un breve instante. La broma encerraba parte de verdad, pero Iker no iba a cometer el mismo error dos veces.

¿Verdad?

Pidieron las bebidas y Jaume empezó a hablar sobre cuánto echaba de menos Barcelona.

—Allí las calles tienen más sentido. Son todas rectas y cuadradas, aquí te pierdes cada dos por tres.

—Eso es verdad. Barcelona me gusta. He ido un par de veces.

—¿Solo?

Iker se encogió de hombros.

—No se me ha perdido nada ahí.

—Yo.

—Tampoco nos conocemos tanto...

—En Barcelona sabemos pasarlo bien —le interrumpió Jaume—. Sitges es la meca gay.

—Eso no es Barcelona ciudad.

—Bueno, está al lado. He ido mil veces, a veces curro ahí. Hay de todo, en serio. Todo lo que te puedas imaginar. Las playas son preciosas, el pueblo es para perderte entre sus calles... Tienes que ir.

—He escuchado hablar del Festival de Cine. Y del Orgullo.

—Aparte de todo eso, hay mil cosas más. Un día te invito a Barna y lo descubrimos todo.

Iker no dijo nada, porque no tenía ninguna gana de quedar más veces con Jaume. Y mucho menos irse hasta la otra punta de España a hacer turismo con él. Negó con la cabeza en silencio mientras trataba de mantener la sonrisa cordial que se había obligado a fingir desde hacía un rato y miró su bebida de manera disimulada. Le quedaba poco menos de la mitad: estaba bebiendo más rápido de lo habitual. En cuanto la terminara, se inventaría una excusa...

—¿Y de qué trabajas? —La pregunta brotó del interior de Iker. Algo no le cuadraba del todo.

—Soy DJ. Viajo por toda España, conozco a muchos chicos... Ninguno tan guapo como tú, eso está claro. —Bebió de su pajita sin apartar los ojos de los de Iker.

—Entonces ¿te marcharás? Quiero decir —reculó Iker con rapidez—, si te quedas muchos días más aquí.

Jaume sonrió de medio lado.

—Claro. Tengo que volver a mi tierra, allí es donde más bolos tengo. Por aquí me salen de vez en cuando, aunque siempre prefiero quedarme unas semanitas. Tengo amigos y familia en Madrid, por eso ando por aquí.

La información ya estaba clara, así que Iker simplemente se limitó a asentir. Estaba apurando la bebida. Venga, tenía que terminarla cuanto antes.

—De parte de aquel chico de allí —interrumpió el silencio de pronto un camarero.

Sobre la bandeja había una enorme copa con decoraciones exóticas. Era una bebida multicolor, de las caras. Iker no entendía nada.

—¿Perdón?

Frente a él, Jaume tenía la boca abierta y los ojos como platos.

—Aquel hombre de allí. —El camarero insistió con la mano que tenía libre y señaló a un señor de unos cincuenta años en la barra. Miraba a Iker desde el otro lado, esperando su reacción. Era de estatura media, un poco más bajo que Iker (aunque aquello no era difícil), sin barba y con una mata de pelo rojo... ¡Mierda!

El camarero, harto de esperar, le dejó la copa en la mesa y se retiró. Iker se volvió de nuevo. No sabía cómo reaccionar ante Jaume, que mantenía la cara de sorpresa sin moverse ni un ápice.

—Me voy —le anunció. Comenzó a abrocharse los botones que se había soltado del abrigo y cogió la cartera y teléfono móvil de la mesa, dispuesto a levantarse.

—Pero no...

Iker no tenía palabras. ¡Iker Gaitán no tenía palabras! Ver a aquel hombre le había desubicado. ¿Cuándo había vuelto a Madrid?

¿Por qué mierdas le invitaba a un cóctel? El pasado era mejor no removerlo, y eso formaba parte de uno que quedaba ya muy atrás.

—En serio, no te preocupes. Siempre vas a tener a alguien más esperando. No soy lo suficientemente bueno. Qué pena. Los chicos como tú no saben apreciar lo que tienen frente a ellos.

El tono de voz de Jaume fue en aumento según hablaba, haciendo que la gente que se encontraba en las mesas circundantes se volviera para ver qué estaba pasando. Jaume ya estaba de pie, dispuesto a marcharse de una vez por todas.

—No habrá próxima vez —le amenazó el barcelonés con el dedo.

Uy, qué pena.

Iker no hizo ningún gesto para impedir que Jaume se marchara. Se quedó en el sitio, husmeando los mensajes directos de su Instagram, mientras la rojez de las mejillas se le bajaba.

Sí, le encantaba que le mirasen. Pero no de esa forma. No por culpa de otra persona. Y menos entre gritos y montando una escena.

Terminó la copa al cabo de unos minutos, pagó desde la mesa con la tarjeta y se marchó, esperando que ni el pelirrojo ni Jaume le pararan por el camino. Para su sorpresa, no fue así. Buscó con la mirada por toda la terraza del Óscar fingiendo desinterés, pero no volvió a ver a la persona que representaba parte de su pasado por ningún lado. Mientras bajaba las escaleras en dirección al ascensor, volvió a desear con todas sus fuerzas no encontrárselo.

Una vez fuera, en la calle, se dio cuenta de que estaba siendo paranoico.

No era tan importante para ninguno de ellos.

Así que se marchó a pasear por las calles de Madrid, por fin tranquilo tras haberse quitado un peso de encima.

O quizá no. Porque si el pasado vuelve, es por un buen motivo.

37

Mauro

El teléfono de Mauro no dejaba de vibrar. En aquel momento estaba terminando de prepararse salsa rosa para untar unas patatas fritas de bolsa que había comprado. Tenía las manos sucias porque el bote de kétchup le había salpicado, y prefirió no atender la llamada.

Al cabo de un minuto, el teléfono dejó de vibrar.

Pero volvió a sonar.

Mauro, desesperado, se limpió corriendo. Si insistían tanto —fuera quien fuera—, es que era importante.

—¿Sí? —respondió.

—Hola. ¿Hablo con Mauro?

—Hummm sí, soy yo.

—Mira, te llamo de Generación X, la librería de aquí de Madrid. Hemos estado echando un vistazo al currículum y en principio no necesitábamos a nadie, pero justo ahora se han pillado una baja y nos vendría genial un perfil como el tuyo. He visto que te interesan bastante las cosas frikis que vendemos aquí, ¿es cierto?

Respira. Respira. Dios mío.

—Sí. Soy muy fan.

Muy fan ¿de qué? Eres idiota.

—Ah, bueno... —Silencio al otro lado de la línea—. Vamos a hacer una cosa. Te pasas por aquí en cuanto puedas y charlamos un rato en persona a ver qué tal. ¿Te vendría bien pasado mañana?

—Sí, sí, por supuesto.

—Vale, te mando por WhatsApp la ubicación exacta y la hora. Venga, Mauro, nos vemos. Muchas gracias.

—A ti, hombre...

Colgó.

Mauro apenas tuvo tiempo de asimilar que por fin, después de semanas, alguien le había llamado para una entrevista de trabajo. Con suerte le contrataban y podría dejar de preocuparse por las salidas nocturnas y el dinero para vivir en Madrid.

Y no le dio tiempo a procesarlo porque alguien llamó al timbre.

—Joder, no puedo ni comer tranquilo...

Su queja se vio interrumpida por un hombre alto, musculado, tatuado y con una cara que parecía esculpida por el propio Miguel Ángel. Era Gael, atrapado entre correas de mochilas y sujetando una maleta.

—Pasa, pasa —le apuró Mauro.

—Gracias. Esto pesa más de lo que esperaba —le dijo Gael con una sonrisa.

Fue directo a la habitación que les sobraba. No era la mejor, ni mucho menos, porque si no la habría elegido alguno de los otros tres compañeros, pero Mauro sabía que era mucho mejor que las condiciones en las que vivía Gael en su piso anterior. Iker y Andrés se lo habían comentado en alguna ocasión y le daba mucha pena que una persona tan agradable como Gael viviera en malas condiciones. No era justo, ni para él ni para nadie.

Gael dejó todas las cosas sobre la pequeña cama que había en la habitación. Estaba decorada con tan solo una cómoda, un pequeño armario con dos puertas comprado en Ikea por unos cincuenta euros y una cama de noventa sobre un canapé sencillo.

—No necesito más, está perfecto —dijo, como leyendo los pensamientos de Mauro.

Mauro sonrió, feliz de verle ahí. El piso ahora tendría una nueva vida. Al ser cuatro, aquello sería como se lo había imaginado al mudarse. Como en las películas que veía desde que era adolescente.

—Te echo una mano. —Mauro no era mucho de esfuerzos físicos, pero le pareció correcto hacerlo. No parecía que Gael tuviera demasiadas pertenencias y su habitación era pequeña.

—Gracias, parce —le dijo el colombiano, mostrando su agradecimiento con una sonrisa de dientes blancos y perfectos.

Se pusieron manos a la obra. De la maleta y la ropa se encargó Gael, que colocó con sumo cuidado sus prendas en el armario.

—En la cómoda prefiero tenerlo todo a mano.

Una de las mochilas que traía estaba llena de calcetines y calzoncillos. Y... ¿tangas?

Mauro cogió una de aquellas prendas que nunca había visto y la levantó frente a sus ojos. Gael seguía a lo suyo, pero como percibió que su amigo se había parado, se dio la vuelta para ver de qué se trataba.

Se rio.

—¿Qué pasa?

Mauro se encogió de hombros.

—No sé lo que es. ¿Usas tangas? Pensaba que...

Gael se aproximó adonde estaba Mauro. En realidad no era demasiado difícil, solo tenía que dar medio paso. De pronto la habitación pareció sumirse en una ola de calor de cuarenta y ocho grados centígrados y Mauro sintió que comenzaba a emanar sudor de las axilas. Odiaba que Gael se le acercara. Era tremendamente sexy y no sabía cómo manejar aquellas sensaciones que despertaba en él.

Pero eran amigos.

¿No?

—Mire —comenzó Gael, cogiendo la prenda—. Esto son suspensorios. O jocks. Lo que quiera. La gente lo llama de diferentes maneras.

Se agachó para coger más de la mochila. ¡Tenía un montón!

—Son eróticos, aunque empezaron a usarse para hacer deporte... Ahora son como ropa sexy. Te marcan muuucho el paquete y te dejan el culo al aire. Además, te lo ponen tenso, hacia arriba.

—¿Y por qué es sexy?

Gael volvió a reírse.

—No me lo pregunte a mí. Yo los tengo por trabajo, a veces me lo piden, aunque sí que es verdad que en el gimnasio son más cómodos que los calzoncillos.

Mauro no pudo evitar que sus ojos fueran a la entrepierna de Gael. No era la primera vez que el pensamiento de lo que tenía entre las piernas paseaba por su mente. Recordó de pronto el momento en el bar de drags del otro día y la ola de calor pasó de cuarenta y ocho grados a directamente un horno industrial.

—¿Quiere ver cómo quedan? —La voz de Gael rompió su fantasía momentánea.

Hummm. ¿Perdón? ¿Qué acaba de decir?

Ante la no respuesta de Mauro, Gael volvió a reírse.

—Mire, atento —le dijo Gael, mientras se bajaba sin ningún tipo de pudor los pantalones. Bajo ellos llevaba... ¡un suspensorio!—. Son demasiado cómodos.

Mauro vio como, en efecto, aquella prenda marcaba demasiado el paquete. (¿Paquete? Se decía así, ¿verdad? No le gustaba demasiado la palabra). Gael giró despacio para demostrarle el uso de aquella prenda, y como era de esperar, las tiras blancas continuaban haciendo una forma sinuosa hasta llegar al trasero, que parecía bastante respingón.

¡Se le veía la raja!

La reacción de Mauro no podía ser otra que sonrojarse.

—No se preocupe, parce. Es normal. No me importa. Como si me ve desnudo. De hecho, no suelo usar demasiada ropa cuando estoy por casa —le advirtió el colombiano—. Ya sabe que soy de sangre caliente.

Mauro no daba crédito a aquello. Era la primera vez que veía el culo de un chico tan de cerca. Y no era para nada lo que se esperaba... Era mejor.

Seguía sin decir nada y Gael pareció entonces decidido a espabilarle.

—Compruebe que es verdad. —La mano de Gael fue hacia la de Mauro y se la agarró para llevarla hasta su paquete, pero Mauro rehusó el movimiento y se echó para atrás—. Parce, no pasa nada. Es un pipí.

—¿Pipí?

—Un pene, una verga. Usted también tiene. Somos amigos, baby, no se raye.

Por cómo lo decía Gael, aquello era lo más normal del mundo. Pero no lo era para Mauro, que continuaba impertérrito, pero sin poder alejar la mirada de semejante obra de arte.

De pronto desapareció de su vista. Gael se subió el pantalón y apoyó la mano en el hombro de su amigo.

—Mauro, le queda mucho por aprender. Menos mal que estoy aquí.

Con eso dio por concluido el tema y continuaron recogiendo la habitación. Gael, a un ritmo normal; Mauro, sin poder dejar de pensar en lo que acababa de pasar y con lentitud.

Al cabo de una buena media hora los ánimos se habían calmado, al menos para Mauro, que ya no sentía nada si pensaba en el paquete de Gael. O sea, sí que lo sentía, pero no era vergüenza. Era otra sensación.

—Gracias por ayudarme —le dijo al fin Gael—. Se lo tendré que recompensar.

Mauro tragó saliva. Todo lo que salía por la boca de Gael tenía connotaciones sexuales. ¿O eran imaginaciones suyas?

En aquel momento Mauro decidió sentarse en la pequeña cama a descansar. Le acababan de poner las sábanas y el cuarto ya parecía habitado. Había varias fotografías colgadas en la pared y un póster de una miss en una de las esquinas. Sobre la cómoda, un par de velas y un pequeño maletín donde Gael le había dicho a Mauro que guardaba su alijo.

Mauro no sabía qué era eso.

Gael terminó de ordenar alguna cosa más que quedaba y se sentó en la cama junto a Mauro, soltando un gran suspiro.

La presencia de Gael le ponía nervioso. Recordó que tenía un sándwich y patatas esperándole en la cocina, y el hambre de pronto le hizo sentir urgencia. Cuando fue a levantarse, Gael le puso la mano sobre la rodilla.

—Espere —le dijo.

Sin previo aviso, Gael volvió a darle un pico en los labios a Mauro.

Y él, sin saber por qué, ni se retiró ni se sintió extraño.

Y quiso más.

Volvió a buscar su boca y Gael le respondió. Aquello ya no era un beso inocente: era un beso con todas las letras, con lenguas húmedas y mordiscos en las comisuras de los labios.

Mauro notó algo en su entrepierna, algo que ya no le era tan ajeno. Gael entonces se separó, como sabiendo que estaba pasando algo más.

—El sexo debe ser sin compromiso, Mauro. Nadie te puede obligar a nada. Y ya sabes que yo...

No. No quería saber nada de eso. Mauro hizo un gesto con la mano para que Gael se callara. Estaba sonrojado y... ¿excitado? Volvió a buscar la boca de su amigo, sin saber muy bien por qué, tan solo respondiendo a sus instintos primarios. Era como si todas las barreras del universo se hubieran debilitado y ahora entraban sus hormonas en tropel, arrasando con todo, sin que nada importara.

No se sentía él mismo y, a la vez, nunca se había sentido tan él.

Mientras volvían a besarse, la mano de Gael agarró la de Mauro y la llevó a su paquete. Lo que recorrió por todo el cuerpo al joven inexperto fue algo que no podría describir ni en mil años.

El fuego cuya entrepierna pareció vivir, el chispazo que viajó desde la punta de sus dedos hasta sus pulmones. La llama, la furia, las ganas. Era la primera vez que tocaba un pene erecto a través de un pantalón. Y era morboso, peligroso y excitante. Se sentía mal a la par que curioso.

Apretó.

Su mano tocaba algo enorme, recto y palpitante. Gael sonrió mientras se besaban. Separó a Mauro y se arrastró un poco sobre la cama para poner distancia entre ellos. Mauro no tuvo tiempo de ver mejor la tela del pantalón a punto de reventar, porque Gael ya se lo había bajado. Su pene descansaba apoyado hacia un lado, fuera del suspensorio.

—Es tan grande que se escapa —dijo con una sonrisa maliciosa, pero con un toque de orgullo reflejado en los ojos.

Mauro abrió la boca sorprendido. Era cierto. Y por muchas ganas que tuviera de hacer algo más —porque se sentía así, de pronto confiado—, su primera vez no podría ser con... eso. Era monumental, y le daba pavor.

—No, no... —comenzó a balbucear.

Gael estaba ahí, mirándole con los ojos entrecerrados. Disfrutaba de la reacción de Mauro, era obvio. Le parecía, cuando menos, graciosa.

—¿Qué pasa?

Pero Mauro seguía balbuceando sin decir una palabra coherente.

Se había quedado en blanco, no solo por el tamaño, sino porque era la primera vez que veía un maldito pene duro en persona en una situación en la que él quisiera. Atrás quedaban en su memoria los penes de los baños que había visitado. Ninguno de ellos, además, se comparaba con el de Gael.

Era precioso, no lo iba a negar.

El pene de Mauro parecía pugnar por escaparse de su prisión, pero sabía que tenía que frenar aquello.

Si seguía adelante, no sería como lo había imaginado.

Si seguía adelante, probablemente le tendría que pagar a Gael.

Al fin y al cabo, su amigo se dedicaba a ello, y por muy amigos que fueran, Mauro no era atractivo.

Gael no estaba cachondo por él.

¿Cómo iba a estarlo? Solo había que verlos, uno atlético y musculoso, con un cuerpo de escándalo, y otro peludo y con demasiado sobrepeso. No era realista, no era verdad.

Todo había sido un espejismo.

Para uno, el sexo era risas, pasar el rato... Y para el otro, era la meta de algo desconocido a conquistar.

De pronto toda la excitación en el cuerpo de Mauro se rompió en mil pedazos y se sintió más feo, más gordo y un despojo humano. Vaya, lo que solía sentir en su día a día, pero en lo que poco a poco estaba trabajando para para dejar de sentirse de esa forma. Sin embargo, con un hombre de metro noventa de cuerpo perfecto y un miembro de aquel tamaño, Mauro sintió que era lo más apuesto que podría encontrarse.

No era su sitio.

Se levantó sin mirar a Gael.

—¿Qué pasó?

Cruzaron la mirada durante un segundo y Mauro vio que la excitación también había desaparecido de los ojos de Gael, ahora reflejaban preocupación.

—No le estaba obligando a nada...

—Lo sé. Soy yo, Gael. No creo que esté preparado para nada y menos contigo.

—Tenemos confianza, parce. Ni nadie se va a enterar ni nada cambiará si hacemos algo.

—No es eso. —A Mauro le costaba expresarse con palabras

en aquel momento. Sentía que su cerebro funcionaba como una locomotora antigua, echando humo para encontrar las palabras exactas—. No pensaba que fuera a ser así.

—Se lo dije, sexo sin compromiso. Tiene que dar el paso de una vez. No todo el mundo es un príncipe azul, Mauro. Lo mejor es que se quite el miedo y se sienta libre, y luego ya tendrá momentos especiales.

Mauro no supo qué responder. ¿Tenía razón? Al fin y al cabo, menos Andrés, todos los chicos como él que había conocido en las últimas semanas parecían pensar de un modo similar. ¿El sexo era tan importante? ¿O no lo era?

¿Y si la primera vez era una tontería con la que fantaseaba y construía ilusiones que no iban a ningún lado?

Ante la duda, Mauro haría lo que hacía siempre: no actuar. Así que se dio la vuelta y se marchó de la habitación. Antes de cruzar el umbral de la puerta, Gael le dijo desde la cama:

—Aquí no pasó nada, parce. Lo siento. Olvidemos esto.

—Me parece bien —fue la respuesta de Mauro, aunque no se volvió de primeras.

Algo más tranquilo al cabo de unos segundos, se dio la vuelta de nuevo.

¿Lo mejor de todo? Desde hacía unos días no paraba de darle vueltas en la cabeza a la conversación que había tenido con Camela Melano en la planta baja del bar. El poder del humor, el quererse a uno mismo para que no pudieran ir en tu contra... En definitiva, el humor como fortaleza.

Y de los labios de Mauro surgió su primer chiste para hacer frente a una situación incómoda.

—No te preocupes, lo olvidamos. Aunque eso que tienes entre las piernas no creo que pueda olvidarlo... *Gaelaconda*.

La risa del colombiano casi le rompió los tímpanos, que se levantó por fin, se subió el pantalón y abrazó a Mauro con fuerza. La calma se apoderó entonces de él y su mente empezó a comprender que quizá la vida no fuera tan seria, y que había que vivirla como viniera. Y más si a su lado había gente que le apoyaba tal y como era.

38

Andrés

Mientras, en otro lugar de la misma ciudad, Andrés acababa de salir de trabajar. Y estaba nervioso. Se dirigía al Templo de Debod, donde se encontraría con Efrén. No entendía muy bien qué horarios tenía, pero se encogió de hombros, pensando para sí que lo importante era que iba a verle. ¡A estar con él!

Se centró en eso, porque era lo importante. No sabía qué tipo de sorpresa le habría preparado, porque desde luego Andrés no llevaba nada... Bueno, quizá sí le daba tiempo a comprar algo. ¿Unos bombones? ¿Unas flores? Por un momento se rayó tanto sobre qué narices llevar que casi se le pasó la parada de metro. Desde que se bajara debía caminar bastante y, aunque en otra ocasión le habría molestado después de tantas horas de trabajo, aquel día caminaría el triple con tal de ver a Efrén de nuevo.

Apenas sin darse cuenta ya había llegado al Templo. Hacía frío, bastante. Se rodeó el cuerpo con los brazos y frotó para entrar un poco en calor. Se miró en la pantalla del móvil para comprobar que su peinado estaba inmaculado y se tropezó con una niña que jugaba en el suelo haciendo pompas de jabón. No pareció molestarle, porque se rio y siguió soplando. Le salía vaho de la boca, que se mezclaba con las pompas que hacía. Andrés sonrió. ¿Tendría hijos? Nunca se lo había planteado en serio, como tantas otras cosas... Quizá estaba demasiado centrado en encontrar el amor y alcanzar sus metas profesionales, y en eso se le iban la mayoría de las energías de su día a día. Creía en las recompensas al final del camino. Efrén podría ser una de ellas.

Después del pequeño traspiés y comprobar que estaba guapísimo, miró hacia delante, buscando a Efrén. Le temblaba todo, aunque no quisiera admitirlo. Estaba nervioso, probablemente también sonrojado —y no por el frío—, además de notar que su corazón latía rapidísimo, como si se le fuera a salir del pecho. Y eso que aún no había cruzado la mirada con Efrén.

Continuó caminando en su busca. Escuchó a varios grupos de personas a su alrededor, gritando, cantando, pasándolo bien. En aquella zona, con un templo egipcio antiguo en pleno Madrid, las actividades que se realizaban eran pintorescas. Bien podías encontrarte un grupo de k-popers como de fans de *Star Wars* o gente haciendo sesiones de fotos. Sin embargo, ya casi no quedaban de estos últimos a aquellas horas. La noche estaba cayendo y, aunque el Templo de Debod estaba precioso con su iluminación, las fotos quedaban fatal si no sabías cómo sacarlas.

Andrés se acercó más a la zona del mirador, desde donde se veía gran parte de Madrid e incluso más allá: el Parque de Atracciones, el Teleférico... Y de pronto, justo cuando iba a escribirle a Efrén para saber dónde demonios estaba, unas manos le rodearon los ojos. Reconoció su olor al instante, y por eso no gritó como un energúmeno.

Bueno, tampoco podría haberlo hecho, porque el corazón le había dado tal vuelco que le había robado el habla.

—Por fin estás aquí, me iba a helar de frío —le dijo Efrén, muy cerca de su oreja. Los pelos de la nuca de Andrés se pusieron tensos, completamente erizados. Menudo efecto tenía su futuro marido en él, ¿no?

—Es verdad, tienes las manos heladas. —Andrés rio y trató de zafarse de las manos de Efrén, que las liberó a los pocos segundos.

Cuando Andrés quedó frente a él, este se arrimó un poco más. Le guiñó un ojo y... se acercó para besarle. A Andrés no le importaba hacerlo delante de tanta gente. No importaba, ¿verdad? Le devolvió el pico de saludo y sonrió, aún nervioso.

Dios mío, es que es precioso.

Y era verdad, se quedaba embobado contemplando su belleza.

La primera vez que lo había visto en el restaurante había pensado que era literalmente un ángel en la Tierra, y ese pensamiento era recurrente: lo era, sin duda.

—Vamos, tengo algo que enseñarte. —Efrén le cogió de la mano y Andrés dejó que le guiara hasta tan solo unos metros más adelante, donde había una manta de picnic con algunas bolsitas de comida y bebida repartidas por toda su extensión.

—¿Qué? —fue lo único que Andrés pudo medio musitar, sin creerse aquello.

En una de las tantas conversaciones que habían mantenido aquellos días por mensaje, le había confesado que una de sus citas románticas preferidas sería un picnic nocturno. Y lo tenía ahí delante.

—No me lo esperaba para nada —confesó Andrés. Se zafó de su mochila y la dejó en el suelo. Efrén se había sentado de rodillas y Andrés hizo lo mismo, bicheando qué había traído Efrén—. Vaya, chuches, queso y vino.

—También tengo Boca Bits y Doritos, pero guardados. Quedaban feos —le dijo sonriente Efrén—. Pero bueno, hay una selección de quesos y panes diferentes así en paquetitos, para que hagamos una especie de cata. Vino solo tinto, porque es el que más pega. No sé, he pensado en esto, algo distinto, porque ya que no podemos ir a París, al menos traigo París aquí...

Dicho eso, Efrén se volvió y sacó de su mochila una boina negra típica parisina. Se la puso sobre la cabeza y dijo algo en francés que Andrés no comprendió, pero que hizo que ambos rieran.

Cuando la risa terminó, Efrén clavó los ojos en los de Andrés, buscando su aprobación, pero este tuvo que apartar la mirada.

Andrés no sabía cómo tomarse aquello, estaba a punto de romper a llorar. Ningún chico que hubiera conocido jamás se había tomado tantas molestias en tan poco tiempo. ¿Y si Efrén sí que era el definitivo? ¿Tantas molestias por él, tan rápido, tan pronto? Pero es que no podía negar los sentimientos que se le arremolinaban en el pecho. Eran demasiado fuertes.

Quizá no se equivocaba.

—Muchas gracias, Efrén —dijo con un hilo de voz—. No he parado de pensar en lo que dijiste el otro día...

—Chisss, calla. No estropees el momento. Ahora comamos y charlemos, luego ya hablaremos de lo que tengamos que hablar.

Andrés asintió sin decir nada más. Se tumbó sobre la manta de picnic, miró a los ojos a Efrén y se sintió en el cielo. Se había olvidado por completo del frío, de la gente de su alrededor, y ahora estaba solo él en su campo de visión. En torno a él, cuando le abrazó. Sobre él, cuando Efrén se inclinó para besarle.

Probaron quesos, panes y vinos. Rieron y disfrutaron. Andrés miró al sol ponerse finalmente y le pidió un deseo.

Y este era, simplemente, no equivocarse.

39

Iker

Iker llevaba caminando unos minutos, sin saber muy bien hacia dónde tirar. Nadie parecía responder sus mensajes en Grindr y esperaba que saliera algún plan interesante que le distrajera de...

Vaya. Justo en aquel momento le había contestado uno de los chicos más guapos.

> stoy x la sauna
> Te va?

> Cual?

> UBICACIÓN

> Ya estás ahí?

> si
> Ven
> T esperamos

> No estás solo?

> Obv no

La luz tenue del lugar hizo casi imposible para Iker reconocer al chico, pero cuando lo hizo se dio cuenta de que no era un farol. Eran varios chicos. Muy parecidos entre ellos, igual de guapos. Iker sonrió para dentro. Forzó un poco el contacto visual para que le vieran y cuando lo consiguió, se dedicó a quedarse ahí quieto acariciándose el bañador mientras se mordía los labios.

Allí, a la sauna, se iba a lo que se iba. O al menos así lo pensaba Iker.

Necesitaba un buen chute de ego. Dejar de pensar en todas las mierdas que tenía en la cabeza, y aquella era la única forma efectiva que conocía.

El chico con el que había hablado por Grindr, que parecía llamarse Rubén, no apartaba la mirada de su mano, con la que se estaba acariciando el pene por encima del bañador en aquel momento. Iker notaba cómo iba creciendo y, poco a poco, se iba marcando más y más. Rubén comenzó entonces a acercarse, con mirada lasciva. Sus amigos solo observaban, sin decir nada.

Si el plan iba a ser que Rubén y él hicieran algo mientras le miraban...

Joder. Nada le pondría más cachondo.

Rubén llegó a su lado y, sin decir nada más, introdujo la mano en el bañador de Iker y agarró su pene caliente, cada vez más grande. Con la otra mano, Rubén acarició todo su cuerpo, evidenciando con sus ojos lo cachondo que le ponía.

—¿Te gusta? —le preguntó Iker.

—No lo sabré hasta que lo pruebe.

Tras decir eso, Rubén se agachó para llevarse su pene a la boca. Le dio unos pocos besos sin metérselo por completo, tan solo lamió el glande con lentitud. Fue suficiente para saber cuál iba a ser la dinámica del encuentro.

Rubén le hizo un gesto a sus amigos para que se acercaran. Se pusieron alrededor de ellos dos. Eran tres chicos más, con un físico muy en el estilo twink, como Rubén.

—Yo soy activo —dijo uno de ellos. Iker le miró y se dio cuenta de que le sonaba de algo, probablemente de haber visto su foto en las aplicaciones de ligoteo. Iker asintió, entendiendo.

El chico se bajó el bañador y se sacó el pene, que ya estaba duro. Rubén alcanzó a agarrárselo con una mano mientras seguía lamiendo con cuidado el de Iker. Los otros dos chicos aún miraban, pero parecían deseosos de ponerse a la acción.

Iker se dejó llevar bastante más de lo habitual, y es que tenía una sensación extraña en el pecho que debía extinguir. Mientras uno le lamía los pezones al tiempo que embestía a otro sin ningún tipo de pudor, la cabeza de Iker era incapaz de concentrarse al cien por cien.

Las cosas estaban cambiando, porque tras media hora de sexo grupal llena de morbo, se dio cuenta de que lo que trataba de acallar era culpabilidad. Culpa por Jaume.

Y era un sentimiento que Iker jamás había experimentado.

Aun así, continuó chupando, mordiendo, escupiendo y penetrando. Quizá con más furia y más ganas que antes. Folló como si fuera el último día que pudiera hacerlo, con tal de que su cabeza dejara de atacarle con pensamientos que no quería tener.

Cuando se corrió sobre la cara de Rubén, la paz que le recorrió por todo el cuerpo fue como un premio merecido. No tardó más de cinco minutos en limpiarse y marcharse sin despedirse de ninguno de los chicos que habían participado en aquella tarde-noche de sexo sin compromiso.

No tenía tiempo para eso.

Al salir a la calle se encendió un cigarro y golpeó una farola con el pie.

Iker Gaitán no se sentía culpable por no tener relaciones sentimentales con chicos. Iker Gaitán era un rompecorazones, odiaba el compromiso. Iker Gaitán era, sin duda alguna, alguien de quien no quieres enamorarte.

Por eso lo que sentía en aquel momento no tenía ningún sentido y una parte de él, por primera vez en su vida, comprendió lo que podría sentir Jaume. Y no le gustaba para nada.

40

Mauro

—¡Me han dado el trabajo! —gritó Mauro en cuanto entró por la puerta del piso.

En el sofá se encontraban Iker y Gael sumidos en una conversación que parecía bastante interesante, pero que interrumpieron para celebrar que su amigo había conseguido por fin un puesto de trabajo.

—¡Enhorabuena! —Iker fue el primero en levantarse y abrazarle.

Gael fue detrás y aunque no le dijo nada, su abrazo fue un poco más fuerte.

—No pensaba que me lo fueran a dar... —musitó entre sus brazos. Le rodeó el olor a colonia y a algo fuerte, como una planta, que no supo identificar.

—¿Pero cómo no se lo iban a dar? ¡Si era perfecto para el puesto!

—Ni idea, en Madrid hay tanta gente... —pese a la felicidad, sonó abatido.

—Bueno, que ya tienes curro, chaval. Felicidades. ¿Cuánto te pagan?

—No me ha quedado muy claro porque no entiendo lo de bruto y neto, pero vamos, que unos mil euros, creo.

—Nada mal, parce —le felicitó Gael.

—Empiezo mañana, pero solo trabajo entre semana. Y he pensado que como se acerca el finde... Podríamos hacer algo.

Estaba nervioso por aquello. ¿Él queriendo celebrar, hacer algo diferente? Pues sí, joder, ya estaba bien de dejarse tanto llevar por otros. Ahora él quería salir, festejar, pasarlo bien. ¡Tenía motivos para ello!

—Vaya, Mauro proponiendo un plan. ¿Esto qué es? —dijo sorprendido Iker, entre risas.

—Oye, que yo propuse lo del LL —defendió Mauro.

—Mentira, lo dijo Andrés, guapo. Tú solo dijiste el día. Pero la idea fue mía en el fondo, aunque no lo creas. Tengo la mente de un supervillano.

Mauro, sonriente, puso los ojos en blanco. A veces, Iker tenía esa faceta bobalicona que le encantaba.

—Bueno, en fin, que estoy perdido aún con las fiestas en Madrid. ¿A cuál podríamos ir? —retomó la conversación Mauro.

—La Tanga. Me encanta —dijo Gael—. La parte de electrónica es la mejor de todo Madrid.

—Sin contar con la WE Party.

—Que sí, que te encanta la WE Party, Iker. Ya lo sabemos.

—¿Qué pasa? —Andrés salió de su habitación quitándose uno de sus AirPods de la oreja.

—Mauro tiene curro de lo que le gusta —le anunció Iker con una sonrisa.

Andrés se acercó para abrazar a Mauro. De los tres abrazos, aquel fue el más diferente, porque al apartarse, Mauro vio en los ojos de Andrés un toque de... ¿envidia?

—Me alegro. ¿Y dónde es?

—Una librería friki. La Generación X. Por Chueca y Malasaña.

—La conozco —dijo Andrés, serio—. No es un sitio muy de maricones.

—¿Y qué pasa?

Andrés miró hacia un lado antes de responder, como queriendo evitar el mayor contacto visual posible con su amigo.

—Nada, solo te digo que habrá gente que vaya y no te...

—Estás juzgando —le advirtió Iker.

—Soy una maricona juzgadora, ¿qué quieres que le haga, mi cielo? —La actitud con la que se dirigió a Iker les dejó a todos de piedra.

Sin decir nada más, Andrés se dio la vuelta y volvió a encerrarse en su habitación. Nadie supo cómo reaccionar después de escuchar el portazo, pero Mauro sí que seguía teniendo la necesidad de celebrar algo, por pequeño que fuera. Era como una victoria, su primera gran victoria conseguida por sus propios medios y esfuerzo desde que había llegado a Madrid, y necesitaba contárselo al mundo.

O tomarse una copa.

—Vayamos al Tanga este entonces.

—Ese es mi chico, parceee —le dijo Gael y le chocó la mano.

¿Era ya Madrid su hogar? En su corazón había calor, y pudo sentir que poco a poco, había encontrado su sitio.

41

Andrés

—Mauro.

Andrés acababa de abrir la puerta de su cuarto. Se lo encontró tumbado en la cama leyendo un manga, con la portada de varios colores con una chica pelirroja en ella.

—¿Qué lees? —No quería sonar egoísta, así que mostró un poco de interés por el manga.

—*The Promised Neverland* —le respondió su compañero, sin levantar la vista del ejemplar.

—Si te molesto...

—No, no, pasa. No te preocupes. —Mauro dejó el manga sobre la cama y sonrió a Andrés, que se acercó a la silla de su escritorio.

—Antes que nada, siento lo de antes. Necesitaba al menos un par de horas para aclararme. Estoy hecho un lío con mil mierdas. Feliz por un lado, sí, pero también sin saber qué sentir con otras... No sé explicarme, lo siento mucho, Mauro.

Su amigo no dijo nada, simplemente le miró. Notó un cambio en la tensión de la habitación cuando Mauro se movió y recolocó en la cama.

—No te preocupes, Andrés. Estas cosas pasan, todos tenemos días malos —dijo. Entonces el peso sobre los hombros de Andrés se liberó.

Ahora era el momento de hablar de lo que venía a hablar. Lo soltó sin más.

—Ay, Mauro... Creo que estoy enamorado.

No era mentira, pero sí la mejor forma de iniciar la conversación. En su mente, cualquier cosa que pudiera sonar como una frase de una película o unas lyrics de Taylor Swift era la mejor manera de comunicarse. La reacción de Mauro no se hizo esperar.

—¡Ah! —casi chilló—. ¿El chico del que me hablaste?

—Ese mismo. Las cosas van bien. Demasiado bien.

Andrés no podía evitar estar emocionado. Le hacía ilusión compartirlo con un amigo que sabía que tenía una visión del amor y el sexo similar a la suya. No se imaginaba teniendo esa conversación con Gael o Iker. Especialmente con Iker. Quizá hacía unos meses las cosas habrían sido diferentes, pero cada vez tenía más claro que Efrén llevaba razón en eso de que sus amigos tenían una visión contaminada del mundo. Demasiado sexo, o demasiado desenfreno.

—Soy todo oídos —le dijo Mauro, cruzando las piernas y apoyando la cara sobre las manos. Era, literalmente, todo oídos para Andrés.

—Bueno, somos novios. O sea, no oficial, pero como si lo fuéramos. Me ha dicho que solo podemos conocernos entre nosotros, lo típico, o sea, tiene sentido. Pronto lo seremos al cien por cien y lo podré gritar a los cuatro vientos.

Andrés vio que Mauro trataba de no interrumpirle. Se le veía emocionado.

—Entre una cosa y otra al final estoy bastante contento. Todo ha fluido. Me siento diferente, como más mayor. No sé explicarme. —Hizo una pausa—. Es como si ahora viera el mundo de otra manera, solo puedo pensar en él y las cosas del día a día se me hacen cuesta arriba si no puedo compartirlas con Efrén. No sé si me entiendes.

—No te entiendo porque no lo he vivido, pero sigue, sigue. Me lo puedo imaginar.

—La cosa es que, mira, este finde que vamos a ir a la Tanga! Party... Es mi fiesta favorita, pero ahora no sé si debería ir.

—¿Por qué no?

Que se bajara del plan no parecía haberle sentado demasiado

bien a Mauro, que le miraba como el gatito de *Shrek*: ojos llorosos y pidiendo un abrazo.

—Acabo de comentárselo a Efrén y tenía otros planes. Creo que no es como el mejor momento de irme de fiesta, ¿no? Si nos estamos conociendo. Además, el otro día tuvimos una cita preciosa... Aún me estoy recuperando.

Mauro no respondió.

—Te lo cuento a ti en exclusiva, maricón. Eres el único que puede entenderme un poco, y en serio te digo que te planteas movidas que nadie más hace. Estás aprendiendo a ver el mundo de otra forma, diferente a como lo veías, y a veces siento que gente como yo, que ya tenía las cosas claras, no se cuestiona algunas de ellas.

—Entiendo... —musitó Mauro—. ¿Quieres consejo? ¿Romántico? ¿¡De mí!?

Andrés no pudo evitar reírse.

—Sí. El twinkazo pidiéndole consejo al maricón rural. Pero... no sé. Ni siquiera sé qué consejo te estoy pidiendo.

—A ver, yo creo que no deberías dejar de hacer cosas que te gustan.

—Pero ¿me gusta salir de fiesta?

—No lo sé —respondió Mauro encogiéndose de hombros—. No nos conocemos tanto. Yo diría que sí, sobre todo de ambiente. En las fiestas de heterosexuales no ponen Ariana Grande, pero sí a Vetusta Morla, y eso sí que no te gusta. Eso me lo dijiste tú el otro día.

—Es verdad. —Andrés recordó aquella frase de una forma difuminada, probablemente porque se lo diría a Mauro con alguna copa de más—. Aunque, a ver, Efrén tiene razón.

—¿En qué?

—Nos estamos conociendo. Estamos en pleno apogeo del amor, es cuando más juntos tenemos que estar para saber que va a ser duradero y que merece la pena. Sobre todo para aclararnos y seguir dando pasos en la dirección correcta.

—Yo te lo digo por las series que he visto y los libros que he leído, pero siempre dicen que eso se sabe.

—¿A primera vista?

—Si te tienes que esforzar en que dure, normalmente no funciona. Te puedo dejar todos esos libros de ahí —Mauro señaló en sus estanterías—, para que veas que el amor así no funciona. Y te lo digo sin haberme enamorado.

—No sé qué decirte.

—Viniste a pedirme consejo, Andrés. —Mauro no parecía enfadado ni molesto. Hablaba como siempre, desde la inocencia y la inexperiencia. Eso era justo lo que buscaba Andrés en él: alguien que, de alguna forma, le pusiera los pies en la tierra.

—Pero ¿Efrén te ha dicho que no vengas a la Tanga?

Andrés negó con la cabeza. No, Mauro, no era eso. No lo entendía. Decidió que en vez de contarlo, se lo mostraría. Eso dejaría claro de una vez por todas que Efrén estaba por y para él, dispuesto a luchar por construir un futuro juntos.

Vamos, si el amor era lucha, tenía claro que iba a ganar la guerra.

Simplemente quería escuchar otra opinión.

—Mira. —Andrés se sacó el teléfono móvil del bolsillo y se lo tendió a Mauro. Mientras leía la conversación, la recordó en su mente.

> Ef
> Este finde es finde de Tanga! Party
> Puedes venir
> Con mis compañeros de piso

> Ya sabes que no me gusta

> La fiesta?

> No

> Bueno, puede ser divertido
> Me apetece hacer esos planes contigo

> Y en serio tiene que ser este fin de semana?

> Sí, lo dijo Mauro
> Pare celebrar que tiene curro por fin!

No sé qué quieres que te diga, Andrés
No me mola que hagas esos planes
sin comentármelo

Tampoco te tengo que pedir permiso

Me refiero a que yo tenía algo preparado
Parece que si no te aviso, no sirve para nada
Entonces deja de ser una sorpresa

Algo preparado?
What?
A qué te refieres?

No vayas a Tanga!
Y vente conmigo
A pasar el fin de semana
A mi casa

Pero qué es?
La verdad que me apetece salir de fiesta
Puedo hacer las dos cosas
Salgo de la discoteca y me voy para tu casa
Y ya salimos a donde sea

No es nada de salir, bobo
Pero bueno, que si prefieres ir a la discoteca...

Dime cuál es tu plan
Y me lo pienso

No te lo voy a decir
Es sorpresa
Bastante la has estropeado ya

Ok
Entonces nos vemos este finde
En tu casa
A ver con qué me sorprendes...

—Es superdetallista —apuntó Andrés en cuanto Mauro hubo levantado la vista de la pantalla. Su amigo no le respondió durante unos segundos, así que Andrés dejó de sonreír y continuó hablando—: Lo siento, pero de ahí vienen mis dudas. No quiero dejaros de lado, pero es que Efrén... Me vuelve loco. Es mi novio. ¡Mi novio! Bueno, ya me entiendes. Lo será. Estamos en ello, es un trabajo en progreso. Supongo que este finde me hará la pregunta...

—¿Y vas a ir a su casa?

Andrés asintió con la cabeza.

—¿Y crees que...?

Era obvio a lo que se refería Mauro. Esa otra cosa. Andrés se sonrojó de pensarlo, porque ni siquiera había pensado en la posibilidad. Era demasiado para él. Se había imaginado otra escapada romántica a un parque o a explorar un bosque, pero nada sexual... Su fantasía con Efrén había consistido en estar tumbados bajo una manta viendo una película. Aquello sí que era bonito y romántico.

—No lo sé. ¿Tú sí?

—Andrés, no tengo experiencia. Pero si no lo habéis hecho ya...

—No, no lo hemos hecho.

—¿Y quieres? Es lo importante, ¿no? Querer. —Mauro pareció muy serio al decir aquello. Andrés sintió que se había perdido algún episodio en la vida de su amigo, pero ya le preguntaría. En aquel momento su cabeza estaba pensando en otras cosas. Concretamente, en otras imágenes. De Efrén.

—Pues a ver... Estoy hecho un lío. ¿Crees en serio que Efrén quiere que hagamos el amor?

Le recorrió un escalofrío al decir aquello en voz alta. Mauro abrió los ojos.

—Yo creo que sí, ¿no?

Andrés sopesó la información durante unos segundos.

—Puede ser. Pero si es así, no estoy preparado, me muero de nervios, joder.

—Ahí sí que no te puedo dar ningún tipo de consejo.

—Escuchar a Iker durante tanto tiempo me ha dado bastantes ideas, lamentablemente. Es un pesado de cojones, y cuando se junta con el parserito peor aún. Son tal para cual.

Mauro no dijo nada.

—En fin, que sí, que puede ser. Pero me da miedo. O sea, no es miedo, ¿sabes?

—Impresión. A mí me da impresión.

Andrés chasqueó los dedos.

—¡Eso es! Esa es la palabra. Como que se me cierra el pecho y me pongo increíblemente nervioso. En plan la caída de una montaña rusa, pero nunca terminas de caer.

—Nunca he montado en una.

El silencio se hizo en la habitación. Andrés no quería ser malo con su amigo, así que se comió sus palabras. ¿Estaba perdiendo su esencia de bicha mala desde que había conocido a Efrén? Era como si quisiera ser mejor persona por él, enseñar las mejores partes que podía ofrecerle, o al menos intentarlo. Eso era el amor que le habían enseñado las películas de Julia Roberts y Cameron Diaz.

—Mi primera vez no me la imaginaba así.

—No sabes cómo va a ser.

—Me refiero a tan pronto. Es como que me pilla totalmente desprevenido, no sé si...

Mauro tampoco dijo nada en aquella ocasión. En sus ojos Andrés pudo ver cómo esperaba que continuara. Sí, vale, su amigo era capaz de ver que estaba hecho un lío. Mauro era más de escuchar y observar, tenía las ideas más claras que él, eso estaba claro. Por eso había ido a pedirle consejo.

—Si va a ser mi primera vez, me tengo que preparar. Lo único que no me hace dudar es que quiero que sea con Efrén. Sé que le acabo de conocer, pero esto no puede durar mucho más. Es demasiado guapo, atento... Me trata como creo que me merezco, ¿sabes? Me hace sentir especial. Sé que si lo hacemos va a ser una experiencia única.

—Yo no soy ningún experto, pero creo que deberías pensarlo.

—No tengo nada que pensar.

—Claro que sí, Andrés. Imagina que no sale como esperas, que cuando se baja los pantalones resulta que lo que tiene ahí es una cosa abismal que...

Andrés casi se levantó de la silla al escuchar aquello.

—¡Tú has hecho cosas! —Mauro lo negó con la cabeza, sonrojado, y metió los labios para dentro de la boca, como sellándola para no decir nada—. No mientas.

Continuó negando con la cabeza durante unos segundos en una escena bastante divertida.

—Bueno, si no me lo quieres contar... Mejor sigamos con el tema que estábamos tocando. Porque como sea verdad que Efrén quiere acostarse conmigo... A ver, una cosa tengo clara.

—¿Cuál?

—Soy activo. O sea, eso lo tengo clarísimo.

Andrés esperó una reacción por parte de Mauro.

—¿No dices nada? —le preguntó Andrés, confuso, arrugando la nariz.

—¿Qué tendría que decir?

—Normalmente la gente no se lo cree. Vamos, casi que ni yo mismo... Se piensan que por mi físico y cómo me expreso y me muevo soy pasivo. Que por ser un twink debo ser pasivo, como si viniera en mi ADN.

Mauro asintió con la cabeza lentamente, como si le estuviera dando la razón a un loco.

—¡Oye! Que es verdad.

—Si no digo lo contrario, solo que no tiene sentido.

Andrés sabía que tenía razón, pero no podía evitar sentirse raro. Raro y liberado, a partes iguales.

—¿Y si resulta que Efrén es también activo? ¿Qué vamos a hacer? Joder, va a ser un desastre... —Estaba nervioso y lo dejó ver a través de su voz, que tembló de pronto.

—No te preocupes por nada, Andrés —le dijo Mauro, que se acercó y le colocó las manos sobre los brazos—. Si tiene que pasar, pasará. Y si no es el momento, pues ya habrá otros.

—Es que quiero que sea perfecto. Así tiene que ser: sin ningún fallo. Siempre me he imaginado mi primera vez... En medio del salón de una casa amplia, con un colchón en el suelo, música de miss Swift de fondo, un poquito de champán y pétalos de rosa por todo el suelo.

Mauro se alejó de Andrés, pero no dijo nada.

—Me gustaría que fuera al menos un poquito parecido a eso. —Se encogió de hombros y suspiró hondo. Mauro no parecía por la labor de aportar nada más, como si no supiera qué más decir, así que se abrazaron fuerte y Andrés se marchó de la habitación.

Justo antes de cerrar la puerta tras él, Mauro habló:

—Andrés —le dijo.

—Dime.

Se quedó entre la habitación y el pasillo, esperando que Mauro le dijera lo que tuviera que decirle.

—Creo que... Yo ya no quiero pensar así.

Andrés abrió un poco la puerta para ver mejor a su amigo.

—¿Cómo?

—Mi primera vez. No sé por qué tiene que ser perfecta.

—Porque la recordarás toda la vida...

—La vas a recordar igual sea una buena o una mala experiencia, ¿no?

Andrés no dijo nada porque ahora era él quien no sabía qué decir. Tan solo asintió con pesadumbre. Mauro se encogió de hombros antes de añadir:

—Pues eso. Cada vez lo entiendo menos. Buenas noches.

42

Iker

Al día siguiente, Iker entraba un poco más tarde de lo habitual a trabajar. Estaba en casa vestido de traje, como siempre, con uno de esos hechos a medida que a él le gustaban. Le marcaban absolutamente todos y cada uno de los músculos de los que tan orgulloso se sentía. A veces incluso se sentía violento sabiendo que la tela le quedaba tan prieta en el trasero y en el paquete. A veces también tenía miedo de romperla al agacharse un poco, porque tenía los muslos grandes y tensaban de más el material. Y no a veces, sino todos los días, subía alguna que otra foto a las stories de su Instagram para enseñarle a sus más de diez mil seguidores lo bien que le quedaba ese traje.

Aquella mañana no tardó en recibir una docena de fuegos. Y solo eran las nueve y media. Parecía ser que los maricones se despertaban encendidos, calientes. Le encantaba saber que lo primero que vería la gente al despertarse y tomarse un café era una foto espejo de él marcando rabo.

Y de pronto se asustó. Había escuchado un ruido en la otra punta de la casa. Abrió la puerta del baño para ver qué ocurría. Miró por si acaso se trataba de Lupin, su chinchilla, pero no parecía provenir de su habitación.

Eres idiota, claramente venía desde el otro lado.

Pero siempre debía ser precavido con su chinchilla suicida. No sería el primer susto que le daba.

Caminó por la casa hasta encontrar el origen de los ruidos: la habitación de Mauro. Llamó con los nudillos y abrió sin esperar respuesta.

Se encontró a su amigo colocándose una camiseta negra por la cabeza. Vaya, que lo único que vio fue el cuerpo de Mauro sin cabeza.

—Estoy atrapado —le dijo, en un grito ahogado.

Iker se adentró corriendo en la habitación y trató por todos los medios de sacarle de aquel embrollo, no sin reírse entre forcejeo y forcejeo.

—Me ahogo —repetía Mauro una y otra vez, entre aspavientos.

—Hijo, es que vaya camiseta te vas a poner...

En cuanto dijo aquello, Iker supo que se podría malinterpretar, así que reculó enseguida.

—El cuello de la camisa es de estos que vienen bordados, ¿a que sí? Me pasa siempre lo mismo. No dan talla, es como si el cuello...

No terminó la frase porque consiguió liberar a Mauro, que estaba despeinado y rojo por casi haberse asfixiado con su propia camiseta.

—Maldito uniforme.

—¿Te obligan a llevar... esto?

Iker sostenía la camiseta talla XXL frente a él como si fuera un harapo. Se trataba de una camiseta negra con varios personajes de Marvel en formación, que parecían romper el logo de la compañía.

—No exactamente, pero me dejan llevarlo.

—¿Y nunca te la habías puesto antes?

Mauro negó con la cabeza, aún recuperando el aliento.

—La próxima vez pruébatelo en la tienda, que si no llego a estar yo, te encuentro tieso en el suelo al volver del curro. Y no queremos que te asfixies por una camiseta friki.

Los dos rieron: Iker sin poder evitarlo, y Mauro tratando de no reírse de más. Lo había pasado un poco mal, se le notaba en los ojos. Y desde luego que no era una situación cómoda.

De pronto, la dinámica de ambos cambió. Iker no podía aguantarse más la pregunta que le rondaba por la cabeza desde hacía unos días. El tema había abandonado su cabeza, ya no le estaba dando tantas vueltas, aunque no podía evitar sentir que lo estaba ignorando, que no le prestaba atención para no sufrir.

—Tema Gael... —Lo dijo como si fuera un comentario cualquiera, no como si fuera una espinita que tenía clavada en lo más hondo de su cabeza.

Mauro se dirigió a su armario y sacó otra camiseta. Misma talla y mismo color, pero parecía bastante más ancha. Cruzó la mirada con Iker y asintió, animándole a que lanzara la pregunta.

—Dime. ¿Estás cómodo?

—Sí. Gael es bueno. Nos llevamos bien.

Pausa.

—¿Ah, sí?

—Hablamos bastante. Cuando le conocí no parecía que tuviera demasiada conversación, pero con el tiempo parece que se va abriendo. Como yo. En eso somos parecidos. Nos volvemos más... confiados con el tiempo.

Iker no dijo nada mientras veía a Mauro terminar de prepararse para ir al trabajo. Algo tenía que admitir Iker, y es que el Mauro que había conocido hacía unas semanas no habría dejado que un chico le mirara mientras se cambiaba. ¿Estaría perdiendo el pudor? ¿O ganando confianza en sí mismo? Lo que le escamaba era Gael... ¿O quizá había sido él el causante del cambio de la actitud de Mauro hacia algo más positivo? Si fuera así, la situación no era tan mala como pensaba entonces.

—¿Por qué lo preguntas? —Mauro interrumpió la corriente de pensamientos de Iker, que se había quedado callado demasiado tiempo.

—Simple curiosidad.

O sea, no te rayes. Solo estoy megapreocupado, una tontería.

—Me está enseñando cosas, también —continuó Mauro—. A ver la vida de otra forma. No es como si fuera mi profesor, no me refiero a eso. Si no que cuando hablamos, pienso en lo que dice y en muchas cosas tiene razón.

—¿Como en cuáles?

Iker no pudo evitar una punzada de dolor en el pecho. No fue como si se lo arrancaran, pero sí como si una inyección potentísima le atravesara la clavícula y le llegara hasta el corazón. De hecho, sintió que dejó de bombear durante unos segundos. Gael era su amigo. Uno de sus mejores amigos, sin duda. Sin embargo, no quería que Mauro tuviera una dinámica similar a la que él tuvo hacía años mientras descubría qué le gustaba y quién era en realidad. No quería impedir que Mauro fuera libre, ni mucho menos, era simplemente que le veía y veía reflejado a su yo del pasado.

Todo era demasiado confuso. Porque no eran celos, eso era imposible. Tan solo protección.

—Son muchas cosas. Iker, ¿por qué tanta pregunta? Voy a llegar tarde al trabajo. No quiero sonar borde, pero...

Después de que Mauro dijera eso, Iker se apartó un poco para dejarle vía libre hacia la puerta. No se había dado cuenta de que hasta entonces prácticamente le había bloqueado el paso. ¿Habría sido de forma inconsciente?

—Nada, nada. Cosas mías. —Iker no quería cargar a su amigo con el peso de sus movidas. Bastante tenía ya con todo lo que estaba descubriendo en tan poco tiempo—. No te preocupes. Termina de prepararte y ve, que no puedes llegar tarde tus primeros días. ¡No queremos que te echen!

—Hay cosas que pagar. —Mauro acompañó la frase frotando los dedos, símbolo universal que se refería al dinero.

—Eso es: hay cosas que pagar, como las copas del fin de semana —añadió Iker con una sonrisa.

—¿La Tanga! Party es cara?

Iker se mordió los carrillos, pensativo. ¿Qué sería caro para Mauro? Desde luego, con su situación económica, Iker se podía permitir mejores lugares, obviamente muchísimo más caros. Finalmente respondió:

—Digamos que un poquito. Pero vamos, si no te llega, ya sabes que le puedes decir a Tito Iker...

—No digas eso —le cortó Mauro con los ojos abiertos como platos.

—Tito Iker, Tito Iker —dijo él en tono burlón—. Podría ser tu sugar daddy, pero soy demasiado joven.

—Idiota.

Mauro le golpeó en el pecho con el puño de camino a la puerta y ambos rieron. Iker estaba ya mucho más tranquilo, porque al final primaba sobre todas las cosas que Mauro estuviera bien.

Y parecía estarlo.

Sonrió para sí y se sintió orgulloso por él. Madrid aún le deparaba muchas experiencias, pero en aquel momento supo que sería capaz de sobrellevarlas sin ningún tipo de problema.

43

Gael

Aquel mismo día Gael no tenía demasiado trabajo. Por no decir absolutamente nada. Era un día aburrido. Había dormido hasta las tantas, solo le había desvelado durante unos instantes la conversación matutina de Iker y Mauro. El resto de la jornada se la había pasado entrenando en un parque cerca de su nuevo piso, luego se dio una ducha en condiciones de más de un cuarto de hora y trató de rascar algún cliente para el final del día.

No había habido suerte, así que tenía aquella tarde-noche totalmente disponible para hacer planes.

Decidió que sería una buena idea sorprender a Mauro al salir del trabajo. Claro que aquello tenía doble intención. La primera era ver a su amigo y preguntarle qué tal estaba, sobre todo después de haber encontrado trabajo y alcanzar una estabilidad momentánea, pero también para saber cómo se había tomado el percance que había tenido lugar hacía unos días. Por supuesto, también le apetecía tomarse unas cervecitas y tomar un poco el aire. La casa estaba bien, y no podría sentirse más agradecido con sus amigos por el favor que le estaban haciendo, pero no estaba hecho para quedarse quieto demasiado tiempo. Necesitaba salir.

Además, no iba a negar que si paseaba por el centro a esas horas por sus bares y garitos favoritos, podría encontrar clientes potenciales. No solo por estar allí físicamente, sino porque la ubicación de las aplicaciones que utilizaba le colocarían en pleno centro madrileño. Sería su último intento de llevarse algo de efectivo aquel jueves por la noche.

—Pero... —Mauro se sorprendió al verlo tras salir del trabajo. Llevaba una camiseta con una mujer de un anime que Gael no identificó y una pequeña mochila al hombro cuyas tiras apretaban el cuerpo de Mauro.

—Sorpresa —le dijo Gael con una sonrisa. Le encantaba sonreír. No solo porque podía verle la parte alegre a la vida en casi cualquier circunstancia, sino porque tenía una dentadura perfecta que le había costado muchos años conseguir. Y no dudaba en enseñarla para amortizarla.

—¿Qué haces aquí?

Mauro cruzó la calzada con cuidado de que no le pillara ningún coche. Gael estaba apoyado en la pared del edificio en la acera de enfrente. No tenía muy claro qué era, si una iglesia o un museo.

—No tenía nada que hacer y he pensado que podemos ir a tomar algo, dar un paseo.

—Claro. —Mauro parecía... ilusionado.

Gael no quería hacerse demasiadas preguntas respecto a los sentimientos que podría estar desarrollando Mauro para con él. Esperó, cruzando los dedos dentro del bolsillo de su chaqueta de cuero negro, que fuera lo que fuese no terminara lastimado. En aquel momento tan solo se preocupaba de su estado anímico. La situación que habían vivido el día que se había mudado a su piso había sido, cuando menos, una a la que dedicar bastantes pensamientos. Tanto buenos como malos.

—¿Adónde quieres ir? No conozco casi nada.

—Le llevo a uno de mis favoritos, no se preocupe, parce, yo soy su guía.

Se pusieron a caminar por Malasaña. Corría un poco de viento, pero Mauro no parecía tener frío pese a llevar una camiseta de manga corta.

—No llevas demasiado en Madrid, ¿no?

—Lo suficiente como para conocer el centro. Y un poco de las afueras.

—Supongo que es difícil viajar. Vamos, que no tengo ni idea, pero supongo que sí.

—¿Adónde?

—Fuera. Al extranjero. O a Colombia.

—Uy, parce, a Colombia yo no quiero volver de momento. Tengo muchas cosas que conseguir antes de plantearme volver. Aunque a veces no veo otra salida.

—Debe de ser muy duro. Yo de momento no echo de menos a mis padres, ni quiero saber nada de ellos.

—Yo sí. Pero no es lo mismo. Mi familia está a miles de kilómetros. Tú tienes a la tuya cerca.

Se quedaron en silencio. Solo se escuchaba el roce de los pantalones al caminar sobre las aceras de Madrid.

—¿Te respetan? Por ser quien eres, digo —musitó Mauro de pronto.

Se notaba que aquella pregunta venía desde el dolor y de la esperanza. Era un sentimiento extraño, una mezcla de dos cosas bastante opuestas, pero que Gael identificó enseguida en la mirada de su amigo y, sobre todo, en su tono de voz. Sin embargo, Gael prefería no hablar demasiado de su vida en Colombia, por lo que cambió de tema con rapidez.

—Mira, Mauro. —Gael señaló a un chico de forma discreta—. Me comí a ese man en una discoteca. Más rico...

—¿Comer? En plan Hannibal Lecter.

—No sé quién es ese. «Comer» se le dice en Colombia a lo que ustedes le dicen aquí «follar». Fue delicioso, parce, pero no quiso saber más de mí.

—Pues no lo entiendo.

—¿Por qué?

—Nada, porque me pareces un chico muy majo.

—Gracias, baby. —Gael le despeinó el pelo a Mauro en un gesto amigable—. Pero sí, a veces es duro tener algo más en cuanto descubren a lo que te dedicas. Con los españoles sobre todo.

—¿Y no tienes más opciones?

Gael chasqueó la lengua.

—Parce, si fuera tan fácil... Ojalá, tener un trabajo fijo, normal, como cualquier persona, sin preocuparse día a día de si tendré para comer. He podido ahorrar y mandarle dinero a mi mami, pero se hace difícil.

—Puedo preguntar si en mi trabajo...

—No entiende, Mauro. No puedo trabajar.

—¿Qué pasa?

—En España es difícil. Tengo que estar al menos tres años para poder empezar el proceso de papeles. Y nadie te asegura que te lo den, todo son problemas.

—Seguro que hay una forma más fácil de conseguirlo. Te puedo ayudar. No sé nada del tema, pero me encanta buscar cosas en internet. Alguien del foro de Brandon Sanderson seguro que sabe algo sobre esto.

—Ojalá fuera tan fácil. Solo hay una forma de...

En aquel momento llegaron al bar adonde Gael le llevaba, y fue el momento ideal para dejar de hablar de él. No es que no le gustara abrirse, pero con los años había aprendido a que era mejor no compartir demasiado.

Ser vulnerable era una debilidad.

44

Mauro

Tenía que ayudarle.

Le había destrozado el corazón ver a Gael de esa manera. No podría imaginarse jamás lo complicada que era su situación, y que se tuviera que dedicar a vender su cuerpo porque no podía optar a nada más para mandarle dinero a su familia en Colombia. Su situación era muy injusta.

Si a Mauro le estaba costando adaptarse en una ciudad como Madrid siendo del mismo país, para Gael debía de ser mucho más complicado, con el choque cultural y social. Su familia, además, tan lejos, y si estaba en una situación irregular... Al menos habían conseguido sacarle de las horribles condiciones de su piso anterior.

Mauro no era experto en política, eso estaba claro. Pero solo tenía malas palabras para quien hubiera ideado aquellas leyes. ¡Era injusto! ¿Cómo se suponía que debía vivir Gael durante tres años si nadie le podía contratar legalmente? ¿Cómo esperaban que vivieran las personas en su misma situación? ¡Era completamente absurdo!

En aquel momento, Mauro se encontraba solo en el metro de vuelta a casa. Gael había encontrado alguien interesado en sus servicios y se había quedado por ahí.

—No me importa, de verdad —le dijo Mauro al despedirse. Evitó romper a llorar, porque vio en los ojos de Gael la súplica.

Necesitaba ese dinero, necesitaba vivir así para poder dar una vida mejor a sus seres queridos. Por más que quisiera, no podía hacer otra cosa. O al menos, no una donde él pusiera ciertos límites y normas.

Mauro conocía gente que, en los pueblos de alrededor, contrataba a personas como Gael. Eran personas que venían por anuncios publicados en internet o colgados de las farolas. Nunca había visto a nadie con un color de piel más oscuro que el suyo hasta que había llegado a Madrid, pero lo que contaban algunos...

En una ocasión Blanca había visto cómo un hombre de unos cuarenta años se desmayaba delante de su casa. Estaba agotado de trabajar más de doce horas al sol sin descanso. Aquello no estaba bien.

Lo de Gael, tampoco.

Tenía que buscar una solución, lo tenía más claro que nunca.

Y ahí sentado en el metro fue cuando se puso a investigar en Google. Aún le tenía cierto respeto, porque cuando empezó a sentir que le gustaban los chicos vio cosas que prefirió olvidar de su memoria. Internet había sido su aliado, pero también su enemigo. Albergaba tantas cosas...

En aquella ocasión, sin embargo, era diferente. Iba a ayudar a un amigo. Se miraría bien todas las opciones y se informaría de su situación, sobre cómo ayudarle de verdad.

—Mierda —dijo en voz alta sin poder evitarlo.

Lo que estaba leyendo no le gustaba nada.

¿Asilo por refugio? Aquello sonaba fatal.

¿Residencia por estadía? Uff, casi que peor.

¿Casa...?

No podía ser. Carraspeó mentalmente, retrocedió y volvió a leer.

¿Casamiento?

Mauro continuó leyendo y al cabo de cinco minutos tenía claro que esa era la opción más sencilla, con la que optaría a mejores oportunidades. Cerró la aplicación y se guardó el teléfono en el bolsillo.

Tenía mucho en lo que pensar. No podía quitarse de la cabeza la cara de Gael al hablarle sobre su familia. Intentaba sonreír y sacar la parte positiva, porque él era así. Pero Mauro ya le iba conociendo y habría que estar muy ciego para no darse cuenta de lo que Gael trataba de ocultar. Además, casi nunca hablaba de su pasado, de su vida allá lejos en Colombia. Era algo que se guardaba para sí. Y era, sin duda, porque le hacía sufrir.

Las opciones que había leído Mauro en las webs no le gustaban un pelo.

Pero tenía que hacer algo para ayudarle. Sentía que era lo correcto.

45

Andrés

—Uf, es que no puedo más. Estoy suelto.

—En serio, no digas eso. Suena peor que decir que tienes diarrea.

Iker odiaba que Andrés se refiriera a las necesidades primarias con eufemismos. Y Andrés lo sabía, solo que no le gustaba hablar de esas cosas y continuaría refiriéndose a ellas como le diera la real gana. Era tan, pero tan feo hablar de caca...

—Chica, no te ofendas. Disculpa —le dijo Andrés en tono burlón.

Pero la verdad es que no era el momento para defenderse, aunque fuera de broma. Estaba como un flan. Le temblaban las manos y era incapaz de cerrar correctamente la mochila en la que llevaba lo necesario para pasar el fin de semana en casa de Efrén.

Mauro deambulaba por la casa como gallina sin cabeza, nervioso por asistir por primera vez a la Tanga! Party. En cierto modo, Mauro le enternecía, sobre todo cuando intentaba seguir los pasos de una canción de BLACKPINK que sonaba por los altavoces.

La mesa del salón estaba llena de copas de ginebra rosa con tónica. Por algún extraño motivo (realmente no era extraño, pero era una forma de hablar), varias de ellas se habían derramado por la madera y parte del suelo.

—Eres la persona más torpe que he conocido en la vida. Me parece imposible que no te des cuenta... ¡MAURO! —le había gritado Andrés hacía apenas cinco minutos, cuando su compañero había dado una vuelta sobre sí mismo para imitar uno de los pasos que le había enseñado Iker de un reto de TikTok.

Andrés puso los ojos en blanco. Quería irse de ahí, ya no se sentía tan en la onda como sus compañeros de piso. El olor a alcohol le estaba mareando. Pensó en el plan que tenía aquel fin de semana: era infinitamente mejor que cualquier fiesta.

Y por supuesto, estaba tan nervioso que era incapaz de no morderse los labios con fuerza. No podía parar, sentía un torrente de emociones que nunca antes había sentido.

Había llegado el momento de entregarse a alguien. Por fin creía en el amor y las cosas iban a ir bien. Se lo merecía.

Terminó de cerrar la mochila, se despidió de sus amigos y les deseó que lo pasaran bien en la fiesta. Mauro era el único que sabía lo que podría pasar en casa de Efrén y, sin decir nada, tan solo moviendo los labios, le dijo:

—Mucha suerte.

Andrés cerró la puerta tras él y comenzó a bajar las escaleras con una sonrisa enorme en la boca.

46

Mauro

—¿Por qué hay tanta cola?

Mauro tenía los ojos tan abiertos que parecía que se le iban a salir de las cuencas. Era la primera vez que iba a una fiesta tan... grande. Iker le había dicho que en aquel teatro, el Barceló, se celebraban todo tipo de fiestas, lo que causaba que los organizadores de la Tanga! Party tuvieran que excusarse continuamente por el uso que se le daba al espacio. Pero aquello no parecía afectar a la reputación de la fiesta, porque habría al menos setenta personas haciendo cola para entrar. Y eso que había venta anticipada online.

—No pillamos las entradas por internet. Suele pasar —le respondió Iker, mientras se acercaban para ponerse a esperar.

La gente que había allí eran hombres jóvenes en un noventa por ciento. Y de ese porcentaje, el cien por cien eran guapos, altos, delgados y con una barba perfecta. Vamos, todo lo contrario a lo que era Mauro. Aquello le desestabilizó momentáneamente, aunque a decir verdad, con el par de copas que se había tomado en casa, la sensación se le fue al garete en apenas unos segundos.

—¿Cuánto tardaremos en entrar?

Mauro estaba nervioso y jugueteaba con la cremallera de su chaqueta. A su derecha, Iker fumaba un cigarro. Vestía espectacular: con un jersey de manga larga de cuello vuelto color blanco que contrastaba muchísimo con lo oscuro de su pelo y de su barba y un pantalón caqui tipo jogger, acompañado de una pulsera de oro en la muñeca y un collar igual en el cuello. A la izquierda, Gael se tomaba una cerveza que le había comprado a un señor que las vendía directamente de una bolsa de plástico verde por el módico precio de un euro. Gael llevaba puesta una camisa bastante formal azul oscuro, con unos detalles en negro en la zona de los codos y unos vaqueros pitillo también azul oscuro. Mauro era incapaz de no dirigir la vista hacia su entrepierna. Tragó saliva: sí, no había duda. Aquello era descomunal.

—Pfff, depende —dijo Iker, expulsando el humo del cigarrillo. Cuando hacía eso, marcaba demasiado la mandíbula, algo que por alguna extraña razón le gustaba mucho a Mauro—. Yo creo que hoy una media hora.

—¿Tanto?

—Nos hemos visto en peores. —Gael se rio ante el comentario de Iker.

Continuaron charlando de cosas banales con el buen rollo que reinaba en el ambiente hasta que se acercaron a las escaleras para acceder a la puerta, donde una mujer les preguntó cuántas copas quería cada uno tras el cristal de la taquilla.

—¿Cuántas quiero? —preguntó Mauro a Iker.

—Una es poco, dos está bien. Siempre puedes comprar más dentro.

Mauro finalmente se hizo con un tíquet válido para dos copas más la entrada y subieron las escaleras rumbo a la puerta principal del Teatro Barceló. Una canción (de las pocas que reconocería aquella noche) sonaba a todo volumen por los altavoces.

—¡Es la de Ariana Grande! —le dijo al oído, casi gritando a Iker.

Su amigo le respondió con una sonrisa e hizo unos movimientos que se suponía que eran de baile.

Cuando llegaron al amplio espacio de la planta baja del Barceló, Mauro no pudo evitar quedarse con la boca abierta. ¡Era enorme! Nada que ver con los bares a los que habían ido con anterioridad. Aquello era como en las películas o, literalmente, en series como *Élite*. Claro, ahí habían grabado en alguna ocasión.

Frente a ellos había un generoso escenario sobre el que reinaba una mesa de DJ, con un chico bastante joven que bailaba mientras tocaba algunos de los botones. A su alrededor parecía haber algo de movimiento. ¡Le pareció ver a una drag queen! Tenía barba e iba embutida en una licra roja que le marcaba cada michelín, algo que le hizo sentir bien a Mauro. Había gente como él que no tenía miedo de ser quien era, y era precioso verlo.

Aparte del escenario, la estancia tenía dos zonas diferenciadas, una de ellas justo debajo del set del DJ, donde no cabía un alfiler, y la otra donde se encontraban los amigos en ese momento. Había tres barras para pedir copas y un par de sofás desperdigados. En aquel momento, pensó Mauro, si entraban veinte personas más a aquella discoteca, no podría ni moverse.

—Está lleno —le dijo a Gael.

—Espere a ver la planta de tecno.

Aquello pareció más una amenaza que un chiste.

Se acercaron a pedir unas copas.

—Ginebra rosa con tónica, un roncola y ginebra con Red Bull —le dijo Iker al barman después de esperar durante unos minutos a que lo atendiera.

Mauro iba soltándose poco a poco. La típica sensación cuando la música va entrando por los oídos, baja por el cuerpo y llega hasta los pies. La tensión iba desapareciendo y empezaba a dejarse llevar.

—¿Cómo sabías lo que quería?

—Es lo que tomas siempre —le dijo Iker, sin darle demasiada importancia.

Pero para Mauro había sido un gesto bonito. Ya llevaba unos días en que sus mariposas por Iker parecían estar echándose una larga siesta, o quizá las había sustituido por las de Gael. Fuera como fuese, en aquel momento solo quería pasarlo bien y no pensar en nada más. Su mente estaba a otras cosas, aunque no pudo evitar sonrojarse un poco con el detalle que había tenido Iker con él.

—Tomad.

Iker repartió las copas.

—Un brindis, ¿no?

—Oye, pero no te he dado el tíquet... —comenzó a decir Mauro, pero Iker le cortó con un gesto de la mano.

—No os preocupéis, que os he invitado a esta primera ronda.

Así si luego me pierdo por ahí, como siempre, aún tendréis las copas de la entrada.

Gael le dio un golpe en el hombro a Iker con una enorme sonrisa y, aunque Mauro no supo cómo tomarse aquello, también sonrió.

—¡Por Tito Iker! —dijo Gael, levantando su vaso de tubo hacia el aire.

—¡El mejor brindis, parseee! —Iker sonrió, brindaron y se llevaron las copas a los labios.

—Pues vamos a bailar ¿o qué? Ya he visto a alguno que...

Nadie jamás terminó de escuchar a lo que se refería Iker, porque su frase se interrumpió. Algo, o más bien alguien, le había tapado la boca. Era un chico de su misma estatura, pelo rubio, y que no llevaba puesta la camiseta. Tenía el pecho cubierto con purpurina y unos brazos más grandes que la pierna de Mauro.

Bueno, eso era exagerar.

Pero eran bastante grandes.

Mauro trató de no mirar porque se sintió incómodo contemplando aquella escena, así que buscó a Gael con la mirada y ambos se apartaron a un lado para beber y bailar al ritmo de la música, sin decir nada sobre el ligoteo extremo de su amigo.

—Esta sí me gusta —le dijo Gael, mientras se movía al tempo—. Es de las buenas de Lady Gaga, de las de antes.

Mauro no supo qué responder, ya que no conocía la canción. Decía algo de un teléfono, pero no sabía inglés, así que podría ser cualquier otra cosa.

—¿Hemos perdido a Iker para toda la noche?

No es que Mauro estuviera demasiado preocupado, porque el sabor de la ginebra le sabía como si fuera ambrosía divina, y los graves de las canciones le estaban dejando inconsciente. La voz de Andrés y las caras de desprecio que solía poner ante aquel comportamiento de Iker, sin embargo, aparecieron sin ser invitadas en su mente.

Como respuesta, Iker apareció al lado de los amigos a los pocos segundos de Mauro pronunciar aquellas palabras. Tenía la cara llena de purpurina.

—Se comió a un unicornio, baby —le dijo Gael entre risas.

—Perdón, perdón, teníamos cosas pendientes.

La sonrisa de Iker no era perfecta como la de Gael, pero para

Mauro era más que suficiente. Se le veía feliz, aunque la mirada que cruzaron le hizo saber que algo así no volvería a ocurrir.

¿Por qué Mauro tenía la extraña sensación de que Iker le protegía? Era raro, pero cada vez le parecía más evidente y no entendía por qué. Era como si le cuidara constantemente, no de una forma paternalista, sino más bien con preocupación genuina.

Al cabo de una buena media hora de música actual con canciones de las divas del pop (sobre las que Iker soltaba cotilleos mientras Gael amenazaba de manera constante con marcharse a la tercera planta), Mauro notó cómo alguien le tocaba el hombro.

—¿Perdón? —le dijo alguien.

Cuando Mauro se dio la vuelta, se encontró con un chico bastante mono. ¡Le estaba hablando! Tenía barba de tres días y parecía ser bastante joven, como recién entrado en la universidad. Tenía el tabique desviado, una ceja cortada por la mitad y un piercing en el labio. Vestía bastante urbano.

Mauro no dijo nada, a la espera de que le hablara de nuevo.

—¿Qué tal? —le preguntó el chico, nervioso.

Por entonces, la música estaba tan alta que para escucharse tenían que acercarse y hablar al oído gritando. Mauro se había terminado la copa, tenía la boca pastosa y era el momento de pedirse la segunda.

—Voy a por una copa —le indicó Mauro, señalando el vaso con el dedo.

El chico asintió y se acercaron los dos a la barra. De reojo, Mauro vio cómo Iker y Gael continuaban moviéndose, aunque en aquel momento un poco menos. Y le miraban de vez en cuando, sin ser demasiado evidentes, pero controlando. ¿Sería que...?

¿Sería que aquel chico quería liarse con él?

La fiesta siguió su curso.

Iker andaba ya lejos de Mauro, que se había quedado con el chico que se le había acercado hacía ya más de hora y media. Bailaban y hablaban, aunque el beso no parecía llegar. Ambos querían, pero parecía ser la primera vez tanto para Mauro como para él.

Por lo pronto Iker, al ver aquella dinámica, había puesto los ojos en blanco tantas veces que le dolían, así que se había marchado a seguir con lo que había comenzado con el rubio que le había comido la boca al lado de la barra nada más entrar. Estaba pasando una buena noche.

Y Gael...

Gael no estaba.

47

Gael

Gael estaba sudando tanto que ni siquiera quitarse la camisa había calmado su calor. A él le gustaba cómo se veía su cuerpo con esa fina capa de sudor, era como si se hubiera echado aceite solar y le recordaba a sus buenos días en Playa Blanca. Pero donde estaba, en la tercera planta del Barceló, sabía que su cuerpo era deseado. No solo sumaba su color de piel, que muchos gay rechazaban», algo que intentaban disimular hablando de gustos y preferencias, sino también lo bien cuidado que lo tenía. Bajo la tenue luz sus tatuajes adquirían incluso un toque más fiero.

En aquella planta las canciones iban una tras otra, como un trance infinito. Apenas se diferenciaban entre ellas, pero eso era justo lo que Gael andaba buscando y por eso amaba tanto la música tecno. En un momento dado, después de pasar unos minutos con los ojos cerrados disfrutando de la música, los abrió y se encontró con una pareja mirándole.

Eran dos chicos, uno más bajito que el otro. Los dos eran parecidos, podrían ser hermanos. El más alto tenía un piercing en el pezón, porque sí, a aquellas alturas de la noche todo el mundo iba sin camiseta. Era delgado pero en su cuerpo asomaba la forma de músculos, algo que le parecía atractivo a Gael. El otro chico tenía una barba muy poblada, aunque no tendría más de veinticinco años. Tenía la piel más clara, otro piercing en el pezón y una dentadura perfecta que le invitaba con una sonrisa a unirse a ellos.

Gael se acercó, pues le habían gustado bastante a primera vista.

Ni siquiera hablaron. El más alto fue directo a comerle la boca. Lo hizo con pasión y lascivia. Su novio esperó su turno e hizo lo mismo. Después se besaron los tres a la vez. Aquello excitó increíblemente a Gael, pues en el sexo en grupo encontraba placeres que con una sola persona no podía alcanzar.

—Tenemos *popper* —le dijo el alto y delgado al oído.

Su novio se sacó del bolsillo un pequeño botecito como de medicina con un rayo de color rojo sobre fondo blanco. Abrió la tapa y se lo llevó cerca de la nariz. Inhaló con fuerza y luego le pasó el bote al otro chico, que hizo lo mismo. Por último, se lo pasaron a Gael, que no dudó ni un segundo en inhalar por ambos orificios de la nariz.

—Qué loco —dijo uno de ellos.

Gael no supo identificar de quién de los dos era la voz porque su mente en aquel momento estaba flotando. Era como si su presencia se hubiera borrado, el cráneo le apretaba el cerebro y notaba la sangre correr por sus venas. Entonces la música entró de forma atronadora en sus oídos y el pecho parecía a punto de explotarle porque el corazón latía desbocado.

Y terminó.

Tal y como empezó, terminó.

—Sigue siendo poco —le dijo Gael al más alto de los dos, que era el que menos afectado parecía.

—Tenemos más cosas —le respondió el bajito.

—¿Cómo se llaman?

Gael ya se sentía incómodo sin ponerles nombres.

—Rubén —dijo el de barba poblada.

—Oliver —dijo el alto.

Solo quedaba por presentarse Gael, así que dijo su nombre en voz alta y lo siguiente que supo es que volvía a besarse con la pareja. Beso a tres, muchas lenguas, saliva. Parecían sedientos de él, y eso hizo que Gael quisiera aún más. Se apartó de ellos y les preguntó:

—¿Qué más tienen?

La pareja compartió una mirada cómplice y Oliver se llevó la mano al paquete y sacó una pequeña bolsa de plástico con varias pastillas de colores en ella. Ninguno de los tres dijo nada cuando metió el dedo en la bolsita para extraer una al azar y ponérsela en los labios a Gael.

Oliver entonces se acercó y la empujó con su propia lengua dentro de la boca de Gael. Tragó sin esfuerzo y esperó que fuera algo decente y no como otras cosas que le habían dado que no servían para nada.

Tanto Rubén como Oliver parecieron satisfechos y tomaron una pastilla cada uno. Volvieron a besarse y lamerse, y comenzaron juegos un poco más efusivos.

—Vamos —dijo Rubén. Era realmente atractivo debajo de aquella barba.

Agarró a Gael de la mano y se dirigieron al baño. En el trayecto se encontraron con todo tipo de gente haciendo todo tipo de cosas. Gael se imaginaba lo que iba a pasar a continuación y, a decir verdad, comenzaba a notar sus testículos algo revoltosos debido a la excitación continua que sentía desde hacía un buen rato.

Ah, y por las drogas y el alcohol.

Gael conocía los baños de aquel lugar y no eran para nada cómodos o espaciosos. Había uno al fondo donde entrarían sin problemas, porque era más grande, pero también era el más solicitado. No se cruzaron a demasiada gente en los baños, algo que le extrañó, pero continuaron rectos, los tres de la mano.

Oliver llamó a la puerta con los nudillos. Parecía que dentro había alguien.

—Joder —dijo Rubén. Le soltó la mano a Gael y se la llevó a la entrepierna. Gael se fijó en un bulto, que antes no estaba, más grande que pequeño—. Esto ya... —añadió casi en un susurro.

¿Habría tomado viagra? Él jamás lo había hecho, pero Gono le había comentado que era común entre algunas personas en el mundo gay de Madrid. Y en el hetero. Para Gael era incomprensible, pero no negó que le pareció más que interesante ver aquella sorpresa en el pantalón de Rubén.

Como por arte de magia, la puerta del baño que estaba ocupada se abrió y salieron dos chicas bastante perjudicadas y un chico con un rastro de vómito en la boca. Oliver, Rubén y Gael se apartaron para dejarles paso y no tardaron nada en entrar.

Una vez allí, la cosa se complicó.

—Toma otra —le dijo Oliver a Rubén, pasándole una pastilla.

Rubén la tragó sin pensarlo mientras se agarraba con fuerza el pene, que ya estaba completamente duro bajo el pantalón. Oliver se llevó la mano a la boca y se tomó otra, y le ofreció una más a Gael, que aceptó sin pensárselo dos veces.

El cóctel podría resultar explosivo, pero llevaba tiempo queriendo pasarlo bien. Por no hablar del sexo sin compromiso y por puro placer, algo que parecía haber olvidado por culpa de su trabajo.

Mientras tragaba la pastilla, Oliver se había agachado y acariciaba con garbo la entrepierna de su novio y la de Gael al mismo tiempo. Rubén no dudó en sacarse el pene, liberándolo de su prisión.

—Joder —dijo Rubén, con la mirada fija en el pene de Gael, que también se lo acababa de sacar.

Gael sonrió satisfecho y cerró los ojos en cuanto Oliver puso sus labios sobre su glande.

—Parcero, cuidado —le advirtió en cuanto vio que lo hacía a una velocidad inusual, como si estuviera increíblemente sediento.

A Gael no le disgustaba el sexo rudo, pero estaba tan en una nube que quizá no era el mejor momento. Con la mano que a Oliver le quedaba libre masturbaba a Rubén, que en aquel momento escupió sobre su pene para que fuera más sencillo. Cerró los ojos de placer y posó su mano sobre la de su novio para sentirlo mejor.

—Parcero —volvió a advertir Gael cuando Oliver se introdujo de pronto todos los centímetros del colombiano en su boca. Se quedó sin respiración y dejó escapar aire a presión por la comisura de su boca. Gael le apartó con la mano y al instante se mareó del esfuerzo.

—Cállate —le dijo Rubén desde el otro lado del cubículo.

Gael no quería callarse, y volvió a apartar a Oliver, que le miró con los ojos entrecerrados. El ambiente había cambiado y, aunque el baño olía a sexo y la pareja era más que apetecible, el rollo que llevaban no le gustaba.

—Respete, parce, cuidado —le advirtió Gael por última vez.

Oliver hizo oídos sordos y escupió sobre el enorme pene del colombiano para introducírselo de nuevo por completo y mover la cabeza con fuerza.

—Dale, Oli —animó Rubén, que ahora se masturbaba él mismo,

mientras su novio hacía fuerza con sus propias manos apoyadas en las piernas de Gael.

Pero ya era suficiente.

Gael empujó a Oliver, provocando que se tropezara. Rubén alcanzó a sujetarle por el codo para que no se manchara con el suelo, que estaba lleno de pis y cristales rotos.

—¿Qué te pasa, idiota? —le preguntó ofendido Oliver—. Déjame comértela, llevo un calentón.

—Le dije que se calmara. No... No... —Gael se esforzaba, pero no podía unir las palabras.

Antes de que se cayera al suelo mareado, Oliver ya había abierto la puerta con furia para marcharse seguido de su novio.

—No juegues con la comida si no te la puedes comer, sudaca —le dijo Rubén como despedida.

Y luego todo se volvió negro.

48

Iker

Tras ver que Mauro no estaba demasiado por la labor de hacerle caso, la planta baja de la Tanga! Party ya no parecía el mejor espacio para Iker. Especialmente desde que el chico con el que había invertido más de una hora de besos y roces en busca de algo más para cuando terminara la noche había desaparecido sin dejar rastro.

Vaya, igual que Gael.

Se encogió de hombros mientras pensaba en el paradero de su amigo, que seguramente estaría pasándolo bien en la tercera planta. Con la copa que acababa de pedirse en la mano, se dispuso a subir las escaleras.

—¡Cuidado, joder! —se quejó, en cuanto un chico muy parecido a Andrés con una camisa de franjas de colores verticales bajaba las escaleras con mucha prisa. El chico desapareció, rápido como un rayo, e Iker tuvo que contenerse para no perseguirle y echarle el contenido de su copa encima—. Gilipollas.

Odiaba a la gente que no sabía beber.

Ya en la planta de música tecno decidió que era el momento de jugar su última carta. Aquella noche le apetecía juerga, así que se quitó el jersey y se lo anudó a la cintura para bailar con los brazos en alto. Una cosa que le gustaba mucho a Iker: sus axilas. Le encantaba cómo se veían cuando lanzaba los brazos hacia arriba, se le marcaban todos los músculos del brazo y dejaba a la vista el único tatuaje que tenía, que era minúsculo, bajo el bíceps izquierdo.

Un par de chicos le miraron, pero ninguno se acercó. Al cabo de cinco minutos, un señor de unos cuarenta y tantos años pero ya bastante calvo —por no decir calvo por completo—, le acarició la cadera desde atrás y le forzó a darse la vuelta. Iker lo hizo, pero la nariz de aquel hombre era lo peor, como un gancho virulento, así que sin más explicaciones se marchó al baño.

Se miró al espejo mientras hacía cola para mear. Tenía un cuerpo espectacular. Él lo sabía, claro que lo sabía. Pero aquella noche parecía que diera igual. ¿Qué narices estaba pasando? ¿Su sex appeal estaba muriendo?

—No responden —escuchó de pronto decir a un muchacho. Llevaba una camisa estilo hawaiana y no parecía tener más de veinte años. Iker se dio cuenta de que hablaba con un amigo suyo sobre algo que sucedía en el baño.

Otro chico, de la misma edad pero vestido con una camiseta de rejilla y línea de ojos color púrpura, intervino desde el otro lado:

—¡Eso es que se ha corrido y se ha quedao mareao!

—¡O que se ha pasado con el roncola!

Se escucharon risas. La reacción de Iker fue poner los ojos en blanco. Dejó que hablaran y elucubraran sin intervenir. La fila siguió su curso y cuando le llegó el turno de entrar al único baño libre, Iker llamó con los nudillos en la puerta que comentaban los demás. Era cierto que desde hacía unos minutos nadie entraba o salía y no se veía movimiento, lo que era de extrañar. Si alguien pasaba al servicio grande era para, obviamente, follar por un calentón de última hora. Y todo el mundo en esa discoteca lo sabía.

De pronto, a Iker se le quitaron las ganas de mear. No había visto a Gael en horas. ¿Y si...? No podía ser.

Le dio un golpe a la puerta.

—¡Gael! ¿Estás ahí? —preguntó casi al aire, porque se sentía idiota hablándole a un trozo de madera.

La gente que estaba haciendo cola se asomó para ver lo que pasaba, curiosa. Madre mía, lo morbosos que eran con el drama ajeno. Iker volvió a golpear con fuerza, esta vez con el hombro, para tratar de abrir la puerta, sin éxito. El siguiente intento fue con el pie, directamente sobre el pomo, lo que hizo que se desatrancara.

Gael estaba en el suelo, con la cabeza doblada y sobre el váter. Tenía la boca entreabierta y por ella caía un hilo de baba. Los pantalones estaban humedecidos allá por donde estuvieran en contacto con el suelo mojado.

—Gael, joder —dijo Iker, entrando como un terremoto.

Se agachó y le azotó la cara para que despertara. Su amigo hizo el amago de abrir los ojos, pero parecía demasiado ido.

—Vamos, coño.

Iker no sabía muy bien qué hacer, así que agarró a Gael por las axilas para levantarlo. Era un maldito peso muerto. Levantarle completamente del suelo le costó más esfuerzo de lo que esperaba, y se dio cuenta de que su amigo estaba murmurando cosas ininteligibles.

—¿Qué te ha pasado? —le preguntó Iker, preocupado. Nunca lo había visto así.

Salió del cubículo sin esperar respuesta y se abrió paso entre el resto de los chicos que esperaban para entrar. Nadie dijo nada, todos miraban impresionados.

Iker salió del baño y bajó las escaleras como buenamente pudo con Gael entre sus fuertes brazos. No quería admitir la verdad, y es que estaba muy asustado. Notaba su corazón latir con fuerza y el alcohol parecía haber desaparecido de su cuerpo, porque ya no se encontraba para nada mareado. El shock de ver así a su amigo había sido más que suficiente para bajarle el pedo.

Mientras bajaba, la gente se apartaba para dejarle paso. Debía tener cuidado con que las piernas de Gael, completamente muertas, no fueran golpeando los escalones. Cuando finalmente llegó a la planta baja, no se atrevió a entrar en la pista de baile. Se asomó por una de las puertas para tratar de localizar a Mauro con la mirada.

—Mierda —dijo para sí, al no verle donde lo había dejado.

Caminó unos metros, rodeó la pista de baile por fuera para asomarse por otra de las puertas. Ahí tuvo más suerte. Esperó unos segundos a que Mauro se diera cuenta de que alguien le observaba y, cuando cruzaron miradas, Iker señaló lo que estaba pasando. Mauro abrió mucho los ojos, se despidió del chico con el que hablaba y se acercó corriendo.

—¿Qué ha pasado? ¿Por qué estás sin camiseta?

Las dos preguntas parecían igual de importantes e Iker de pronto recordó que no se había vuelto a poner el jersey.

Menuda escenita estamos montando, joder.

—Vámonos. No sé qué le ha pasado. Me lo he encontrado así. Hay que sacarlo de aquí, nos vamos ya.

No hicieron falta más preguntas, ni más respuestas, para que Mauro colocara un brazo de Gael sobre sus hombros y le aligerara el peso a Iker. Ambos, temblando, sin saber cómo actuar, huyeron de allí.

49

Mauro

—Igual es mejor que llames a una ambulancia.

El tercer taxista seguido que les rechazaba cerró la ventanilla y se largó sin decir nada más.

—La gente en Madrid es estúpida —dijo Mauro, enfadado.

Gael parecía haberse recuperado tras llevar unos minutos fuera, con el frío invernal, dándole en la cara. Por lo menos había abierto los ojos y pidió agua, que Iker compró al mismo indio que rondaba desde hacía unas horas por las cercanías del Teatro Barceló.

—¿Qué hacemos?

—Alguien nos tendrá que... —comenzó Iker, pero salió corriendo hacia el otro lado de la calle. Mauro se dio cuenta de que un taxista parecía hacerles gestos para que se acercaran.

—No me quiero meter en problemas —escuchó Mauro cuando llegó—, así que os hago el favor por veinte euros.

—¿Total?

—No, más la tarifa.

—Mira, da igual —dijo Iker. No quería discutir.

Mauro sintió que iba a vomitar en cuanto se montó en el taxi. Él en un lateral, Gael en el centro sujetado por los dos amigos, e Iker en el otro extremo. Iker le dio la dirección al taxista y por primera vez desde que salieron, Mauro se fijó en su mirada. La preocupación que recorría el rostro de su amigo le dejó helado, nunca le había visto de esa manera.

Ah, e Iker seguía sin camiseta. No era ni el momento ni el lugar, pero Mauro fingió mirar a Gael para confirmar que Iker tenía cada uno de sus músculos desarrollados y en buen estado. Era una comprobación puramente rutinaria.

Pero a decir verdad, Mauro estaba borracho. Bastante. El haber estado tonteando con un chico le había subido bastante el ánimo. Y la libido, por supuesto.

Durante unos segundos más se permitió observar el perfecto cuerpo de Iker, que incluso sentado seguía estando increíble y sin un gramo de grasa a la vista, y se imaginó a sí mismo tocando sus pectorales, sus abdominales...

¿Pasaría algún día?

—Cuarenta y tres con dieciocho —les dijo el taxista de pronto.

¿Ya estamos en casa?

—Joder —dijo Mauro, no sabía si por el precio del taxi o por haberse tirado cerca de media hora mirando el cuerpo de su amigo, que en ese momento pagaba con la tarjeta.

Después, Iker hizo aspavientos para sacar a Gael del coche, que se estaba despertando. Por lo visto había caído en un sueño profundo. ¿Tanto se había perdido Mauro? Sorprendido, salió del taxi y dio la vuelta para ayudar a Iker a subir a Gael por las escaleras. No fue tan complicado porque ya podía caminar.

—¿Qué te han hecho, Gael? —le volvió a preguntar Iker una vez en el piso, mientras le llevaba hacia el baño.

—Unos chicos, no sé qué me dieron. Estoy bien —afirmó, aún medio dormido, medio despierto.

Mauro se quedó en el umbral de la puerta. Iker abrió la mampara de la ducha y le quitó a Gael la camiseta, el pantalón, los zapatos, calcetines y los calzoncillos. Ahí estaba, drogado y completamente desnudo frente a ellos. Iker no pareció inmutarse de que el pene de su amigo estuviera semidespierto y ocupara un espacio... considerable.

Joder, controla tus putas hormonas. No es el momento.

—Venga, una ducha bien fría. Menudo susto —le dijo Iker mientras abría el grifo.

—No quiero —se quejó Gael.

Iker empujó a Gael dentro de la ducha, porque ya había desistido y permitió que el agua cayera por su cuerpo moreno y tatuado.

—Cualquier cosa nos avisas, dejo entreabierto. —Iker recogió la ropa del suelo y salió del baño, acompañado por Mauro.

En la cocina, le preguntó:

—¿Qué cojones le habrán hecho? Es la primera vez que le veo tan mal.

—Pero no lo entiendo, ¿tan borracho está?

—Son drogas. Le han drogado. —Iker lo dijo de mala leche, como si fuera tan evidente que resultaba ofensivo.

Mauro no dijo nada ante la frialdad de su amigo. Llevaba un buen rato tratando de no vomitar las copas que había tomado, aunque se le quitaron las ganas cuando volvió a reparar en que Iker estaba aún sin camiseta, porque en ese momento había deshecho el nudo de su jersey y se lo estaba poniendo.

—No sé qué hacer —le confesó Iker mientras cogía un vaso de agua y lo llenaba directamente del grifo. Bebió dos vasos seguidos, parecía deshidratado.

Después se volvió ante Mauro.

—Tómate un agüita y un ibuprofeno, por favor, que tú estás también que te caes. —Su tono serio no dejaba lugar a réplicas.

—Yo estoy...

Mauro no pudo terminar la frase, porque todo lo que llevaba conteniendo durante horas para no expulsarlo llegó hasta su boca. Corrió hacia el fregadero y echó la pota del siglo.

—Estamos buenos esta noche, joder —se quejó Iker, que se había apartado de forma cautelosa para no mancharse—. Qué puto asco —añadió de pronto, como asustado.

Y es que cuando Mauro levantó la cabeza vio que su vómito había salido con tanta fuerza que había manchado la pared.

—Lo siento —fue lo único capaz de articular, aún sentía el sabor rancio entre sus dientes y sobre su lengua.

En aquel momento, por si la locura que estaban viviendo fuera poca, Gael apareció por la puerta de la cocina totalmente empapado y desnudo. Había dejado un reguero tras él por todo el suelo.

—No encuentro mi toalla y estoy mareado, parce —le dijo a Iker sin apenas abrir los ojos.

Iker fue corriendo a su rescate, pero dudó unos segundos en

quién necesitaba más ayuda en aquel momento. Mauro se sentía avergonzado: ¿por qué el alcohol le sentaba tan mal? Estaba siendo una noche de completa locura.

Un chico le entraba, bailaba con él, Gael desaparecía y le drogaban, luego le veía desnudo en la ducha, él vomitaba tanto que manchaba las paredes de la cocina, y mientras tanto el chico con el cuerpo más perfecto del mundo deambulaba por ahí sin camiseta como si no fuera nada raro... Definitivamente la cabeza de Mauro iba a estallar con tanto que procesar.

De fondo, escuchó a Gael e Iker hablar. Había desconectado del mundo durante unos segundos. Tenía un pitido en los oídos que le hacía incapaz de percibir bien los sonidos de su alrededor.

—No es la primera vez.

—¿En serio? Nunca te he visto así.

—Consumo a veces.

—¿Cuándo?

—Los clientes me lo piden. Pagan el triple y les gusta. Necesito el dinero.

—Vamos a tener que hablar tú y yo, porque esto no es normal, Gael. Sabes que me preocupo por ti, tampoco puedes poner en riesgo así tu vida.

—Es trabajo —concluyó Gael, encogiéndose de hombros. Se le veía verdaderamente mal.

Después de eso se escucharon pasos y una puerta cerrarse con un portazo.

Mauro tuvo ganas de vomitar de nuevo, pero no por el efecto del alcohol, sino porque se sintió tan revuelto por la vida que llevaba Gael que tomó la decisión de que sí o sí tenía que actuar de una vez por todas, arrancarle esa tristeza y malos hábitos de golpe.

Debía intervenir.

Y creía saber cómo.

50

Andrés

Cuando Andrés llegó a casa de Efrén se encontró la luz atenuada, una decena de velas encendidas por todo el salón y una mesa de centro frente al sofá con bombones.

—Estás precioso —le dijo Efrén nada más llegar. Parecía llevar ropa de estar por casa: un pantalón holgado con el logo de Mickey Mouse en patrón y una sudadera negra con capucha que le sobraba por todos lados—. Me gusta estar cómodo, aunque no me pegue.

Andrés sonrió y se acercó para darle un beso de bienvenida. Dejó la mochila en el suelo y se sentó en el sofá junto a él.

—No estés nervioso. Es solo un fin de semana conmigo. No muerdo.

Bajo la luz que aportaban las velas, la cara de Efrén seguía pareciendo de ángel, perfecta.

Es increíble, es que ni siquiera así se ve feo.

—He puesto ahí unos chocolates —le señaló Efrén con la mano.

—Gracias —dijo Andrés.

Se sentía como si fuera una primera cita. Estaba igual de nervioso que el día que le viera por primera vez en el restaurante.

—Tenía muchas ganas de pasar un fin de semana contigo. Solos, compartiendo tiempo sin interrupciones —le dijo Efrén y colocó la mano sobre el muslo de Andrés. El gesto hizo que se le pusieran todos los pelos de punta.

Durante unos segundos, ninguno de los dos dijo nada más, tan solo se miraron. Entonces, el movimiento de la tela rompió el silencio, y es que Efrén se había lanzado a besar a Andrés, que obviamente le devolvió el beso. No quería separarse nunca de él, era como si un millón de chispazos mezclados con fuegos artificiales le recorriera el cuerpo. La saliva de Efrén sabía dulce, su lengua era suave al contacto con la suya.

Efrén llevó una mano a la nuca de Andrés para acercarle más, pero él quería tomárselo con calma y se apartó. La mirada de Efrén era de confusión.

—¿Qué pasa? —le preguntó.

—Estás muy... efusivo.

—¿Y no quieres que lo esté?

Sí, Andrés quería que lo estuviera, pero no estaba siendo demasiado romántico.

—Prefiero que veamos una película o charlemos un rato, comer algo... Aún estoy nervioso de estar aquí, Ef. No sé. —Andrés trató de aliviar tensiones, que habían aparecido de la nada, con una sonrisilla.

A Efrén no pareció gustarle demasiado esa idea, porque no aportó nada más, se volvió y se acercó a la mesa para coger el mando a distancia.

—Pon lo que quieras —le dijo, dándoselo a Andrés.

—Bueno... —murmuró este, sin saber muy bien cómo sentirse ante el cambio repentino de dinámica.

Apenas estaba deslizándose entre las opciones de películas románticas de Netflix cuando Efrén habló de nuevo:

—No te sientes atraído por mí.

Andrés notó una punzada dolorosa en el pecho. Se le arremolinaron decenas de pensamientos y sensaciones contradictorias que no supo cómo gestionar, tan solo se quedó mirando a Efrén, y vio que en su mirada había honestidad. De verdad creía aquello. Andrés tragó saliva, cogió aire y habló:

—¿Cómo puedes decir eso? Me encantas, Efrén. Eres precioso. —Trató de que su tono de voz no dejara lugar a dudas. Y es que era cierto, le encantaba Efrén. Sus ojos, sus labios, su pelo...

—Ya, pero una cosa es ser guapo y otra que te excite —le respondió este. Se encogió de hombros y apartó la mirada.

Andrés recortó distancias en el sofá. Procuró que no se notara que aún temblaba de los nervios.

—Me excitas, Efrén.

—Lo dudo. —Aún no buscaba su mirada, pero pareció medio convencerle.

Andrés se cruzó de brazos, dejó el mando a distancia sobre el sofá, entre los dos, y se volvió hacia él.

—¿Por qué estás así? —Efrén no respondió. Estaba con la mirada puesta en el frente, sin establecer contacto visual con Andrés—. No entiendo de dónde viene esto...

—Porque te he invitado a un planazo —le cortó—, he preparado comida, estamos solos en el piso y es la primera vez que podemos aprovechar para hacer cosas y no puedes ni aguantar unos cuantos besos. Estoy seguro de que has venido por otros motivos.

Andrés se quedó de piedra. No sabía qué responder y notaba que sus mejillas enrojecían con el paso de los minutos. ¿Le habría dado a entender que no quería dar el siguiente paso con él? Era absurdo, porque ahí estaba, dispuesto a ello. Quizá se estuviera notando lo mojigato e inexperto que era, ¿no? Tal vez Efrén esperaba que actuara de otra forma, pero cuál era la correcta, no lo sabía.

—Que no pasa nada, ¿eh? —continuó Efrén—. Cada uno tiene sus tiempos, pero ya llevamos viéndonos unas semanas. Para mí no es moco de pavo, ni he perdido el tiempo contigo. De verdad quiero que construyamos algo, y no es ir deprisa, es hacer las cosas bien. Y creo que ya es hora...

—Soy virgen —soltó Andrés, arrepintiéndose al segundo. ¿Sería posible que le perdonara por no darle lo que quería tan pronto?

No era un tema que hubiera tocado con Efrén, porque era bastante complejo. Además, siempre había tenido la sensación de que tenía un fuego interno que a él le faltaba, y aunque hubiera preferido que su primera vez fuera sin que lo supiera, ahí estaba, cagándola. De todas formas, pensó, aquella actitud no le gustaba demasiado.

Gracias a la confesión de Andrés, la actitud de Efrén cambió y finalmente se volvió para mirarle a los ojos.

—Ahora lo entiendo —comenzó tras su silencio—. Yo cuando era virgen, hace muchísimos años, todo me daba miedo... Pero tienes que aprender a confiar en las personas y en que están aquí para ayudarte. Podemos hacerlo, te enseñaré todo lo que necesites saber para que no te preocupes de nada. Puedes confiar en mí, cariño.

Para Andrés aquella situación era un poco incómoda, pero por otro lado ¿quién mejor que Efrén para enseñarle lo que tuviera que aprender en la práctica? Estaba harto de escuchar a Iker y Gael compartir experiencias y él no poder compartir ninguna, y en el fondo de su corazón sabía que Efrén era el indicado. Se lo estaba demostrando al ser tan comprensivo.

—Ponte ahí —le señaló Efrén.

Andrés continuaba sin decir nada. Se echó hacia atrás para tumbarse sobre el sofá. Entonces Efrén se acercó gateando y se colocó encima de él. Comenzó a besarle en los labios con cuidado y a los pocos segundos bajó por la mandíbula, orejas y cuello. Andrés volvía a sentir tantas emociones que era incapaz de describirlas.

¿Era ese el momento? ¿Después de discutir? ¿Iba a pasar finalmente con la persona que le había enamorado? ¿Estaba preparado? ¿Cómo se iba a sentir después de hacerlo? ¿Y lo que estaba comenzando a sentir en su entrepierna era normal? Porque no se parecía en nada a otras ocasiones en las que se había excitado viendo porno. Todo era diferente, se sentía como en una maldita nube.

—Bésame —le dijo Andrés, sin poder evitarlo. Efrén llevaba un rato lamiéndole el cuello, pero echaba de menos sus labios.

Efrén subió para volver a encontrarse con ellos y se deshicieron en besos durante unos minutos. El hechizo se rompió cuando la mano de Efrén se introdujo en el pantalón de Andrés, pero no fue hacia su pene o testículos, sino más abajo...

—¿Qué haces? —Andrés estaba asustado. Asustado y excitado. Confuso. Enamorado. Hecho un lío.

—Cálmate —le dijo Efrén mientras continuaba besándole el cuello.

Los dedos de Efrén comenzaron a juguetear en la abertura de Andrés. Aquello estaba muy seco y le escocía un poco. Debió de poner una cara extraña, porque Efrén sacó la mano, se mojó los dedos con una cantidad ingente de baba y volvió a introducirlos. Ahora, de pronto, Andrés sintió que algo entraba en su cuerpo.

Se tensó.

—Uff —se quejó—. No sé si me gusta.

—Claro que te gusta, Andrés —le dijo Efrén, besándole el cuello mientras masajeaba cada vez más y más fuerte, cada vez más y más profundo.

—No sé...

Andrés trató de zafarse, pero los besos de Efrén le deshacían, como un polo de hielo en pleno verano. Se sentía gotear. Aquello era demasiado. Le lamía el cuello con la lengua y... con la otra mano, Efrén comenzó de pronto a bajarle el pantalón. Después de eso vino el calzoncillo. Andrés estaba nervioso y no sabía qué hacer, por lo que no colaboraba demasiado. ¿Qué es lo que buscaba Efrén de él? Fuera lo que fuese, la sensación de estar en una nube le hacía volar.

—Joder, estás buenísimo —le dijo Efrén antes de lanzarse de nuevo, ahora con muchísima más libertad, a introducirle los dedos cada vez más adentro.

Andrés se estremeció. No sabía si era nerviosismo, miedo o placer. Estaba confuso, pero se dejaba llevar. ¿Era así la primera vez, llena de dudas? Efrén llevaba la voz cantante y se le notaba con experiencia. Menos mal que él controlaba la situación, pues Andrés se sintió de pronto pequeño junto a él. Y de pronto... gimió. Y otra vez. Y otra, esta vez más alto.

—Eso es —le felicitó Efrén, besándole en el cuello de nuevo—. Creo que ya estás relajándote para mí.

Los dedos de Efrén desaparecieron entonces del interior de Andrés, que abrió los ojos para ver cómo el chico se desnudaba por completo. Tenía el pene erecto, y apuntaba directamente hacia él. Andrés no había visto demasiados, pero sí los suficientes en internet como para saber que no era extremadamente grande, sino de tamaño estándar, y que estaba circuncidado. Efrén se llevó una mano a él para acariciarlo, masturbándose con cuidado. El cuerpo de Efrén era como su cara: angelical. Con la mano que le quedaba libre, Efrén comenzó a acariciar su abdomen, sus pectorales...

—Te voy a follar —le anunció a Andrés.

Y no tuvo en él el efecto que esperaba. Pensaba que se pondría nervioso o que el cielo se partiría en dos, pero... quería hacerlo. Para su sorpresa, quería hacerlo. Siempre había pensado que era activo, pero ¿qué sabría él? Supuso que la incomodidad que sentía era algo habitual, pero ver a Efrén desnudo y excitado por él le había dejado la cabeza completamente loca.

—Sí —afirmó Andrés.

Efrén no necesitó más. Se escupió la mano con mucha saliva y se la llevó a su pene. Se acercó a Andrés.

—Levanta las piernas —le ordenó. Andrés lo hizo sin saber qué esperar, estaba incluso mareado de todas las emociones que sentía al mismo tiempo.

De pronto Andrés sintió cómo algo entraba en su cuerpo. Era húmedo, suave y duro al mismo tiempo. Pero entró demasiado. ¡DEMASIADO! Y además... ¡No se había puesto condón! ¿Qué cojones hacía?

—Me duele, ufff —se quejó Andrés.

—Relájate, en serio, si no te va a doler más —le dijo Efrén, empujando un poco más. Le miraba con una cara de deseo que jamás le había visto.

—Sácala, por favor —le dijo Andrés—. Y ponte un condón.

—Tienes que acostumbrarte, y más vale que empieces ya porque yo nunca paro. Y tampoco follo con gomita, eso es de maricas.

Andrés no supo qué responder, porque no parecía que su futuro novio tuviera ninguna intención de sacársela. No entendía qué narices estaba pasando.

Pero Efrén siguió empujando poco a poco y al rato comenzó a bombear con lentitud. Andrés sintió una lágrima correr por su mejilla, aunque ya no le dolía tanto como al principio, sí que era bastante molesto. Y no, no estaba a gusto.

—Es normal que te duela —le dijo Efrén, moviéndose lentamente para hacerse hueco, entre gemidos, disfrutando de que Andrés estuviera tan apretado.

—¿Tanto?

Efrén, con los ojos cerrados, asintió y continuó con su tarea. Al cabo de unos minutos, parecía que aquello ya estaba en perfectas condiciones para hacerlo como a él le gustaba. Andrés no tenía ni idea de lo que le esperaba.

—Qué dilatado estás, joder —le dijo Efrén entre dientes—. Te voy a enseñar lo que es follar, joder.

Andrés frunció las cejas. ¿Acaso no estaban ya manteniendo relaciones? ¿Había sido todo nada más que un preámbulo? ¿Y a qué se refería con...?

Efrén colocó sus manos alrededor de las caderas de Andrés

para apoyarse en ellas, después de colocarle las piernas hacia arriba, puestas sobre el torso de él.

—Así sí —le dijo Efrén, medio gruñendo, medio gritando, loco de excitación.

Y entonces comenzó a embestirle. No había otra palabra para definir lo que sintió Andrés en aquel momento, como si le hicieran trizas el estómago o le hubieran prendido fuego por dentro. Eran pinchazos, era su cuerpo en tensión. Se encorvó ligeramente para paliar el dolor, pero Efrén le tenía cogido de tal manera que le fue imposible hacerlo.

—Quieto.

Efrén estaba como loco, sin parar ni un segundo, e introducía su pene cada vez más y más adentro de Andrés.

—Para, me duele mucho —le dijo, haciendo fuerza con las piernas para que le dejara ir.

—Pero si te gusta —le contraatacó Efrén, embistiendo con más fuerza. Parecía un animal. De pronto le soltó las piernas y la cadera y se acercó a Andrés, aún dentro de él. Las piernas de Andrés le rodearon el cuerpo de forma automática—. Así mejor.

—No, para —le dijo Andrés—. Ve más despacio, por favor.

El cuerpo de Efrén estaba ahora lleno de venas que le recorrían desde la parte baja hasta el ombligo, las manos, el cuello... Era como si se hubiera hinchado, presa del placer. En otra ocasión, aquello quizá habría excitado a Andrés, pero desde luego no en aquel momento. Su pene había perdido la erección, y todo su ser deseaba detener la escena. La magia y la ilusión habían desaparecido.

Quería que aquello terminara de una vez, no estaba disfrutando en absoluto.

Como si sus plegarias hubieran sido escuchadas, Efrén aumentó muchísimo el ritmo y empezó a jadear.

—Qué culito más estrecho tienes, joder, me voy a correr —anunció apretando los dientes, como una bestia.

Andrés no sabía qué pasaría a continuación. No tendría el valor de hacerlo... Eso era traspasar demasiados límites. Cerró los ojos, esperando lo peor.

Sintió algo caliente acompañar cada embestida, algo que salió disparado desde dentro y hacia dentro. Fue una sensación extraña, pero de pronto Efrén pareció deshincharse y soltar aire.

—Uf, Andrés, así me gusta.

Cuando el pene de Efrén salió definitivamente de Andrés, este se sintió vacío, como si le hubieran absorbido algo en su interior. Pero había también algo caliente que no le gustaba tener ahí. Sabía de sobra que aquello era más que peligroso.

Pero Efrén era su chico, ¿verdad? No le podría hacer daño. Al menos, no con ese tema. Debía confiar en él.

—Ya estás, Andrés. Te has portado muy bien en tu primera vez, has aguantado como un campeón. Si has superado esto, lo demás lo harás sin problema —le dijo mientras se iba desnudo hacia otro lado de la casa, hacia donde supuso que se encontraría el baño.

No le había preguntado qué le había parecido o cómo se sentía. No tenía fuerzas para moverse, ni siquiera sabía qué pensar de todo aquello.

Se escuchó el sonido de la ducha.

—Eres todo un hombre ahora, Andrés. De aquí solo queda ir hacia delante, mejorar. Gracias por confiar en mí para este favor, ahora podemos tener una relación en condiciones. Ahora sí podemos dar el paso, amor.

Y por muy feas que sonaran aquellas palabras, Andrés las recibió como la verdad más absoluta.

Era cierto, a la par que ocultaban una promesa mucho más fuerte.

Ahora serían una pareja completa: podían hablar de música, ir al cine y terminar follando en un hotel de cinco estrellas durante horas. Ya no le temía al sexo, ahora se había traspasado una barrera que parecía que no iba a romperse nunca. Por una parte, Andrés se sentía realizado, porque ya no era un tabú. No había sido la experiencia soñada, pero al menos había sucedido al fin, y ahora era el momento de comenzar a explorar otras posibilidades. La virginidad ya había quedado atrás.

Quizá Mauro tenía razón y era necesario perderla.

Daba igual cómo, la cosa era hacerlo.

¿Verdad?

¿Verdad?

51

Mauro

El trabajo de Mauro era, cuando menos, entretenido. Tras varios días en la librería estaba seguro de que por fin había encontrado su lugar en Madrid, como si las piezas de un puzle que no tenía sentido al principio comenzaran poco a poco a encajar, a tomar forma, a hacerle sentir que él también formaba parte de aquella ciudad. Ahora se sentía mucho más seguro de que el haber empezado una nueva vida había sido la decisión correcta.

—Dime que te gusta —le dijo Rocío desde el otro lado de la tienda. Sujetaba un manga en la mano. Mauro intentó enfocar la vista, pero estaba demasiado lejos.

—¿Es lo que creo que es?

Rocío asintió efusivamente con la cabeza.

No había mucha clientela, así que Mauro salió de la zona de caja y se dirigió hacia donde se encontraba su compañera. Había hecho muy buenas migas tanto con ella como con Javi, su otro compañero. Rocío tenía treinta años, gafas de pasta con un millón de dioptrías y siempre llevaba una coleta, pese a tener el pelo bastante corto. El lunar que tenía en la punta de la nariz le recordaba a Mauro a *La niñera mágica*, aunque en este caso Rocío era un poco más atractiva y mucho más gorda. No, perdón. Ella decía plus-size.

—Vaya, es precioso —dijo Mauro en cuanto Rocío le puso en sus manos el manga que le quería enseñar.

—Es la edición coleccionista.

—*Death Note* es uno de mis mangas favoritos, en serio —confesó Mauro observando lo bonita que habían dejado la nueva edición.

—Fue el primero que leí. Con él me di cuenta de que los mangas eran decentes, porque yo antes... Uff. Me quedo... Vamos, muerta. Que yo era de esas criticonas y no, no, para nada. Me convertí. Si yo me viera hace unos años... Ay, qué vergüenza, Mauro, por Dios.

Rocío en la cabeza de Mauro no era más que una mujer de sesenta años de su pueblo, de las que sacaban las sillas a la calle para cotillear, encerrada en el cuerpo de una mujer de treinta. Y friki, eso sí.

—El primer manga que yo leí fue *Sakura Cardcaptor.*

—CLAMP es increíble —dijo Rocío, haciendo referencia al estudio detrás de *Sakura* y otras creaciones reconocidas en el mundo del manga y del anime.

De pronto un cliente les hizo un gesto para que les cobrase una compra, así que Mauro fue corriendo a la caja. Cuando terminó, vio que al otro lado de la tienda, bajando las escaleras, se encontraba Javi moviendo unas cajas.

—Echadme una mano, por favor —pidió.

Javi era muy buen chico, a decir verdad. Usaba lentillas porque odiaba las gafas y siempre vestía con camisetas básicas y camisas vintage extragrandes por encima, que se metía dentro del pantalón para darle un estilo moderno. Según Rocío, era un hípster pasado de moda, pero Mauro no entendía a lo que se refería, así que nunca comentó nada sobre ello.

Ah, y era guapo. No como Iker o Gael, pero sí lo suficiente como para que Mauro aún se trabara a la hora de hablar con él. Siempre se ponía nervioso y no había día en el que no pensara en lo bonito que le quedaba el pendiente que llevaba en la oreja o lo apretados que le quedaban en el trasero unos pantalones negros que usaba de vez en cuando.

—Voy —dijo Rocío, siempre dispuesta a ayudar.

Bajó las escaleras y los dos subieron los paquetes. Parecían pesar bastante.

—Bien hecho. —Mauro no pudo evitar reírse; siempre se escaqueaba de los trabajos físicos como ese.

—En serio, algún día estarás solo y te va a tocar recibir pedidos o prepararlos y te vas a quedar moñeco —le dijo Javi con una sonrisa. Nada le molestaba nunca. A decir verdad, era una persona muy fácil de llevar.

—¿Qué hicisteis este finde? —preguntó Rocío mientras comprobaba el albarán.

—Yo nada —se adelantó Mauro—. Hace como dos semanas salí de fiesta y todo acabó fatal, así que he preferido quedarme en casa.

—¿Y tú?

Javi suspiró.

—Pasé el fin de semana en una casa rural con los colegas, porritos, litronas... Lo de siempre, vamos. Nada nuevo. Un amigo además se llevó la guitarra y me estuvo enseñando.

—Qué guay —dijo Mauro, aunque odiaba las guitarras—. ¿Y se te da bien?

—Sí, nunca he tenido queja de cómo uso los dedos.

Tras decir eso Javi se rio y se dio la vuelta para volver a bajar al almacén, mientras Rocío continuaba comprobando que las cajas correspondieran con lo recibido.

Entonces Mauro se dio cuenta de que todo el mundo bromeaba constantemente sobre sexo. En su cabeza había abandonado la obsesión por perder la virginidad, aunque seguía siendo un pensamiento recurrente que no terminaba de alejarse. En situaciones como esa, con comentarios sin más, se preguntaba realmente si el sexo era tan importante. Y aunque le pesara, sabía que sí lo era.

¿Cuándo narices podría vivir su sexualidad con la misma libertad que los demás?

52

Iker

A diferencia del de Mauro, el trabajo de Iker era un completo infierno. Un infierno del que Iker Gaitán no podía escapar.

Hacía muchos años que su familia tenía dinero. Su padre, Enrique Gaitán, había fundado una empresa de seguros que se había convertido en competencia directa de las grandes compañías. No tardó demasiado en despegar: tenía buenos contactos y no le temblaba el pulso cuando tomaba decisiones arriesgadas.

Cuando Iker cumplió los trece años, una edad a la que los Gaitán consideraban que uno ya era un hombre, su padre le dijo:

—Ve pensando en lo que quieres ser de mayor para olvidarte de ello. Nadie excepto tú ocupará mi puesto cuando yo no esté.

Desde entonces Iker tuvo claro que su destino se había visto truncado en el aspecto laboral. La vida nunca le dio demasiadas opciones, por muchas discusiones, portazos e insultos que le dijera a su padre. Terminó trabajando en la aseguradora, en unas oficinas en Madrid, cambiando cada dos años de puesto para aprender de todo hasta que tuviera los cuarenta, cuando comenzaría a trabajar codo con codo con el mismísimo Enrique Gaitán, si es que vivía para entonces.

Iker odiaba su trabajo. Y lo odiaba demasiado. No quería ni pensar en ello. Lo único que le subía un poco la moral era el código de vestimenta, porque los trajes le quedaban increíbles y le marcaban el cuerpo al que tantas horas dedicaba. Eso le subía el ego cada mañana y, al menos, si bien estaba en el infierno, se sentía poderoso. Sería un demonio, de bajo rango, pero demonio al fin y al cabo.

Algo que aceptó al entrar en la compañía y que con el tiempo se había dado cuenta de cuán dañino era, había sido negarse a sí mismo la posibilidad de mostrarse como era. Nadie en su trabajo sabía que era gay. No tenía relación con nadie de la oficina, trataba de ocultarse y de que no le conocieran. Le miraban con recelo por ser un Gaitán, por saber que su puesto estaba asegurado desde su nacimiento, y el ambiente laboral era bastante tóxico.

Escuchaba todos los días comentarios homófobos y machistas que le ponían los pelos de punta, pero hacía un tiempo que tomó la decisión de no prestarles atención. No podría responder lo que quería y, como sabía lo que opinaba su padre sobre el tema, jamás le daría la razón.

—Pedro está de baja —le dijo su compañera en cuanto llegó aquella mañana.

—¿Qué ha pasado?

Él cargaba con un plástico lleno de folios bajo el brazo, un café en la otra y, por supuesto, gafas de sol. Era para crear distancia, no darle a nadie el poder de verle los ojos, al menos a aquellas horas. Era demasiado pronto para enfrentarse al mundo.

—Esta mañana ha llamado su médico y nos lo ha comunicado. Parecer ser que tiene algo grave, porque la baja es para un mes y medio por lo menos.

Iker frunció el ceño.

—Bueno, no le deseo el mal a nadie, pero tampoco era mi persona favorita.

—Lo sé —dijo su compañera tras un silencio, y se marchó.

Iker entonces retomó su marcha hacia el despacho. No sin antes...

—Espera, María —llamó.

Su compañera se dio la vuelta, con cara de pocos amigos.

—¿Sí? —Odiaba cómo volteaba los ojos debajo de aquellas gafas falsas.

—¿Alguien cubre su baja? Estos días tenemos bastante trabajo y su...

—Estará al caer —le respondió María con una sonrisa. Dio

por zanjada la conversación y se marchó de nuevo por el pasillo de mesas.

—Vale.

El despacho de Iker se encontraba al fondo, tras paredes de cristal opaco de cara al despacho que dejaban ver siluetas, pero no demasiadas. Era suficiente para evidenciar la diferencia que había entre él y los demás. Después de muchos años, su padre por fin le había concedido aquel honor: un despacho para él y su ayudante, con el que trabajaba codo con codo.

Iker llegó a su mesa, vio la de Pedro vacía y, al sentarse, entrecerró los ojos al teclear la contraseña en el ordenador. Pensaba en que aquella situación era de lo más inusual que había pasado en aproximadamente dos años. Nadie faltaba nunca, ni aunque estuviera malo, todo el mundo llegaba puntual... Era tan pero tan raro que una persona estuviera de baja que de pronto se sintió emocionado ante la idea de que alguien nuevo entrara por la puerta. Aunque fuera una mierda, pero sería interesante.

—Vaya, te dijimos a las nueve y media, pero ya estás por aquí. Mejor que mejor, la puntualidad es muy importante —le dijo María a alguien, que le respondió algo que Iker no pudo escuchar desde su posición—. Es por aquí.

Se escucharon pasos.

—Iker, te presento a Diego, que ocupará el puesto de Pedro mientras dure su baja. Como Pedro y tú ahora mismo llevabais varios casos, por favor, tómate el día para ponerle al día y comentarle cómo funcionamos. Enrique dice que no te preocupes. Os dejo, venga.

María cerró la puerta tras ella y los dos se quedaron a solas en el despacho de Iker. Diego tenía la mirada clavada en él, y una sonrisa preciosa. Aunque, bueno, realmente todo lo demás también lo era.

Wow.

—Encantado, Iker —le dijo Diego, al tiempo que se acercaba a la mesa con la mano hacia delante.

Mantuvieron el saludo más tiempo de lo normal, sin apartar los ojos el uno del otro. ¿Comiéndose con la mirada o analizándose?

—Un placer —añadió Diego de nuevo. Soltaron las manos—. ¿Trabajamos aquí o este es tu despacho?

La pregunta fue acompañada de un paneo de Diego por toda la estancia.

—Esa es tu mesa, tu silla y tu ordenador —le señaló Iker. Estaba a tan solo un par de metros de la de Iker, pero aun así, Diego dijo:

—Qué lejos.

—Lo suficiente.

—Deja que ponga mis cosas y ahora me enseñas lo que quieras —le dijo con una sonrisa y un asentimiento de cabeza.

¿Iba con segundas? Iker era incapaz de ver de qué pie cojeaba Diego y no quería equivocarse, pero... se le había hecho la boca agua. Se permitió observarlo mejor mientras dejaba sus útiles de trabajo y se acomodaba en su nuevo puesto.

Era de la misma estatura que Iker, y parecía calzar una talla de zapato enorme. Su espalda era bastante ancha y, si Iker a veces temía romper el traje por los brazos, el de Diego parecía a punto de reventar por el centro. Por lo poco que se veía bajo el cuello de la camisa, se le marcaban las venas del cuello y tenía los músculos de los hombros desarrollados. Su pelo era rubio, rapado al cero por los laterales y por detrás, pero degradado hacia arriba con un corte medio. Llevaba el pelo peinado con laca o algún ungüento, lo que le daba un aspecto serio. La nariz era ancha pero recta, tipo escultura de la Antigua Roma, y tenía los labios finos pero la boca grande. Barbita corta, cejas delgadas y, cuando de pronto se quitó la chaqueta, un culo como pocos había visto Iker en su vida. De estos que parecían tener vida propia, redondísimo, que rebotaba a cada paso. Tuvo que apartar la mirada; era demasiado pronto para pensar en esas movidas.

Iker Gaitán, por primera vez desde los dieciocho años, sintió que aquel trabajo iba a ser divertido.

53

Gael

Después de mucho tiempo, Gael empezaba a sentir Madrid como su casa. Se encontraba muy a gusto viviendo con sus compañeros en su nuevo piso y quería hacer algo para celebrarlo de alguna manera, devolverles el favor aunque fuera con... comida.

Se vistió con el primer chándal que encontró por su habitación para ir a hacer la compra. Les iba a proponer a los chicos hacer un Viernes de Empanadas, para intentar traer un poco de su tierra a aquel piso, cada fin de semana. Las empanadas eran una de sus comidas colombianas favoritas y que mejor cocinaba. No era una receta fácil, pero le gustaba relajarse frente a los fogones. Necesitaría algunos productos bastante concretos que no sabía si sería capaz de encontrar a la primera, pues no había explorado el barrio en profundidad.

El supermercado más grande del barrio le pillaba a apenas unos minutos caminando. Deambulaba por sus pasillos en busca de los ingredientes cuando, de pronto, una señora mayor, que apareció de la nada, le cortó el paso.

—Permiso —le dijo. Gael llevaba un carro y no tenía espacio suficiente para pasar.

La señora le miró, gélida, pero no se apartó.

—Maleducado —fue lo único que le respondió—. Te esperas. A una señora mayor no se le habla así.

—No le dije nada... —se defendió Gael.

De pronto, y sin dejarle terminar, la mujer alzó el tono de voz cinco mil decibelios. Todo el establecimiento escuchó lo que le dijo.

—¡Os creéis que esto es vuestro! ¡Estoy comprando! ¡Siempre igual, respeta a tus mayores! Los guachupinos y su idioteces...

Gael no tenía ganas de discutir, pero se vio obligado. Lamentablemente no era la primera vez que escuchaba comentarios así desde que había llegado a España. La gente de la tienda se había vuelto a verles (¡obviamente!) y todo el mundo parecía pendiente de su respuesta, tanto si le apoyaran en esa trifulca como si no.

Pero aquel día, Gael no estaba para andarse con chiquitas.

—Vieja hijueputa, primero límpiese esa boca para hablar de mí y tíñase las raíces, culicagada, gonorrea de mierda.

Dicho eso, Gael continuó, sin importarle que la señora no se moviera, y chocó con fuerza su carro contra el de ella.

—¡Esto es intolerable, eres un sinvergüenza...!

Pero Gael ya no quería escuchar. Se acercó a la cinta y el cajero comenzó a cobrarle. Era latino, indudablemente: tenía la piel oscura y en la etiqueta de su nombre ponía Edwin. No hablaron, pero la mirada de los dos reflejaba el mismo sentimiento. Se alegraba de saber que por lo menos no estaba solo en situaciones como aquella, y que en un país ajeno tenía quien le comprendiera.

Ya en casa, colocar la compra se le hizo extraño. En el más absoluto silencio que reinaba en el piso, los paquetes, bolsas y cajas hacían mucho más ruido al dejarlos en los armarios. No se sentía solo, pero que las mañanas fueran tan calladas le hacía, a veces, sentirse así.

Extrañaba mucho su país, a su madre...

El teléfono vibró, interrumpiendo su momento melancólico.

[Juan 12 (Nuevo)]

> Hola
> Hoy tienes hueco?

Respondió casi al instante. Ese, de todos los Juanes que tenía en su agenda, era uno de los clientes que menos asco le daba. Dejaba buenas propinas y no era un baboso asqueroso, como muchos otros. Si le salía algo de trabajo aquella mañana, no se sentiría tan vacío.

> Sí
> Hora?

> Ya
> Estoy cachondísimo pensando en ti
> Necesito verte

> Ok Puedes venir
> UBICACIÓN
> Es la casa de unos amigos

No le iba a decir que era su nueva casa, obviamente. Pero no tenía ganas de volver a salir y tenía que aprovechar de alguna manera que sus compañeros estarían fuera hasta después de comer. Mientras no descubrieran para qué lo usaba, no pasaría nada. Al fin y al cabo, ahora era también su hogar.

> Voy en taxi
> Quince minutos
> Lo de siempre?

> Depende de lo que quieras

> Ahora lo vemos
> Llevo efectivo de sobra

> Ok

Gael dejó el teléfono en la encimera y suspiró. Si Juan fuera activo, no habría tenido tiempo de prepararse, pero sabía que aquel señor siempre buscaba sexo duro, rápido y como pasivo. Sonrió para sí al recordar su último encuentro, apenas tardó cinco minutos en hacerle eyacular. No era la situación ideal, pero de alguna forma le subía la autoestima tener tal efecto en los hombres.

Se dio una ducha rápida y volvió a ponerse el pantalón de chándal, aunque en esa ocasión sin calzoncillos. El cliente siempre se lo pedía, le daba morbo, y le pagaba extra si lo hacía.

Estaba sentado en el sofá, esperando, cuando llamaron al timbre. Abrió y se encontró a Juan 12. Era un hombre de unos cuarenta y cinco años, con bastante barriga y canas regadas por toda la barba y el pelo.

—Hola —le saludó.

—Pase, es por aquí.

Gael le hizo un gesto con el brazo y Juan 12 entró. Iba mojado.

—¿Llueve mucho?

—Sí, y eso que me he pillado el primer taxi que pasaba.

El hombre se sentó en la cama de Gael.

—Ven.

Gael se acercó a él. Ahora, su cabeza quedaba a la altura de su ombligo. Juan empezó a sobarle el culo.

—Uf, cabrón, vas sin calzoncillos, cómo sabes hacerme feliz con tan poco... O con mucho, mejor dicho. Joder.

Aprovechó que Juan estaba concentrado en su paquete para permitirse poner los ojos en blanco.

—Sí, sabe que siempre le doy lo mejor.

Qué pereza.

—Soy especial.

—Lo es —mintió Gael—. Y soy todo para usted.

Tras unos segundos manoseándole el trasero, Juan 12 le bajó los pantalones. El pene de Gael no estaba erecto.

Como para estarlo.

—La echaba de menos —susurró el cliente.

Aun así, Juan 12 se llevó el miembro flácido a la boca y comenzó a lamerlo para hacerlo crecer. Estuvo así unos minutos hasta que consiguió que aumentara hasta su tamaño completo, estrictamente conseguido por el estímulo físico.

—Túmbese —le pidió Gael—. Quítese la ropa.

—¿Me vas a follar? —La voz de Juan 12 era casi un gemido.

Juan tenía la mirada de loco cachondo que siempre ponía, que indicaba que, en efecto, Gael superaba cualquier cosa prohibida en su vida.

Y es que Juan 12 pertenecía a un partido político que condenaba la homosexualidad, tenía tres hijas y una mujer con la que se había casado por la iglesia con tan solo diecinueve años.

—Fóllame como solo tú sabes hacerlo —le dijo a Gael, mientras se bajaba los pantalones.

No tardaron demasiado en terminar. Aquel hombre dilataba que daba gusto, de lo increíblemente excitado que se ponía en sus encuentros, y como la vez anterior, tardó pocos minutos en correrse. Se quedó recuperando el aliento durante unos segundos sobre la cama, con la mano en el pecho.

Ahora venía el momento del arrepentimiento, en el que Gael tenía que morderse el interior de los labios para no reírse.

—Dios mío, perdóname, no sé lo que he hecho. Ay, mi Mari... Menudo disgusto si se entera. ¡Mis niñas! —Juan 12 se llevó ambas manos a la cara, como si lo que hubiera ocurrido en aquella habitación hubiera sido tan terrible y tan doloroso que no podría aceptarlo ni en mil años—. Esto no puede pasar, está mal. ¡Mi Mari, mi Mari!

Gael ya se había retirado el condón y puesto el pantalón de chándal. Estaba cruzado de brazos apoyado en su armario, esperando el siguiente paso de la performance de Juan 12. Podría incluso recitar las palabras que iban a salir de su boca de memoria.

—Tengo que irme. No puedo quedarme aquí, tengo que ver a mi Mari y decirle que la amo con locura. Voy a pedirle que nos casemos de nuevo —dijo, aún enterrado entre sus manos, mientras Gael movía los labios pronunciando las mismas palabras al unísono.

Después de eso, el cliente se levantó y vistió en tiempo récord, se llevó la mano al bolsillo del pantalón y le dio dos billetes de cien euros a Gael. Sin decir o hacer nada más, se fue por donde había venido.

Durante los siguientes minutos, Gael se dedicó a cambiar las sábanas, fregar las huellas que había dejado su cliente por el pasillo al haber venido mojado y tumbarse en el sofá a hablar con un par de amigos de Colombia para que le contaran los últimos chismes del vecindario.

Uno le preguntó qué tal le iba en el trabajo, y Gael volvió a sentir lo que prefería ignorar.

No quería contar la verdad hasta tener un empleo fijo, por el cual no le juzgaran, y los papeles en regla, pero para eso parecía que faltaba aún demasiado tiempo. En días como aquel, solo necesitaba un abrazo de su madre. La primera lágrima que derramó le mojó la comisura de los labios. Las siguientes, le empaparon la cara.

54

Mauro

—No es que me aburra aquí, pero vengo de Valencia y el ambiente es diferente —le dijo Javi a Mauro en uno de sus descansos.

En aquel momento se encontraban fuera, en la calle. A pesar de estar en pleno centro, las mañanas apenas tenían ajetreo y se podían permitir aquel lujo. Rocío estaba dentro organizando las novedades de la semana que acababan de llegar. Era una de las funciones que ella siempre deseaba hacer y Mauro había desistido en tratar de ayudarla.

—¿Diferente cómo? —le preguntó Mauro, después de darle un bocado al bocadillo de mortadela.

Javi se encogió de hombros. Se había liado un cigarro, algo que ponía nervioso a Mauro porque parecía un porro de... otra cosa. De hecho, al principio le había preguntado si normalmente iba colocado al trabajo, hasta que Javi le explicó que no era más que papel, filtro y tabaco sin tanto alquitrán. Aun así, Mauro no estaba tranquilo y se fijaba constantemente en si la gente les miraba raro por parecer otra cosa. Si estuviesen en el pueblo, como mínimo le tirarían piedras por convocar a Lucifer con drogas.

—La gente es otro rollo. Aquí en Madrid son como muy cerrados, no sé si me explico.

Mauro no dijo nada.

—Tú tienes amigos aquí, ¿verdad? Llevas poquito, pero supongo que habrás salido de fiesta y demás.

—Sí, sí, mis compañeros de piso. Son geniales.

—Ah, es verdad, que sois un montón. Pues oye, podríamos salir de fiesta los del curro un día que no salgas con ellos. Rocío se apunta a un bombardeo, así que contamos con ella. Es una alcohólica. —Javi se rio.

—¿Por dónde quieres salir? Conozco poco aún.

—Yo he de decir que mis primeras semanas salí casi todos los días. Fabrik, Kapital... Un poco de todo, la verdad. Allí en Valencia es que tenemos muchos festivales y me van los sitios grandes, no los minipubs estos que pareces una sardina en lata. Si quieres podemos ir a alguno que no hayas ido a ver qué tal.

—Puede estar bien —confesó Mauro.

La sensación era extraña: por un lado quería cambiar de ambiente y salir con otras personas, explorar nuevos horizontes y todo eso; pero por otro sentía que en parte les debía a Andrés, Gael e Iker el que conocieran también un poco más de su vida y, en este caso, sus nuevos amigos.

—Podemos hacer algo antes en mi piso —propuso Mauro, para su sorpresa.

—¿Botellón? —Javi le miró por encima del fuego del mechero. Otra cosa que ponía nervioso a Mauro de esos cigarros extraños: tenía que prenderles fuego cada dos por tres.

—Sí, con mis compañeros —aclaró Mauro—. Son muy majos. Los viernes siempre los tienen libres, es cuando solemos salir.

—Vale, me apunto. Rocío seguro que también. Luego nos dices por el grupo lo que tenemos que llevar y tal. —Javi lanzó el cigarro al suelo y se dirigió hacia la tienda—. Te dejo terminar tu bocata, ahora seguimos.

Mauro masticó el pan y la mortadela pensativo. Ya no le costaba hablar con chicos ni planear una fiesta, eran como si sus instintos hubieran cambiado y ahora todo se hubiera naturalizado. Era... normal.

¡Madrid ya...!

Madrid ya...

Joder.

Tosió y escupió un trozo de hueso de la loncha del embutido.

—Es que soy idiota —dijo, mientras recuperaba el aliento tras casi haberse matado él solo. Tiró lo que restaba de bocadillo a la basura más cercana y entró en la librería, deseando que nadie más hubiera visto aquella escena tan ridícula.

Que, honestamente, eran cosas que solo le pasaban a él.

Eso no va a cambiar nunca, Maurito. Vas a ser torpe siempre.

55

Iker

—¿Te importa si me desabotono un poco la camisa?

—Claro, no te preocupes. Adelante.

Diego procedió a soltar un poco la camisa del traje. Iker trató de no mirar, pero lo necesitaba. Sus ojos se movieron solos. Vio un pecho dorado con unos pocos pelos, muy masculino y musculado.

Joder, no puedo más. ¿Para qué le digo que sí? No me voy a poder concentrar...

—Cuidado, que te quedas bizco —le dijo Diego con una sonrisa. Le había pillado.

A Iker le gustaba que Diego estuviera haciendo bromas continuamente. No pegaba para nada en aquella oficina y relajaba el ambiente de tensiones innecesarias, aunque otras nuevas parecían haber aparecido para quedarse.

Diego se había habituado al método de trabajo en un santiamén y a decir verdad, era bastante bueno, mejor que Pedro incluso. Una de las principales diferencias era que Diego se mantenía en silencio la mayor parte del tiempo, pero cuando abría la boca era para soltar cosas como aquellas. Otra de las grandes diferencias entre sus compañeros era que este era maricón como él, y Pedrito... Pues tenía la típica bandera de España en la muñeca.

Pero bueno, volviendo al tema de los comentarios de Diego,

eran diversos, sorprendentes y excitaban a Iker. Quizá demasiado, teniendo en cuenta dónde se encontraban ambos.

—Hoy podríamos salir antes —dijo de pronto Diego, después de varios minutos en silencio.

—Imposible —respondió Iker sin apartar la vista del ordenador y negando con la cabeza.

Diego rodó con su silla por el despacho y se acercó a la mesa de Iker. El sonido de las ruedas murió, y ahora solo se escuchaban sus respiraciones. Tenía a Diego enfrente, Iker solo tendría que levantar la mirada para verlo de cerca, con la camisa desabotonada y esa sonrisa...

—¿Sabes? Eres muy aburrido —le picó Diego con una sonrisa maliciosa.

Iker sonrió de medio lado.

—Eres la primera persona en mi vida que me lo dice.

—Lo siento entonces, pero me extraña. No tienes alegría para vivir, todo el día encerrado con este trabajo tan aburrido.

—No se puede hacer más.

—Hay que buscarle soluciones al aburrimiento.

En ese momento, Iker decidió no ponerle freno, jugar. Seguirle el rollo a su compañero de trabajo era inofensivo, y así se entretendría en aquella mañana tan aburrida. ¿Iban a servir de algo sus barreras? Había cierta excitación en saber todas las cosas prohibidas que podrían suceder.

—¿Y qué propones?

Diego se tomó unos segundos para contestar, fingiendo sopesar su respuesta.

—Yo cuando me aburro hago muchas cosas, pero ninguna de ellas se puede hacer aquí. —Se encogió de hombros. No apartaba la mirada de Iker, la tensión crecía por minutos. Eran como animales de caza, pendientes el uno del otro a ver quién fallaba al dar un paso para comérselo vivo sin miramientos.

—A ver, dime qué cosas son esas, que lo estás deseando. —Iker chasqueó la lengua.

—No quieres escucharlas.

Diego soltó una carcajada sin romper el contacto visual. Cuando dejó de reírse, alzó una ceja para dar paso a la respuesta de Iker.

—Pruébame —fue lo que dijo este.

Como si hubiera sido una orden, Diego se levantó de la silla y se apartó unos centímetros para que Iker le pudiera ver sin que el ordenador le tapara la vista.

Entonces comenzó a desabrocharse más y más la camisa, botón a botón, despacio, mirando con lujuria a Iker mientras se mordía el labio inferior. Pese a que la camisa estaba cada vez más abierta, no dejó que se viera nada. Hasta que no llegó al último botón, no apartó la tela con las manos para mostrar su torso semidesnudo.

—¿Esto te desaburre, Gaitán?

Iker no podía responder, porque si lo hacía, soltaría tremenda burrada. Acompañada de un acto, claro estaba, y lo que se le pasaba por la mente era agarrar a Diego, tirarle sobre la mesa y reventarle como si no hubiera un mañana.

—Como sigas así —dijo finalmente, tragando saliva para controlarse—, esto va a parecer una escena de *MenAtPlay*.

—Vaya, así que te dan morbo los trajes.

Como respuesta, Iker se impulsó con la mesa para rodar con su silla y que Diego pudiera ver cómo se encontraba en aquel momento: su reluciente paquete se marcaba bajo esa tela ajustada. La situación no solo era morbosa, sino altamente peligrosa para la reputación de Iker y su puesto de trabajo para con su padre. Y eso era justamente lo que le tenía el corazón —y la polla— desbocada.

—¿Qué te ha pasado? —preguntó Diego en tono burlón, mientras se abrochaba de nuevo los botones.

Iker frunció el ceño.

—Nada.

—Algo he visto. Pequeño, pero era algo.

Joder. Cómo me pone que me piquen. Puto Diego, se está ganando una follada...

—Deja la tontería, si vieras cómo me desaburro yo, estarías más calladito.

Diego terminó de abrocharse la camisa y con una sonrisa llevó la silla de nuevo hacia su mesa, a unos metros de la de Iker. Sentenció aquella escenita con una frase:

—Si quieres callarme la boca, ya sabes dónde encontrarme. A ver si de verdad merece la pena lo que he visto.

Y dicho aquello, volvió la vista a su ordenador, sin volver a decir nada indecente durante el resto de la mañana. En todas esas horas,

Iker no pudo dejar de pensar en su pecho descubierto, su trasero, sus jueguecitos... Su pene tampoco.

A las tres de la tarde Iker no tenía hambre. Se comió una manzana antes de ir al gimnasio, un poco forzado, por tener algo en el estómago. Tenía una sensación extraña desde su *encuentro* lleno de tensión sexual no resuelta con Diego. Era la tónica diaria, aunque habían cruzado algunas líneas rojas aquella mañana. Si ponía lo que había pasado en una balanza, no le era rentable ponerse en riesgo, pero al mismo tiempo estaba tan excitado con la idea y tan harto de ocultarse en su trabajo... No le debía nada a su padre.

Pero realmente, Iker sabía que eso no era lo que le pasaba.

Era Mauro.

Y no era que pensara en él constantemente, pero sí que se mantenía en algún lugar oculto de su mente, como un sueño recurrente que aparecía de forma intermitente. ¿Por qué? No tenía sentido. Mauro era su amigo, y sí, era cierto que estaba tratando de hacer todo lo que estuviera en su mano sin ser un absoluto acosador para protegerlo y no verse reflejado en él, pero lo hacía de buenas formas y de corazón. Había tomado el papel de protector y era algo que no pensaba dejar de hacer.

Pero entonces, si lo tenía tan claro, ¿por qué lo que realmente le mantenía alejado de acostarse con Diego no eran los problemas que podría acarrear eso en su trabajo, sino la cara de Mauro, que aparecía sin ser llamada, como si estuviera haciendo algo malo?

Se atragantó con la manzana y la lanzó al suelo sin miramientos ante la puerta del gimnasio. Iba a dejar de pensar tonterías, porque fuera lo que fuese lo que le pasara en su interior, nada iba a cambiar su forma de ver la vida.

Era lo mejor. Para él y para todos.

56

Andrés

Andrés no dejaba de suspirar pensando en Efrén. Desde el fin de semana medianamente horrible y fantástico a partes iguales, cuando por fin había perdido la virginidad, había ido ganando confianza en sí mismo y en su pareja en algunos de sus encuentros en los días siguientes. Ahora, sí parecía disfrutar.

Efrén era tan, pero tan atento con él.

Le ofrecía protección, seguridad y, sobre todas las cosas, un amor incondicional. Efrén no podía no contar con él, siempre entraba en sus planes. Era algo que Andrés jamás se habría imaginado viniendo de alguien con el físico de su novio, no parecía de los que se enamoraban hasta las trancas.

Ah, cierto. Es que ahora eran novios. Lo habían decidido durante una cena a la luz de las velas, unos días después de aquel fin de semana. Efrén lo tenía claro y, aunque Andrés tenía ciertas dudas (todas ellas influenciadas por lo mal que Taylor Swift lo pasaba al decepcionarse con sus amores), sintió que debía lanzarse a la piscina sin miedo a ahogarse. Porque ahí estaría Efrén para rescatarle si algo salía mal. Eso es lo que hacía tu pareja: salvarte.

De hecho, se encontraban tan a gusto y tenía tanta confianza con él, que Efrén le había pedido poner su cara en el teléfono para poder desbloquearlo. De esta forma, si pasaba alguna emergencia y Andrés estaba en la ducha o no podía atenderlo, él podría comunicárselo.

—Pero yo en el mío no te puedo dar la clave ni nada —le había comentado Efrén una vez que habían configurado el teléfono de Andrés.

—¿Por qué?

—Tengo cosas del trabajo, los turnos, el grupo con el jefe... Es mejor así, no vaya a ser que te confundas mandando algo o lo que sea y me la líes.

Después de eso, Efrén se lanzó a sus brazos y selló su nuevo paso hacia delante en la confianza de pareja con una sesión de besos por todo el cuerpo.

Qué bonito era el amor con transparencia, pensó Andrés. Qué feliz se sentía de haber encontrado lo que llevaba años soñando.

57

Mauro

Para paliar los nervios que Mauro sentía por organizar una fiesta en casa aquella misma noche, Iker había decidido sacarle a dar una vuelta unas horas antes. Según él, las cuatro paredes se le iban a echar encima y no era plan. ¡Que no había por qué estar nervioso, le había dicho!

—No quiero criticar tu ropa —le soltó Iker de pronto, mientras empezaba a colocar platos sobre la mesa del salón—, pero la verdad es que se nota que vienes de pueblo. Menos por las camisetas frikis. Esas no están mal.

Mauro se lo tomó a broma, pero cuando vio que Iker no se reía y que estaba vestido para salir a la calle...

—¿Qué quieres hacer? No me asustes, que estoy de los nervios. Llegarán en un par de horas, no podemos...

—En dos horas nos da tiempo de recorrernos medio Madrid, maricón. Venga, vamos a comprar algo de ropa para esta noche aunque sea. Hazme el favor, Maurito —le dijo Iker con una sonrisa, para luego poner morritos—. Porfi, porfi.

Mauro se rio y ante la tontería de Iker, no pudo negarse. Se vistió a la velocidad de un rayo y acalló las mariposas de su estómago al mirarse al espejo. Eso siempre le dejaba claro que cualquier fantasía que tuviera no podía hacerse realidad.

Así que ahí estaban, al cabo de quince minutos, bajando la calle en dirección al centro comercial Plaza Río 2, junto a Madrid Río, que no dejaba de ser el Manzanares con jardines, caminos y bares en ambas veredas. Les quedaba lo suficientemente cerca de casa como para poder acercarse caminando. Mauro, en las semanas que llevaba viviendo en Madrid, aún no se terminaba de ubicar con las distancias.

—Porque soy buena persona, pero sobre todo soy el Tito Iker: si algo te gusta, te lo pillas y yo te lo pago —le anunció Mauro cuando estaban cruzando las puertas de entrada.

—Tengo mi propio dinero —respondió el otro, serio.

Iker se encogió de hombros.

—Yo nunca diría que no a que alguien me comprara ropa.

—Pero es que yo no la necesito —se defendió Mauro, que ya comenzaba a mirar los escaparates—. Esto es como en las películas, ¿no?

—¿El qué? —Iker parecía confuso.

—El centro comercial.

—¿Nunca habías estado en uno? ¿En serio?

Mauro negó con la cabeza, sintiéndose de nuevo un marginado social. Sabía que su experiencia vital era muy diferente a la de muchas personas, pero no podía ser el único que no hubiera estado nunca en un lugar como aquel.

—Bueno, entonces te hago un tour. Sígueme.

La sonrisa de Iker fue lo que realmente le hizo el tour a Mauro. No podía dejar de fijarse en la generosidad ni el buen rollo que transmitía. Pasearon durante una hora por los pasillos, cotilleando en las tiendas que parecían más grandes, y Mauro terminó por comprarse un par de sudaderas, una camiseta y un jersey que usaría aquella misma noche, que tras una pequeña discusión medio en broma con Iker, terminó pagándose él mismo.

—Espera, vamos al Zara por última vez antes de volver a casa, que vi el otro día un pantalón que me quería comprar.

Mauro estaba ya cansado y no dejaba de consultar la hora en el reloj. ¡Iban a llegar tarde! Le parecía impensable que siendo el anfitrión de la fiesta fuera a llegar con retraso, pero se dejó llevar por Iker irremediablemente.

Porque lo haría siempre.

Su amigo no tardó en encontrar el pantalón que buscaba y los dos marcharon a los probadores.

—Pasa, pasa —le dijo Iker, acompañado con un gesto de la

mano. Mauro pasó y le esperó al otro lado de la cortina, mirando a la nada.

Aunque estaba tentado de mirar a través de uno de los espacios que dejaba la tela... No, iba a parecer un loco. Además, eran amigos.

Pero, de pronto, Iker abrió la cortina de golpe y le asustó.

—Joder —dijo, sin poder controlarse.

—Mira, ¿te gusta?

Iker estaba sin camiseta. ¡Cómo no! Se giró como si estuviera posando en una pasarela, presentándole a Mauro su cuerpo desde todos los ángulos posibles. Mientras, le hablaba del tallaje, de cómo le quedaba la cintura, de cómo... La verdad es que Mauro ni se estaba enterando ni quería enterarse. Iker era increíblemente perfecto; parecía haberlo olvidado desde la última vez que le viera, mientras sujetaba a Gael drogado y huían de una discoteca. Tenía los músculos de los brazos marcados y se le notaban las venas de las manos. ¿Cómo había sido capaz de olvidar aquello? El pantalón, como todos los que llevaba, era bastante ajustado y le hacía notorio aquello que tenía entre las piernas. Que esa era otra: de sus tres compañeros de piso, dos parecían tener anacondas bajo los calzoncillos. ¡No era ni medio normal! Mauro no pudo evitar fijarse en que el botón que sujetaba la tela del pantalón no estaba en línea recta, sino un poco hacia abajo, y se podía ver una muy fina línea de vello que nacía desde ahí hasta el ombligo y seguía desdibujándose entre los abdominales.

Qué puto bueno estaba Iker, coño.

—Entonces ¿me lo llevo o no?

—¿Eh? —Mauro volvió al mundo real—. Claro, sí. Te marca bastante el culo.

—Oyeee, no me mires el culito, Maurito —le dijo Iker en broma y cerró la cortina.

Mauro no pudo evitar cerrar los ojos y golpearse con cuidado contra la madera del probador, a lo Dobby el elfo doméstico.

Eres idiota. Nunca vas a tener nada con él, asúmelo. Es inalcanzable.

Y aunque él no lo supiera, dentro del probador, Iker miraba su culo y esbozaba una sonrisa por el comentario de Mauro. Sin poder ocultarla, se vio a sí mismo sonrojarse en el espejo. E Iker Gaitán no se sonrojaba por nadie.

Para fastidio de los dos, una cortina de tela les separaba, era tan gruesa que no permitía que se vieran a través de ella, creando una distancia entre ellos que en aquel momento era imposible de superar.

—Venga, vamos —casi gritó Iker de pronto y abrió la cortina del probador. Mauro disimuló rápidamente y se irguió con una sonrisa—. ¡Tenemos una fiesta que montar!

Desde que Mauro había llegado al piso tras la miniescapada al centro comercial, tenía diarrea. Le pareció algo divino por lo menos: era su primera fiesta en casa organizada por él y estaba dispuesto a impresionar a todos sus amigos... Si no salía bien, se sentiría incómodo, pero rezó para que no estuviera el noventa por ciento del tiempo vaciándose en el baño.

Por no hablar del olor que dejaría.

Ni Javi ni Rocío habían llegado aún, pero llevaba toda la semana queriendo que aquel encuentro entre sus dos grupos de amigos saliera bien y toda tensión y presión era poca. Gael había escuchado los problemas estomacales de Mauro y le había dado una pastilla, que según él era mano de santo.

—Con eso se cura —le aseguró, guiñándole el ojo.

Al final, la fiesta como tal se había trasladado al salón de su casa. Nada de unas copas antes de salir de fiesta. Mauro lo había consultado con sus compañeros y le habían dado el visto bueno, de esa forma tampoco gastarían tanto dinero y podrían quedarse dormidos en las esquinas si alguien se pasaba con el número de cubatas que entrara en su sistema. Que, viendo la trayectoria que llevaban cada vez que salían de fiesta, Mauro pensó que probablemente esa había sido la mejor decisión que había tomado en su vida.

—Están a punto de llegar —le avisó a Iker, que acababa de salir de la ducha tan solo con la toalla anudada a la cintura.

Menos mal que se fue directo a su cuarto, porque lo que le faltaba a Mauro en aquel momento era distraerse con el cuerpazo de su amigo... por segunda vez aquella tarde. No era el momento de pensar en eso: era el momento de dejar el bol de nachos preparado y la bolsa de hielos abierta dentro de la cubitera, lista para hacerse copas.

—Uf, huele delicioso —dijo Mauro en cuanto identificó el aroma que provenía de la cocina, donde Gael estaba preparando un plato que según él, llevaba tiempo queriendo cocinarles. Mauro se preguntó de qué se trataba, pero no podía distraerse de su cometido.

Encendió la televisión, puso la aplicación de YouTube y se sintió extraño cuando en la página de recomendación aparecían canciones que ya reconocía y que hacía apenas unos meses le eran desconocidas. Seleccionó una lista de reproducción de canciones de Beyoncé, que no le había desagradado la última vez que la había escuchado. Además, sabía que a Iker, Gael, Andrés, Rocío y Javi le gustaría. Especialmente a este último, que se declaraba fan incondicional de la cantante.

Después se sentó en el sofá, a revisar si había habido algún cambio de planes de última hora. Nada, lo último que le habían dicho Javi y Rocío era que iban a llegar a la hora prevista.

Bien, esto va a ser un éxito.

Miró la mesa con las provisiones y de pronto sintió que era muy poca comida. Estaba tan nervioso que no podía dejar de pensar que aquella fiesta casera que había organizado iba a ser un fracaso ante el más mínimo inconveniente.

Va a salir fatal.

Y así todo el rato.

—Oye, pero ¿y esta música? —le preguntó Andrés, que llevaba horas sin salir de su habitación. Se había puesto unos vaqueros algo anchos y una camiseta de manga larga que llevaba remangada por los codos. Con una sonrisa, se sentó al lado de Mauro en el sofá—. Te estás convirtiendo en una marica de ciudad, toda urbana ella.

—Es todo un honor —bromeó Mauro, fingiendo una reverencia.

Se quedaron en silencio durante unos segundos mientras observaban cómo Beyoncé fingía cantar en directo mientras hacía la misma coreografía que Mauro le había visto repetir centenares de veces y el público la alababa como loco.

—Estoy nervioso, Andrés —confesó finalmente, cuando terminó una de las canciones.

—¿Por qué? Es una fiesta en casa. Tengo ganas de conocer a tus nuevos amigos.

Mauro se distrajo con el pelo de Andrés, que se movía en aquella ocasión como si tuviera vida propia. Llevaba su tupé típico, sí, pero los mechones que siempre parecían rebelarse y le daban ese toque pijo-despeinado, aquella noche se asemejaban a culebras que no paraban de moverse.

—Mauro —le apremió Andrés—, no va a pasar nada, ya ves tú. Por cierto, ¿qué tal son Javi y Rocío? Apenas nos has hablado de ellos.

—Ah, es que estos días no has parado casi por casa. Son muy majos, ya verás. ¿Qué tal con Efrén?

A Andrés se le empezó a formar una sonrisa resplandeciente en la cara, pero desapareció tan pronto como apareció.

—Bueno, no sabe que tenemos hoy una fiesta, pero sé que confía en mí, así que no hay nada de qué preocuparse.

—¿Y por qué iba a haber preocupación? —preguntó Mauro, haciendo gala de su inocencia.

Andrés respondió con un encogimientos de hombros y estiró la mano al bol de nachos para picotear uno. Después de eso, volvió la vista al televisor y durante los siguiente minutos ninguno de los dos amigos dijo nada, tan solo contemplaron a Miley Cyrus lamer un martillo mientras lloraba. Mauro no rompió el silencio porque estaba nervioso, y Andrés porque no tenía por qué darle explicaciones a nadie sobre su relación.

Pero Mauro, aparte del olor a comida que provenía de la cocina, empezó a oler a chamusquina.

58

Gael

Hacer empanadas transportaba a Gael a su hogar. En su casa, las mejores eran las de su abuela, que había fallecido hacía ya casi una década, cuando él era muy joven. El olor de la empanada al freírla en la sartén le proporcionaba un viaje a los recuerdos de su tierra.

Era el momento de que aquella esencia, aquellos sentimientos, tuvieran un nuevo hogar. Ofrecerles comida típica de su país a sus compañeros de piso le parecía una gran forma de agradecerles todo lo que habían hecho por él, pero sobre todo, era la mejor manera que se le ocurría de que le conocieran mejor.

Gael era celoso de su intimidad, de su vida pasada. Ni siquiera Iker sabía datos importantes como si tenía hermanos o cómo le había ido en la época del instituto. No era de los que se sentaban a contarte sus problemas, porque podía solucionarlos solo. Siempre lo había hecho, y siempre lo haría.

Pero con aquellas empanadas pensaba abrirse un poco, enseñarles a sus amigos lo importante que era cocinarlas para él, dejarles vivir un poquito más de su cultura y de su país. Hablarles, sí, a través de la comida.

—¿Cómo vas? —La voz de Iker irrumpió en la cocina. Se acercó a la encimera y llevó la mano al plato donde Gael iba dejando las empanadas ya fritas.

—¡No toque! —Acompañó la orden con un manotazo a Iker.

—Parsero, no me pegue, wey —se rio Iker.

—El «wey» no es colombiano.

Los ojos de Gael se pusieron tan en blanco que le dolieron, pero se reía con su amigo. No lo hacía por ofender, y siempre hacía la misma broma.

—Parserooo —repitió Iker, dándole unos golpecitos en la cabeza a Gael y luego se marchó entre risas—. Huelen genial, estoy deseando probarlas.

Gael volvió a quedarse solo en la cocina, pensando en lo importante que era aquel chico en su vida. La confianza que les unía y el amor fraternal que se profesaban podía ayudarle a...

No, Iker jamás haría eso por él.

Desechó la idea corriendo y se centró en que no se le quemara el aceite.

59

Iker

Quien abrió la puerta fue Iker. No sabía por qué, pero su instinto protector le reclamaba analizar en primera persona a los nuevos amigos de Mauro. No tanto por su compañero de piso, sino porque iban a entrar en su hogar dos personas desconocidas, y quería ver si les calaba desde el primer momento.

—¡Hola! Soy Javi.

—Rocío, adicta al vino. Traemos unas botellitas del barato, pero está superrico. ¿Os mola?

—Pasad, pasad —dijo Iker, ignorando la pregunta de aquella chica tan espabilada. Analizó con la mirada a Javi y se hizo a un lado para que entraran.

Los nuevos amigos de Mauro fueron directos a por él, que les esperaba con los brazos abiertos y una sonrisa de oreja a oreja en mitad del salón. El abrazo de Javi fue estándar. Bien, pensó Iker. El de Rocío fue mucho más fuerte por su parte, que no soltó las botellas ni para achuchar a Mauro. Se veía que le tenía muchísimo cariño.

—Oye, no está nada mal el pisito —comentó Javi, tras echar un vistazo—. Me molan mazo los LED.

Iker sonrió, siempre orgulloso de aquella gran inversión.

—A ver, es para cuatro personas, grande tiene que ser —dijo Mauro. La sonrisa bobalicona no se le quitaba de la cara. Estaba pletórico. Nervioso, temblando, pero feliz.

—Huele de lujo —dijo Rocío, olfateando el aire.

—¿Es de verdad? —Mauro arrugó la nariz—. A mí me huele a quemado desde hace un rato, no sé.

Rocío asintió efusivamente, haciendo que sus gafas se le deslizaran un poco por la nariz.

—Sí, mi madre tiene una amiga colombiana y es el olor, tío. En plan, es así. Huele a empanadas, ¿a que sí? Me muero, lo más rico del mundo.

—Así es. —La voz de Gael llegó antes que él, que entraba desde la cocina con un par de platos repletos de cosas amarillas—. Soy Gael, como bien sabe por el olor, colombiano. Dejen que me cambie y vengo enseguida. No las toquen hasta que traiga el ají.

—¡Me muero, ají! —chilló Rocío, saltando.

Gael dejó las empanadas en la mesa y se despidió con una sonrisa. Javi seguía allí plantado, ante la atenta mirada de Andrés e Iker, que parecían examinarlo.

Bueno, Iker lo llevaba haciendo desde el minuto uno.

—No me habías contado que tenías un amigo que estaba tan bueno —medio susurró Javi finalmente, tras acercarse a Mauro.

—¿Quién? —Mauro parecía confuso.

Iker sonrió. Fingió no estar prestando atención, mirando su teléfono móvil.

—Bueno, los dos. Gael e ¿Iker se llama? —Esto último lo dijo muy bajito, pero el oído de Iker Gaitán estaba entrenado para enterarse de todos los secretos.

Mauro puso una cara extraña, que Iker no supo identificar. Su estómago se contrajo y su corazón dejó de latir unos segundos. ¿Era una mirada de... celos? No, imposible.

No has empezado a beber y ya estás alucinando.

—Beyoncé, me encanta —dijo Rocío y se puso frente a la televisión. El aleatorio había vuelto a poner un videoclip de la cantante, ante el asombro de Andrés, que parecía aburrido. Rocío se sentó en el sofá y siguió algunos movimientos de brazos de la coreografía que estaba haciendo en aquel momento la superestrella.

Gael volvió de la habitación con una ropa un poco más decente y le sonrió a Iker, antes de darle un pellizco en el brazo para molestarle. Se plantó en el salón con un brazo sobre la cadera, viendo qué sucedía allí.

—Por cierto, ¿dónde dejamos el vino? —le preguntó Javi haciéndole ojitos a Gael, y señaló las botellas que estaban en la mesa.

Iker puso los ojos en blanco.

Dios, ni cinco minutos y ya le está tirando la caña. I hate maricones.

—He traído otra cosa —dijo de pronto Rocío, levantándose del sofá.

Nunca llegó a revelar de qué se trataba, porque Mauro la intercedió para servirle una copa, y todo comenzó a fluir de repente.

Al cabo de un cuarto de hora, todos estaban ya sentados alrededor de la mesa central, algunos con vino, otros con copas de ginebra o vodka, otros comiendo empanadas con ají. Iker se había sentado en el sofá, en un lateral, junto a Mauro. No le terminaba de gustar la actitud de Javi, ni sus miradas. Le daba la sensación de que no era de fiar, así que decidió de alguna manera salvaguardar a su amigo y sentarse a su lado.

Rocío sacó finalmente un taco de cartas de su bolso.

—Es un juego para beber —anunció, con un par de copas ya encima—. Tiene preguntas de todo tipo, en plan Verdad o Atrevimiento, sexuales... Vaya, para romper el hielo y ponerse a beber como cosacos.

—Venga, dale. Esto me mola —dijo Iker, frotándose las manos, nervioso. ¿A quién no le gustaba un buen salseo entre hielos, alcohol y amigos?

—A ti siempre te mola —le dijo Andrés poniendo los ojos en blanco.

—Chica, pues disfruto de la vida. No como otras.

—Uuuh —dijeron al unísono los demás.

—Movida, movida —añadió Rocío.

—No voy a comentar más, venga, a jugar, que si no te hundo, bonita. —Andrés parecía molesto, pero no demasiado, como si tratara de ocultarlo entre bromas.

—Hay que coger una carta cada uno —comenzó a explicar Rocío—, y entonces la leemos cada uno para nosotros mismos. Decimos el número que viene y quien tenga el número más bajo es el que la lee primero en voz alta, y luego continuamos con los siguientes números. ¿Queda claro?

Todos asintieron.

—Pues empezamos.

Iker cogió su carta primero. Le gustaba destacar y ser la voz cantante. Cuando fue a agarrar la carta del montón del centro de la mesa, coincidió con Javi. Sus dedos se tocaron.

—Perdón —le dijo este con una sonrisa.

Que no. Que no me molas.

Así que Iker, como era de esperar, ignoró aquel coqueteo y se concentró en su carta.

7

De los presentes,
¿quién tiene más posibilidades
de hacer una orgía?

Trató de visualizar la de Mauro, que estaba a su lado.

12

VERDAD:
Confiesa, de los que están jugando al juego,
quién te excita sexualmente.

ATREVIMIENTO
Bebe un chupito por cada persona del juego
que te excite sexualmente.

Cuando Iker terminó de leer la carta, tragó saliva. Aquel juego iba a ser interesante, a decir verdad. Mauro no se había dado cuenta de que había leído su carta, así que no podría comentar con él. Y honestamente, le causaba interés conocer sus respuestas.

Los demás habían leído sus cartas y tenían en la cara una expresión cómplice. Javi se llevó la copa de vino blanco a los labios con una sonrisa de medio lado. ¿Qué estaría tramando?

—¿Quién empieza entonces? —preguntó.

—Yo tengo el cinco —dijo Gael.

—Yo el siete.

—Yo el once.

—Yo el doce.

—Yo el nueve.

—Yo el veinte.

—Vale, entonces voy yo. —Gael carraspeó y leyó en voz alta—. Es una pregunta que dice: Si pudieras, ahora mismo, follar con una persona de esta sala, pero que a ambos se os olvidara al día siguiente, ¿con quién te acostarías?

—¡¿Quééé?! Empezamos fuertes. Puedes responder o beber —indicó Rocío.

—Hummm... —Iker conocía a Gael y sabía que no respondería con tal de no incomodar a otra persona—. Mauro.

Todas las cabezas se giraron hacia él, que abrió la boca sin entender. Las mejillas se le encendieron, rojas como nunca antes las había visto.

—¿Perdón?

—Es un juego, parce —le dijo Gael sonriendo.

Pero a Iker aquel «juego» no le estaba haciendo mucha gracia. Mauro continuaba sin decir nada, y disimuló su nerviosismo tomando un sorbo de su copa. Movía la pierna como si tuviera un tic nervioso.

—Bueno, siguiente pregunta —dijo Rocío, que parecía haber disfrutado de la escenita—. No os conozco demasiado, pero me encanta el cotilleo y el mamarracheo, ¿vale?

—Eres una mariliendre —dijo Andrés, haciendo uso de una de sus palabras favoritas, pero riéndose.

—¡Dilo, tata!

Rocío se levantó y con la mano en alto se acercó a Andrés. Ambos la chocaron.

—Dicen que la mejor amiga de un maricón es una bollera —dijo Rocío entre risas.

Iker vio cómo Mauro abría los ojos. Parecía sorprendido, pero para Iker no era para tanto. Era más que obvio que Rocío lo era, exudaba bollerismo.

—A ver, ni que tuvieras demasiada experiencia —le contradijo Javi.

Rocío se llevó las manos a las caderas, como enfadada.

—¿Y qué tiene que ver una cosa con la otra? Puede que no me haya liado con todas las chicas que me han gustado, pero es muy difícil conocer chicas que merezcan la pena.

—No, no —intervino Andrés negando con el dedo—. Es más que difícil.

—¿A qué te refieres? —Rocío parecía curiosa, pero también dispuesta a atacar si la respuesta no le parecía correcta. A Iker le pareció ver que incluso tenía los incisivos fuera.

—Que nosotros nos reconocemos más fácilmente: la forma de hablar, los peinados —fue enumerando con los dedos—, la música que escuchamos, los programas que vemos en la tele... Es muy sencillo reconocernos, aunque se caiga en estereotipos.

—Ya, total, te entiendo. —Rocío suspiró—. La verdad es que, si tú me ves, ¿piensas que soy lesbiana? —Se puso a posar como si estuviera en pleno reportaje fotográfico de la *Vogue*. Todos rompieron a reír—. Es que yo me imagino lo que veo en las series, como siempre, vamos. La típica lesbiana superestereotipada, y yo no tengo nada que ver con eso.

—Pero tampoco está mal —intervino Gael por primera vez en aquella conversación.

—Claro, cada uno es como es y eso es lo bonito. Pero que si voy por la calle y me gusta una chica, pues no sabe que soy lesbiana, así como si ven a Andrés...

—¿Qué quieres decir con eso? —casi gritó Andrés escupiendo la bebida debido la risa que le hizo el comentario.

—Solo hay que verte. —Y Rocío le guiñó un ojo.

Después de ese descanso en el juego, rellenaron las copas entre risas. Iker se la había bebido sin interrumpir la conversación, aunque no le quitaba el ojo a Mauro, que tampoco había intervenido en ningún momento.

Pobrecito, cada día aprende doscientas cosas nuevas. Se va a quedar tonto.

Como era una noche de fiesta y no quería entrar en bucles innecesarios, continuó con el juego.

—Me toca a mí —dijo entonces Iker—. A ver, que mi pregunta es un poco fuerte... ¿Quién tiene más posibilidades de hacer una orgía? No entiendo si yo tengo que responder, es para beber un trago, o cómo funciona.

—Ese tipo de preguntas es para que respondamos, sin más, y quien no quiera responder puede beber.

—Vale, pues respondo: yo. Y quizá ya lo haya hecho.

La confesión no pilló desprevenido a Gael, pero sí a Mauro. Las caras de Javi y Andrés fueron similares: una pequeña arruga en la nariz, en señal de desprecio. Rocío chocó las palmas, emocionada.

—¿Y cómo es eso? Siempre me ha dado morbo.

—Pues depende de lo que quieras, reina. A mí me gusta mucho la sauna.

—Dios, las malditas saunas —dijo Javi poniendo los ojos en blanco.

—¿Te dan asco? ¿Por qué, si en Valencia tenéis mucho mar? Hay cosas peores por allí.

Sí, había tensión entre ellos. Todos parecieron darse cuenta en aquel momento.

—Creo que a las saunas va gente... necesitada, por decirlo de alguna manera.

—¿Me ves necesitado?

Iker acompañó la pregunta levantándose un poco la camiseta, en actitud sobrada. No es que le gustara ser tan obvio a la hora de demostrar confianza en sí mismo, pero ese tipo de actitud causaba rechazo en gente como Javi, el cual no respondió nada más, cortado. O avergonzado. Poco importaba.

Bien, batalla ganada. A chuparla.

—Buenooo, vamos a ver si calmamos los ánimos y nos ponemos con la respuesta, venga. —Rocío hacía las veces de presentadora de televisión. Proyectaba muy bien la voz y parecía en su salsa.

—Yo como Iker, pero no en una sauna. O sea, lo haría y lo he hecho —confesó Gael.

Los demás confesaron que no lo harían, menos Rocío.

—Creo que el siguiente es... ¡Andrés! El número once.

Andrés no parecía estar pasando un buen rato, pero leyó la carta en voz alta, aunque sin ganas.

—Si alguna vez alguno de los presentes ha tenido sueños húmedos con un profesor, que beba un chupito.

Todos menos Mauro lo hicieron.

—¡¿En serio?! —le preguntó en tono burlón Javi—. Yo creo que todos hemos tenido algún profesor buenorrísimo. En la universidad tuve un lío con uno y todo.

—Eso es morboso —le dijo Gael.

—Y tanto, la verdad es que fue...

Iker dejó de escucharle. No le soportaba.

Llevaban varias horas ahí. La mesa daba asco, llena de chorretones, manchas de grasa de las empanadas y restos de ceniza de los cigarros de Javi e Iker. Beber sentado era una mala experiencia: cuando se ponía de pie siempre se mareaba. Aquella noche, por supuesto, no iba a ser diferente.

Después de haber jugado durante un buen rato a las cartas de Rocío, continuaron charlando, bailaron con la música que pusieron en la televisión y, en definitiva, hicieron lo que se hace en una fiesta en casa.

—Uf, me tengo que sentar —dijo Mauro de pronto, después de haberse tomado un chupito de aguardiente tapa azul que había llevado Gael.

Iker no le había quitado ojo en toda la noche. Con el alcohol en vena, quizá le llevaba mirando más de la cuenta. Tenía el instinto protector alerta. La noche había avanzado, y con ella las confianzas, y había confirmado que Javi no le caía bien, por si las doscientas treinta confirmaciones anteriores no hubieran sido ya suficientes. No iba a haber más oportunidades. No se fiaba para nada de él.

—Estás mareadito —le dijo Iker, con esa típica sonrisa bobalicona de cuando llevabas unas cuantas copas de más.

—Sí, joder —dijo Mauro—. Verás mañana la resaca que voy a tener.

—No te preocupes, es sábado —le calmó Iker, que se sentó a su lado.

Los demás continuaron charlando en otro rincón del salón, donde se encontraban fumando porros desde hacía un rato al lado de la ventana. Andrés no soltaba el móvil; hacía rato que lo habían perdido del ambiente fiestero.

Por lo tanto, Iker y Mauro tenían un poco de intimidad. Toda la que se puede tener en un salón repleto de gente, pero era más que suficiente.

—¿Cómo te encuentras? —le preguntó Iker. Era imposible que

escucharan su conversación por encima de la música y las conversaciones que estaban teniendo lugar.

—No sé.

—¿Qué tienes con Javi? —No pudo evitarlo.

Qué evidente, chico. Cálmate.

—¿Yo? —Mauro pareció sorprendido por la pregunta—. Es guapo, vamos, pero no tengo nada con él. Es mi amigo.

—Bueno, es que tiene una mirada rara...

—¿Por qué dices eso?

Iker se encogió de hombros. Tampoco le agradaría comentarle eso directamente a Mauro, así que dejó correr el tema para no preocuparle de más.

—No hace falta que me protejas, Iker —le soltó de pronto Mauro. No lo decía de malas, porque en su tono se veían las consecuencias del buen rollo del alcohol—. Soy un hombre hecho y derecho. Pero gracias por hacerlo.

Al terminar su frase, Mauro acarició la pierna de Iker.

Fue una caricia. Una de verdad.

Estuvo así unos segundos y después se levantó en dirección a la cocina.

—Tengo hambre —le anunció.

Iker ni respondió ni se movió del sitio. Miró su copa. Se sentía extraño, porque aquella caricia le había ¿acelerado? el corazón. Negó con la cabeza: era imposible. Bebió un gran trago de su copa y se acercó a los demás. Esperaba que unas caladas del porro le hicieran olvidar su confusión.

60

Andrés

Durante toda la noche Andrés no terminaba de... conectar. Sí, esa era la palabra. Se veía incapaz, por más que lo intentara, de participar en los juegos de una forma tan activa como le habría gustado. Algo en el fondo de su cabeza le hacía vivir la escena como si fuera parte de una película, no de su vida. Era una sensación, un mantra, que se repetía sin que se diera cuenta.

Era Efrén. No él, ni su cara, sino lo que Efrén estaría pensando o sintiendo con respecto a aquella fiesta casera. No le gustaría para nada.

Sus amigos reían y hacían comentarios sexuales continuamente, alentados por el juego de Rocío y por sus propias preguntas y curiosidad, algo que le resultaba cada vez más y más incómodo a Andrés.

Y eso que pensaba que perder la virginidad le iba a liberar, pero había surtido el efecto contrario.

—Es que no lo entiendo —le había dicho el otro día Efrén—, cómo puede haber gente que simplemente piense en follar. Todos los días a todas horas. No habrá más temas de conversación o cosas en la vida más importantes...

A Andrés no le gustaba que Efrén criticara a sus amigos, pero en cierto modo tenía razón. Si a él ya le venía sentando mal desde hacía un tiempo que Iker les abandonara por el simple hecho de querer acostarse con alguien, ahora veía más claro que el agua que lo que regía la vida de sus amigos (y de las nuevas incorporaciones, Javi y Rocío) no era otra cosa que hablar de culos, penes, corridas y condones.

Estaba harto. Fue así, de golpe.

Efrén tenía razón: sus amigos no eran una buena influencia.

Sin embargo, Andrés no abandonó la fiesta. Necesitaba entender por qué había cambiado de pronto tanto su actitud, por qué era más radical. Dictaminó al cabo de un rato que era porque él había encontrado el amor, y que los demás estaban vacíos de él, lo buscaban entre calentones y vasos de tubo en discotecas oscuras con olor a popper.

Pobres infelices.

Estaba deseando que aquello terminara para madrugar el sábado por la mañana y volver a pasar el fin de semana con Efrén. Lo necesitaba para desintoxicarse de tanta feromona sin sentido. Con él había amor verdadero, y eso nadie se lo podría quitar jamás.

61

Mauro

Todo mal.

Absoluta e irrevocablemente mal.

Un payaso, un ridículo, una vergüenza.

¿Por qué mierdas le acaricias así?

Tener ese contacto con Iker era más propio de lo que hacía con Gael, con quien tenía una muy buena amistad en la que ambos sabían que jamás pasaría nada. Era confianza plena. Pero por otro lado, ¿por qué Mauro no podía hacerlo?

Se arrepentía y al mismo tiempo sentía que lo había hecho de corazón. Le había salido sin más, muy probablemente causado por las copas que llevaba encima.

—Joder. —No pudo evitar quejarse en voz alta.

Solo esperaba que Iker no lo malinterpretara y, si lo hacía, tiraría de la excusa de siempre de que no estaba acostumbrado a beber. Al parecer, colaba bastante entre la gente, que parecía aferrarse siempre a eso si las cosas se torcían en algún momento de la noche. Era algo que Mauro había aprendido en Madrid las últimas semanas, y aunque no se sentiría bien al usar aquella excusa, era algo que tendría que plantearse si Iker le pedía explicaciones.

Rezó para que Iker no cambiara su actitud con él. La vez en la que Gael fue a casa e Iker descubrió el pastel de lo que se traían entre manos, había sido una mierda... Casi una semana sin hablarse por una tontería, de la cual él no tenía la culpa.

Suspiró mientras sacaba del armario una bolsa de patatas y pensaba en su relación tan cercana con Gael, porque nada de lo que había pasado entre ellos les había afectado en lo más mínimo. Deseó que fuera igual con Iker.

Mauro decidió sentarse en una de las sillas de la cocina para comer tranquilamente y se dio cuenta entonces de que toda la encimera y la mesa estaban empantanados de bolsas de hielo, hierbabuena...

62

Gael

—Perdón, es que quería hacerlos hace tiempo —le dijo Gael en cuanto entró en la cocina.

—¿El qué? —preguntó Mauro confuso, masticando las patatas como si fuera la última comida que hubiera en la Tierra.

—¡Mojitos, bebé!

Gael abrazó a Mauro. El alcohol y la marihuana habían hecho del comportamiento de Gael algo mucho más amigable y cercano de lo que ya era de por sí. De hecho, hacía unos minutos le había dado un pico a Rocío por las risas.

—Te puedo ayudar —le dijo Mauro, todo con tal de no volver al salón en los próximos siete meses y enfrentarse a Iker y la caricia que le había dado.

—Claro, parcero, cuantos más hagamos, mejor.

Gael dejó su copa en la mesa y sacó un cuchillo para cortar la especia que aderezaba el mojito.

—¿Cómo va la fiesta?

—Bien. Tenía mucha hambre —dijo Mauro, masticando patatas.

—Normal, con los porros...

—Eh, que yo no he fumado nada —se defendió.

El colombiano se rio en alto, mientras picaba la hierbabuena con soltura.

—El humo se aspira igualmente, tienes los ojitos rojos.

—Mentira. —La cara de Mauro le decía que no, que no y que no.

—Claro que no es mentira, baby. ¿Le gustó la marihuana? —Gael volvió a reír, mientras que Mauro parecía estar enfurruñado, como si le sentara mal haber olido marihuana sin quererlo.

—Pues la próxima vez lo pruebo, hombre ya —sentenció.

—¡Vaya, vaya! Yo pensaba que usted era más recatado pero voy viendo que no.

Hizo una pausa que Gael aprovechó para volverse hacia él con el cuchillo en la mano y una sonrisa en los labios.

—Madrid es mucho Madrid. —Golpeó la hoja del utensilio de cocina contra su palma, para después limpiarlo con un trapo.

—Y tanto.

Mauro continuaba comiendo patatas. La música que llegaba desde el salón se escuchaba amortiguada, como si hubieran puesto la fiesta en pausa.

—Pero usted aún no hizo lo que quería hacer... ¿verdad? —El tono que utilizó Gael invitaba a la honestidad, una rotura en la diversión, un tema más serio.

Mauro negó con la cabeza. No quería hablar del tema, y menos recordar su último encuentro con él... Había sido incómodo para ambos, aunque por parte del colombiano aquello quedaba olvidado. Sexo sin compromiso, amigos. Nada iba a cambiar.

Solo una cosa.

—Ya sabe que estoy dispuesto a ayudarle. Ya no le presionaré más, ya le dije. Así que usted decida, baby. Sabe que ni me importa. —Gael no supo por qué dijo eso, si ya había decidido dejar de forzarle. Pero una parte de él, al ver a su amigo ahí plantado, le hacía sentirse extraño. No sabía cómo actuar.

—Cobro a final de mes. Podemos hablar entonces.

Gael tardó unos segundos en responder, fingiendo ahora una concentración extrema en picar hielo.

—Bueno —fue su única respuesta, porque estaba hecho un lío.

—Voy a avisar de que los mojitos están casi hechos.

Mauro abandonó la cocina y Gael se quedó solo terminando de preparar las bebidas. Trataba de entender por qué de pronto todo se le había nublado. ¿Era correcto, estando en el punto en el que estaba, hacer «negocios» con quien era ya uno de sus mejores amigos?

No, no lo era. Y por eso se sentía como una mierda.

Pero supuso que su subconsciente sentía hambre por el dinero; cualquier ingreso extra le venía más que bien para su familia. La última semana tan solo había tenido un par de clientes y ya apenas le quedaban cincuenta euros en la cartera para el resto de fin de semana, a no ser que encontrara a alguien...

Odio esto.

Pero también pensó en su madre, en que ayer mismo le había llamado desesperada por no tener nada que llevarse a la boca y haberse gastado en medicinas todo el dinero que le había mandado Gael en los últimos días. Era una situación de mierda e injusta.

Y por mucho que le doliera, su mami era lo más importante.

¿Debía poner en riesgo su amistad y su integridad una vez más por ella?

Gael no necesitó responderse a sí mismo: creía conocer la respuesta.

63

Iker

Ahí estaba.

Después de un buen rato en la cocina con Gael, Mauro apareció en el salón con una sonrisa de oreja a oreja.

—¡Mojitos marchando! —anunció. Los presentes aplaudieron felices, y Gael tardó apenas unos segundos en aparecer con los seis mojitos en la mano para todos.

Iker miró de soslayo a Mauro en cuanto este se sentó a su lado. Repartieron los vasos y brindaron. Serían las cuatro de la mañana, pero la fiesta no parecía estar en un punto muerto, sino todo lo contrario.

—Arriba, abajo, al centro y pa'dentro —recitó Javi.

—Quien no apoya no folla y quien no recorre no se corre —continuó Rocío. Todos bajaron el vaso y lo movieron por la mesa en círculos.

—¡Y por la Virgen de Guadalupe...! —continuó Javi esperando que los demás terminaran la frase.

—¡Si no follo, que me la chupe! —dijo Iker entre risas.

Eso marcó el momento para llevarse los mojitos a los labios para probarlos.

—Están deliciosos, joder —felicitó Mauro a Gael, que le respondió con una sonrisa satisfecha.

—Podrías ser camarero —le dijo Rocío—. Pero esto es peligroso.

—¿Por qué? —Gael parecía confuso.

—Tan rico que te lo bebes sin darte cuenta y acabas meada en el suelo en un callejón.

Todos rieron, menos Iker. Aunque bueno, sí que se rio, pero fingiendo pasarlo bien. Algo sobrevolaba su cabeza y no podía dejar de pensar en ello.

Puso la mano sobre el muslo de Mauro mientras los demás narraban experiencias graciosas al salir del fiesta.

—Ven un segundo —le dijo en voz baja.

Mauro frunció el ceño, pero se levantó del sofá con el mojito en la mano. Dejaron atrás el salón, el ruido y las risas. En la cocina, Iker cerró la puerta tras él.

—¿Qué pasa? —Parecía desubicado, pero era muy mono, con ese rubor rojizo en las mejillas y los ojos brillantes.

—Podemos ir de compras cuando quieras —dijo Iker. Notó que las palabras brotaban de su boca sin sentido, sin poder pararlas—. No sé si tienes planes los próximos días, pero me lo he pasado bien. No es que hayamos hecho gran cosa, pero he estado a gusto. Y nada, por saber si querías hacer algún plan otra vez. Juntos.

¿Juntos? Qué mierdas te pasa.

La respuesta de Mauro tardó en llegar. Volvió a fruncir el ceño y su mirada reflejaba no entender qué estaba pasando.

—Cla-claro —titubeó—. Sí, por mí bien. Pero ¿por qué me traes a la cocina para decírmelo?

Iker no contestó hasta pasados unos segundos. Se escucharon risas desde el salón.

—Era... no sé. Por saberlo.

—¿Te corría prisa? —Mauro se rio.

El silencio entre los dos se tensó como si fuera plastilina. Iker no estaba entendiendo su propio proceso interno. Había sido como... ¿innato? El querer pasar más tiempo con él.

—No, no —dijo finalmente, disimulando su evidente confusión.

Mauro mantuvo aquella sonrisa extraña y le hizo un gesto con la mano para que Iker le permitiera salir. Este lo hizo y se quedó solo en la cocina.

¿Qué cojones, Iker? Deja las copitas.

Iker estaba bastante seguro de que le había surgido la necesidad de hablar a solas con Mauro, fuera del caos de la fiesta del salón, para asegurarse de que estaba bien tras su conversación con Gael. Era esa, de manera inequívoca, la causa de su comportamiento.

Porque no podía ser de otra manera.

64

Mauro

La fiesta terminó varias horas después. El sol ya salía y comenzaba a iluminar la casa. Mauro cerró la persiana para poder dormir. Acababa de comerse una de las empanadas de Gael que había sobrado, con un poco de esa salsa tan deliciosa, el ají. Sus amigos estaban también bastante ebrios y sentía la mirada borrosa, a causa del sueño y de haber bebido tanto alcohol.

Se había reído mucho y había estado cómodo. Todo había salido bien, todo un éxito. Se puso el pijama y se metió en la cama, dispuesto a quedarse dormido nada más tocara la almohada, pero en cuanto lo hizo, una imagen apareció como un flash en su mente: la mano de Iker sobre su muslo.

La mano de Iker, grande, con dedos largos, llena de venas marcadas. La mano de Iker que, aprovechando que la tenía sobre la pierna de Mauro, había apretado ligeramente su piel. Y su olor. La colonia había penetrado en la nariz de Mauro como si fuera algo casi celestial, sus fosas nasales habían retenido su olor, lo notaba como si lo tuviera a su lado.

Y entonces llegó.

Debajo de su pantalón de pijama algo se movió. Era duro y húmedo. Mauro acercó su mano hasta ahí y se percató de que se le había puesto bastante duro pensando en aquello.

Entonces, sin poder controlarlo, su mente viajó por la mano de

Iker a su muñeca, y de su muñeca a su brazo y de ahí saltó directamente a verle sin camiseta y con un pantalón prieto en el probador de la tienda de ropa. Su pene respondió igual que su mente, rápido y furioso, irguiéndose más.

Mauro soltó un suspiro de excitación. Notaba en el pecho que algo estaba desengrasándose, bombeando con más rapidez para abrirse a nuevas experiencias.

No pudo evitar que su mano rodeara su miembro. Unas gotas pegajosas y transparentes le rozaron. Comenzó a mover la piel arriba y abajo y notó cómo una descarga eléctrica le recorría todo el cuerpo. Volvió a soltar un suspiro.

Iker saliendo de la ducha.

Iker sin camiseta y borracho en un taxi.

Iker girando sobre sí mismo en el probador con una sonrisa en la boca.

Iker tocándole el muslo.

¿Y si la mano de Iker hubiera ido camino hacia su...?

Mauro se masturbó más rápido, se mordió el labio. Se imaginó mirando a Iker de frente, observando su cuerpo. Iker levantando los brazos, marcando así todos sus bíceps y axilas, su pequeño tatuaje, sus piernas a punto de reventar la tela de los pantalones del traje con el que iba a trabajar, el paquete marcado, el olor a colonia masculina que desprendía, lo bien que le sentaría un bofetón con aquella mano tan grande, lo que le gustaría a Mauro que los labios de Iker le besaran, lo que le encantaría que aquellas manos venosas le agarraran el miembro y le masturbaran, su trasero, sus axilas, las piernas, las venas de sus brazos, su paquete, el olor, su sonrisa, Iker sin camiseta en el taxi, su mano sobre el muslo, el tatuaje del brazo, su trasero, las piernas, Iker sin camiseta...

Se corrió.

La descarga eléctrica que acompañó la expulsión le hizo temblar. Mauro se sorprendió al notar de pronto algo pegajoso por todos lados. Miró, todavía sujetando su miembro, y se dio cuenta de que jamás había visto algo igual. Su semen se había desperdigado por toda la camiseta, el pantalón de pijama y las sábanas. Había varias líneas, de varios chorros diferentes, por lo menos unos diez, y gotitas sueltas por otros lugares.

Joder.

Se limpió como pudo con lo primero que encontró. La culpabilidad por masturbarse por primera vez pensando en su amigo
no tardó en llegar.

Pero igual que vino se fue, porque no duró más de un minuto
con los ojos abiertos.

Y volvió a repetirlo unas horas después cuando se despertó,
húmedo y excitado. No había tenido suficiente.

Supo entonces que su instinto sexual había despertado. Había
llegado para quedarse.

65

Una semana

ANDRÉS

Los informes y las presentaciones para el resto del equipo de la editorial sobre las novedades del trimestre siguiente iban con retraso. Desde hacía unas semanas era incapaz de concentrarse como debía en su trabajo. Se le hacía cuesta arriba y no lo disfrutaba como se suponía que debía hacerlo. Joder, era becario, ¡pero curraba en una editorial! Su cambio de actitud se había visto evidenciado por su aún más tensa relación con Laura, su compañera, con la que ya apenas hablaba, ni para bien ni para mal.

Era una situación insostenible. Sabía que si continuaba arrastrando sus tareas iba a tener problemas. Y ese problema tendría una solución clara: el despido.

Pero es que no podía concentrarse.

Efrén no dejaba de aparecer en su mente en todo momento. ¿Cómo iba a realizar informes editoriales si era incapaz de leer una frase sin que algo en su cabeza lo relacionara con su pareja?

Si leía una sinopsis sobre una princesa heredera del Reino del Sol, recordaba aquella tarde en casa de Efrén donde el sol, que entraba por la ventana, le iluminaba los labios. Y si era un thriller sobre un ama de casa loca adicta al café, su mente volaba hasta la cafetería de Efrén.

Todo, absolutamente todo, era Efrén.

Efrén, Efrén, Efrén.

Como cuando le había dicho que...

—Estás en babia otra vez —le dijo Laura—. Tenemos una reunión en media hora y tengo que revisar tu PowerPoint antes. No me va a dar tiempo.

—¿Qué?

Andrés tenía la cabeza llena de telarañas. Así la sentía.

—Déjalo. —El tono de Laura no admitía réplicas, así que Andrés volvió a fijar la vista en la pantalla y vio que ni siquiera había abierto el programa para hacer la presentación.

—Joder —soltó.

Laura, desde el otro lado, le miró con una ceja enarcada, pero no dijo nada más. Sabiendo cómo era, raro le parecía que no lo hubiera comentado ya con su jefe y le hubieran puesto pegas. Pero no, la cosa parecía estar, pese a todo, tranquila.

Después de varios minutos tratando de enterarse de lo que tenía que presentar para la reunión, Laura se levantó de su puesto y se acercó.

—¿Estás bien? —le dijo. Se sentó sobre la mesa de Andrés, el cual no supo el porqué de la actitud de su compañera—. Llevas un tiempo... distraído.

Andrés asintió con la cabeza y una sonrisa.

—El amor —fue su única respuesta.

Laura le acarició el hombro y le lanzó una mirada de ¿pena? Después de eso volvió a su mesa.

¿Esta señora está bien?

Iker

—Pedro vuelve.

El anuncio de Diego aquella mañana hizo que Iker levantara la vista de los documentos y le mirara.

—¿Cuándo? —No quería admitir que no le gustaba demasiado la idea. Por primera vez en mucho tiempo su trabajo no era como ir al matadero cada mañana.

Diego se encogió de hombros.

—No sé nada más. Mi contrato termina en dos semanas, supongo que sobre esa fecha.

La mirada de Iker volvió a sus papeles. Era incapaz de entender lo que ponía en ellos, porque no podía dejar de pensar en lo sexy que se veía Diego aquella mañana. De nuevo, este le interrumpió:

—Toma. —Diego dejó sobre su mesa un café y una caja de Manolo Bakes.

—¿Y esto?

Iker abrió la caja. Aquellos cruasanes eran deliciosos, y había comprado de diferentes tipos de chocolates. Volvió a mirar a Diego.

—Sin más —dijo este. Llegó a su mesa y dejó el maletín junto a la silla, como todas las mañanas.

—¿Tú no tomas nada? —le preguntó Iker, visiblemente curioso y con el ceño fruncido. ¿Solo le había comprado el desayuno a él?

—El café no es muy recomendable.

—Te despierta —fue la respuesta de Iker, que se acercó el enorme vaso de papel reciclable.

—Sí, pero te hace estar más... suelto. Normalmente no lo tomo, ya me entiendes.

Pues no, Iker no lo entendía. Mientras se llevaba el café a los labios y daba un sorbo con cuidado debido a la alta temperatura del líquido, cayó en la cuenta. Diego ya estaba poniéndose al día con sus obligaciones, parecía concentrado.

Iker tuvo que decirlo en voz alta. Si se iba en dos semanas, no tenía demasiado tiempo.

—Eres pasivo. —Fue más una afirmación que una pregunta.

Con calma, Diego se dio la vuelta para quedar frente a él. Abrió las piernas. Le pasaba como a Iker: aquel gesto hacía que el pantalón le apretase y le marcaba toda la entrepierna.

—Siempre hay que estar preparado —le dijo Diego, más en un susurro que otra cosa. Le guiñó un ojo y se dio la vuelta.

Joder, joder.

Durante los últimos días, la tensión entre Diego e Iker había aumentado. Escenas como cuando Iker se había excitado y Diego lo había visto se habían sucedido de vez en cuando. Las intenciones de ambos estaban claras, pero Diego no tenía nada que perder ahí, y mucho menos a partir de aquel momento, cuando sabía que probablemente se marcharía para no volver.

Iker suspiró y trató de que su miembro no comenzara a crecer, como amenazaba con hacer. Volvió a mirar a Diego y observó lo bien que le quedaba el traje, la barba, lo guapo que era incluso de perfil...

—Eh —le dijo Iker.

Diego se volvió a los segundos, parecía estar leyendo algo y no quería perder el hilo.

—Dime. —La sonrisa de Diego era siempre perfecta.

—¿Dónde vives?

—Muy lejos. ¿Por?

Iker no quería ser demasiado evidente, así que continuó con su estrategia. Vaya, con la que ambos estaban teniendo desde que había llegado el nuevo a la oficina. Era excitante el pique continuo, las medias tintas, el saber que se atraían pero no dejarlo claro. Por una parte era nuevo para Iker, ya que habitualmente no tenía que pelear demasiado por acostarse con un chico. Se aburría a la primera de cambio y si no obtenía lo que quería, marchaba a picar otra flor.

Pero la tensión con Diego era distinta.

—Por saber, simplemente. Como dices eso de que hay que estar siempre preparado...

—Claro, claro. Nunca sabes lo que puede pasar y es mejor evitar las sorpresas.

—¿Como cuáles?

Hubo un silencio de unos cuantos segundos.

—Tú sabrás, ¿no? —le preguntó Diego y enarcó una ceja.

—Depende de qué tipo de sorpresas.

—Unas desagradables. Hay gente a la que le gusta, pero a mí no.

Iker asintió lentamente con la cabeza.

—Interesante —fue lo único que dijo, ya evitando mirar a Diego, y volvió a su pantalla.

Alguien llamó a la puerta. Diego, como siempre hacía, se levantó para abrirla. De camino, como debía pasar por delante de la mesa de Iker, se detuvo unos segundos delante de él. Se levantó la chaqueta lo justo para que su trasero, embutido en el pantalón de traje, quedara a la vista. El cuadro desde el puesto de Iker era: espectacular.

—Sí, es muy interesante.

Y dicho aquello, terminó su paseo hacia la puerta.

Esto va a ser muy complicado.

El pene de Iker le respondió con una palpitación, dándole la razón.

MAURO

Aquella misma tarde, Mauro salía un poco más temprano de lo acostumbrado. Javi y Rocío también. La tienda había tenido un evento a media mañana y, esos días, dependiendo de lo que entrara de facturación, se podían permitir el lujo de cerrar un poquito antes.

—Maricón, me tengo que comprar una falda —le dijo Rocío a Javi mientras los dos se liaban un cigarro a las puertas del trabajo.

—Vamos ahora. Son las siete. Está todo abierto.

—¿Aquí? ¿Malasaña o Gran Vía?

—Depende. ¿Qué rollo quieres?

Mauro desconectó porque Rocío pasó a precisar con increíble detalle el tipo de falda que quería comprar, y no se enteró de la misa la media. Desde luego que Rocío se enrollaba como las persianas cuando hablaba de los temas que le interesaban. Era entretenido escucharla, sí, pero a veces Mauro sentía que debía desconectar aunque fueran cinco minutos de sus charlas eternas.

—Entonces Malasaña, nena. Una buena falda vintage —le dijo Javi.

—¿Te vienes? —le preguntó Rocío a Mauro, expulsando el humo del cigarro hacia un lateral.

Su compañero también le miraba, esperando una respuesta. Los dos sonreían.

—No tengo nada que hacer, pero...

—Nada de peros, venga, vamos —le cortó veloz Rocío, y le cogió del brazo como si fueran señoras de pueblo que salen a pasear.

Comenzaron a caminar por los mismos lugares que hacía una semana había recorrido con Gael hablando de la vida, por lo que Mauro ya no se sentía tan perdido en la gran ciudad. Sin embargo, Rocío le guio por otras pequeñas calles que no conocía.

—Por esta zona hay varias tiendas de ropa de segunda mano —le dijo esta.

—Son las mejores —añadió Javi—. Esta camisa es de ahí.

Mauro no supo qué aportar así que no dijo nada. La camisa de Javi era una de las más feas que había visto en su vida, por lo que su intervención tampoco es que fuera a ser muy positiva.

—No te rayes, que hay ropa de todo tipo. —Rocío acompañó aquella frase con un guiño.

¿Se estaba refiriendo a su talla? ¿O al estilo de ropa? ¿Le estaba dejando caer que estaba gordo y vestía mal?

La mente de Mauro empezó a procesar pensamientos intrusivos a un ritmo vertiginoso, que pararon en cuanto se plantaron delante de la primera tienda de ropa en la que entrarían aquella tarde. Era similar al armario de su abuela, con ropa colgada por todos lados. Parecía que las perchas iban a reventar.

Una chica muy maja que pululaba por la tienda les saludó. Era la dependienta, pensó Mauro, ya que llevaba unas llaves colgando de una tira de tela.

—Cualquier cosa que necesitéis decidme, pero antes de nada quiero avisaros de que tenemos tallas únicas: lo que haya en la tienda es lo que hay y no tenemos nada más.

—¡Gracias! —le dijo Rocío con una sonrisa.

Y se pusieron a mirar.

Durante los siguientes minutos Mauro aprendió palabras y definiciones que jamás había escuchado, como «*bomber*», «*tanktop*», «*oversize*» o «*tie-dye*». No comprendía el porqué de llamar a las cosas por su nombre inglés en vez de traducirlo. Le costaba bastante acordarse...

—¡ES PRECIOSA! Quiero una así desde hace mil años —gritó Rocío mientras abrazaba lo que parecía ser una sudadera cuatro veces de su tamaño.

—Dios, es inmensa —le dijo Javi—. ¡Me encanta! Búscame a ver si hay otra parecida.

Javi se marchó de donde estaban. Llevaba sobre el hombro al menos cinco prendas apiladas.

—Esto es raro —le confesó Mauro a Rocío mientras buscaban una sudadera para Javi.

—¿Por qué? A mí me encanta. Darle una segunda vida a la ropa. Muy eco y todo eso.

—Me refiero a lo de las tallas únicas, que solo haya una prenda. No sé si habrá...

Rocío se dio la vuelta como enfadada y le puso las manos sobre los hombros a Mauro.

—Mira, te lo voy a decir ya porque te voy a pegar una patada al final, que llevas con cara de culo desde que hemos llegado. —Rocío señaló a la tienda en general con un gesto de los brazos y luego retomó el contacto con su amigo—. Hay ropa para todo el mundo. ¿Triple XL? Pues triple XL, mira, mejor que mejor. Yo tengo un culo que parece una pandereta y no hay pantalones para mí en el Zara, ¿sabes? El mundo está hecho para la gente pequeña.

—Tú eres alta —le dijo Mauro. Era lo único que pudo contestar, porque el discurso de su amiga le había dejado sin palabras.

—Claro, maricón, pero no tiene nada que ver. Cuando era una enana comía muchos Petit-suisse. —Rocío se volvió con una sonrisa para continuar con la búsqueda—. Así que ponte a buscar ropa para ti, coño.

Mauro no entendió muy bien qué era un *petisui*, pero no pensó demasiado en ello y centró su atención en hacer lo que le había dicho. Al cabo de unos minutos encontró algo que parecía que le podía quedar bien: una chaqueta de Adidas. Se la enseñó a Rocío con la cara llena de dudas.

—No me va a valer —le dijo.

—Di eso otra vez y te pego un puñetazo —le amenazó Rocío con una sonrisa de psicópata—. Mira, yo creo que esta que has cogido te quedaría genial, además de que se lleva mucho este estilo oversize.

—¿Qué narices significa «oversize»?

—Ancho, grande —dijo Rocío y se encogió de hombros, como si fuera evidente—. Venga, pruébatela, no seas tonto. ¡Piérdele el miedo ya a la vida, hombre!

Pasaron las horas de tienda en tienda y finalmente Mauro se hizo con un buen puñado de camisetas, sudaderas y camisas de varios estilos que le habían convencido cuando se las probó. Estaba loco de contento hasta que, de pronto, por su mente se cruzó la cara de Iker.

¿Le había traicionado yendo a comprar ropa sin él? No se había acordado para nada del plan que le había propuesto. Notó algo en el estómago, como una presión, que relacionó rápidamente con la culpa. Chasqueó la lengua, molesto consigo mismo, pero agarró con fuerza las bolsas llenas de ropa.

Era una tontería, pero de pronto su confianza en sí mismo había aumentado un montón. Y aunque se sintiera mal por no haberse ido de compras con Iker, la única persona a la que le quería enseñar aquello era a él. Quería ver en sus ojos esa ilusión con la que siempre le miraba cuando hablaban.

¿O se lo estaba imaginando todo?

Rocío

De vuelta a casa con Javi, Rocío hizo partícipe a su amigo de los pensamientos que le carcomían por dentro desde hacía días.

—¿Crees que se me nota?

La conversación en casa de Mauro le había dejado secuelas. Ella era impulsiva y atrevida, no se cortaba un pelo y trataba de tomarse la vida como era: un carnaval, como diría Celia Cruz. Aunque aquella noche hubiera hablado del tema como si nada, era cierto que no podía evitar sentirse atrasada. Apenas había tenido experiencias con chicas más allá de unos toqueteos y, en muchas ocasiones, se encontraba confusa con su orientación sexual. ¿Estaría equivocada? ¿Se habría precipitado al etiquetarse?

Sacudió las dudas con un movimiento de cabeza, porque Javi le había respondido y no se había enterado.

—Perdona, me estaba rayando sola, ¿me lo puedes repetir?

—Nena, estás malita —le respondió Javi tras chasquear los dedos—. Te estaba diciendo que no tienes que preocuparte por esas tonterías. Que ya lo hemos hablado alguna que otra vez y pensaba que te habías aclarado.

—La verdad es que no...

Javi paró en seco, se puso delante de ella y colocó sus manos sobre los hombros.

—Si quieres raparte el pelo por los lados y decolorarte las puntas, ponerte cadenas y camisetas siete tallas más grandes, puedes hacerlo. Pero eso no te convierte automáticamente en lesbiana. Quítate esa idea de la cabeza. Mira a tu alrededor, tía. Seguramente vivamos en un mundo plagado de bolleras encubiertas.

—Como yo.

—Pero que no eres más o menos lesbiana por cómo vistas, vamos a ver. Quítate la tontería de la cabeza, Ro.

Que la llamara así hizo que los ojos se le aguaran automáticamente. Hacía mucho que nadie usaba ese diminutivo con ella, no desde que había fallecido su abuelo, al que echaba tanto de menos. Que su cara apareciera de pronto en su mente le dio fuerzas para responder a Javi, para tomar una decisión, o para enfrentarse al mundo.

Al final, era lo que tenía que hacer: romper consigo misma, con su mente y sus ideas absurdas y, después, romper con el resto del mundo.

—Pues es que tienes razón, estoy harta —sentenció. Javi aplaudió de manera cómica—. Tengo que hacer algo y no va a ser raparme, como dices. Creo que... Creo que quiero probar algo más fuerte. Creo que estoy preparada.

—¿Te refieres a...? —Javi hizo el gesto de las tijeras. Rocío le dio un golpe con la mano.

—No seas idiota, tío, hablamos de estereotipos y eres el primero...

—Perdón.

Continuaron caminando, mientras Rocío le daba vueltas a su decisión.

—Creo que me he puesto barreras a mí misma, pero necesito asegurarme de lo que soy. De lo que siento, ¿sabes lo que te digo?

Javi asintió con la cabeza, pero dejó que su amiga hablara.

—Porque ¿y si me da miedo cuando estamos ahí? ¿Y si no tengo el coraje? Uf, menuda rayada... Voy a escribir a mi ex a ver si sigue viviendo en Madrid. Y, porfa, Javi —le pidió—: líame un porro, que lo necesito.

GAEL

Los mensajes que Gael recibía en su teléfono no eran aptos para todos los públicos. Y se atrevería a decir que ni siquiera gente adulta con experiencia se quedaría impasible ante algunas de las propuestas que le entraban de manera casi diaria. Algunas las rechazaba, otras le parecían una forma más que interesante de continuar generando dinero. Más que nada porque cuanto más raras fueran, mejor pagadas estaban, e indudablemente aquello siempre le venía bien.

Sin embargo, el mensaje que le había llegado aquella tarde noche no era para nada algo que esperara. Unos amigos que se dedicaban a lo mismo que él le habían comentado que había un buen público para ese tipo de prácticas, pero por suerte, Gael nunca había tenido que hacerlo.

Con la mente fría, Gael aceptó.

Tenía que prepararse. Iba a ser aquella misma madrugada.

Un madurito volvía de un viaje en Las Maldivas y por lo visto no había sido capaz de encontrar a alguien que pudiera cumplir su capricho. Era un cliente nuevo. A juzgar por su foto de perfil, no tendría más de cincuenta años y estaba en muy buena forma física. Todo el pelo cano, pero saludable, y la piel tirante a causa de los retoques estéticos. Tenía un tatuaje de un corazón en uno de sus brazos musculosos. Ese sí que era un maduro con el que Gael se metería en una fiesta: aparentaba tener dinero, elegancia y aún más dinero. Y no era para nada feo.

—Ah, pero ve, los más guapos son los más raros —comentó en voz alta.

La propuesta no le había dejado indiferente. Se imaginó cómo iba a ser y... Mejor se cambiaba de ropa e iba a buscar lo que necesitaba. En internet le había quedado más que claro que no era algo sano y había que hacerlo con cuidado, mimo y esmero. Si es que se podía, claro.

Al volver a casa con la bolsa de plástico llena del material para aquella madrugada, se encontró que Mauro le estaba enseñando ropa a Iker mientras este se tomaba una cerveza sentado en el sofá con una enorme sonrisa. Andrés parecía estar en su cuarto porque se escuchaba música proveniente de ahí.

—Chicos —dijo nada más llegar—. Siento interrumpir, pero...

Llamó a la puerta de Andrés con los nudillos. Este salió totalmente despeinado: habría estado bailando *Shake It Off,* de Taylor Swift, como parte de su rutina diaria.

—¿Qué pasa?

—Ven —le dijo.

Una vez que estuvieron todos en el salón, Gael vació la bolsa de la compra sobre la mesa de centro para que vieran el contenido.

—¿Para qué quieres todo esto? —preguntó Mauro, confuso. Pero Iker lo entendió. Abrió mucho los ojos y después la boca.

—No te creo, me muero —dijo Andrés, poniendo voz al pensamiento de su amigo.

—Sí, sí. —Gael no sabía si estaba satisfecho u orgulloso. Era incapaz de tener claras sus emociones respecto a aquel encargo—. Me ha escrito un madurito y por primera vez voy a hacer...

66

Gael

—... fisting.

—¿Qué es eso? Bueno, nada, no sé si quiero saberlo. —Mauro se arrepintió rápidamente de haber hablado.

Iker no pudo evitar echarse a reír mientras que Andrés, con cara de asco, inspeccionaba la compra de Gael sobre la mesa.

—¿Necesitas todo esto?

Gael asintió y pasó a explicarlo.

—Guantes de látex, aunque compré varios modelos. Estos son de manga larga. Es mejor hacerlo así, protegido. Luego lubricante con base de agua y otros especiales para fisting. Y también compré condones normales por si acaso.

Mauro había tomado el testigo de Iker y tenía los ojos y la boca muy abiertos, aunque en su caso parecía más bien en shock.

—Parce, se va a quedar sin aire.

—Pobrecito.

—A mí me da asco —sentenció Andrés.

—¿Lo has probado? —le preguntó Iker con una sonrisa maliciosa.

—Antes dejo que Lorde se muera a hacer *eso*.

—Vaya, sí que te da asco. —Iker levantó las cejas e hizo un gesto como si no hubiera entendido la referencia, pero Andrés tampoco se la explicó.

—Bueno, si quieren saber lo que paga...

—Obvio. No, no, apostemos.

El dedo de Iker comenzó a hacer una ronda.

—¿Andrés? ¿Cuánto?

—Hummm. Seiscientos euros —dijo.

—Joder, iba a decir algo parecido... Pues creo que tiro más arriba, setecientos, pero teniendo en cuenta que no sería solo una sesión de fisting.

Gael asintió con la cabeza mientras esperaba la apuesta de Mauro.

—Yo es que no sé... No sé lo que es. No entiendo —dijo, aún sin poder gesticular demasiado. Se podía ver perfectamente cómo su cerebro seguía procesando los guantes de manga larga para darles un uso que no fuera el que para su cabeza era obvio.

—Di una cifra, venga —le animó Iker.

—Pues... Trescientos. No sé, es que no sé. —Pareció rendirse y se echó hacia atrás en el sofá, cruzó los brazos y esperó a que Gael diera la respuesta correcta.

—Me pagará mil. ¡Pero... pero...! —Intentó que sus amigos no le interrumpieran—. He de decir que contactó conmigo porque estaba desesperado, no pensaba aceptar, pero me hizo la propuesta del dinero. —Se sacó el teléfono móvil del bolsillo, buscó algo rápido y lo leyó en voz alta—: «Sé que es poco dinero, pero no puedo darte más ahora mismo. Además, si me gusta cómo lo haces tú, te hago llegar una tarifa plana mensual para hacerlo cada semana. He tenido malas experiencias y me han hablado bien de ti. ¿Te interesa?».

Nadie dijo ni una palabra después de aquel mensaje. El único que parecía tener algo divertido que decir era Iker, como siempre.

—Tío, tienes que currártelo, puede ser tu sugar daddy.

—Qué obsesión —soltó Andrés, poniendo los ojos en blanco.

—Algunos tenemos que hacerlo —contraatacó Gael.

Después de aquel pequeño momento de tensión, Mauro rompió el silencio.

—Entonces... ¿qué es? No sé si quiero saberlo, pero ya tengo curiosidad.

—A ver, muchacho, no hay vuelta atrás. Yo te aviso.

—Busque vídeos —soltó Gael con los ojos abiertos.

—Tengo uno —dijo Iker—. Me salió el otro día en Twitter. La verdad es que me quedé loco, ya veréis por qué...

Iker puso el vídeo en pantalla completa y puso el móvil en modo horizontal. Todos se arremolinaron a su alrededor. El volumen del vídeo rompió el silencio, lleno de nerviosismo, de la estancia. Eran gritos de placer.

—¿En serio va a...?

La imagen mostraba a un chico a cuatro patas. El vídeo era un primer plano, o sea que se veía bastante bien lo que la cámara quería captar. En un lateral se veía cómo un hombre se colocaba un guante de látex similar al que se encontraba sobre la mesa del salón. Luego, un bote de lubricante aparecía en pantalla, boca abajo. Su contenido se vaciaba sobre el guante. Lo siguiente fue un corte en la imagen, para volver a un plano donde la mano ya estaba más cerca del ano de aquel chico, que gemía sin que le hubieran tocado siquiera.

—No, no, ¿esto es de verdad? —dijo Mauro. Se llevó las dos manos a la boca, horrorizado.

—Pues espérate —le advirtió Iker.

Dicho eso, el vídeo pareció responder a las palabras de Iker. El guante de látex se introdujo hasta la muñeca en el trasero de aquel chico, que gritó de placer al sentirlo. La persona que le estaba realizando el fisting dijo algo en inglés y continuó introduciendo y sacando la mano durante unos segundos hasta que de pronto hizo algo más de fuerza y llegó hasta medio brazo y luego casi hasta el codo.

—¡Quítalo! ¡QUÍTALO! —gritó Mauro.

—Voy a vomitar —dijo Andrés y fingió una arcada.

—Joder, no aguantan nada —se quejó Gael entre risas—. Parceros, es lo que toca hacer.

—También te digo que hay que tener un par para hacerlo. Bueno, mejor dicho, para que te lo hagan. Yo no entiendo cómo a la gente le puede excitar. —Iker ya había quitado el vídeo y se guardó el móvil de nuevo en el bolsillo.

Se escuchó un ruido al lado de Iker: era Mauro, que se había escurrido del sofá y estaba en el suelo sentado, aún con las manos en la boca, en completo estado de shock.

—No me lo puedo creer, no me lo puedo creer —repetía con la cara desencajada.

—Pobrecito, me lo ha dejado tonto —le dijo Gael a Iker.

—¡Yo no he sido quien ha ido a comprar guantes de manga larga!

Gael se acercó a Mauro riéndose.

—No pasa nada, huevón. No exagere.

—Eso no es normal, no me digáis que es normal. He visto películas de terror mucho menos... sangrientas.

—No había sangre en el vídeo, ¿no? —Gael se volvió para preguntarle a Iker, que negó con la cabeza—. Está exagerando, parce. Son cosas de la vida.

—Si eso es el sexo, no quiero conocerlo.

La mención, de una forma sutil al menos, del tema de la virginidad le hizo sentir incómodo a Gael. Quizá era cierto que no era la mejor manera de hablar o enseñar ciertas cosas a alguien sin experiencia, aunque por otro lado pensaba que todo el mundo debería conocer el mundo en el que vivía, ¿no? Mejor descubrirlo así, entre amigos, que de sorpresa en cualquier cuarto oscuro del centro de Madrid.

—Venga, levántate —le animó Iker, que todavía bebía de su cerveza.

—Es que no puede ser. Voy a tardar en recuperarme —dijo Mauro.

Andrés, por su parte, no había cambiado la mueca de asco con la que llevaba los últimos minutos.

—¿No lo has probado, Andresito? —le preguntó Iker en tono de burla.

—Tú seguro que sí —contraatacó Andrés.

—Sí, todos los días les meto el codo a las pasivazas del gimnasio.

Gael no entendía por qué parecía haber crecido la tensión entre los dos amigos durante las últimas semanas. Le resultaba curioso, pero Andrés no es que tomara una parte activa en los planes que hacían últimamente... Parecía cada vez más alejado de ellos.

—Bueno, pues eso es. Ahora con su permiso me voy a mi habitación a preparar esta... sesión. —Recogió la compra, la metió en la bolsa y se marchó del salón con una sensación agridulce.

La reacción de sus amigos había sido divertida. No podía decir que se sentía ofendido porque fueran sinceros con lo que aquello les había hecho sentir, en especial para Mauro y Andrés, pero...

Esa era la vida de Gael. A él tampoco le gustaba enfrentarse a cosas como aquellas. No lo hacía queriendo, lo hacía por necesidad. No le quedaban muchas más alternativas en su situación en el país. Era la única forma que había conocido y conocía de conseguir dinero, y no es que estuviera orgulloso de ello.

Pero tenía que hacerlo, y que sus amigos se lo tomaran a broma... No le había sentado del todo bien. Frente a ellos, trataba de mostrarse siempre agradable y con una sonrisa. Él era así, cargado de energía y positividad. Era difícil ignorar momentos como aquel en cuanto a mostrar una faceta diferente. Suspiró cuando se miró al espejo de su habitación y trató de sonreír.

Aquella noche la recordaría siempre como una no muy agradable.

67

Iker

Iker llevaba unos días esperando proponerle a Mauro salir de compras, y cuando este apareció en casa con sus nuevos looks vintage de Malasaña, había notado cómo pequeños cuchillos le atravesaban el pecho. Aun así, fingió interés y buen rollo.

Sin duda era porque se había tomado una bebida energética, pero le resultó cuando menos curiosa la reacción física de su cuerpo. Demasiada coincidencia.

—Oye —le dijo Iker a Mauro en cuanto entró por la cocina. Habían pasado dos días desde aquella pequeña traición, y no habían podido hablar demasiado. Los últimos días apenas coincidían—. Hoy no te he visto el pelo.

—Entre una cosa y otra...

¿Se traía algo entre manos? ¿Estaría conociendo a alguien?

No te importa nada, sois amigos, rey. Si no te lo cuenta igual es por algo, también te digo.

—Bueno, escucha, que dejamos pendiente lo de ir de compras. Que el otro día cuando me hiciste el haul no me acordaba —mintió Iker.

—¿«Jól»? —Mauro parecía confuso.

—Es lo que hacen los influmierders cuando enseñan ropa —le dijo Iker—. ¿Es que no sigues a nadie?

—No tengo Instagram siquiera.

Iker se mareó. Literalmente. No era una metáfora, vio puntitos en los ojos y notó que algo le fallaba de cintura para abajo. Se llevó una mano al pecho y fingió tropezarse hacia atrás.

—Mauro, necesitas una intervención. Te lo digo así de claro —dijo, dando un golpe sobre la encimera.

—No me hace falta —le respondió Mauro, como si aquello no fuera un delito contra la naturaleza misma del gay blanco madrileño.

—Literalmente te retiro el carnet de maricón —le dijo Iker, en tono serio, e hizo unos gestos con la mano como si le estuviera bendiciendo, pero al revés. Mauro se volvió con el ceño fruncido, sin entender.

—Que no —insistió Mauro, tajante—. No es no. Y que no.

—Bueno, ya te convenceré. Pero eso, que cuándo nos vamos de compras.

—Hummm...

Mauro pareció dubitativo. Iker mantenía la sonrisa, pero le estaba costando esfuerzo, ya no era natural. ¿Habían perdido esa conexión que estaban formando? Le notaba distante, era muy raro.

—Voy al cine con los del trabajo —le dijo finalmente.

Silencio. Silencio.

—¿Cuándo?

Más silencio.

—No sé, por eso no sé decirte cuándo podemos ir. Porque estos están un poco... de la cabeza —dijo Mauro.

—Ah, vale.

Iker no sabía qué más podía añadir a la conversación. Quería irse. ¿Prefería quedar con los del trabajo? A Mauro le costaba ganar confianza, pero ahora parecía uña y carne con Rocío y Javi.

Le olía a chamusquina.

¿Ahora debía no solo preocuparse de Gael, sino también de esos? Especialmente de Javi, que tenía una mirada turbia turbia. Era como un demonio con camisa hawaiana, riñonera y pintas de ir a todos los festivales con acceso directo a playa para ponerse hasta el culo.

—Pues nada, ya me dirás cuando estés libre. —El tono pasivo-agresivo sorprendió hasta al propio Iker.

Mauro no le respondió, así que se volvió a su habitación con el pecho inflado. Ahí se sentó sobre la cama y miró a su chinchilla.

—Tú no me abandonas, ¿a que no? —bromeó. Jugó con él durante unos minutos y luego se dio cuenta de que una luz iluminaba el techo. Alargó la mano para coger su teléfono y...—. ¿En serio?

Era él otra vez.

Otra maldita vez.

En esta ocasión le había contactado a través de un SMS, a la vieja usanza. Como le tenía bloqueado por otros medios, era la única vía de comunicación que le quedaba.

El tiempo pone a cada uno en su lugar.
Yo sé que tú y yo no somos nada ni lo seremos.
Quedó claro en aquella terraza.
Solo quería decirte que sigo pensando en ti.
A veces, no siempre.
Pero sí lo suficiente como para que lo sepas.
Que si los sueños se persiguen, se cumplen.
Un beso.

—De psiquiátrico —dijo Iker.

Con los ojos muy abiertos, y un poco asustado por la insistencia de aquel chaval, borró el mensaje y se tumbó en la cama. Subió una historia a su Instagram de una foto antigua con un sticker de preguntas y se dedicó a chatear con chicos lo que quedaba de día.

Ni siquiera cenó.

68

Andrés

Andrés llevaba muchos días esperando el fin de semana. La rutina en el trabajo no solo se le había hecho cuesta arriba por tener la mente puesta en su relación con Efrén, sino por aquel finde. Y es que Efrén le había invitado a su casa tres días y dos noches con plan romanticón incluido: cena, velitas, películas... Vamos, un planazo para alguien como Andrés.

—Hola, amor —le dijo Efrén nada más abrir la puerta.

Se dieron un beso intenso y Andrés entró en su casa. Llevaba la mochila cargada de cosas, nunca le había pesado tanto. Al dejarla caer, sonó un golpe seco.

—¿Pero qué llevas ahí? —La mirada de Efrén era tipo: «estás loco».

—Me he traído el portátil por si mi jefe se vuelve loco, los cargadores de todo, ropa, pijama, cepillo de dientes... Todo eso —dijo Andrés encogiéndose de hombros.

—No necesitas más que la mitad de eso. Te he comprado cepillo, zapatillas de estar por casa y un par de pijamas para las noches que te quedes aquí.

Ay, Dios. Qué mono es. No puedo más.

—Jo, pues muchas gracias. —Efrén le dio un beso a Andrés antes de que pudiera continuar. Se había puesto rojo—. No hacía falta que...

Efrén le hizo un gesto para restarle importancia.

—Te lo digo siempre, pero como en tu casa —le dijo Efrén. Andrés caminó por el pasillo hasta el salón y se sentó en el sofá donde hacía unas semanas...

Bueno, prefería no recordarlo.

Para distraer su mente, volvió la mirada a Efrén con una sonrisa forzada.

—Quiero cenar sushi —dijo.

A Efrén se le iluminó la cara.

—¡Dicho y hecho!

Se sacó el teléfono del bolsillo y se sentó al lado de Andrés. Eligieron el restaurante que mejor pinta tenía de la aplicación de comida a domicilio y esperaron la cena mientras se besaban en las pausas publicitarias de un programa de televisión.

El timbre sonó al cabo de casi una hora y prepararon la mesa para comer. Entre risas y mientras comentaban sus experiencias con la comida japonesa en general, Efrén rompió el buen rollo con la siguiente pregunta:

—Y bueno, ¿ya les has comentado eso?

—¿El qué? ¿A quién?

Efrén se sentó a su lado, cerca. Muy cerca de Andrés.

—A tus compañeros de piso. Lo que estuvimos hablando.

Andrés no quería contestar, así que se llevó un rollito a la boca y masticó para ganar tiempo y calmarse.

—No directamente... Cada vez estoy menos a gusto.

—Es normal, cariño. —El tono de Efrén era comprensivo, aunque de pronto cambió—: Son una panda de...

—Ya sabes que no me gusta que les insultes. Son mis amigos. —Si Andrés no le detenía, Efrén se volvía paranoico. No le gustaba para nada esa parte de él, y por mucho que lo hiciera para cuidarle, le generaba demasiados conflictos internos.

—Pero no son buenas personas —sentenció Efrén.

—Creo que podemos separar las cosas.

—Dime una cosa: ¿por qué los defiendes tanto? Desde que llegó ese tal Mauro la casa parece revolucionada, por lo que me cuentas. Ha cambiado totalmente la dinámica. ¿No será que tú también estás revolucionado?

A Andrés aquel comentario le hizo sentirse como una mierda.

Chasqueó la lengua antes de responder, y trató de que no se le notara que tenía los ojos aguados.

—Efrén, ¿cómo puedes decir eso?

—Es que les defiendes, tío. Todo el maldito rato. —La vena amenazante del cuello de Efrén comenzaba a verse, fuerte, temible—. Es como si yo no contara, todo lo que te digo y todo lo que hablamos... Como si fueran tonterías. Pero si tú no te sientas con ellos y les dices lo que piensas, vas a seguir metido en esa mierda.

—Yo no estoy metido en nada, aunque entiendo lo que quieres decir.

Pese a tratar de continuar cenando tranquilamente, Andrés era incapaz de concentrarse en coger la comida con los palillos. Le temblaba la mano.

—Claro que lo entiendes porque es lo lógico. La gente como ellos termina muy mal. En las calles, Andrés. Con sida.

Andrés tragó saliva ante las palabras de Efrén y se dio por vencido. Tiró los palillos contra la mesa. No quería pensar en lo que le decía su chico, no quería verse en aquella tesitura de tener que elegir.

—Te digo desde ya que no me gusta que andes con ellos. Te lo he dicho un montón de veces, y cada vez me cuentas cosas peores. Ahora os ponéis a ver porno todos juntos, seguro que luego hacen orgías entre ellos, cuando no estás.

—No es verdad. Eso que estás diciendo es mentira. Ni siquiera sé...

—¿El qué? —le interrumpió Efrén—. ¿Que son una panda de golfos? Solo piensan en follar y salir de fiesta, drogarse y volver a follar.

—Eso es verdad, pero sobre todo Iker, a mí de normal no me gustaba, pero...

—Nada de peros, Andrés. Si lo digo es por tu bien. He tenido amigos así. Ahora, si te das cuenta, vivo solo. No llego a fin de mes a veces, porque no gano demasiado en mi trabajo, pero sé que es mejor así, alejado de toda esa basura. He estado a punto de hacer cosas muy malas por personas que quiero y todo por rodearme de amigos como los tuyos. Pero te digo una cosa: no son amigos.

Andrés solo quería huir de allí, se sentía horrible. Colocó las manos entre sus muslos para disimular el temblor.

—Sí lo son. Confío en ellos. Los quiero, Efrén.

—Dime cuántas veces te han ayudado.

—Demasiadas, Efrén. No nos conoces. Llevamos siendo amigos tantos años...

—¿Y ahora? ¿Se preocupan por ti?

Andrés se encogió de hombros. Estaba hecho un lío. Las preguntas y acusaciones de Efrén daban vueltas en su cabeza, aquello no tenía sentido, saltaba de un tema a otro y los mezclaba. Pero sabía que, de una forma u otra, era todo por su bien. Y es que a veces, para alcanzar la mayor felicidad, debías dejar cosas por el camino que te afectaran negativamente.

—En serio —dijo Efrén, ahora mucho más calmado. Apoyó su mano en la pierna de Andrés y con la otra le alzó la cabeza por la barbilla—. Mírame y dime que no hay formas más sanas de vivir. Dime que Madrid no está infestada de gente como ellos. Dime si al ir a una discoteca, ves gente pasándolo bien o tratando de ser una panda de cerdos asquerosos.

Andrés no dijo nada, porque no tenía nada que decir.

—Dímelo —le insistió Efrén, con la mirada clavada en sus ojos, la mandíbula apretada.

—Tienes razón. —Andrés terminó por romperse. Soltó todo el aire que tenía contenido en sus pulmones desde hacía un rato—. Es que Iker siempre ha sido igual, llega un punto que... cansa. Pero tienes razón. Tienes mucha razón en algunas cosas.

—¿Vas a hablar con ellos entonces? ¿Vas a decirles lo que piensas? El hecho de que no lo compartas con ellos es porque no te dan espacio en esa casa, amor. Dices que tienes mucha confianza en ellos, pero si crees que no puedes hablar de ciertos temas... No sé, Andrés. Piénsalo bien.

Muy a su pesar, las palabras de Efrén inundaron la cabeza de Andrés como si fueran agua caliente después de pasar frío en la calle en pleno invierno. Fueron como tomarse una cerveza en la playa, o leer un libro con un final feliz.

Tenía razón; todo encajaba.

—Sí, hablaré con ellos —le dijo Andrés.

Entonces Efrén se acercó más y le dio un beso en los labios.

—Te quiero.

Después de eso ni siquiera terminaron de cenar, y tuvieron el mejor sexo que Andrés recordaba hasta el momento: bonito, romántico y dulce. No necesitaba nada más que estar en los brazos de su novio. Eso era la verdadera felicidad.

69

Mauro

—A ver, ¿por qué tienes cara de mohíno?

Rocío aún mascaba las palomitas que le habían sobrado. Sujetaba con fuerza el enorme bol mientras señalaba a Mauro con dedo acusador.

—No me ha gustado mucho.

Caminaban por el centro de Madrid, bajaban a Sol desde Cines Ideal. Mauro llevaba puesta una de las chaquetas vintage que había comprado en Malasaña y se sentía, de pronto, más moderno, como si encajara mejor en la ciudad. Solo le faltaba aprenderse un par de canciones de Mónica Naranjo, memorizar los nombres de las drag queens de *Drag Race España* y conocer los horarios de las discotecas más conocidas para sentirse un maricón cien por cien madrileño.

—Te dije que no le iba a gustar —le comentó Rocío a Javi, que estaba ocupado liándose un cigarro mientras caminaba.

—No pasa nada, el buen cine no está hecho para todo el mundo.

—Tampoco nos pongamos así, pedazo de esnob —le criticó Rocío. Entonces, cargó contra Mauro—. Pero dime por qué no te gusta, vamos a ver.

—Es una película rara, yo soy más de las de acción, fantasía y todo eso —se defendió él como pudo.

—Cancelado —fue la respuesta de Rocío, que tiró con fuerza el cubo de palomitas a una papelera cercana fingiendo enfado. De pronto, se llevó la mano al bolsillo trasero, donde siempre llevaba el móvil. Respondió la llamada—. Joder, mamá... Es verdad.

Mauro vio que Rocío dejaba de caminar y se paraba en medio de la calle, atentando contra la integridad propia de las prisas de los madrileños que pasaban por ahí, que de pronto la empezaron a evitar como si tuviera la peste. Era algo que aún descolocaba a Mauro, acostumbrado a la cercanía de la gente del pueblo. Rocío parecía confusa con la llamada y Javi fumaba sin prestarle demasiada atención.

—Claro, voy ahora mismo, o sea, no te preocupes, ay, qué mal... Colgó.

—Me tengo que ir. Un problema con mi madre y le tengo que echar una mano, menuda movida, chicos. —Parecía llevar prisa, comenzó a marcharse—. Lo siento por dejaros así, os quiero.

Se fue tan rápido que pasó de ser una persona de tamaño normal a una hormiguita entre tanto transeúnte. Mauro se volvió para ver la expresión de Javi, que como respuesta se encogió de hombros.

—Pues vámonos de cerves.

Y eso hicieron.

Estaban en un bar de la plaza Chueca y llevaban varias jarras de cerveza con limón. Bueno, Mauro no era demasiado fan, así que después de la segunda se había pedido directamente un cóctel. La verdad es que estaba bastante fuerte y ya notaba el sonrojo en sus mejillas.

La conversación con Javi había fluido. Al principio Mauro estaba nervioso. Aquello no era como su quedada con Gael de hacía unas semanas. Eran amigos, compañeros de trabajo que charlaban de la vida, aunque quien llevaba la voz cantante era Javi. Como siempre. Le había contado decenas de anécdotas relacionadas con los bares del centro de Madrid, pero ya parecía haber zanjado ese tema.

Se quedaron mirando durante unos segundos a los ojos. Javi sonrió.

—¿Qué pasa? —dijo Mauro. Sentía que se había perdido algo. Se dio la vuelta para ver si se trataba de alguien que estaba tras él, pero no vio nada sospechoso.

—No sé si te lo habrán dicho, pero eres guapo. Lo sabes, ¿no? A tu manera, pero lo eres.

La confesión pilló a Mauro de sorpresa, que tragó saliva sin saber cómo reaccionar. ¿Javi tenía intenciones ocultas con él? ¿Por qué le soltaba aquel comentario de pronto? No sabía cómo reaccionar.

Dios, deja de pensar que la gente quiere algo contigo. Nadie quiere nada conti...

Un beso le interrumpió el pensamiento.

Los labios de Javi chocaron con los suyos. Y el verbo era chocar, sí. Mauro no respondió de primeras, porque no entendía lo que estaba pasando.

A ver, es un beso, joder. ¡Bésale!

No se veía demasiado entrenado todavía, pero lo intentó lo mejor que pudo. Primero fue un pico, y en cuanto cedió terreno, Javi le besó en profundidad. Apenas duró unos segundos, pero en la mente de Mauro fue una escena a cámara lenta propia de una película.

—¿Qué...? —empezó a decir, sorprendido, cuando Javi se separó. Mauro se llevó la cerveza a los labios y bebió un trago, pero no dijo nada. Su compañero seguía mirándolo con una sonrisa.

—Se nota —fue lo único que comentó, al cabo de unos momentos tensos.

—¿El qué?

La cabeza de Mauro daba vueltas. Nada se había despertado en su entrepierna, para su sorpresa, a diferencia de con Gael o Iker. Pero su corazón estaba... calentito. Era una sensación extraña.

—Se nota que no te han besado apenas.

Mauro no supo cómo tomarse aquello.

—No sé qué decirte. —Fue sincero. No era momento de hablar tonterías. Quería saber de dónde narices había surgido aquel beso. Para él, Javi no era más que un compañero de trabajo, un amigo que se iba acercando más y más según pasaban los días y tenían más confianza el uno con el otro.

—Tengo que decirte que nunca me había gustado un chico como tú.

Las palabras de Javi atravesaron los oídos de Mauro como cuchillos.

—¿Como yo?

Silencio.

Javi sonrió de nuevo, con esa sonrisilla que tenía desde hacía un rato y que tan nervioso ponía a Mauro.

—Sí, como tú. —Para que Mauro comprendiera a qué se refería, y aún manteniendo la sonrisa, Javi infló los mofletes. Se rio—. Como tú, Mauro.

—¿Eso es un cumplido?

No supo qué más decir. Sus pulmones expulsaron aquellas palabras como si fueran fuego. Si la cabeza le daba vueltas hacía unos momentos, ahora parecía un tiovivo a toda mecha. Quería irse, tirarle la copa que tenía enfrente a Javi sobre la cabeza e irse.

Pero no lo hizo.

Lo de tirar la copa, vaya.

Aunque sí se levantó sin decir nada más. Quería huir y dejar atrás ese comentario. Estaba rojo, no sabía si por el alcohol o por la vergüenza.

—¿Adónde vas? No te lo tomes a mal, hombre, encima que te...

—No sigas —le dijo Mauro. Se sorprendió a sí mismo con su tono de voz: era la primera vez que le hablaba así a alguien, y trató con todas sus fuerzas de que las lágrimas que amenazaban con caer no lo hicieran—. No digas nada más.

Antes de que Mauro cruzara la puerta del bar, escuchó la voz de Javi decir en voz alta:

—Qué desagradecido, con la suerte que tienes de que alguien se fije en ti.

70

Gael

Gael no se había equivocado al pensar que la noche en la que haría fisting por primera vez a un cliente la recordaría para siempre. Aún no comprendía la desesperación de aquel hombre con el tema, porque le había cancelado el servicio cuando se encontraba frente a la puerta del hotel a la espera de que le confirmara la habitación.

Sin embargo, le había escrito aquella mañana. Por las molestias, le ofrecía el doble que la vez pasada.

Dos mil malditos euros.

Aquello era mucho dinero de una sola vez, y aunque tendría que meterle a un señor el brazo hasta tocarle el intestino, no le quedaba otra.

Gael no había perdido el tiempo en volver al mismo hotel. Iba cargado con los utensilios en una mochila negra simple y básica, para que nadie sospechara de aquella actividad. Le parecía hasta casi ilegal. Amigos suyos que se dedicaban a lo mismo le habían narrado experiencias que prefería ignorar. Cruzó los dedos y rezó para que todo saliera bien.

—Buenos días, ¿qué desea?

La recepcionista del hotel parecía una estirada, con esa sonrisa falsa y el uniforme tan espantoso. Un puñetazo a la moda.

—Voy a la habitación... 504 —vaciló Gael mientras recordaba el número que el señor le había enviado.

—¿Visita o familia?

En ese momento el teléfono de la recepción sonó.

—Un segundo —se disculpó la chica y señaló al techo con un dedo puntiagudo. Parecía que quien estuviera al otro lado le estaba indicando algo, porque no dejaba de fruncir el ceño y asentir. Una vez que colgó, se dirigió de nuevo a Gael—. De acuerdo, el hospedado en dicha habitación ha ordenado que suba inmediatamente y le cuente sobre nuestros servicios.

Gael no sabía qué estaba pasando.

—¿Qué servicios?

—En el hotel podemos subirles una cena increíble, solo tienen que marcar el número 4 en el teléfono de la mesita de noche y se la hacemos llegar en menos de veinte minutos. Además, disponemos de un spa en la planta alta, al que puede acudir como acompañante de una persona que pernocte en este hotel. —Terminó aquella frase como si le faltara el aire, pero lo remató con una sonrisa aún más falsa que la anterior.

—Muchas gracias —fue lo único que se le ocurrió decir a Gael antes de dirigirse hacia los ascensores.

Allí dentro, su mente no dejaba de pensar en quién narices sería aquel hombre como para saber que Gael había llegado en ese momento justo e interrumpir su conversación con la recepcionista con aquella llamada telefónica. ¿Tan poderoso era? No le extrañaba que soltara tanto dinero así como así...

Gael se preparó para lo peor mientras esperaba a que el ascensor le subiera a la planta correspondiente. Suspiró hondo y agarró más fuerte su mochila, como para cerciorarse de que todo pesaba lo mismo y nada se le hubiera caído por el camino. Las puertas emitieron un pitido y se abrieron ante él, mostrándole un enorme pasillo que parecía eterno. Buscó con la mirada el punto de referencia para saber si tenía que caminar mucho, pero no, la habitación 504 estaba ahí mismo, enfrente.

Tocó con los nudillos, nervioso. Llevaba sin pasarle un tiempo, pues sentía que la mayoría de sus clientes eran, dentro de lo que cabía, fáciles. Pero esa experiencia iba a ser completamente diferente, más arriesgada y, sobre todo, una locura. ¿Se recuperaría del shock? Tragó saliva cuando volvió a llamar con los nudillos.

Casi al instante, todavía con la mano en el aire, aquel madurito le abrió la puerta. El señor estaba recién duchado: con el pelo mojado, el vapor salía del cuarto de baño, la toalla anudada sobre la cintura. Tal y como se había fijado Gael en las fotos, no estaba para nada mal pese a los más de cincuenta años que decía tener. La toalla le quedaba en el punto justo donde comenzaban los pelos púbicos, y se le marcaba una increíble V propia de un entrenamiento físico duro. O mucho dinero para tratamientos estéticos, que también.

—Pasa, pasa —le dijo él. Se quedó al lado de la puerta, por lo que al pasar dentro, Gael pudo oler el aroma a aftershave, que tan sexy le parecía.

Quizá podía pasárselo bien...

Cuando entró en la habitación, se dio cuenta de que la cama estaba deshecha.

—Disculpa, no he tenido tiempo de hacerla —le dijo el hombre, ya detrás de él.

—No se preocupe, no importa.

Gael dejó su mochila a los pies de la cama.

—Tengo muchas ganas —le confesó el hombre. Se desató la toalla y cayó al suelo, revelando unas piernas tonificadas y un miembro de sangre cuanto menos destacable—. Una pena, porque soy lo más pasivo que te puedas echar a la cara.

La broma vino acompañada de una risa, que Gael compartió. Al menos no parecía ser un hombre creepy como muchos de sus clientes. Desde el primer momento, había algo en el ambiente que le hacía sentirse bien.

—Túmbese —le ordenó Gael. Por a gusto que pudiera estar, o por atractivo que le pareciera aquel padre de azúcar, quería terminar cuanto antes. Seguía siendo trabajo, al fin y al cabo.

—¿Así? ¿Sin nada que me motive? —le dijo el hombre mientras se acercaba. Y se aproximó demasiado. Llevó sus manos a la cintura de Gael y entrecerró los ojos—. ¿Nada de nada?

Su tono de voz era profundo, masculino, como hecho de terciopelo. Aquellas últimas palabras habían sido más bien un gruñido excitante. Pese a ello, Gael no podía dejarse llevar. Estaba ahí para lo que estaba, si hubiera querido más tendría que habérselo especificado debidamente.

Gael se apartó con media sonrisa en los labios. No iba a negar que aquel hombre tenía cierto magnetismo, cierta fuerza bruta que le había hecho sentir en su entrepierna un ligero movimiento de excitación. Y no, no era para nada habitual.

Qué pena que se vaya a perder todo cuando le haga lo que vengo a hacer.

—Venga, no se haga de rogar y túmbese.

El hombre asintió, aceptando que no habría juegos previos. Parecía nervioso, pero era ese nerviosismo propio de estar a punto de hacer algo de lo que tienes mucha ganas. Para empezar, se tumbó sobre la cama bocabajo. Mientras se relajaba —algo totalmente necesario debido a lo peligrosa que era aquella penetración tan intensiva—, Gael aprovechó para prepararse: guante de látex, lubricante especial y mucha paciencia.

Comenzó acariciando los cachetes del señor. Parecían operados, honestamente, demasiado duros para su edad. Y redondos. Muy redondos. Sus manos lo acariciaban como si fuera una bola de cristal, lentamente, como tratando de sacar una lectura celestial de aquel trasero turgente. El señor, con la boca contra el colchón, dejaba escapar algunos gemidos que eran más bien suspiros. El aroma de la loción que había golpeado a Gael nada más entrar seguía en la habitación, convirtiendo aquello en un ambiente mucho más sereno de lo que era a la vez que combatía impasible contra el resto de olores humanos.

Gael acercó sus dedos a la abertura del señor. Estaba lleno de lubricante, así que jugueteó en condiciones. Introdujo un dedo poco a poco, pero se dio cuenta de que aquello ya estaba más que dilatado, al menos unos centímetros. Sin dudarlo introdujo otro más y otro más. Con tres dedos dentro empezó a hacer un gesto similar al de escarbar, no solo hacia abajo, sino hacia los lados, ampliando la circunferencia. El hombre aumentó el volumen de sus gemidos mientras elevaba la cadera para quedar a cuatro patas, la mejor postura para ese tipo de prácticas.

De momento estaba siendo pan comido. El siguiente paso era meter cuatro dedos, lo cual no fue una complicación debido al trabajo previo, y al cabo de unos minutos Gael tuvo claro que no le iba a costar demasiado meter la mano entera. Recordó cómo tenía que colocarla para que fuera lo más seguro posible, como si fuera a dar un puñetazo, solo que de momento debía empezar con los cuatro dedos principales estirados y el pulgar tocando la palma.

Y de golpe. Pum.

Fue apretando poco a poco. El hombre gritó de placer, de tan dilatado que estaba. Fue sencillo llegar hasta media mano. Aquello era una proeza, porque Gael tenía unas manos más bien grandes, y estaba sorprendido del poder de succión de aquel señor.

Además, no podía negar que estuviera... algo excitado. Era un conjunto de cosas: la voluptuosidad de aquel trasero, los gemidos tan graves, el olor a aftershave, lo imponentemente masculino que era aquel hombre.

¿Qué le pasa? ¡Concéntrese!

—Venga, venga, qué rico lo haces —dijo de pronto el hombre, y se agarró fuerte con las manos a las sábanas.

Gael, animado, continuó con su cometido. Poco a poco, poco a poco... Hasta que logró introducir casi la muñeca al completo. El hombre gritó de puro placer, lo que hizo que Gael volviera a sacar la mano y la volviera a meter lentamente. Estuvo repitiéndolo durante unos minutos hasta que le interrumpió su cliente:

—El puño —le dijo simplemente, como una súplica.

Así que Gael supo lo que tenía que hacer. Cambió la posición de la mano a, literalmente, un puño. Aquello cambiaba bastante la tónica que habían tenido hasta el momento, ya que no era lo mismo la palma de la mano estirada que aquello...

Sin embargo, el hombre lo recibió sin ningún tipo de queja. A Gael le costó un poco de esfuerzo que se introdujera, pero lo que estaba viendo ahí no tenía precio. Al igual que sus manos, su pene era también de unas dimensiones considerables y, aun así, nunca había visto el trasero de un hombre tan abierto. No quiso mirar demasiado, aunque sentía genuina curiosidad.

Los gemidos continuaron mientras Gael iba abriéndose paso cada vez más. La muñeca, un poco más arriba, un poco más adentro.

—Dale caña —le ordenó el hombre, que parecía muerto del placer. Gael se asomó y pudo ver que tenía los ojos en blanco.

Gael obedeció y los siguientes minutos fueron un borrón en su mente, porque vio cosas desagradables, pero al mismo tiempo sentía su pene erecto batallando con su calzoncillo. ¿Qué narices le estaba ocurriendo? Pensó que sería el poder de excitar tanto a una persona con una sola mano, pero no dejaba de ser algo... extraño.

Llegó un punto en el que los hombros, el codo y la mano de Gael estaban demasiado doloridos como para continuar.

—¿Paro? —le preguntó a su cliente.

Este negó con la cabeza.

—Cinco minutos más y haces que me corra, por favor —casi le suplicó.

Con un esfuerzo sobrehumano, Gael siguió. El hombre no tardó ni un par de minutos más en advertirle que quería correrse. Gael trató de estimular su próstata, y creyó hacerlo de manera correcta, porque aquel hombre se corrió sin tocarse. Un chorro de semen salió disparado hacia las sábanas mientras todo su interior se apretaba contra el brazo de Gael, algo que definitivamente sí fue desagradable.

A los pocos segundos, cuando la cosa pareció calmarse, Gael retiró lentamente su puño del interior. El lubricante le había llegado hasta medio brazo. Se retiró el guante, lo metió dentro de una bolsa de plástico que había llevado para tal propósito y se estiró. Le dolía la espalda, pero había superado con éxito su primera incursión al fisting, y eso era algo digno de celebrar.

Con los dos mil quinientos euros que aquel hombre le había dado pensó en darse un pequeño lujo, y más sabiendo que le había gustado tanto que repetiría en unas semanas, con una propina extra para asegurarse de su servicio en cuanto le llamara.

Gael caminó de nuevo por las calles de Madrid, entró en la primera tienda de ropa que le gustó y buscó lo más caro que tuvieran. Cuando volvió a salir a la calle, la mosca detrás de la oreja llamada culpabilidad que le acosaba cuando terminaba con cualquier cliente parecía haber desaparecido.

Y al llegar a casa y cambiarse de ropa, vio una mancha aún húmeda en sus calzoncillos. Por primera vez, había disfrutado de su trabajo, y no había sido ningún cuento de hadas.

Por si acaso, guardó el número del cliente entre sus contactos favoritos.

Solo... por si acaso.

71

Mauro

El espejo le devolvía la mirada de una forma que no le agradaba en absoluto. Había leído en internet que podría considerarse un oso, aunque no daba el perfil al cien por cien. Era peludo, grande y tenía sobrepeso. Eso podría ser perfectamente un «bear», como le llamaban a ese tipo de cuerpos en la comunidad gay. Sin embargo, Mauro no era tan tan peludo como en las imágenes que había visto.

Se miraba sin apartar la vista, concentrado en cada centímetro de su cuerpo. Tan solo vestido con unos bóxers. Eran de *El Señor de los Anillos,* con el logo en la parte central, en todo el paquete. No era grande, aunque si lo fuera, debido a su tripa, apenas podría apreciarse. Se llevó las manos a su barriga, para acariciarla. Tenía estrías en los laterales y el ombligo desaparecía entre pelos marrones. Las piernas tenían rojeces en los muslos, las rodillas parecían caras tristes, tenía pequeños hoyitos donde más carne y grasa había. Y tenía tetas. Sí, tetas, como las de su amiga Blanca. En su caso eran diferentes, porque eran más planas, pero aquellas dobleces caían sobre su voluminosa tripa, por lo que siempre sudaba y olía más de lo que le gustaría. En los pezones también tenía pelos, eran en punta y los odiaba.

Odiaba todo lo que veía.

Sus brazos no eran como los de Andrés o Javi. Eran más parecidos a los de Gael o Iker en tamaño, pero obviando por completo los músculos. De hecho, quizá eran aún más grandes y robustos. Llenos de comida basura y patatas fritas de bolsa. Todo su cuerpo estaba lleno de grasa. Cada pelo era asqueroso, denigrante. No había punto en su piel que no estuviera relleno de vergüenza y repulsión.

Era grasa.

Una mole de grasa desastrosa, una mole de grasa rellena de mierda.

Javi tenía razón, aunque no quisiera dársela. Nadie se iba a fijar en él. Jamás. Era imposible. Nadie lo haría nunca; ni hoy, ni mañana, ni dentro de veinte años. Estaba condenado a morir entre basura, que era lo que merecía por verse tan asqueroso.

Algo se rompió dentro del pecho de Mauro. Apenas era capaz de enfocar la vista siquiera por los miles de pensamientos intrusivos que recorrían su cuerpo. Se apartó del espejo y buscó rápido el pijama entre su ropa. Lo había perdido de vista, pero lo necesitaba ya. Tenía que taparse, no quería ni verse de refilón. ¿Por qué no era como las demás personas? Cualquier anuncio, cualquier chico que pasaba por la calle... No era como los demás. Era peor, más feo, más gordo. Cuando se fijaba en chicos rellenitos como él por la calle, siempre tenían mejor forma, eran más delgados, tenían más culo.

Eran más felices.

—¡Joder!

El pijama no aparecía y le urgía desaparecer entre la tela, desaparecer frente al espejo. Tiró al suelo toda la ropa que tenía en la silla del escritorio y se puso lo primero medianamente cómodo que encontró. Vio de refilón que era la talla triple XL y rompió, sin pensarlo, la prenda de un tirón. Las costuras quedaron al aire y la prenda, inservible.

Como él.

Se lanzó a la cama. La rotura de su pecho era como la de la camiseta de Catwoman que acababa de rasgar: irreparable para siempre.

Y lloró. Lloró mucho, con angustia, congoja. Lloró como llevaba tiempo sin hacerlo. Trataba de no ser consciente de su propio cuerpo sobre la cama, de lo que pesaba, de lo que le suponía a aquellos muelles sostenerlo. Era como si cada centímetro de su piel quisiera rozar sus sábanas, y era normal, porque era enorme. Era inmenso. Gordísimo, feo y peludo.

Daba asco.

Siguió llorando a moco tendido durante media hora. Aquella angustia en el pecho no parecía que fuera a desaparecer nunca. Al cabo de un rato le dolían los ojos y la frente de tanto llorar. Trató de calmarse, buscó el pijama, ahora más tranquilo, y lo encontró a la primera. Era de Primark, grande y ancho; era la ropa ideal para disimular sus michelines. Estaba tan acostumbrado a vestir así que nunca se había parado a pensar en por qué lo hacía, y darse cuenta por fin había sido una experiencia horrible. Pero sí, debía desaparecer, disimular, hacerse más pequeño, esconderse. Nadie debía verle nunca más, no merecía la pena.

Abrió la puerta de su habitación, dispuesto a correr hacia la cocina en busca de algo para comer y con lo que llorar al mismo tiempo... y se encontró a Iker marchando en dirección contraria mirando el móvil.

No había lugar a dudas: estaba fingiendo. Y además, lo hacía fatal.

—¿Me has estado espiando? Tienes el teléfono al revés.

Los ojos de Mauro aún estaban rojos. Lo notaba, sentía los surcos de las lágrimas por sus mejillas, aún húmedas.

Iker se paró en seco. No se dio la vuelta para hablar con él.

—No —mintió, evitando establecer contacto visual.

—Venga —le dijo Mauro. Se le quebró la voz.

No vayas a llorar delante de Iker, no seas idiota.

Pero si ya te ha escuchado. Te ha espiado.

Al escuchar la voz de Mauro romperse, Iker sí que se volvió. Tenía los ojos brillantes, como si...

—¿Estás bien? —La voz de Iker estaba también rota.

Mauro no respondió. Se quedaron ahí, en medio del pasillo, mirándose. Los dos estaban rotos, pero no lo sabían. Si fueran camisetas de Catwoman y sus palabras, hilo, podrían arreglarse en un santiamén. Tenían ese poder, esa fuerza.

Pero no lo sabían.

Lo único que estaba claro en aquel momento, lo único en lo que Mauro podía pensar, era que necesitaba abrazarle, algo se lo pedía en su interior.

Como si Iker le leyera la mente, este se acercó. Pareció dudar durante unos segundos, pero frente a frente, con las respiraciones entrecortadas, parecía ser la única opción. El abrazo pilló desprevenido a Mauro, porque fue fuerte, intenso, profundo. Conectaron. Y era la mejor manera de hacerlo.

Por primera vez, los brazos de Iker no le parecieron excitantes. Ahora eran su confort. Su refugio. Cogió aire para mantenerse sereno, pero el perfume de su amigo le llenó las fosas nasales. ¿Qué estaba pasando? Se encontraba seguro. Nada importaba más allá de aquel abrazo.

Ninguno de los dos quería separarse. Mauro, porque lo necesitaba; Iker, porque conocía perfectamente lo que Mauro sentía.

Pero no lo sabía.

—Gracias —fue lo único que pudo musitar Mauro entre los brazos de Iker.

Por toda respuesta, su amigo lo estrechó aún más fuerte.

—Me odio —susurró Mauro—. Me odio mucho, Iker.

Eso hizo que Iker se separara de golpe de Mauro. Vio que sus ojos rebosaban lágrimas, pero ninguna había caído aún por su mejilla. Iker cogió aire, agitó la cabeza como tratando de no romper a llorar y le dijo muy serio:

—No vuelvas a decir eso.

Mauro jugaba con sus carrillos para no parecer débil y romperse de nuevo.

—¿Me escuchas? —Después de la rabia en las palabras de Iker, pareció aflojar—. ¿Qué ha pasado?

Y Mauro se lo contó todo.

72

Iker

Tenía que hacer algo.

No podía ver a Mauro destrozado por un idiota integral como era el payaso de Javi. Si es que sabía que le caía mal desde el primer momento en el que cruzó la puerta de su piso... ¿Qué se podía esperar de alguien que le había dado tan mala espina? Nunca se equivocaba.

Iker no dejaba de darle vueltas, mientras comía una ensalada de pasta, en cómo podría actuar para darle un subidón de confianza a Mauro. Quedaban descartadas muchas opciones, pero de pronto vislumbró algo que...

Era una idea un poco loca, pero tenía que intentarlo.

Si hacia aquello que su mente le estaba diciendo que seguramente sería efectivo, ganaría. Eso sí: ni siquiera el mismo Mauro podía enterarse. El efecto sorpresa tenía que ser para ambos, pero en especial para el Jivipollas.

Cerró los ojos y sonrió pensando en la cara de culo que pondría.

Dios, necesitaba hacerlo.

Ya había tomado la decisión. Solo tenía que darle un par de vueltas a los detalles, pero sin duda era una muy buena idea. ¿Arriesgada? Sí, pero con tal de ver a Mauro empoderado todo iría a su favor.

Se lo debía al Iker Gaitán que también se miraba al espejo y sufría con lo que veía. Se lo debía al Iker Gaitán que hacía muchos años estuvo a punto de hacer una locura.

Se lo debía a cada pensamiento negativo que tuvo, y de los cuales pudo escapar.

Era el momento de jugar sus cartas.

73

Andrés

—Despierta, Bella Durmiente.

Los besos de Efrén para despertar a Andrés por la mañana eran húmedos, como todos los que le daba, pero en este caso eran bastante más calientes. Él también se acababa de despertar, y lo mejor que podía haber en el mundo era eso. Era como vivir en un anuncio de perfumes.

Andrés se dio la vuelta para abrazar a Efrén. No le importaba que le oliera mal el aliento, verse despeinado o tener la cara hinchada. De verdad, no había mejor sensación que aquella.

Estado: en una nube.

Se durmió durante unos minutos más en brazos de Efrén, hasta que este se movió y le destapó.

—Venga, vas a llegar tarde al trabajo.

Andrés terminó de desperezarse. Salió de la cama y buscó con los pies sus zapatillas de estar por casa. Se las había regalado Efrén, igual que el cargador del móvil o el pijama que llevaba puesto. A decir verdad, todo lo que usaba en aquella casa era de Efrén.

No, no vivían juntos, pero casi. En la mente de Andrés era todo como en un cuento de hadas.

Cada día que pasaba tenía más ganas de estar con Efrén en su nidito de amor. Se tardaba menos al trabajo, tal y como le había dicho su novio. El único inconveniente era que tenía que hacer un par de transbordos, pero sin duda era más cómodo que antes. Por el simple hecho de despertarse todos los días junto a Efrén..., merecía la pena.

En general, todo merecía la pena. Desde quedarse dormido en sus brazos cada noche mientras veían películas hasta lavarse los dientes juntos o cocinar tortitas y mancharse la nariz con chocolate.

—Te había escrito Gael sobre no sé qué —le avisó Efrén mientras se dirigía a la cocina.

Andrés cogió su teléfono móvil. Vio que no había ningún mensaje de Gael, de hecho, no había nada en su chat. Totalmente vacío.

Con el teléfono en mano, confuso, fue tras su novio. Efrén tenía el pelo despeinadísimo y estaba preparando la cafetera para desayunar, como cada mañana.

—¿Dónde está el mensaje de Gael?

Efrén al principio le ignoró. Cuando Andrés se puso más cerca de él y volvió a preguntarle lo mismo, Efrén le miró:

—No tenía nada que decirte —fue su respuesta—. No te rayes, lo de siempre.

Andrés no quería discutir. Sabía cómo se ponía Efrén cuando se alteraba. Recordó el otro día cuando...

—¡Te he comprado cereales! De los que te gustan, mira. —Efrén sonreía con todos los dientes, sujetando en su mano los cereales favoritos de Andrés.

—¿Cómo...? —No tenía palabras.

¿Cereales? ¿Gael? ¿Sus favoritos? ¿El mensaje?

—Me quedo con cada cosa que dices, aunque sea una tontería.

Le guiñó el ojo y alzó la caja como si fuera un trofeo. Le brillaban los ojos y la sonrisa, que era perfecta, como siempre, incluso bajo la luz cenital amarilla de su pequeña cocina.

Y Andrés, pues... decidió no pelear. Le buscó para darle un beso de agradecimiento y desayunó a su lado, bajo una mantita, rozando sus dedos.

Efrén era un ángel, desde luego que lo era.

74

Mauro

Aquella mañana, Mauro se había despertado con náuseas. No quería volver al trabajo a ver la maldita cara de Javi. Solo quería pegarle un puñetazo en la boca del estómago, o en esa nariz que tanto decía que le gustaba. Se había imaginado cientos de escenarios donde lo pisoteaba e incluso le mordía, arrancándole un pendiente. Pero honestamente, ¿a quién iba a engañar? No era capaz de hacerle daño a una mosca; menos se lo iba a hacer a alguien que se había encargado de hacerle sentir como tal. Era su furia, que hablaba por él.

Prepararse el desayuno se le había hecho cuesta arriba. Se quedó mirando fijamente la cuchara con la que comía los cereales, pensando en que le apetecía más que le sacaran un ojo con ella que ver de nuevo a Javi.

Los comentarios como los que le había hecho no eran plato de buen gusto para nadie, pero si, además, vienen de una persona que creías cercana, son aún peores. Y justo después de besarte.

Es que no me jodas.

Eso Mauro lo sabía. Lo de que era demasiado gordo, vaya. No es que su madre le hubiera criticado por su forma física, porque ella siempre había sido una mujer con sobrepeso, pero en ciertos momentos había dejado caer que debía cambiar sus hábitos. Vamos, que era un runrún continuo que Mauro tenía en la cabeza desde hacía tiempo.

Madrid le había liberado. Iker, Gael o Andrés habían ayudado a que poco a poco fuera ganando consciencia de otras cosas en lugar de centrarse tanto en su físico... Una parte de su mente, no obstante, trataba continuamente de derribarlo y le hacía pensar en cosas como que jamás perdería la virginidad si seguía estando gordo.

Odiaba sentirse así, pero no podía sentirse de otra forma.

Sin embargo, su vida tenía que seguir. Iría al trabajo con la cabeza gacha, intentaría no entablar demasiada conversación con sus compañeros y dejaría el día pasar. Luego dejaría pasar otro día. Y ya serían dos más. Claro que iba a estar así hasta que hubiera podido perdonar los comentarios de Javi, o al menos almacenarlos en algún lugar de su mente donde no fuera fácil acceder. La rabia se había calmado después de desayunar, ahora solo quedaba dolor.

—Buenos días —le dijo Rocío en cuanto entró por la puerta. Ella siempre llegaba antes y le saludaba, aunque en aquella ocasión su tono de voz parecía más cortante—. Javi no ha llegado aún.

Mauro abrió mucho los ojos, porque no recordaba haber llegado al trabajo. Había entrado en un bucle con la ciudad, el metro, la rutina y con sus pensamientos. Era definitivamente un zombi.

—Buenos días —le respondió Mauro, luego huyó al sótano, donde dejaría sus cosas para comenzar el día de trabajo.

Miró el reloj de pared y suspiró hondo. Pensó en todas las horas que le quedaban por delante. No solo de trabajo, sino las que tendría que aguantar a Javi, que llegaría en cualquier momento.

¿De verdad se sentía preparado para volver a verle la cara?

75

Iker

Iker tenía los brazos cruzados frente al pecho. Era una de las tantas maneras en las que podía marcar cada músculo y parecer aún más grande. Hacía un poco de frío, pero había decidido vestirse con una camiseta de tirantes. Sí, en efecto: para marcar más. Llevaba también unos pantalones cortos color gris y una mochila de tela con cordones en la espalda.

Su plan debía ejecutarse sin prisas, pero de forma natural. No serviría de nada si lo forzaba, o si se veía venir.

Las luces de la librería comenzaron a apagarse. Las sombras que formaron los cuerpos de Rocío, Javi y Mauro se alargaban y achicaban mientras terminaban de recoger y ordenar lo que faltaba antes de salir. Después, la puerta se abrió. Era Rocío, con un manojo de llaves en la mano. Miraba al suelo mientras se peleaba con el bolsillo, de donde sacó un cigarro de liar.

Bien, era su momento.

Iker se descruzó de brazos y cruzó la estrecha calzada en dirección a la tienda. Para entonces, los demás habían salido. Mauro miraba el cielo oscuro de la noche madrileña, desperezándose, hasta que de pronto su mirada cayó en Iker. Se le iluminó la cara.

—¡Hola! —dijo con una sonrisa.

Entonces sucedió lo que tenía que pasar, el momento culmen del plan.

Iker se acercó a Mauro, con esa sonrisa tan perfecta de la que tan orgulloso estaba. Le cogió de las manos a su amigo, se acercó a él y le plantó un beso en los labios.

—¿Qué tal, cariño? —Remató con una sonrisa.

Dios, eres buenísimo. Oscar para Iker Gaitán.

Mauro no respondió: se había quedado blanco. ¿Quizá se había pasado? No, no, estaba genial. Seguiría hablando hasta que fuera incómodo para sus compañeros de trabajo y se marcharan.

—Como hoy teníamos plan de cena, he pensado en venir a buscarte, amor.

Puaj. Jamás diré más esas palabras en ese tono. JAMÁS.

—Bueno, nos vamos —dijo el Jivipollas. Parecía molesto.

—¡Ay, perdón! No os había visto —le saludó Iker con la mano.

Ver la cara de Javi fue el mejor premio de todos. Estaba descompuesto, más incluso que Mauro. A ver quién se metía ahora con él.

Si Mauro quisiera, podría conseguir un chico como él.

No. Mauro podía conseguir cualquier chico.

E Iker se lo tenía que hacer entender. Por todas esas veces que había llorado frente al espejo por no sentirse atractivo cuando iba al instituto, por todas esas fiestas a las que le invitaban solo para ver cómo se tiraba a la piscina haciendo la bomba porque era gracioso ver al gordo de turno salpicar más de la cuenta... Por todas esas cosas, Iker tenía que hacerle ver que era igual de válido que los demás.

Pero no iba a negar que quería darle una lección a Javi desde el primer día que lo vio. Recordaría su cara, hecha un cuadro, el resto de sus días.

Para que te vuelvas a meter con mi Mauro, capullo.

76

Mauro

QUÉ
COJONES
ESTÁ
PASANDO.

¿Esto es real? ¿Estoy soñando?

MIERDA,
estoy soñando
SEGURO.

Actúa como una persona normal, vamos.
Que Javi no te vea flipar.

PERO ES QUE ESTÁS FLIPANDO.

QUÉ COJONES, IKER.
QUÉ COJONES.

77

Rocío

—Vaya con el Mauro, ¿no? —La pregunta de Rocío pareció molestar a su amigo Javi, que no respondió, sino que iba caminando con el ceño fruncido—. Se lo tenía bien callado...

Rocío estaba sorprendida, no podía negarlo. Era una mezcla extraña de sensaciones. ¿Realmente era un problema que estuvieran juntos? No le molestaba que Mauro no lo hubiera contado, cada uno era dueño de su vida privada y decidía qué compartir, cómo y con quién. Pero la sorpresa de Rocío vino porque su primer pensamiento fue:

No pegan ni con cola.

Se sentía culpable. ¿Acaso una persona con el físico de Mauro no podía entablar una relación amorosa con una persona con el físico de Iker? Claro que sí, es que era idiota. Odiaba haber tenido ese pensamiento, pero desde hacía un tiempo sabía que quitarse esas tonterías de la cabeza, esos prejuicios, no era trabajo de un día.

—Yo me voy a ir por otro lado hoy, tengo que pasar a por unas cosas —le dijo Javi, rehuyendo su mirada.

—Sí, yo tengo algo que hacer. ¡Nos vemos mañana!

Rocío se despidió de él y le lanzó un beso mientras cruzaba la calle, celebrando internamente no haberse deshecho de su compañero de trabajo con una excusa barata. Estaba ahora llegando a Callao, justo debajo del mítico edificio con el logo de Schweppes.

Le encantaba Madrid y sus calles, pero sobre todo, le gustaba lo que tenía frente a ella.

Era una chica con el pelo rosa hasta los hombros, un poco más alta que Rocío, y llevaba puesto un mono vaquero que le apretaba el pecho y las piernas.

—Celia —dijo Rocío, acercándose a ella. No supo cómo la escuchó, porque se había quedado sin fuerzas al pronunciar su nombre.

Pero ella se dio la vuelta.

—Rocío...

Dejó la palabra suspendida en el aire. El pelo de ambas se revolvió por una bocanada de aire. Un mechón de pelo rosa se incrustó en los labios entreabiertos de Celia, y Rocío pensó en lo mucho que le apetecía quitárselo despacito con los dedos.

—¿Qué tal estás? —Rocío la echaba de menos. Cuando hacía unos días le había propuesto verse, no se lo podía creer. No habían roto en los mejores términos, pero se habían querido mucho. Mucho.

—Llevaba bastante tiempo sin saber de ti. —Celia dijo aquello con los ojos entrecerrados, como calculando la expresión de Rocío. Se quitó el mechón de pelo de los labios y se acercó un poco más—. Pero sigues igual de guapa.

La tensión podía cortarse con un cuchillo. No sabía si era sexual, de enemistad, odio o atracción, pero el magnetismo era reconocible a kilómetros. Continuaron mirándose sin decir nada. El corazón de Rocío palpitaba como dando saltos, excitado.

—Podemos ir adonde siempre —le propuso entonces Celia.

—Vale, me parece bien. Por los viejos tiempos.

Celia sonrió incómoda, como queriendo mantenerse apartada de esa... conversación.

Eran exnovias, sí. Habían vivido algo muy intenso y fuerte en un espacio muy corto de tiempo. Después de dejarlo, Rocío apenas había explorado a nivel sexual, pero Celia había terminado muy mal. Ella era la experta y le sacaba unos cuantos años, pero por un motivo u otro, no estaba dando el cien por cien en la relación. Prefirió dejarlo, además de que, por lo visto, en la cama no terminaban de congeniar.

A Rocío ese comentario nunca le hizo demasiado daño, porque sabía perfectamente que la situación era la que era: ella estaba aprendiendo y Celia ya no tenía nada que aprender. Tan solo se habían acariciado, besado y quizá masturbado en alguna ocasión. Nada más. Rocío estaba en plena etapa de conocerse, no se le podía exigir mucho más.

Así que al terminar, Celia siguió su camino y trató de encontrar una relación seria, con alguien mayor... Pero no la encontró. Rocío y ella tenían amigas en común que se lo habían chivado. Rocío, por su parte, continuaba igual de estancada, porque desde Celia no le había gustado ninguna otra chica.

Caminaron en silencio hacia su plan habitual: tumbarse en el césped de Plaza de España. Ya era de noche, pero no importaba. Pasarían frío, como en las noches cuando miraban al cielo la una apoyada en la otra y discutían sobre quién aguantaría más sin ponerse una chaqueta mientras debatían sobre astrología.

—¿Por qué me escribiste? —le preguntó Celia en cuanto llegaron a su lugar habitual.

Rocío no quería contestar la verdad, pero sintió que se lo debía.

—Estoy rayada, Celia. No por nosotras, sino porque tengo dudas respecto a mí. Quería hablar con alguien que me conociera para tratar de... aclararlas.

—¿Qué tipo de dudas?

Ya sentadas, Celia sacó de su riñonera una pitillera.

—No te ofrezco porque no te gusta el industrial. —Después de eso se encendió el cigarro y esperó a que Rocío respondiera.

—Desde que estuve contigo no he estado con ninguna otra tía. Es raro, pero no sé cómo hacerlo. Quiero conocer chicas, experimentar, pero es muy difícil.

Celia detuvo el cigarrillo frente a sus labios. Con los ojos muy abiertos, sonrió incrédula.

—A ver si me queda claro, ¿quedas con tu ex para que te dé consejos románticos? ¿Quieres que te enseñe a ligar? Qué cojones, Rocío.

Ella negó con la cabeza. No, joder, ya empezaba Celia a entrar en sus famosos bucles donde hacía montañas con la mitad de un cuarto de un grano de arena.

Same old Celia.

—Quiero que me eches una mano, pero no como crees. No es nada de eso —aclaró rápidamente Rocío. Celia pareció relajarse, pero estaba escuchando. Se le veía interesada—. Te lo voy a preguntar claramente, ¿vale? Porque de verdad que, tía, no puedo dejar de darle vueltas. O sea, es una movida que te cagas y en fin. La cosa es... ¿Tú cuando me ves, te parezco lesbiana?

Las cejas de Celia casi le rompieron la frente del brinco que pegaron. De hecho la sorpresa fue tal que tosió el humo del tabaco que mantenía en sus pulmones.

—¿Qué tipo de pregunta es esa? Pues claro, Rocío, eres mazo bollera.

Rocío se encogió de hombros, algo incómoda. ¿Por qué nadie la entendía?

—Pero no soy como tú.

—Llevo el pelo rosa como lo lleva medio Madrid, no tengo un cartel en la frente en el que pone «tortillera» —dijo Celia, y puso los ojos en blanco—. O sea, en serio, tía. No te entiendo.

—Es que no me entiendes.

Celia respondió cuando expulsó el humo y carraspeó antes de hablar.

—Sí, sí te entiendo, Rocío. Tú y yo nos conocimos de casualidad, y de casualidad hicimos vida juntas una temporada, y de casualidad... La vida es así, tampoco nos buscamos. Todo el mundo que conozco que tiene pareja la ha encontrado sin buscarla. De hecho, dudo bastante de todas las parejas superideales que nacen en las aplicaciones. Para mí, lo que viví contigo fue amor. Y fue casualidad, tía. Podrías haber sido más obvia con tu ropa, sí. Pero hay algo que nos dice si lo somos, no sé si me explico.

—Ya, pero yo no me siento parte del colectivo. —El miedo, las dudas. Todo estaba expresado en aquella frase.

—¿Qué colectivo, tía? De verdad —hizo una pausa para expulsar el humo del cigarro de nuevo—, esta no es la Rocío que conocí. Eras decidida, ¿sabes? Eso es lo que me gustaba de ti. Echada para adelante, te comías el mundo, colega. Todo Madrid a tus pies. Tenías una garra que no se la he visto a nadie. Contigo me he reído más que con ninguna otra persona, y eso mola, Rocío. No te dejes llevar por chorradas porque vales tu peso en oro, chiquita.

Rocío se quedó pensativa. Era cierto que esas dudas le carcomían más y más cada día que pasaba, pero no las había tenido cuando estaba con Celia. ¿Sería por el hecho de estar con alguien?

¿Le daba seguridad confirmar su orientación al estar en una relación? Que le vieran caminar por la calle con ella de la mano, que al sentarse en el metro fuera obvio al no despegarse de ella... ¿Buscaba la validación en los demás?

Era cierto: esa no era la Rocío que Celia había conocido.

—Primero tienes que saber lo que quieres —continuó Celia—, y luego agradecería que me lo dijeras claramente. En plan, te puedo ayudar. Para eso estamos.

—Es que lo que quiero es que me ayudes —confesó Rocío, temblando, aunque no sabía si de frío o de nervios.

—Pero ¿en qué mierdas te voy a ayudar? Ni siquiera lo sabes.

—¡En entenderme! —El grito de Rocío se escuchó en toda Plaza de España, con su respectivo eco.

Cuando Celia volvió a hablar, lo hizo en un tono mucho más bajo.

—Te quise mucho. Y el cariño no se va con facilidad, así que te lo voy a decir por los momentos felices que tuvimos juntas: vive la vida. Disfruta. No dejes que las convenciones te hagan daño y sé quien eres. No hay nada más que tengas que hacer.

Rocío no esperaba un consejo como aquel, así que se le aguaron los ojos al ver lo importante que seguía siendo Celia en su vida. No se había dado cuenta hasta entonces, pero ahí la tenía, preciosa como siempre, preocupándose por ella...

—Voy a hacerlo —le anunció Rocío.

—Hazlo.

Y no supo si entendió bien o no, pero se lanzó a besarla. Celia no se apartó. Olía a tabaco y sus labios eran igual de apetitosos que la última vez que los había probado. Se besaron apasionadamente, como recuperando el tiempo perdido. Al cabo de unos segundos, Rocío se apartó.

Ninguna dijo nada durante unos segundos.

—Siento si...

—No pidas perdón si necesitabas hacerlo —le dijo Celia tajante—. Vamos a mi casa y te invito a birras y a cenar.

Rocío no dudó en decir que sí, y lo que pasó quizá no fue buena idea.

78

Gael

Había pasado ya la hora de cenar. Normalmente, cuando Gael tenía que trabajar con algún cliente a esas horas, al volver a casa siempre se encontraba con alguno de sus compañeros de piso. Podría decirse que Andrés ya no vivía con ellos, así que ver la puerta de su habitación cerrada a cal y canto sin luz saliendo por la parte de abajo no le sorprendió. Lo que sí le extrañó fue que ni Iker ni Mauro estuvieran tampoco. ¿Se habrían ido juntos a cenar? Arrugó la nariz, porque no sería muy habitual por su parte.

—¿Hola? ¿Hay alguien? Odio los sustos —avisó.

La última vez que sus amigos allá en Colombia habían tratado de hacerle una broma similar había terminado golpeándoles como si se tratara de una película de Hollywood, presa del pánico. No era especialmente temeroso, pero si le pillaban desprevenido... Le costaba controlarse. Donoban podía corroborarlo: terminó con el labio roto en Urgencias.

Tras caminar durante un rato por la casa vacía se aseguró de que no había, en efecto, nadie. Respiró tranquilo. Hasta que... Hasta que...

Lo único que escuchaba era aquel ruido.

Era como un picoteo, de algo metálico. Como si alguien estuviera golpeando un metal de alguna forma. Era imposible que fuera Iker, y menos a esas horas. Jamás se pondría a arreglar muebles sin música de fondo y con la puerta cerrada.

Que ahora que lo pensaba, no sabía ni siquiera cómo era su habitación. Nunca había entrado y él tampoco les solía dejar pasar. Además, era el cuarto más alejado de toda la casa.

Gael se mantuvo quieto para concentrarse mejor en el sonido.

—Qué miedo —susurró para sí mismo.

Pero decidió acercarse.

Giró el picaporte de la puerta de la habitación de Iker y se lo encontró a oscuras.

Vale, ahora es cuando aparece un ladrón y le mata por huevón.

Llevó la mano hacia el interruptor de la luz y la encendió. De frente se encontró algo inaudito. Algo que jamás se esperaría ver ahí.

NO MOLESTAR A LUPIN

Eso decía un cartel enorme pegado sobre una jaula. ¡Una jaula! ¿Desde cuándo tenía Iker una mascota en el piso? ¿Por qué nadie sabía nada? Con el corazón en el pecho, Gael se aproximó para ver de qué criatura se trataba. Si era una serpiente, se iba a morir...

Para su sorpresa, lo que se encontraba dentro de la jaula era una especie de conejo royendo los barrotes. Tenía los ojos rojos muy pequeños y bigotes. Pese a que lo parecía, no, no era un conejo. Era más que evidente, porque no era tan gordito, sino más alargado, y las orejas tenían otra forma. Una muy fea.

Le sonaba que aquello se llamaba chinchilla.

—Pero ¿qué tenemos aquí? —dijo de pronto ilusionado por su descubrimiento.

Lupin, que así supuso que se llamaba, no paraba de roer e iba de un lado para otro, como si tratara de romper barrotes de todos lados al mismo tiempo para escapar, algo que no era muy inteligente por su parte. Gael se atrevió a acercar la mano para acariciarlo, y Lupin lo recibió con cariño, porque se dejó hacer.

—Pobrecito... Quiere salir.

Como a través de la jaula no podía acariciarlo decentemente, buscó la manera de abrirla y sacar al pobre Lupin de su encierro. ¿Cómo una cosa tan mona estaba las veinticuatro horas del día ahí? No entendía por qué Iker nunca se la había mostrado, con lo bien que se lo podrían pasar.

Gael encontró la manera de abrir la prisión del pequeño animalillo e introdujo las manos para cogerlo, lo que hizo que este saltara por los aires muerto de miedo y comenzara a escalar por la jaula.

Al instante siguiente, Lupin corría por la habitación, asustado. Gael se quedó muy quieto, temeroso de hacer un movimiento en falso y pisarlo. No era tan, tan pequeño, pero sí que podría aplastarlo con la suela de su zapato y hacerle bastante daño.

—No me joda —exclamó, molesto.

¿Quizá por eso el cartel decía que no se debía molestar a Lupin?

Gael no se movió y le comenzaron a doler las piernas debido a la tensión. Segundos más tarde, escuchó un ruido debajo de la cama. Cuando se agachó para ver dónde narices se había metido la criatura, vio tan solo su culo, corriendo en dirección contraria hacia...

Hacia el pasillo. Gael supo en aquel instante que la había liado, porque si la había perdido de vista en aquella habitación tan pequeña, iba a ser mucho peor buscarla por toda la casa.

Y justo cuando en su mente corrían decenas de pensamientos, escuchó el ruido de las llaves abrir la puerta de entrada.

—¿Hola?

Era la voz de Iker.

—Mierda, mierda, mierda.

79

Iker

—La he liado, la he liado, baby —le dijo Gael a Iker en cuanto entró por la puerta. Por su mirada, supo al instante de qué se trataba. Aun así se asomó por el pasillo para comprobar que la puerta de su habitación estaba cerrada.

—No me jodas, Gael —respondió Iker al ver que estaba abierta de par en par.

—Lupin escapó.

Iker se puso a buscarla. Se sentó en el suelo del hall central y comenzó a llamar a Lupin.

—Cariño, Lupiiin, ven aquí, mi vida. —No le importaba sonar débil o vulnerable. Su chinchilla era suya y de nadie más, la quería como si fuera su vida entera.

Pero Lupin no parecía responder.

—A saber dónde se ha metido —dijo Iker, y dejó escapar un suspiro profundo.

—¿Qué es un «lupin»?

Gael miró a Mauro con los ojos abiertos.

—Iker tiene una maldita chinchilla en su cuarto.

—Es un chinchillo, es macho, mi Lupin. —Iker se levantó del suelo y entrechocó las palmas de sus manos entre sí para limpiarse el polvo—. Hay que encontrarlo como sea. Si está encerrado es por algo. Las chinchillas son muy nerviosas y concretamente Lupin...

No continuó.

—¿Qué pasa con Lupin?

—Se vuelve loco. Se podría decir que tiene tendencias suicidas.

—Ay, parce. —Gael se llevó una mano a la cara—. Lo siento, de verdad. Escuché ruidos y me parecieron extraños y lo vi tan lindo ahí parado comiendo la jaula... No sabía, Iker.

—No pasa nada —respondió Iker, tratando de quitarle hierro al asunto y de que su cabreo no aumentara—. Pero tenemos que encontrarlo cuanto antes. Como coja un buen escondite...

Los dos amigos entendieron la gravedad del asunto y comenzaron a buscarlo de manera cautelosa por toda la casa. Cada uno le llamaba por su nombre a diferentes tiempos, formando un coro horrible de «Lupines» en cada habitación.

Pero no parecía que la chinchilla quisiera reencontrarse con Iker, porque no dio señales de vida en la primera media hora de búsqueda. Durante esta, Mauro y Gael le hicieron muchas preguntas:

—¿Cómo es que no nos lo has enseñado nunca?

—¿Y por qué no lo hemos escuchado en ninguna ocasión?

—¿Instintos suicidas? ¿Por qué?

—Es muy mono, ¿no has pensado en adoptar otro?

—¿Cuánto te ha costado? ¿O es adoptado?

—¿Y por qué una chinchilla y no un perro? Es raro...

Iker no respondió a ninguna de esas cuestiones, sino que continuó, con el ceño fruncido, buscando a Lupin por toda la casa. A veces parecían verlo, pero correteaba demasiado rápido. Era la primera vez que paseaba a sus anchas por el piso, estaba en modo explorador y nadie lo iba a parar.

Finalmente, cuando decidieron desistir y quedarse los tres quietos en el salón, apareció de pronto. Los miró en tensión, quieto, desde una esquina, evaluándolos.

—Vale, cuidado, no os mováis, que le ponéis nervioso.

80

Mauro

Mientras Mauro seguía con la imagen de Iker dándole un maldito pico en repetición constante en el fondo de su mente, vio que le llegó un mensaje de Rocío con muchas exclamaciones.

> La he cagado
> Por favor
> !!!!!!!!!!
> Me he acostado con mi ex
> Soy idiota
> Tonta tonta tonta tonta del coño
> !!!!!!!

Se dispuso a contestar, pero vio cómo Iker pasaba por su lado, aún recogiendo los pequeños excrementos que Lupin había dejado por la casa.

—Oye, gracias —le dijo Mauro—. Lo estaba asimilando.

Iker le sonrió. Sujetaba una caca en la mano, así que la escena era de todo menos romántica.

—Para lo que sea.

Dicho aquello, continuó recogiendo excrementos bajo la atenta mirada de Mauro, que se tumbó en el sofá, pensando...

Pensando en que le había hecho daño saber que era una pantomima. Se sentía ridículo por pensar que Iker se había lanzado porque le gustaba. Jamás en su vida había sentido tal mezcla de sentimientos tan contradictorios, porque por todos los que le estaban haciendo sentir mal, venían las buenas sensaciones, como haber visto la cara de sorpresa e incredulidad de Javi.

Encontrarse a Iker tan guapo a las puertas de su trabajo, el haberle rozado los labios... Dios, aquello era un maldito beso. ¡Con Iker! ¿Cuánto tiempo llevaba queriendo probar sus labios? Desde el primer maldito momento en el que había entrado en el piso. Fue el mismo instante en que supo que lo suyo sería imposible. Un chico como Iker no se fijaba en un chico como Mauro, y eso lo sabía. Lo había aprendido por las malas.

Así que, si lo tenía asumido, ¿por qué se había permitido vivir en un cuento de hadas por un momento? De verdad, no aprendía.

Suspiró y se llevó las manos a la cara, como para borrar la negatividad de sus ojos y mejillas. Escuchaba a Iker deambular por la casa mientras se quejaba de todo lo que había dejado Lupin por en medio. La verdad es que el tema de la chinchilla no merecía en aquel momento mucha atención, porque si la situación postrabajo había sido aleatoria, aquello era la gota que colmaba el vaso de aquella noche.

81

Gael

—Bebé, no se duerma —le dijo Gael a Mauro. Acababa de entrar en el salón y se lo había encontrado babeando—. Mira cómo regó su baba por acá.

Mauro se despertó como si hubiera explotado una bomba en el techo del piso, casi rebotando en el sofá al levantarse.

—¿Qué pasa?

—Mire —le señaló Gael.

—Lo siento, qué vergüenza. —Mauro trató de limpiarlo frotando con su propia camiseta, pero la mancha se oscureció aún más.

—Déjelo y cuénteme.

Gael se sentó en la otra esquina del sofá y extendió las piernas. No llevaba calcetines, así que sus pies estaban libres, y vio cómo Mauro les echaba un rápido vistazo.

—¿Qué tengo que contarte?

—Iker y usted vinieron muy... raros.

Antes de que Mauro pudiera responder, Iker irrumpió en el salón con una bolsa de Boca Bits.

—A la mierda la dieta, lo mal que lo he pasado con Lupin se lo merece —dijo, a la vez que se sentaba entre Mauro y Gael, el cual solo encogió las piernas para dejarle sitio y luego las apoyó sobre las de Iker.

—Parce, ese bicho... Póngalo en el salón, me pareció lo más lindo que vi en mi vida.

Iker negó con la cabeza mientras masticaba.

—No, no, tiene tendencias suicidas, casi siempre que se le deja libre intenta salir por los aires. Es un peligro. Por algo lo tengo escondido.

—Qué pena —comentó Mauro.

—Bueno, se porta bastante bien mientras está en la jaula. No hace demasiado ruido —dijo Iker.

—Es cierto, nunca lo escuché desde que me mudé aquí.

—Que por cierto —aprovechó el tema Iker—, ¿cómo vas con el tema papeles?

Gael se encogió de hombros. Vio que Mauro clavaba en él su mirada, llena de pena. Había hablado más con él sobre el tema que con Iker, el cual no le preguntaba desde hacía meses, cuando su relación se había enfriado.

—Mal, parce. Vivir en España irregular es una mierda —se quejó Gael—. Echo de menos Colombia y no puedo conseguir un trabajo estable.

—Pero te sacas bastante con lo tuyo —apuntó Iker.

—Sí, pero le mando todo a mi mami, a mi familia... Me quedo lo justo para vivir, ¿sabes? Por lo menos aquí hay bastante colombiano y puedo comprar comida de allá. Eso me hace sentir mejor.

—Como las empanadas —dijo Mauro con una sonrisa.

—Le gustaron, ¿eh?

—No he probado más comida colombiana pero están brutales.

—Tengo que repetir los Viernes de Empanadas —dijo Gael, sonriendo—. Es mi comida favorita y aunque tardo mucho en hacerlas, con un poco de ají están deliciosas. Y más si es picante.

—Sí son —dijo Iker—. Pero ya casi llevas tres años aquí, así que los papeles deben de estar al caer.

—No, parce, aunque lleve tres años, el proceso luego es laaargo... No merece la pena.

—¿No quieres tenerlos?

—Sí, me gusta Madrid. Quiero quedarme aquí, pero todo es un complique. Hay formas de tenerlos de manera legal como...

La conversación se vio de pronto interrumpida por alguien llamando a la puerta.

—¿Quién será a estas horas?

—Amazon seguro que no, que ya es medianoche —dijo Iker. Cerró la bolsa de patatas dispuesto a atender la puerta.

Pero fue Gael quien se levantó.

—Voy yo, siga comiendo.

No supo por qué, pero sentía que aquel timbrazo iba dedicado especialmente para él.

Y tenía razón.

Cuando abrió la puerta, el pasado le devolvió la mirada. Estaba cargado de maletas y mochilas. Parecía cansado y malhumorado, había adelgazado, pero seguía teniendo los mismos ojos avellanados. Los tatuajes que le subían por el cuello parecían ahora más desgastados y el collar que le había regalado en su momento colgaba, en colores plata, en contraste con la grisácea tinta. Gael miró a su pasado a los ojos: le conocía perfectamente, no había duda.

Se llamaba Carlos Felipe, aunque él le llamaba Felipe o Feli.

O cariño.

Era su novio.

—¿Qué hubo, parcero? ¿Se olvidó de mí o qué?

82

Mauro

—¿Perdón? Esto es brutal —dijo Iker en voz baja mientras le apretaba el brazo a Mauro, debido al giro inesperado de los acontecimientos.

A Mauro no le importó que le apretara. De hecho, podría apretarle mejor en otra parte de su cuerpo.

Chico, piensa en lo que tienes delante, que es muy heavy, y no en sexo. Para.

Los dos amigos prestaron atención a la conversación que se desarrollaba frente a sus ojos. Por lo visto, el supuesto novio de Gael se llamaba Felipe.

—Tanto tiempo sin saber de usted. ¿Por qué me bloqueó en todos lados? Me estaba volviendo loco.

—No me gusta mi vida aquí, no quiero que nadie sepa nada de mí. Apenas hablo con mi mamá.

—Me he recorrido miles de kilómetros para estar con usted. Déjeme pasar.

—Deje esas maletas fuera, Feli. No le puedo dejar pasar. No es mi casa.

—¿Cómo que no es su casa?

—La comparto con amigos.

—Seguro que no les importa.

—Sí les importa. No le conocen. Y nosotros deberíamos hablar antes de todo. Las cosas han cambiado mucho, Feli. Tanto que es una razón suficiente para que no le haya cogido el teléfono.

—Deje las excusas, huevón, usted sabe que así no es...

—¡Abrí la mente! Ya no quiero sus pendejadas con las que siempre me venía a casa. Usted es más tóxico.

—Eso es que se está comiendo a medio Madrid. Le juro que...

Feli se acercó de manera violenta a Gael. Iker se levantó, preparado para entrar en acción, pero la cosa se calmó igual de rápido que se había calentado.

—¿Qué me jura? Usted y yo vamos a hablar fuera. —Gael le dio un empujón en el pecho.

—No voy a cargar las maletas, déjeme meterlas acá y yo vea.

Gael cedió y expulsó el aire de sus pulmones. Tanto Mauro como Iker se vieron de pronto analizados por la mirada de Felipe. No les dio buen rollo a ninguno de los dos, especialmente a Mauro, que fue al que más miró con cara de mala hostia. Después de dejar las maletas justo en la entrada, Gael agarró sus llaves y se marchó con un portazo.

—Qué cojones... —Iker estaba patidifuso.

—¿Sabías que tenía novio?

Negó con la cabeza.

—Apenas sé sobre Gael, no habla demasiado de su vida privada, pero esto es... ¿Has visto las pintas del novio? Todo el cuello tatuado, las manos, los nudillos... Y un diente de oro.

—Da mal rollo.

—Totalmente... ¿Qué crees que va a pasar? —Mauro tenía miedo por su amigo. Ese tal Felipe tenía pinta de ser un poco violento por la actitud que había podido ver durante la discusión. No quería que le pasara nada a Gael.

—Vamos a asomarnos a la ventana como buenas señoras cotillas —le dijo Iker—. Nuestra propia versión del Radio Patio. Por Marisa, Vicenta y Concha. ¡Allá vamos!

Ambos se levantaron y abrieron la ventana; cada uno se colocó a un lado. Asomaron la cabeza lo justo para lograr ver a Gael y su chico discutiendo en la calle. Ahora, el volumen era mucho más alto que antes y alcanzaron a escuchar parte de la conversación.

—Usted es un tóxico, parce. ¡Déjeme vivir mi vida!

—Tóxico mis huevas, Gael, que no tengo ninguna duda de lo

que hace por acá para mandarle dinero a su mami. Y solo le mandas a ella. Se olvidó de mí y yo también tengo mis problemas, ya sabe.

—Dejé Colombia atrás. Sus problemas son suyos, Feli, se lo dije siempre.

—¡Me metiste en ellos! Culicagao pelao de mierda, le juro que...

El puño de Felipe fue directo al pecho de Gael. Del impulso, este chocó contra la pared, pero cogió fuerzas y, para defenderse, empujó con ambas manos a Felipe, que cayó contra un coche. Gael aprovechó ese momento de debilidad para agarrarle de la camiseta y decirle:

—Váyase, porque usted y yo no somos nada, marica. Espero que ahora le quede bien clarito.

Después de aquello, Gael le soltó con un aspaviento. Felipe se quedó en el sitio. Para entonces, Mauro apretaba el brazo de Iker, nervioso.

—¿Deberíamos llamar a la policía? ¿O bajar?

Iker tenía la mandíbula contraída, marcada, lo que dejaba claro que no lo estaba pasando bien. Se había bloqueado, era evidente.

—No sé, no sé...

Era la primera vez que Mauro le veía así, no era propio de él. ¿Qué estaría pasando por su cabeza? Desde abajo, de pronto se escuchó un golpe.

—¡Que se vaya! ¡Largo! —le gritaba Gael a Felipe, que le miraba sin expresión. Gael golpeaba el capó de un coche con la mano, acompañando cada palabra que decía.

—No me marcho sin usted, parce. Lo amo demasiado.

Mauro puso los ojos en blanco. ¿Qué clase de amor era aquel? Para su sorpresa, Gael se acercó a Felipe con lentitud. Parecía que la tensión hubiera desaparecido de pronto. Comenzaron a hablar mucho más bajito y, desde arriba, dejaron de escuchar lo que estaba pasando.

83

Iker

Estaba claro: el amor no era para él.

Contemplar impotente desde una ventana a su amigo discutir de aquella forma con quien era su pareja formal... Si eso era amor, no quería saberlo. Definitivamente. Tras varios encuentros con su acosador personal, se había sentido raro, como ajeno a sus sensaciones respecto a ese tema. Había sentido en sus propias carnes lo que el mundo le devolvía al tratar mal a los chicos con los que se acostaba, y no le había gustado en absoluto. No dejaba de ser una consecuencia de sus actos, aunque no quisiera admitirlo. Sin embargo, y evadiendo ese tema, era imposible que se viera reflejado ni por un segundo en una relación como la de Gael.

Por su experiencia sabía que ese tipo de relaciones eran malas, tóxicas, pero su cerebro no podía dejar de ver en ellas la expresión de muchas otras cosas que no le gustaban, como el tener que dar explicaciones o preocuparse continuamente por otra persona.

¿Era miedo al compromiso?

Quizá, quizá lo fuera.

Cuando a Iker Gaitán le rompieron el corazón por primera vez, no había nadie a su lado que atendiera sus necesidades, entre las cuales se encontraba llorar, por supuesto. Parte de su transformación en quien era a día de hoy fue también el proteger a sus amigos en ese sentido. Si en aquel momento Gael lo dejaba definitivamente con su chico y subía las escaleras destrozado, Iker bajaría corriendo al bazar más cercano a por un helado gigante, alquilaría una película en un videoclub online y estarían toda la noche charlando para distraerle de su vida de mierda.

A él le hubiera gustado que alguien hubiera hecho eso con él en su momento y, como no lo tuvo, le tocaba a él hacerlo. Era justo, ¿no?

Continuó mirando la pelea de su amigo, sin saber qué hacer. Charlaban en silencio, parecían más... cercanos. Iker se sorprendió, aunque la furia formó parte de ese nuevo torrente de emociones. ¿Una persona como Gael iba a permitir aquello?

Iker tenía claro que él no lo haría. Jamás. Y si no tuviera ya muchos argumentos en contra de tener una relación, aquello lo acababa de sentenciar de por vida: no quería asumir el riesgo de volver a enamorarse.

Era mejor ser frío como el hielo.

84

Gael

—No me marcho sin usted, parce. Lo amo demasiado.

Gael se acercó con cuidado. No temía que le volviera a golpear, ya que había tenido muchas peleas con Felipe con el mismo final. Sabía lo que vendría en aquel momento, y era la pausa, cuando todo se calmaba y se decían cosas bonitas. Gael sabía, sobre todo desde que vivía en España, que aquello no era para nada normal. Felipe no era sano, ni consigo mismo ni para con la relación, pero no podía evitarlo. Le atraía como un imán.

—Lo siento, Feli —le dijo Gael.

—Debe ser duro. —Felipe no tuvo que concretar, porque los dos sabían a lo que se refería—. Usted sabe por lo que yo pasé allá en Colombia, no quiero que le pase lo mismo.

Gael asintió mirando al suelo. El pasado de Felipe había sido durísimo, solo había que verle la cara, llena de marcas y cicatrices que nunca se le irían por más tatuajes que las cubrieran.

—No me va a pasar eso, pero era la única forma de tener algo de dinero rápido para mi mami.

—Le entiendo, pero no puede decidir una parte por la otra.

En eso Gael no iba a quitarle la razón. Había dejado de lado a Felipe desde hacía aproximadamente un año. Sus primeros meses en Madrid habían sido duros, pero necesitaba aclimatarse. Acudía a Felipe, hablaba con él todos los días. Con el tiempo, cuando

Gael empezó a entender los engranajes de la noche madrileña y a conocer a gente como Gono, supo que aquella era la mejor manera de hacerlo en el menor tiempo posible. Y se lanzó a la piscina de la prostitución.

No estaba orgulloso de eso, y menos lo iba a estar su pareja. Si se enteraba... Pero claro, mantener conversaciones diarias con él le habría hecho muy difícil mentirle a la cara. Así que, aunque fue difícil, tuvo que tomar la decisión que creyó correcta: apartarlo de su vida.

Ahora, frente a él, estaban las consecuencias de sus decisiones.

Gael se había convencido de que no lo echaba de menos o no lo necesitaba, pero verle en persona le había revuelto las tripas. La sensación que tuvo al verle era imposible de identificar, y solo podía confiar en su instinto.

Y este le decía que por lo menos le escuchara. Que se permitiera, por primera vez en un tiempo, conectar con ese Gael interior que tenía sentimientos. Permitirse sentir.

—¿Quiere dejarme? —le preguntó.

—Yo le amo. Le he echado de menos, mucho. Para sacar el tiquete necesité un tiempo, quise venir antes. No me eche, quiero seguir estando con usted. Podemos buscar una casa y...

—No es tan sencillo. España no es el país de las oportunidades como nos lo venden allá.

Felipe soltó un suspiro. Buscó en su bolsillo y sacó un paquete de tabaco Marlboro, su favorito. Se encendió el cigarro y echó el humo por la nariz, algo que Gael recordaba como excitante, pero que ahora veía como tosco, frívolo e inútil.

—Pues usted dirá. No me voy a devolver tan pronto.

—¿Tiene billete de vuelta?

Gael, conociendo a su novio, sabía de sobra la respuesta.

—No —le confirmó este—. Pero no me importa lo que haga o lo que sea ahora. Quiero estar con usted.

Se hizo el silencio entre los dos, mientras el cerebro de Gael procesaba la información.

—Vale, pues... Puedes quedarte conmigo. Veamos cómo lo solucionamos. Tengo que aclarar mis ideas, Feli.

Desde que había llegado a la puerta de su casa, no le había llamado por ninguno de los motes cariñosos con los que solían tratarse.

Simplemente, no le salían. Llamarle por su nombre ponía distancia, una distancia que parecía necesaria con el paso de los minutos. La sola mención de que Felipe quisiera quedarse para largo hizo que Gael viera su mundo dar vueltas.

No iba a permitir que le rompiera la poca estabilidad que tenía, poniendo en jaque su nueva casa y a sus compañeros de piso, a los cuales podía llamar sin duda alguna sus mejores amigos.

No, eso no iba a ocurrir.

Pero tenía que pensar cómo deshacerse de Felipe... Si es que decidía finalmente que no quería estar con él. Y en aquel momento, estaba hecho un lío.

—Chicos —dijo Gael, en cuanto abrió la puerta del piso. Mauro e Iker estaban esperándolos con cara de circunstancia. Apostaría su brazo derecho a que habían estado pendientes de la conversación: eran demasiado chismosos como para no hacerlo. Tampoco es que le molestara, porque él habría hecho lo mismo—. Este es Felipe.

Ninguno de los tres hizo el amago de acercarse para, ni que fuera, darse la mano, hasta que Mauro dio un paso al ver que nadie actuaba. Gael se lo agradeció con una media sonrisa.

—Encantado, soy Mauro —le dijo a Felipe, mientras sacudían los brazos como saludo.

—Yo Iker.

—Si no te importa, Feli, les voy a comentar, dame un momento.

Gael hizo un gesto a sus amigos para que lo siguieran a la cocina. Una vez ahí, cerró la puerta tras él.

—Antes de contarles nada, les pido, por favor, no me juzguen y sobre todo no me monten más lío.

Iker alzó las palmas de las manos, como rindiéndose en un atraco, y puso cara de no haber roto un plato en su vida.

—La cara de morrongo... —dijo Gael por lo bajo—. Felipe se quedará al menos esta noche y mañana, no tiene tiquete de vuelta y quiere quedarse. Tenemos que solucionarlo para que se vaya cuanto antes.

—Pero ¿es tu novio? —preguntó Mauro, sin poder aguantarse la curiosidad. Parecía que fuera a explotar.

—Sí, ya les contaré. No sé si quiero seguir con él, yo... Tengo dudas. De todo, ahora mismo. Me duele la cabeza. Fue demasiado eso que vivimos ahorita. Si no les molesta que se hospede unos días para ver qué hacemos...

La súplica en el tono de voz de Gael pareció surtir efecto, porque vio en la cara de sus compañeros cómo estos cedían.

—No me ha gustado nada lo que he visto —dijo Iker. Aquello sonó más como una amenaza que como un comentario sin más—. Cualquier cosa que necesites, nos lo dices. Solo queremos que estés bien.

Para confirmar aquello, Gael miró a Mauro, que asintió rápido.

Gael se desinfló como un globo, expulsó el aire y desencajó los hombros. La tensión que había sentido durante esa última hora de pronto aflojó tanto que le entró sueño de golpe y porrazo.

—Muchas gracias —les dijo a sus amigos. Se acercó para abrazarlos y se mantuvo entre ambos durante un rato—. Ahora estamos más calmados, hablaremos para ver qué podemos hacer.

No pudieron hablar.

Gael no supo qué fue lo que se apoderó de él, pero a los pocos minutos se encontraba acostado en la cama con el miembro de su chico en la boca. No lo recordaba ni tan grande ni tan bonito ni tan venoso. Tenía un tatuaje en la parte baja, junto a los testículos, que le excitaba sobremanera.

—Parce, lo echaba de menos a usted —susurró Felipe mientras agarraba el pelo de Gael.

La mamada fue como las que compartían en Colombia: furiosa, llena de saliva, más rápida, más lenta, besando la base del pene, acariciando el glande con los labios... El cuerpo desnudo de Felipe estaba recubierto de tatuajes, casi no le quedaba espacio para más. Comenzaban en su pelvis y subían por la espalda, el abdomen, los brazos, manos, axilas y hasta el cuello. Tenía también bastantes en las piernas. No era un chico corpulento, sino más bien delgado, pero los tatuajes disimulaban su forma física y le hacían más rudo.

—Túmbese —le dijo Felipe a Gael con la voz rota.

Gael obedeció, sin más explicaciones. No sabía por qué estaba haciendo aquello, pero la chispa que siempre habían tenido estaba arrasando con él. Mientras cambiaba de posición se tocó el pene. Lo notó empapado en líquido preseminal y duro como una roca.

Felipe, con sus manos tatuadas, agarró con fuerza a Gael por las piernas, las separó y luego lo acarició con suavidad. Gael miró de reojo y comprobó que Felipe se había colocado ya un condón.

—A ver si ese culito me recuerda —le dijo.

Gael cerró los ojos. Deseaba sentir aquello después de tanto tiempo.

Dios, lo echaba tanto de menos. Nadie me folla como él.

Cuando Gael dejó la toalla con la que se había limpiado el pecho lleno de semen en el suelo, se volvió a recostar. Felipe estaba a su lado y le rodeó con un brazo el pecho.

—Le amo —le susurró, antes de quedarse dormido.

La cabeza de Gael empezó a dar más y más vueltas.

Se arrepentía de lo que había hecho, pero por otro lado sentía que lo necesitaba.

Cerró los ojos para tratar de dormirse y soñó que estaba en una montaña rusa llamada MI VIDA.

85

Andrés

La casa olía diferente. Como a vainilla, un olor que detestaba.

Era la primera vez que volvía a su antiguo piso desde hacía ya dos semanas. Pese a que Mauro le había escrito varios mensajes, él no había respondido a ninguno. Necesitaba su tiempo con Efrén sin interrupciones, y así había sido.

Trató de no hacer demasiado ruido para pasar inadvertido. Era una idea absurda, lo sabía, pero aun así...

—Hola —le dijo alguien.

Era una voz desconocida que venía de atrás. Se dio la vuelta lentamente, descolocado. Frente a él se encontraba un hombre más o menos de su altura, en la treintena, totalmente cubierto de tatuajes. Llevaba unos pantalones cortos. Única y exclusivamente. Tenía el pelo mojado, por lo que estaría... ¿recién salido de la ducha?

—¿Quién eres? —fue lo único que pudo preguntar Andrés, manteniendo la calma. Tenía demasiadas preguntas en la cabeza. Y miedo, claro, no todos los días se encontraba a un hombre así como si nada en tu propia casa.

—Soy Felipe, mucho gusto —le dijo este; se mantuvo serio.

—¿Feli? ¿Con quién habla? —La voz de Gael venía de la cocina. Sus pasos indicaron que se acercaba—. Oh, ¡Andrés! Cuánto tiempo.

No había demasiada felicidad en la cara de Gael, como si no se alegrara de verle.

—Larga historia, se queda unos días —le dijo rápidamente su amigo.

Felipe no le quitaba la mirada de encima, parecía a punto de gruñir.

Andrés no dijo nada más. Abrió la puerta de su cuarto y fue directo a su armario. Sacó la maleta que tenía en el fondo, la abrió sobre la cama y empezó a meter toda la ropa que le cupiera. Al cabo de unos minutos, Gael apareció por la puerta.

—¿Qué hace?

—Me voy —respondió Andrés de manera fría.

—¿Cómo que se va?

Gael entró en la habitación e intentó hacer contacto visual con su compañero, pero Andrés no estaba para tonterías.

—Me voy unos días y me encuentro un taleguero en mi casa, y a saber qué más personas andan por aquí medio desnudas. Dios, es que no se os puede dejar solos —dijo, mientras seguía lanzando la ropa con furia dentro de la maleta.

Una vez que terminó, sin que Gael le hubiera respondido, fue a buscar más maletas debajo de su cama. Tenía solo dos, y en esas tendría que caber todo lo demás. Iba a dejar una para las cosas del baño y cuidado personal, y en la otra metería mitad ropa mitad libros. Esperó que entrara lo suficiente como para no volver en un tiempo.

No podía más.

Ya no.

Se habían cruzado todas las líneas que no quería que se cruzaran. Menos mal que había convencido a Efrén de ir solo, si no, habría habido problemas.

—Oye, ¿qué está pasando?

Ahora en la puerta no estaba solo Gael, sino Iker y Mauro.

—¿No trabajáis? —la manera en la que Andrés lanzó esa pregunta por la boca fue lo suficientemente escueta y dura como para que ninguno de sus compañeros hiciera nada.

Todos excepto Iker, por supuesto.

El héroe.

Iker entró decidido en la habitación, se puso frente a él y le agarró por los hombros.

—¡¿Qué cojones te pasa?!

Andrés respiraba fuerte, nervioso y lleno de rabia. No quería contestar, trató de morderse la lengua, pero verlos allí a todos mirándole y, sobre todo la cara de Iker, tan perfecta, tan hecha para ligar y follar y...

—Me piro de este piso. Me he dado cuenta de muchas cosas. Esto es solo sexo, sexo y sexo. La vida va más allá y quiero una con Efrén. Ha llegado un punto donde... siento asco.

Fue como una sentencia, porque Iker se alejó despacio. Vio en su mirada un gesto dolido, se aguantaba las ganas de llorar.

¿No eras el que vendía consejitos, el perfecto?

—Si me dejáis la puerta libre, por favor —pidió Andrés, ya sin mirar a sus compañeros. Continuaba recogiendo sus pertenencias.

—Ni de coña, chaval. Estás flipando, pero muchísimo —le dijo Iker, a punto de estallar.

Andrés paró durante un segundo. Suspiró con fuerza.

—Mira, yo lo siento de verdad, porque desde luego que soy una pieza clave en esta... casa. —Sí, aquella última palabra iba llena de desdén y ponzoña—. He encontrado mi sitio. Estoy a gusto con Efrén, tengo ahí mi hogar ahora. Lo siento si os pilla de sorpresa, pero quizá si me hicierais un poquitito de caso...

—Eh —interrumpió Mauro, molesto. Dio un paso hacia delante—. Yo te he hecho caso. Me contabas tus cosas con Efrén. Si tú quieres ir por tu cuenta...

—Cojones, ¿qué me vienes a contar a mí, eh? —Andrés dio un golpe con la ropa al lanzarla contra la maleta. Se acercó con pasos fuertes hacia Mauro y con un dedo levantado, señalándole—. Ni un puto wasap, ¿sabes? Te la suda. Os importa una mierda mi vida, por lo menos admitidlo de una vez. Que como no soy una puta cachonda como vosotras no...

—Relájate —le dijo Iker.

Andrés tragó saliva. Saliva y orgullo. Hinchó el pecho y le clavó la mirada a Iker. Para no responder, se mordió el labio hasta casi hacerse sangre.

—¿Qué mosca te ha picado? —Mauro estaba roto y preocupado, pero no era su momento. Era el de Andrés, el de su liberación.

—Muchas cosas, Mauro. Cosas que nunca entenderías, ¿vale?

La cara que puso su amigo no fue plato de buen gusto. Sabía

que se estaba pasando, pero... era lo que tenía que ser. No eran sus amigos. ¡No eran sus malditos amigos! Ni se preocupaban por su bienestar, ni le preguntaban qué tal iba en su mierda de trabajo. Joder, que lo de que solo pensaban en follar era cierto.

No había vuelta atrás.

Andrés volvió a retomar su maleta. Mauro había retrocedido mientras Gael le apretaba la mano, como calmándolo. Iker continuaba en medio de la habitación, respirando rápido. A ver, honestamente, sí le daba un poco de mal rollo. Le sacaba una cabeza y tres cuerpos.

—Siento si os pilla de sorpresa, pero ahora mismo es lo que necesito y pido que lo respetéis. He encontrado mi sitio seguro y... no es este. Lo siento.

Mucho más calmado que antes, Andrés terminó de hacer la maleta bajo la atenta mirada de sus compañeros, que no intervinieron en absoluto.

Eso era lo que quería: que le dieran por perdido, que se decepcionaran. Así sería más fácil romper con esas ataduras, pirarse para siempre.

—No sé si dejaré Madrid. Supongo que nos veremos si es que venís a verme. —Suspiró—. Si alguna vez os he importado, por favor, dejadme pasar.

Terminó de recoger todo lo que le quedaba, concentrado en colocar los libros en posiciones estratégicas para que no se le doblaran demasiado, y al cabo de unos minutos, no había nadie en el umbral de su habitación. Así era como debía ser. Cargó las cosas como podía, abrió la puerta de entrada y se marchó.

Probablemente, no volvería en un tiempo bastante largo. O quizá nunca, quién sabía.

El golpe de la puerta tras él le hizo estremecerse y detuvo momentáneamente su huida. Pensó muchas cosas, positivas y negativas, pero el asco que inundaba ahora sus venas era irremediable. Cogió aire, sacó pecho y bajó las escaleras, dejando atrás una etapa de su vida.

Ahora ya podía centrarse al cien por cien en Efrén.

Por fin, viviría su vida como quería.

86

Mauro

La marcha forzosa y extraña de Andrés había dejado un enorme vacío en el piso. Mauro le había escrito en varias ocasiones, pero nunca recibió respuesta. Le dejaba en leído, como si no fuera importante. Sus comentarios le habían dolido, pero entendía que a veces pasaban ese tipo de cosas. Se prometió a sí mismo que si enamorarse era lo que había cambiado a Andrés, no se enamoraría nunca. ¡Porque no tenía sentido!

Había comentado con Iker lo que pensaba sobre el tema y le había sorprendido su falta de comunicación al respecto. Ni siquiera un monosílabo, qué va. Era como si no quisiera admitir —o pensar— en que un compañero de piso los había abandonado. Rápidamente, Iker había dicho que pagaría la diferencia del espacio que dejaba Andrés hasta que volviera. Porque para Iker, Andrés iba a volver en algún momento, aunque lo decía más para convencerse a sí mismo que para tranquilizar a Mauro.

Fuera como fuese, era una pena haberle perdido la pista. Ninguno entendía nada y aunque sentían una mezcla de frustración, rabia y tristeza, juntos decidieron dejarle ir.

—Ya se le pasará —había dicho Iker—, aunque hay algo que me da mala espina.

Mauro llevaba un tiempo dándole vueltas a aquel comentario,

sin encontrar una respuesta clara. Ah, y bueno, es que también estaba distraído...

Felipe se había tomado demasiadas confianzas desde que estaba en el piso. Lejanos ya quedaban los dos días máximo que Gael les había pedido. Se acercaban a la quincena y no parecía que Felipe quisiera marcharse. Tenía su propio gel de ducha y toalla, e incluso Gael había apartado un estante de la nevera para él.

—Eso es demasiado —le había comentado el otro día Iker, por lo bajini, para que no le pudieran escuchar.

Porque ese era otro problema: Felipe tenía unas miradas que hacían sentir a Mauro que se cagaba encima. En resumidas cuentas, Mauro se sentía un invitado que molestaba en su propia casa. No sabía qué podía hacer, porque Gael estaba acaparado totalmente por su chico. Era... inalcanzable, y no porque no le viera, sino justamente lo contrario. De hecho, es que parecía hasta enamorado. No se separaba de Felipe ni un segundo.

Gael llevaba esas dos semanas sin salir de casa. ¡Con lo que era Gael! Para Mauro era totalmente incomprensible cómo podía permitir aquella situación. Ese no era el Gael por el que había dudado incluso de sus sentimientos. Era otra persona, como si le hubieran sustituido.

Por las noches, a veces escuchaba murmullos que subían de volumen. A veces golpes, aunque no tenía claro si era porque mantenían relaciones sexuales o discutían de nuevo sin alzar demasiado la voz. Fuera lo que fuese, la situación era tensa en la casa. Muy pero que muy tensa.

Mauro trataba de distraerse haciendo videollamadas con Blanca, que parecía estar distanciándose de él. Y como cosa del destino, mientras una amiga se marchaba, entraba otra. Llevaba varios días hablando bastante con Rocío, tanto dentro como fuera del trabajo. Le había contado sus idas y venidas con Celia, su ex, con la que había tenido una recaída.

> No dejo de pensar en ella
> O sea no es como si estuviera enamorada
> Bueno si pero me entiendes no?

> La verdad es que no

Yo creo que ha sido el follar
Lo hace genial
Bueno, no es como si tuviera mucha
más experiencia
No puedo compararlo demasiado

Era verdad lo de que no te habías
acostado con una mujer?

A ver sí y no
No completo
Mejor no entro en detalles

Vale, mejor
Porque he imaginado cosas
Que no me gustan

Ay los maricones
Con su chochofobia
No puedo mas!!!

No es eso
Es que no me gusta

Yo soporto cuando habláis de penes
Ya ves tú lo que me importa
Que para eso me he comido unos cuantos

Bueno, la cosa, Rocío
Que te despistas
Sigues pensando en ella?

Sí, pero no como enamorada
Creo que me he quedado
ENCHOCHADA
Nunca mejor dicho
Lo pillas?

> Lamentablemente sí que lo pillo

Creo que es eso vamos
En plan que lo hace muy bien
Pero ya ni me responde
Me dijo que había sido un error
Y yo sé por las películas
Y por mis amigas
Que volver con un ex es lo peor

> Te daría consejos
> Pero no tengo ex

Oye nunca me has contado
Qué tal por aquí
En Madrid
Conociendo chicos

> Eso te lo tengo que comentar en persona
> Mejor
> Porque podríamos estar hablando aquí 3 horas

Ok mañana después del trabajo

> Vendrá Javi?

No creo
Últimamente va mucho a su bola
No sé qué le pasa

> Ok
> Pues nos vemos

—Hay que hacer algo.

Iker había entrado en la habitación de Mauro como si fuera una película de espías: mirando alrededor, en silencio, tratando de no hacer demasiado ruido.

—¿A qué te refieres?

—Tenemos que echar a Felipe. Gael no está feliz.

—Lo he notado... ¿Has pensado en algo?

—Necesito unos días, pero te mantendré al tanto, Maurito.

87

Iker

La vida de Iker continuaba su curso pese a los inconvenientes en casa. Era increíble la capacidad que tenía para separar su área laboral de la personal, porque nunca se llevaba los problemas de una a otra. En ese aspecto siempre estaba bastante tranquilo.

Sin embargo, aquel día era diferente.

Porque era nada más y nada menos que el último día de trabajo de Diego.

La tensión sexual había ido creciendo especialmente durante sus últimos días en la oficina, por lo que el ambiente estaba bastante caldeado. Iker tenía claro que no le quería dejar escapar: pensaba en él y todo su cuerpo se ponía en punta.

—Tenemos que celebrar que me marcho de aquí —le dijo Diego de pronto, apenas quince minutos antes de que terminara su jornada laboral en aquel lugar para siempre.

—¿Alguna idea?

Iker tenía una bastante clara. Por las cosas que habían ocurrido entre ellos, con esa creciente tensión, era más que obvio que era algo mutuo, pero no quería decirlo y quedar como un desesperado. Miró a Diego, que parecía estar cerrando todas las ventanas del ordenador. Su mesa ya estaba limpia.

—Sí, tengo muchas —le respondió, sin volverse para mirarle.

Iker decidió no contestar mientras le observaba, hasta que Diego añadió algo—: Vivo cerca, ¿sabes?

El pecho de Iker se infló porque cogió aire muy fuerte, sorprendido.

—¿Ah, sí?

Diego asintió con la cabeza.

—Claro. Ni cinco minutos andando.

—¿Y qué pasa con que vivas cerca?

El hormigueo de la entrepierna de Iker comenzó. Se estaba imaginando demasiadas cosas con aquel chico... Le volvía loco.

—Te invito a una cerveza en mi casa. Ahora. —Diego se volvió por fin y le guiñó un ojo a Iker, dejando claras sus intenciones.

Iker se había retrasado un poco por culpa de un problema de última hora. Pero pensó que casi era mejor, así evitaba la tensión de caminar por la calle con Diego. ¿De qué iban a hablar? Lo suyo era meramente sexual.

Llamó al timbre y el chico le abrió. Diego le había dejado su dirección anotada en un pósit. Apenas llegaba diez minutos más tarde que él.

—¿Vives solo? —le preguntó Iker una vez que subió las escaleras hasta el segundo piso. Diego se había asomado al descansillo.

No dijo nada, solo asintió. Aún estaba vestido con el traje de la oficina, que tan sexy le quedaba.

—Genial —comentó Iker.

Dentro, vio que no era un piso demasiado grande. Según entraba se encontraba de frente con la cocina y el salón, tipo loft. Había luz proveniente de lo que parecía un baño a la izquierda, y a la derecha una puerta marcaba la entrada a un dormitorio. Estaba decorado de forma minimalista, todo en blanco, con alguna planta y ningún cachivache inservible a la vista.

—Es pequeño, pero no necesito más —dijo Diego—. Es de las pocas cosas pequeñas que me hacen feliz.

Se acercó a Iker como si le quisiera besar, pero llevó sus manos hacia los hombros de Iker y le retiró la chaqueta.

—Aquí no se permiten uniformes —le dijo.

—Tú lo llevas.

—Es mi casa y se hace lo que yo quiero. —Dicho esto, se dio la vuelta y alcanzó la nevera. Sacó dos cervezas y le acercó un botellín a Iker.

Diego se llevó la suya a los labios y tragó sin despegar la mirada de Iker, que le miraba deseando que pasara lo que tenía que pasar.

—¿Qué ocurre? —le preguntó.

—Nada —dijo Iker, pero con esa típica voz a lo ronroneo.

El momento estaba a punto de llegar, lo notaba.

—¿No te he dicho que no se podía llevar traje en mi casa?

La voz de Diego se había tornado extraña. En la oficina nunca había usado aquel tono. Iker no sabía qué responder, así que dijo lo primero que se le pasó por la cabeza:

—Quítamelo.

La tensión era tal que en aquel momento se rompió. Diego alzó una ceja, e Iker pensó que se había equivocado. Quizá no le había gustado aquello y...

—Repítelo —le dijo Diego.

Iker hinchó un poco el pecho y lo dijo más decidido. ¿Iban a jugar a eso?

—Quítamelo.

Como si fuera una orden, Diego se acercó a Iker y comenzó a desabrocharle los botones de la camisa mientras le clavaba la mirada. Iker no podía dejar de lamerse los labios, nervioso, excitado. Una vez que la camisa estuvo fuera, Diego bajó al cinturón, que desabrochó con maña en cuestión de segundos. Llegaba el paso final: el pantalón.

—Para —probó a ordenar Iker.

Diego se detuvo. Estaban a centímetros, podían respirar el aliento el uno del otro.

Joder, me pone demasiado.

Entonces Iker lo besó. Fue pasional, sediento, lleno de todo lo que se querían hacer desde hacía semanas. Iker agarró la cabeza de Diego con fuerza mientras este buscaba con las manos cómo bajarle el pantalón. Se necesitaban, era demasiada tensión acumulada como para romperla de otro modo.

Aquella era la única manera: salvaje y arrolladora.

De pronto, Diego se separó de Iker. Le faltaba el aire.

—Dime qué quieres hacer —le dijo. En su mirada había cierta culpabilidad. ¿Se sentía mal por algo? Iker no lo entendió.

—Lo que quieras —le dijo Iker—, mientras involucre reventarte el culo.

Diego cerró los ojos, como si las palabras de Iker le hubieran encendido sobremanera de forma instantánea. Agarró sus manos y las llevó hasta su trasero.

—Fóllame con el traje —le pidió Diego al oído.

Iker se volvió loco. Le dio la vuelta con brusquedad y puso a Diego contra la pared. Este se acomodó rápidamente para dejar el culo en una posición idónea para lo que se avecinaba. Iker le manoseó el trasero con una mano mientras que con la otra se palpaba el miembro bajo el calzoncillo. Hacía tiempo que no lo recordaba tan duro y grande. Desde luego, Diego le excitaba como nadie.

El traje parecía a punto de estallar con aquel trasero. Iker se acercó, le dio pequeños mordiscos mientras Diego gemía y después hizo lo que más deseaba hacer. Agarró la tela por cada lado con fuerza y procedió a estirarla.

Crack.

Se rompió por la mitad. Debajo se encontró directamente con el culo perfecto de Diego.

—No llevas nada debajo, ¿eh?

—Te dije que siempre estoy preparado. —Diego hablaba entre jadeos.

Iker se acercó para continuar mordiéndole el trasero y lamerlo antes de penetrarlo, pero Diego parecía tener prisa.

—Fóllame, Iker. Reviéntame ya. Hay condones ahí.

Pues dicho y hecho. Iker siguió la mirada del brazo de Diego, cogió un preservativo y se lo puso en cuestión de segundos. Se echó un poco de lubricante en la punta y luego escupió una gran cantidad de saliva en la apertura de Diego, la cual restregó con su propio pene.

—Déjate de mierdas, joder, métemela hasta el fondo.

Así que Iker obedeció. Se la introdujo sin miramientos y es que... Aquello estaba dilatado hasta el infinito. Fue como meterlo sin presiones, y temió que con las embestidas, de lo suelto que iba a estar su pene, se saliera volando.

Pero eso no le iba a parar. De hecho, le excitaba más incluso.

Que estuviera así de dilatado y que por fin estuviera dentro de él... Comenzó a darle fuerte, agarrándole por las caderas. Diego disfrutaba, porque se llevaba las manos a la boca como si no pudiera resistir tanto placer. Tras unos minutos de embestidas furiosas, en los que sus cuerpos sonaban con cada choque, Diego se retorció sobre sí mismo para acercarse más a Iker, aun manteniendo la misma postura.

Diego quedó con la cabeza de tal manera que podía besar a Iker mientras este le seguía penetrando como un animal por detrás. Iker vio que los ojos de Diego hacían chiribitas: estaba completamente ido.

—¿Te gusta? —Como siempre, necesitaba un buen subidón de ego.

La respuesta de Diego nunca llegó, fueron simples gemidos.

—Te he hecho una pregunta.

—Sí, sí, sí. Delicioso.

El pene de Iker se hinchó dentro de Diego, excitado de haber escuchado aquello. Para vergüenza de Iker, de pronto se dio cuenta de que no iba a durar demasiado. Llevaba queriendo follarse a aquel chico desde hacía semanas, y cumplirlo por fin estaba superando sus expectativas.

Así que se separó de Diego.

—¿Qué pasa? —le preguntó este, medio obnubilado.

La verdad es que la visión era increíble. Si Iker estaba sudoroso, Diego lo estaba más. Como aún llevaba puesto el traje, se le marcaba todo el doble. La camisa blanca estaba pegada a su cuerpo atlético desarrollado y el paquete era ahora una dureza que pugnaba por liberarse. Además una mancha traspasaba la tela donde tenía la punta.

—¿Te has corrido?

Diego se llevó la mano ahí y sonrió al levantar la cabeza.

—No lo has conseguido.

—¿Quieres que lo haga?

La verdad es que no había tiempo para una respuesta, porque Diego ya le había hecho un gesto a Iker para que continuara con lo que había empezado. Este se acercó y volvieron a besarse apasionadamente. No pudo evitar tocarle el paquete a Diego. Estaba durísimo.

—Túmbate en el suelo —le dijo Diego.

Iker lo hizo. Era una de sus posturas favoritas, aunque no quisiera admitirlo. Sí, perdía el control ligeramente, no era tan fácil controlar el ritmo y mover a su antojo al pasivo, pero podía disfrutarlo bastante bien dependiendo de con quién. Sin duda, tenía pinta de que con Diego se lo pasaría bien.

Diego se puso de cuclillas sobre Iker y con la ayuda de la mano volvió a dejarle introducirse en su interior. Como estaba tan dilatado, se sentó directamente sobre la pelvis de Iker. Él estaba sin camiseta, las gotas de sudor empapaban todo su cuerpo, así que el choque de Diego contra él provocó una pequeña salpicadura. Diego empezó a moverse sobre él, casi dando saltos.

—Uff, joder. —Iker no pudo aguantarse las ganas. El placer le sacudía, notaba las paredes del culo de Diego rodeándole el pene en su total longitud... Aquello estaba siendo espectacular.

Entonces Diego, al ver la reacción de Iker, que se había llevado las manos a la cara presa del placer, comenzó a aumentar el ritmo. El sonido de piel contra piel era lo único que llenaba en aquel momento la estancia, además de los gemidos de Diego.

—Qué rico —dijo en un momento dado.

Iker no pudo responder porque sentía que toda su inteligencia, toda su habla, toda su respiración y mera existencia se encontraban en aquel momento localizadas en la punta de su glande.

—Déjame a mí —le pidió a Diego, más que nada porque si continuaba así unos segundos más, se iba a correr, y quería que aquello durara cien años.

El movimiento de Diego paró. Las gotas de sudor de su frente caían directamente sobre el abdomen de Iker, al que le excitaba enormemente aquella situación. Diego seguía vestido: camisa empapada y pantalón hecho trizas, pero en traje.

—¿No te lo vas a quitar? —le dijo, antes de doblar un poco las rodillas para elevar la cadera y poder embestirle.

Diego negó con la cabeza y gimió en voz alta. El pene de Iker había entrado de nuevo por completo, pero en aquella postura ahora él tenía el control. Lo hizo despacio, apasionado, después fuerte y bruto, agarrando de las muñecas a Diego para darse más fuerza; más tarde siguió con rapidez, como si se fuera a acabar el mundo.

—Sigue, sigue —le dijo Diego en uno de aquellos cambios de ritmo—. Hasta que te corras.

Iker abrió los ojos. Dios, necesitaba correrse ya mismo. Estaba con la cabeza por las nubes.

Aún en el suelo, se recolocó de tal forma que Diego quedara con la espalda apoyada en él. El pantalón se rompió un poco más, ya que forzó las piernas de Diego a que se abrieran más para él. Aquella postura era su favorita para correrse: una pierna del pasivo sobre su hombro, la otra hacia el otro lado, ambas sujetas, obviamente, por sus manos.

Y entonces comenzó a reventarle como nunca había reventado a nadie.

—Dios —gritó Diego, sujetándose la camisa empapada con fuerza.

—No voy a tardar —le avisó Iker. Le corría el sudor por la cara, caían gotas sobre el cuerpo de Diego. Era incapaz de respirar bien, demasiado acelerado.

Estaba a punto de llegar al clímax.

Agarró a Diego del pelo. Tenía que hacerlo, no había otra manera.

La mirada del chico le dejó sin respiración, como si una nueva conexión se formara entre ellos. Era la típica mirada de cuando estás tan excitado que no hay nada más en tu mundo, una mezcla entre furia, deseo y placer. Diego apretaba las mandíbulas y las aletas de la nariz se abrían. Llevó su mano a la de Iker como señal de que le apretara más fuerte. Iker lo hizo y le tiró del pelo con fiereza. Ahora Diego no tenía la cabeza apoyada en el suelo, sino que se elevaba unos pocos centímetros, al igual que su torso.

Iker tiró más. Y más. Diego se dejó llevar; puso los ojos en blanco. Ahora, Iker sujetaba todo el cuerpo de Diego por el pelo con una sola mano, y este recibía las embestidas con placer.

—Venga, venga —le animó Diego entre gemidos.

Y...

Llegó.

Iker explotó de placer, furioso, y apretó más el pelo de Diego, penetrándole hasta el fondo. Le hizo gritar. Él también gritó. Los dos gritaron. Iker notó cómo su semen salía disparado a chorros. Le dejó vacío, no solo físicamente, sino anímicamente.

Porque a los pocos segundos notó que su alma desaparecía de su cuerpo y pasaba a otra ubicación. Se mareó, empezó a temblar. Era algo que le ocurría a veces. Le ponía tanto empeño a sus encuentros que cuando llegaba aquel momento se descomponía.

Con los trembleques, se separó de Diego. La mancha en sus pantalones era ahora enorme.

Diego recuperaba el aliento sentado en el suelo. Había demasiado sudor por todos lados.

Menuda locura.

Iker se sentó desnudo en el suelo. La punta de su pene lo rozó también. Recordó que debía quitarse el preservativo y así lo hizo. Estaba impoluto, prueba de que Diego tenía razón y se preparaba más concienzudamente.

Es perfecto.

Con su mirada clavada en él, Diego comenzó a masturbarse. No se desabrochó el cinturón, ni se bajó el pantalón. Se sacó el pene por la bragueta. Estaba, al igual que ellos, empapado. En cuanto a tamaño, no era destacable. Lo que sí tenía era una forma perfecta, recta. Iker sintió la necesidad de acercarse. Se deslizó por el suelo hasta acercarse a Diego, y le introdujo un par de dedos por la abertura del pantalón roto. No eran suficientes.

—Joder —tuvo que decir en voz alta.

Diego, tan cansado y sudoroso, tenía un aspecto demacrado. Pero demacrado sexy, claro. Mientras se masturbaba con fuerza no dejó de mirar a Iker a los ojos ni un segundo, retándole con la mirada. Entonces Iker comenzó a trabajar: más dedos, más fuerza. Podría penetrarle de nuevo, pero necesitaría unos minutos para volver a la carga. Y no parecía que Diego lo necesitara.

Al cabo de un minuto, Diego gritó. Iker sintió que todo su cuerpo se contraía y su semen voló por los aires. Aumentó el ritmo de los dedos y Diego trató de zafarse con la mano, pero él no cedió. Los espasmos pararon al cabo de unos segundos, cuando la camisa de Diego se volvió más blanca, cuando ya no había nada más que expulsar.

Iker se separó, secándose previamente los dedos en el pantalón de Diego, a quien no le importó. Volvió a su posición inicial y se contemplaron en silencio.

El cuerpo de Iker no parecía que fuera a calmarse rápido. Diego, por su parte, respiraba aún agitado. Después del acto sexual, verse desnudo tenía otras connotaciones. Para Iker no era vergüenza, sino más bien empoderamiento. Se sentía bien, le encantaba ver las venas marcadas por todo su cuerpo después del esfuerzo físico.

Estuvieron un par de minutos más sin hablar hasta que Diego pareció haberse recuperado por completo. Se levantó del suelo y miró, sentado, a Iker.

—Si quieres darte una ducha —le dijo.

Iker asintió con la cabeza. Le latía el corazón muy fuerte aún. Se duchó, y se quedó durante minutos bajo el agua fría. Su pene aún emitía pequeñas gotas de líquido preseminal. Cuando terminó avisó a Diego de que necesitaba una toalla y este le indicó dónde las guardaba. El baño era pequeño, pero estaba bien decorado e impoluto.

—¿Te marchas ya? —le preguntó Diego. Sujetaba su camisa entre las manos. Tenía un cuerpo espectacular, pensó Iker de nuevo. Era su chico perfecto, al menos físicamente. Quería más de él, pero la pregunta la había pronunciado de una manera particular.

—¿Quieres que me vaya? —contraatacó Iker, a medias entre la broma y la confusión.

—Sí —le dijo Diego, sin más miramientos.

Iker no dijo nada. Recogió el traje del suelo, que estaba seco al habérselo quitado antes de ponerse manos a la obra. Se vistió en silencio bajo la mirada de Diego, que parecía estar deseando que se marchara.

—Bueno, adiós, supongo. Tienes mi teléfono para cualquier cosa —le dijo Iker, sin saber muy bien por qué. Le había salido solo.

Diego le acompañó a la puerta con una sonrisa. Con la mano apoyada en la jamba, se despidió de Iker:

—Hasta siempre.

Pum. El golpe de la puerta en las narices de Iker.

¿Qué mierdas?

Al día siguiente su oficina parecía más vacía de lo normal. Vale, estaba Pedrito, pero no era lo mismo. Miró con melancolía hacia el puesto que Diego ocupaba hacía apenas veinticuatro horas, y de pronto...

Sí, no pudo remediarlo.

Se sacó el teléfono móvil del bolsillo en un descanso y, mientras masticaba un sándwich, escribió:

> La verdad es que hoy he echado de
> Menos meterme contigo en la ofi

Acompañó aquello con un emoji sacando la lengua. Diego leyó el mensaje a los pocos segundos y junto a su nombre, apareció la palabra

> [Escribiendo...]

Estuvo así durante unos segundos. Después, dejó de aparecer. Y, por último, como si fuera un efecto dominó, la imagen de Diego se convirtió en un icono gris.

Le había bloqueado.

—¿Perdón? —Iker no lo entendía.

¿Había hecho algo mal? ¿No le había gustado lo que habían hecho ayer? Él tenía tantas ideas y posturas para hacer.

Joder.

Sintió rabia porque el polvazo con Diego había sido de los mejores que había tenido en su vida. Tanta pasión, tanta garra... Se había sentido a gusto, como si todo hubiera fluido sin dificultades. Además, solo pensar en Diego le erizaba todos los pelos, y le hacía que se le hinchara...

No, era un idiota.

No podía darle el gusto de que le pusiera cachondo después de bloquearle.

Enfadado, Iker tiró lo que le quedaba de sándwich a la basura.

De pronto, frente al ordenador y mientras trataba de poner en orden sus ideas, una voz que había escuchado hacía unas semanas pero que se había dedicado a ignorar, apareció de nuevo. Le dijo que aquello no era nuevo para Iker, que ya lo había vivido.

Solo que ahora era él quien lo sufría.

Por eso no le gustaba.

Lo odiaba.

Y empezó a entender.

88

Andrés

Efrén nunca había estado tan feliz. Andrés lo conocía de hacía tan solo unos meses, pero era más que evidente. Ahora que se había mudado con él, todo parecía ir sobre ruedas. Andrés se encontraba como flotando en una nube, no podía creerse su suerte.

Estaba viviendo su propia película romántica.

Justo en el momento en el que ese pensamiento pasaba por su cabeza, se encontraba sobre las piernas de Efrén, tapado con una manta, viendo una película en Disney+. Ni siquiera sabía de lo que trataba, porque no dejaba de pensar en lo a gusto que estaba notando la respiración de Efrén en su nuca, de su mano acariciándole...

Una vibración rompió el ensueño.

—Joder —se quejó Efrén.

La verdad es que le fastidiaba mucho que le interrumpieran si veía la tele o estaba leyendo, especialmente si era el teléfono de Andrés.

Se levantó como movido por un resorte para buscarlo y que dejara de vibrar. No quería que Efrén se molestara, pero no lo veía por ningún lado.

—No lo encuentro —dijo.

Efrén tiró la manta hacia un lado y se levantó, tirando los cojines del sofá por el suelo, para buscarlo. Mientras murmuraba cosas como:

—Ni una película tranquilo, todo el santo día pegado...

Al cabo de unos segundos de incesante búsqueda, Andrés lo encontró en uno de los huecos que quedaba entre las plazas del sofá. La mirada de Efrén fue clara: deja de molestar. Andrés le quitó la vibración y el sonido para poder seguir viendo la película tranquilamente.

—Por favor, ponlo en silencio o apágalo.

—¿Y si es algo urgente?

—Siempre estás con lo mismo. —Efrén le arrebató el teléfono de las manos. Toqueteó algo en la pantalla y se lo devolvió a Andrés—. Ya está. Ahora ni suena ni sonará.

—Gracias.

Andrés recogió la manta, que estaba en la otra punta del sofá, y cogió uno de los cojines que Efrén había tirado para volver a colocarse como antes. Su chico le hizo un gesto cuando se acercó, como si no le apeteciera seguir en ese plan.

—¿Qué pasa?

—Lo de siempre, Andrés —dijo Efrén. Parecía cansado de repetir lo mismo, y es que era verdad que Andrés a veces dejaba pasar por alto sus necesidades o lo que Efrén le pedía.

—Es que no...

—Que no pasa nada si no quieres hacer planes conmigo. Te he dicho mil veces que si prefieres estar más pendiente de otras cosas, pues ya sabes dónde está la puerta. Pero si estamos juntos, estamos juntos. Y no me gusta nada saber que estamos viendo una película o haciendo el amor y que no podamos concentrarnos el uno en el otro. Tienes la cabeza siempre en otras cosas, no me gusta nada. ¿O acaso me ves a mí a mi bola?

Andrés negó con la cabeza.

—Joder, pues eso es simplemente, cariño. Siento si me pongo así, pero me pone nervioso. Que yo sacrifico mucho por ti, solo te pido eso.

Le acarició la cara y le besó en los labios, como siempre hacía para tranquilizar a Andrés.

—Túmbate conmigo, anda —le dijo, y dio unos toques sobre sus piernas.

Andrés se rodeó con la manta para estar calentito y volvió a su posición inicial, a no enterarse de la película, a rodear las piernas de Efrén con sus brazos.

Suspiró con fuerza, sintiéndose en ese confort. E incluso cerró los ojos, con una sonrisa en la boca.

Lo atento que era Efrén con él, cómo luchaba por su relación...

Haría cualquier cosa para verle incluso más feliz. Se lo merecía.

Cualquier cosa.

89

Mauro

En la librería, Mauro era feliz. Mientras ignorase la existencia de Javi, todo iba bien. Su relación —obviamente— se había enfriado nivel témpano de hielo. Y era mejor así.

—Nos vemos después del curro, ¿no? Sigue en pie —le preguntó Rocío mientras pasaba por delante con una novela en la mano.

—Claro, claro.

La respuesta de Mauro fue distraída, pero tenía una muy buena razón. Un chico de pelo corto color rubio oscuro había entrado en la tienda y estaba deambulando entre los Funkos y los mangas. Parecía interesado en algo específico que no parecía encontrar.

Venga, ve a ayudarle, es tu trabajo.

No, es muy guapo, te vas a trabar y vas a hacer el ridículo.

Mientras su cerebro luchaba contra sí mismo, al chico se le iluminó la cara al encontrar al fondo de una estantería lo que parecía buscar. Se dio la vuelta, tratando de cruzar sus ojos con alguien con quien compartir esa victoria, y se encontró la atenta mirada de Mauro.

Joooder, te ha pillado.

Mauro trató de sonreír y abrió los ojos. Intentaba mostrarle su simpatía, aunque estaba seguro de que más bien parecía un psicópata.

—Lo encontré —le dijo el chico a pesar de ello—. ¿La caja es ahí?

Oh, es majo y todo.

—Sí, ven y te cobro.

Eso ha sonado fatal. Mantén la calma, que no es para tanto.

El chico se acercó a la caja y, mientras Mauro pasaba el manga por el lector, vio que era... mucho más guapo de lo que le había parecido en un principio. Había que entender que no era guapo como Iker, sino más bien atractivo. Llevaba gafas, un pendiente en la oreja izquierda y tenía los ojos muy grandes. No era delgado, pero tampoco gordo.

Era una persona de cuerpo estándar, y eso no evitaba que tuviera cierta chispa.

—Si me permites que te diga una cosa —dijo de pronto Mauro, mientras metía el ejemplar dentro de una pequeña bolsa de papel reciclado. No supo de dónde narices habían salido esas agallas de sacar conversación porque sí.

—Claro, dime.

—*The Promised Neverland* es... increíble. De mis mangas favoritos, seguro que te gusta.

El chico asintió con una sonrisa. Parecía caracterizarle aquello, transmitía buen rollo y felicidad.

—Me lo han recomendado mucho. ¿Cuánto es?

Terminaron la transacción en silencio. Se respiraba cierta tensión en el ambiente, ¿o es que Mauro se estaba volviendo loco? La tienda había desaparecido y en su mente estaban solo ellos.

—¿Quieres copia? —El chico negó con la cabeza, pero pareció cambiar de opinión al instante.

—Bueno, sí, dame la copia.

Mauro la sacó y la apoyó sobre el mostrador antes de entregársela. El chico se quedó quieto y buscó algo con la mirada. Agarró un bolígrafo de los que estaban a la venta en primera línea de caja y se agachó para anotar algo en el tíquet.

—Adiós —le dijo al terminar, y abandonó la tienda con rapidez.

Muerto de curiosidad, Mauro miró el papelito que descansaba sobre el mostrador y leyó sin creérselo o que había escrito allí el chico.

Soy Héctor :)
Eres muy mono

Y debajo, estaba su número de teléfono.

Rocío llegó a la crepería donde habían quedado con el pelo revuelto a causa de la lluvia. Dejó el paraguas en un paragüero de la entrada y se disculpó por llegar tarde. Se había tenido que quedar haciendo inventario de los álbumes visuales de *Harry Potter* y, como era una de sus pasiones, ni Mauro ni Javi le dijeron que no, así que Mauro se había marchado a su hora mientras esperaba en un establecimiento cercano a que terminara.

—No entiendo para qué sirven si acabo empapada —se quejó una vez que se sentó en la silla.

—Yo paso, siempre llevo capucha. —Se la señaló—. Bueno, cuéntame.

—Espérame que pida. —Le hizo un gesto a la camarera y se pidió un frappuccino.

Mauro ya tenía entre las manos una enorme botella de Coca-Cola, su refresco favorito. Le habían mirado raro al pedir aquello en una crepería donde todo el mundo tomaba café o batidos, pero era lo que le apetecía.

Madrid era muy bonita, pero a veces, muy cerrada de mente con tonterías.

—Bueno, nada, ya no estoy rayada. Lo he superado —le anunció Rocío con una sonrisa que decía que estaba orgullosa de ese logro.

—¿Tú crees?

La sonrisa de Rocío se fue desinflando por momentos.

—No cuela, ¿no?

—No.

—Joder, mira que lo he ensayado delante del espejo antes de salir de casa, digo: esto tengo que practicarlo porque soy muy cotilla, pero muy mala actriz. O sea, no sé guardar secretos, eso ya te lo digo. Si quieres que no cuente algo, aunque lo intente se me nota, ¿sabes?

—Ni que lo digas —dijo Mauro entre risas.

El frapuccino llegó y Rocío bebió un gran sorbo a través de la pajita.

—El caso es que... Quiero conocer a otras chicas.

—Pero ¿esa no era tu meta desde el principio?

Rocío pareció buscar una excusa.

—Hummm... nooo.

—Rocío —le dijo Mauro en tono serio.

—Joder, es que no puedo quitármela de la cabeza. En serio, fue un sexo increíble, no sé por qué fui tan tonta de no experimentar más con ella. Siempre nos quedábamos a las puertas. Y es que no puedo dejar de pensar en ella.

—Voy a empezar a pensar que tiene un conjuro cósmico que te ha atado durante un milenio y que solo podrá ser liberado por una guardiana a lomos de un caballo...

—Sí, sí, lo pillo. Muy gracioso, maricón —le dijo Rocío algo molesta, pero Mauro pudo leer en su mirada que le había hecho gracia, solo que no quería darle esa satisfacción.

—¿Entonces?

—Entonces ¿qué?

—Que qué piensas hacer.

Rocío suspiró, pensativa.

—Oye, y yo a ti te he visto con ese chico tan mono. —Evadió la pregunta.

Mauro se sonrojó al instante.

—He-Héctor. Se llama Héctor.

Ante aquella respuesta, Rocío se llevó las manos a la boca, sobresaltada.

—¡No me digas que habéis ligado!

Mauro se encogió de hombros.

—Me dejó su número de teléfono. ¿Eso es normal? Es la primera vez que me pasa.

—Claro que es normal. Aunque he de decir que ahora la gente deja su Instagram, pero no pasa nada. Tenemos que celebrar que te has ligado a un rubiales.

—No era tan rubio.

—Bueno, me lo pareció desde lejos.

—Estoy nervioso. No sé qué hacer. ¿Debería hablarle?

—Te lo voy a decir muy claro: ¿eres idiota o te lo haces? Claro que tienes que hablarle, mándale directamente una fotopolla.

—Por Dios, te van a escuchar —dijo Mauro, rojo. Se dio la vuelta para comprobar si alguien le estaba prestando atención.

—Es una cosa normal de toda la vida del Señor, hombre ya.

Mauro estaba ojiplático.

—No lo estarás diciendo en serio, ¿verdad?

—Ay, pues claro que no, a nadie le sienta bien recibir pollas porque sí. Pero sí que es importante verla antes, ¿no? Digo yo, no sé.

La botella de Coca-Cola estuvo a punto de caerse cuando Mauro fue a por ella para beber un trago. No dijo nada más hasta pasados unos segundos.

—Bueno, pero debería hablarle, ¿no?

—Que sí, que sí, hombre, que sí —insistió Rocío, emocionada.

—Ahora cuando llegue a casa...

—No, ahora mismo. Ya. Que yo te vea. Que luego te da miedo y te entran las tonterías y paso.

—Joder —se quejó Mauro, pero sabía que Rocío, aunque fuera dura, decía la verdad. Y la verdad molestaba.

Tenía toda la razón del mundo.

Sacó el teléfono móvil del bolsillo, agregó el contacto y se fue a WhatsApp.

—¿Y qué le digo?

—Pues hola, ¿qué le vas a decir, maricón?

—Es mi primera vez...

—De todo se aprende, Maurito.

> Hola!
> Soy Mauro
> De la tienda
> Qué tal?

> Hola guapo
> Ya mismo te guardo :)

—Creo que tengo una idea, Mauro —le dijo Iker dos días después. Mauro acababa de llegar de trabajar y se lo encontró plantado en la entrada. Iker hizo un gesto con la cabeza y añadió—: No te preocupes, están hablando y con música.

—Vale, dame un minuto y me cuentas.

Mauro se cambió a la velocidad de la luz, se puso ropa de estar por casa y avisó a Iker.

En resumidas cuentas, Iker había pensado en algo, aunque tenía aún que definir bien el plan que había trazado en su mente... Pero Mauro no se enteró de nada. Su móvil vibraba por cada mensaje que recibía, y eran muchos. No tenía que mirarlo para ver que se trataba de Héctor, con quien llevaba hablando casi sin parar durante dos días.

Mangas, series, libros de fantasía, música. Cualquier tema era divertido y les duraba horas.

No tardaron demasiado en hablar de sexo. Surgió, simplemente. La fluidez era una de las principales características que marcaban sus conversaciones, y así fue como terminaron confesándose el uno al otro que eran vírgenes. La historia de Héctor era cuando menos extraña. Había tenido una novia a los dieciséis, con la que lo había dejado hacía apenas dos años. Ahora tenía veinticinco. La conoció en el instituto, sus familias eran amigas, y le fue difícil salir de ahí. Era extremadamente conservadora y durante años quiso formalizar su relación con el matrimonio.

Pero Héctor no era así. Había algo que fallaba.

Hasta ese momento, su vida había sido una locura, el entenderse y comprender qué ocurría. Para su mente era imposible que fuese homosexual, para sus padres no era más que una aberración contra natura. Un amigo le había sacado de esa relación, de ese entorno, y viajó desde Navarra hasta Madrid sin saber qué le depararía la vida.

Sus historias eran similares, pero diferentes.

Lo que les unía era lo mismo: el autodescubrimiento. Y Mauro no había sentido esa conexión, ese sentirse igual a alguien, en su vida. No así, no tan fuerte.

¿Quizá era el momento de dar el siguiente paso?

90

Gael

—¿Consiguió el dinero para los pasajes?

Felipe estaba tumbado en la cama de Gael, completamente abierto de piernas, desnudo y fumando su Marlboro. Expulsaba el humo en dirección a la ventana, pero la corriente lo empujaba de nuevo hacia dentro.

Acababan de mantener relaciones. Gael las disfrutaba, pero ya no como antes. Algo extraño estaba creciendo entre ellos, y ya tenía bastante claro que no veía un futuro con él. No obstante, temía decírselo.

No podía más.

—No me deja casi salir de casa —le respondió Gael. Volvió a ponerse el pantalón de chándal corto que llevaba puesto hacía media hora.

—Recuerde que hay que comprar dos —apuntó Felipe. Le guiñó el ojo.

Había llegado el momento. Gael cerró los ojos, cogió aire y se sentó a su lado. Debían mantener esa conversación.

—No me quiero marchar, Feli.

Felipe esbozó una media sonrisa y, con resignación, dejó el cigarro en el cenicero que tenía sobre las piernas para apagar la colilla con varios toquecitos.

—En Colombia lo tenemos todo. Aquí no tiene nada. Y lo que tiene viene de un lugar malo.

—Allá lo que tiene es lo mismo que acá: nada.

Gael no podía evitar ser duro con él. Llevaban días discutiendo y acostándose para calmar las aguas, pero la tensión era ya tal que no podía soportarlo. Pese a las malas contestaciones de Gael, Felipe siempre parecía pensar que él estaba equivocado, que quien hacía lo correcto allí era él y nadie más.

—Allá le tengo a usted. Y a mi familia.

—Pero yo me quiero quedar. Mi madre está malita, necesito ayudarla.

Felipe se adelantó y acercó la cara a la de Gael.

—Usted no entiende nada, parce. Su vida acá apesta, es inmoral y...

—¿Es mejor la que tiene usted? ¿Peleas, drogas? —La forma en la que Gael dijo aquello hizo que Felipe se quedara de piedra.

—Prometió no sacar el tema...

—¡Vamos! Es obvio, parce. Yo acá tengo una casa decente, puedo hacer buen dinero y mantener a mi familia allá. Si me voy con usted, volveremos a lo mismo de siempre.

—¿Y qué es lo mismo, Gael? ¿Querernos?

—Deje la bobada —dijo tajante Gael, ya encendido—. Lo mismo que acá el primer día, peleando, golpeándonos. Me di cuenta hace rato que la relación no iba a terminar bien.

—Si nos vamos juntos, podemos mejorarla.

—Ay, no. ¿No tiene memoria? ¿Se escucha cuando habla? Ya lo intentamos y no funcionó. Cuando estamos bien, estamos muy bien. Pero a las malas...

Felipe puso sus manos sobre las piernas de Gael. De pronto, este había perdido fuerzas. Estaba hecho un lío, porque aunque quisiera dejarle, la mención de los momentos buenos le había hecho dudar.

¿Le merecía la pena?

¿Qué era lo correcto?

Pensaba en los papeles y toda la burocracia que vendría para poder siquiera tener la posibilidad de convertirse en un ciudadano regular. Era una lucha constante, pero mientras debía sobrevivir. Y allí en Colombia todo era más fácil...

—Madrid me gusta —dijo al final—. Mis compañeros, esta casa. La gente, la comida. No es como allá, pero me acostumbré. Creo que soy feliz.

—¿Conmigo no es feliz?

Gael no supo qué más decir, ni siquiera él lo sabía. Miró con tristeza a Felipe, y aunque pareció captar el mensaje, no quiso recoger el testigo de tener que responder. Simplemente se levantó de la cama, fue hacia la cómoda y sacó otra cajetilla de tabaco que tenía entre los calzoncillos limpios. Se encendió un cigarro, apoyado en el alféizar de la ventana, y entonces Gael entendió que la conversación había terminado.

De nuevo, sin una decisión.

De nuevo, Felipe ganando tiempo con su confusión.

Necesitaba espacio, que se marchara de una vez. Quizá al verle en el aeropuerto se le revolvía algo y se arrepentía, o quizá no. Era una situación tan incómoda que Gael volvió a bloquearse. Se tumbó en la cama y cerró los ojos para dormir y no pensar más.

91

Mauro

El cartel era enorme y en tonos pastel.

—La Pollería —leyó Héctor en alto, después se volvió para mirar a Mauro—. No sé si me hace gracia.

—¿Cómo no te va a hacer gracia? Es absurdo. En mi pueblo lo más original que tenemos es un bar que se llama BarBaridad.

Héctor se esforzó en no reírse.

—Vale, lo compro. Esto es más original.

Dicho aquello, se acercaron a la puerta. Había un poco de cola, pero no les importaba. Ya no hacía tanto frío como cuando Mauro se mudó a Madrid, el tiempo estaba cambiando y el viento primaveral se acercaba sin frenos.

Ya con sus gofres en forma de pene, bromearon al comérselo y continuaron caminando por el centro. Mauro conoció rincones que jamás había visto, y fue bonito descubrirlos con Héctor, que no salía tampoco demasiado de casa.

Al cabo de un rato, o de horas, decidieron sentarse en un banco al sol. Héctor parecía nervioso de pronto.

—Mauro, tengo que contarte algo...

No me jodas, no, no. No quiero que sea nada malo. Para una vez que me encuentro así de cómodo.

—Dime —dijo Mauro, tragándose sus inseguridades. Aceptaría lo que viniera, él no estaba hecho para tener una relación. Solo tenía que mirarse al espejo para saberlo. Quiso cerrar los ojos para recibir el impacto de las palabras de Héctor; las de Javi aún sobrevolaban su cabeza.

—Es la primera vez... Es la primera vez que comparto tiempo con un chico.

¿Qué?

—¿A qué te refieres?

—Ya sabes la historia de mi vida, lo difícil que era todo en mi entorno... Y desde que llegué aquí no me he atrevido a dar el paso. De hacer nada de nada con nadie, ya lo sabes. —Hizo una pausa—. Menos contigo.

Se miraron a los ojos. Mauro se había quedado sin aliento. No era una confesión de amor, pero casi.

—O sea que nunca has tenido una cita con un chico.

Héctor negó con la cabeza.

—Yo una cita como tal... No sabría decirte, pero creo que tampoco —dijo Mauro. En su mente revoloteaban millones de preguntas y pensamientos. No entendía de dónde venía esa actitud avergonzada de Héctor cuando hacía unos días estaban hablando sobre las primeras veces y qué actores de series de Telecinco les excitaban.

—Pues eso, solo quería comentártelo. Entendería perfectamente que no quisieras seguir conociéndome.

—Héctor —le dijo Mauro—, hemos llegado a hablar de que los dos somos vírgenes. Y de muchas otras cosas. ¿Por qué me iba a echar para atrás que sea tu primera cita?

—Porque una cosa es el sexo y otra es... esto.

—¿El qué?

Se encogió de hombros. Mauro sentía que lo perdía. Parecía tan inseguro como él, lleno de miedos irracionales que atendían a razones ilógicas. No estaba dispuesto a que aquello pasara. Mauro sentía mariposas en el estómago.

—Es muy difícil para mí, ¿sabes? —continuó Héctor finalmente—. Ya sabes que de donde vengo es imposible ser gay. Vamos, es que no entra en su realidad.

Mauro asintió, conocedor de la historia.

—Y claro, es raro venir a Madrid, ver todo lo que hay... Nadie se achanta, nadie tiene miedo. Todo es tan opuesto. Me siento fuera de lugar, no soy tan gay como los demás, o al menos eso siento. Y no solo eso, sino que al no tener ningún tipo de experiencia todo se me hace cuesta arriba.

—Ey —lo calmó Mauro—, te entiendo perfectamente. Desde que llegué me he sentido un poco así, pero poco a poco he sentido que iba encajando.

—Supongo que deberá pasar el tiempo. Sigue siendo difícil, de todas formas.

—Es normal. ¿Sabes? Creo que lo que necesitas es romper con todo, olvidar tu vida en Navarra.

Héctor pareció dubitativo, pero se dedicó unos segundos a pensarlo, mirando a la nada mientras se mordía los labios.

—Claro, si yo lo entiendo. Tampoco es que pueda mentir por más tiempo, engañar a mis padres... No podría, se lo debo todo.

Para Mauro aquella excusa era imposible de comprender, pero conocía a mucha gente cuya conexión con la familia era tan fuerte que dictaminaba cada paso de su vida. Por suerte, Mauro había roto con todo y no se sentía mal por ello. Sus padres no eran malos, aunque no ejercían de padres. No era como en las películas, sino que solo se dedicaban a insistirle en que trabajara, y no le habían preguntado ni una sola vez en su vida cómo se encontraba.

Entonces, en aquel momento, al comprender un poco mejor la historia de Héctor, se sintió más liberado. Nada le ataba a su pasado y todo lo que hiciera en Madrid sería para él: sin compartirlo, sin dar explicaciones. Él solo ante el mundo. Aquel pensamiento le dio calorcito por dentro y le entraron ganas de seguir descubriendo.

Sintió que lo que tenía que hacer solucionaría los problemas de Héctor, así que se acercó más a él y se lanzó a darle un beso. Tan solo fue un pico, porque al otro le pilló desprevenido, pero el gesto en su cara cambió radicalmente.

—A eso me refería —dijo Héctor muy bajito, haciendo referencia al principio de la conversación.

Mauro se sentía como Dorothy cuando va a Oz, dentro de un tornado, aunque en este caso era de emociones. Todas buenas, además.

Ninguno de los dos habló en los siguientes minutos, tan solo dejaron que su pelo fuera azuzado por la brisa, escuchando el ruido que emitía la ropa al dejarse llevar. Mauro no se sentía incómodo, sino todo lo contrario. El silencio le nutría, como si algo nuevo se estuviera construyendo en su interior sin darse cuenta.

De pronto, Héctor buscó su mano sobre la madera del banco y entrelazó los dedos con los suyos.

—Gracias —le dijo simplemente—. No sé cómo se hace nada de esto y me da miedo. Quizá es muy pronto para dar el siguiente paso, pero quiero que sepas que contigo estoy cómodo. Creo que... conectamos.

Mauro tuvo ganas de llorar de la emoción, aunque no se lo permitió.

—Yo siento lo mismo —le confesó.

Y los dos se buscaron en un beso que sellaba el inicio de algo nuevo.

92

Iker

Estaba seguro de que Mauro se traía algo entre manos. No sobre echar a Felipe de casa, desde luego, sino... Parecía tener pajaritos en la cabeza. Estaba descentrado. E Iker no quería decir la palabra clave, pero le rondaba la mente.

Enamorado.

No, no. No tenía sentido.

Enamorándose, quizá.

Lo que sí tenía clara era una cosa: el suceso con Diego le había afectado sobremanera. Ya no se veía tan atractivo como antes. Era la primera vez que se sentía así de vacío en mucho tiempo y, además, a causa de un encuentro sexual. ¿Habría hecho algo mal? Se repetía esa pregunta varias veces al día, y su subconsciente le repetía una y otra vez que no era nada más y nada menos que una forma del destino de devolverle todo lo que había hecho con otros hombres a los que usaba como un trozo de papel higiénico.

Con esos remordimientos en mente, y para tratar de batallarlo, desbloqueó el chat de Jaume en un impulso por encontrar respuestas.

> Hola
> Soy Iker
> Mira, quería hablar contigo
> Estás?

Claro que estoy
Siempre estoy para ti
O estaba
Porque lo intenté

Perdón, pero vengo en son de paz

Igual es tarde
No lo has pensado?

Lo siento
Puede ser que actuara mal
Y me siento mal por ello

Puede ser?
Jajajajaja
No te creo
Los chicos como tú...

Qué?

Los chicos como tú son lo peor
No lo sienten nunca
Estabas orgulloso de ignorarme
De tenerme como una mosca detrás de la oreja
Mejor dicho, detrás de ti

Estaba confundido
Tenía muchas cosas en la cabeza

He escuchado lo mismo mil veces
No soy así
Yo no soy así, Iker

Así cómo?

Un muñeco
No puedes jugar con las personas

> Tu último mensaje fue bastante intenso
> Jaume, no digas tonterías
> Solo quería decirte que lo sentía
> No que quiera nada contigo
> No te equivoques

> Y yo no quiero nada ya
> Porque lo intenté
> Sabes?
> Pero no esperes que seamos amigos
> O que me des pena
> Se te ha aparecido la virgen?
> Te has dado cuenta de tus errores?
> Pues sigue madurando
> Yo ya pasé página

Iker no respondió. Su dedo viajó por toda la pantalla hasta pulsar el botón de bloquear. Aquello no había salido como esperaba, pero... Estaba dolido. Era una sensación nueva. ¿O no debía fiarse demasiado, viniendo de alguien tan inestable como Jaume?

Meneó la cabeza, tratando de centrarse. Sabía a quién podía acudir para pedirle consejo. Una persona que entendía el amor de otra manera, radicalmente opuesta a la suya. Llevaba mucho sin hablar con él y de pronto, por primera vez en mucho tiempo, estaba lleno de inseguridades. Su última conversación no había sido ideal, pero nunca era tarde para perdonar, entender y comprender.

Aun así, le llamó.

Cuando Andrés le cogió el teléfono parecía agitado.

—¿Qué pasa? —Lanzó la pregunta como un arma. Más bien como si molestase que le llamara si no pasaba algo urgente—. Si me llamas para...

—Andrés, necesito consejo —le cortó Iker—. Antes que nada quiero que sepas que no te voy a preguntar los motivos de que te hayas marchado de aquí. Cada uno tiene sus razones y toma las decisiones como cree que son convenientes para sí mismo. Ya darás explicaciones en el futuro, si sientes que tienes que darlas. Todo el mundo se equivoca, o no, pero siempre hace lo que siente que es lo correcto. Así que no te preocupes, no es una llamada para echarte la bronca, ni voy a juzgarte. Solo necesito ayuda y creo que me puedes echar una mano.

Se hizo el silencio al otro lado de la línea. Después un suspiro y roces de ropa contra el altavoz.

—Solo tengo cinco minutos.

Iker carraspeó.

—¿Está todo bien? —Notaba cierta tensión, cierta sensación de alarma. Andrés no era una persona que viviera con prisas, algo andaba mal...

—Sí, claro, dime.

—Creo que he metido la pata. Hasta el fondo. Toda mi vida, Andrés.

—¿Te has metido en un lío? Iker, me estás asustando.

—No es nada de eso. Es un consejo romántico.

De nuevo, estática.

—Iker Gaitán... ¿enamorado? —Iker echaba realmente de menos el tono burlón de Andrés.

—Creo que me he estado equivocando. He intentado arreglar mis errores y ha sido demasiado tarde. ¿Te acuerdas de Jaume?

—Hummm —afirmó.

—Y bueno, a Diego no le conoces, pero...

Iker no quería contarle demasiados detalles. No porque fuera Andrés, sino porque no le gustaba. Su vida sexual y sentimientos estaban en un lugar que prefería que fuera privado. Sí, podía hablar de sexo y liarse en las discotecas con los chicos que le gustaban, pero de ahí a abrirse en canal con una persona había un mundo, por muy amigos que fueran.

—En resumen: me han hecho lo que yo he hecho siempre. Creo, vamos.

—¿Hacer ghosting?

El tono de voz de Andrés indicaba que ya no estaba para bromas. El momento de inflexión había pasado, volvía a estar serio. No parecía que la conversación le estuviera agradando, pero se mantenía al otro lado del teléfono expectante.

—Pues puede ser, sí. Pero a lo heavy. Y me he rayado un montón pensando en... Pensando en que yo he hecho sentir así a las personas, como un despojo. Ay, no sé explicarme. —Hizo una pausa—. ¿Me entiendes lo que te quiero decir?

—Claro que sí, Iker. Y siempre te avisé de lo mismo.

—Sí, pero...

—Lo siento, pero creo que tienes que seguir pensando en tus actos. Puede ser el momento de cambiar la visión de muchas cosas, Iker. Yo he cambiado mucho estos últimos meses, desde que conocí a Efrén. Ese estilo de vida...

—¿Qué estilo de vida? —le cortó Iker. La conversación parecía tornarse hacia un lugar que no le gustaba para nada.

—No te ofendas, pero... el tuyo. No es normal, Iker. Nunca me sentó bien salir de fiesta y que nos dejaras de lado para ligarte a un chico y llevártelo a casa. Es que ni siquiera esperaste a que el pobre Mauro se asentara en el piso para meter a una de tus conquistas.

—Te llamaba para pedirte consejo, no para que me echaras la bronca —dijo Iker, sereno.

Andrés fue a hablar, pero se contuvo. Iker escuchó cómo cogía aire y lo soltaba poco a poco, tratando de tranquilizarse.

—Lo que quieres que te diga no es lo que quieres escuchar. Sabes que has actuado mal. Siempre. Lo que pasa es que no querías verlo, era más fácil sentirte el fucker de Chueca.

—No.

Sí, tiene razón.

—Iker, mira. Te voy a tener que dejar, pero...

Se escucharon llaves y una puerta cerrarse. La voz de Efrén llegó desde el otro lado avisando de que había llegado a casa. Andrés ni siquiera se despidió: colgó directamente. Iker se quedó pasmado con aquello. No había que ser muy inteligente para darse cuenta de lo que pasaba en aquella relación, ¿verdad?

Iker dejó el teléfono sobre la cama y se llevó las manos a las sienes, frotándolas con fuerza. Le dolía la cabeza, tenía demasiado sobre lo que pensar y reflexionar. ¿Se sentía preparado para enfrentarse a la verdad? El simple hecho de que se lo hubiera planteado ya era significativo, o al menos eso pensaba. Deseó no sentir la vorágine de sentimientos que se le arremolinaban en la boca del estómago.

Quería vomitar con solo pensar en cómo se había sentido con Diego, y que él le había hecho lo mismo a tantos y tantos chicos...

Quería vomitar con solo pensar también en Andrés, que había colgado el teléfono con rapidez para que Efrén no le escuchara hablar. Parecía un puto secuestro.

Quería vomitar con solo pensar en Gael y su chico, pegándose, sufriendo por un supuesto amor que no le hacía bien a nadie.

Se tumbó en la cama y continuó con el masaje. El móvil vibró a su lado con las notificaciones de Grindr. Lo cogió al cabo de unos segundos y, como si fuera un autómata, borró la aplicación.

No sabía si era una sentencia firme, pero algo en su pecho le decía que era lo correcto.

93

Mauro

El sonido de la puerta del piso al cerrarse fue la señal que Mauro necesitaba. Salió de la habitación e Iker ya estaba ahí, plantado frente a la puerta de Gael. Llamaron con los nudillos.

El colombiano les abrió en calzoncillos. Mauro, por primera vez, no sintió la tentación de mirarle. Estaba a otras cosas.

—¿Cuánto tarda en volver? —Gael se encogió de hombros—. Pero ¿es más pronto que tarde o más tarde que pronto?

—Fue a por comida al KFC de aquí al lado.

—Vale, pues por lo menos tenemos un cuarto de hora. Ven, siéntate —le ordenó Iker, y entró en su habitación como un terremoto. Se puso frente a Gael, que no sabía qué narices pasaba. Cruzó los brazos sobre el pecho. Mauro hizo lo mismo.

—No nos gusta tu novio —sentenció Mauro.

—A mí tampoco —confesó Gael arrugando la nariz—. Decidme que os ha tocado la lotería y tenéis dinero para mandarlo a Colombia.

Mauro negó con la cabeza.

—Tenemos algo mejor.

—Un plan —añadió Iker. Se sentía como en una película.

—Hemos tardado días en cuadrarlo todo, pero...

—Es el plan perfecto para echar a Felipe.

—Solo si quieres.

Gael alzó una ceja, interesado. Se le veía confuso, pero al mismo tiempo liberado.

—Creo que sí, vamos. Se convirtió en una carga, por mucho que le quiera...

—Si os tiráis todo el día foll... —Iker no pudo terminar la broma porque Mauro le tapó la boca con la mano.

—Dejando ese tema de lado, que yo también tengo oídos —apuntó Mauro—, necesitamos tu colaboración.

—Lo que sea mientras no implique matarlo.

Mauro e Iker se quedaron pasmados.

—No, claro que no —dijo Mauro sacudiendo la cabeza.

—Es que seguro que revive solo para molestarme —comentó Gael, con tristeza.

Después de eso, Iker y Mauro le contaron el plan a Gael. Él lanzaba preguntas y ellos respondían. Tenía que salir perfecto, porque si todo iba sobre ruedas..., conseguirían echar a Felipe del piso para siempre. Y de la vida de Gael, que era lo más importante.

Mauro notaba que su amigo había perdido forma física, que tenía ojeras. No se le veía feliz, aunque mantenía su sonrisa tan particular. Haría lo que fuera para volver a tener al Gael de siempre a su lado.

Y si tenía que pasar por encima de Felipe (aunque le dieran miedo sus tatuajes), lo haría sin pensarlo.

94

Mauro

Eran casi las doce de la noche y, aunque solía ver programas de televisión en el salón con Iker, aquella noche Mauro quería desconectar un poco de todo, sobre todo después de haber visto a Gael tan mal. Además, era imposible no escuchar la voz de Felipe colarse por debajo de la puerta. Su presencia le estresaba demasiado, así que se tumbó en la cama, dispuesto a dormirse, justo cuando le llegó un mensaje de Héctor.

Hablaron durante un buen rato, pero los ojos se le estaban cerrando. Demasiadas emociones en poco tiempo, su cuerpo necesitaba desconectar. También había más trabajo en la librería, con eso de que el tiempo mejoraba, Madrid tenía más y más vida cada día que pasaba.

Peeero... pese a que casi se estaba quedando dormido, no iba a negar que la conversación se estaba tornando algo divertida...

> Es que la vez que vi porno gay
> Se me hizo suuuuper raro
> La verdad

> Te entiendo totalmente
> Mis compis de piso me enseñaron
> el otro día un vídeo que...
> Mejor ni te lo cuento

Por?

Cosas de mayores

Cosas de mayores??
Jajajaj
Te recuerdo que tenemos casi la misma edad

Eso no tiene nada que ver
Yo soy inexperto
Virginal
Como tú

Claro, claro
Seguro que tienes más sabiduría
Que sabes más que yo

Y eso cómo va a ser?

Solo por tus amigos debes de saber mucho

No te creas
Solo de oídas
Me falta ponerlo en práctica

Y quieres?

El qué?

Ponerlo en práctica

Supongo que sí
En algún momento
Antes estaba más preocupado
por ese tema
Ahora ya no tanto

Yo también
Aunque no sé tanto como tú
Lo poco que sé o he visto...
Me causa interés

Pues mira ya somos dos
Que queremos poner cosas en práctica

No veo el momento
De hacerlo juntos

Vaya
Qué lanzado te veo
No sé qué responder

Perdón si te ha molestado
A estas horas estoy un poco tonto

Te refieres a...

Sí
Seguro que es lo que piensas

Joe y por qué?

Hablar contigo de estos temas
Me imagino cosas
Sabes?

Conmigo?
En serio?

Y por qué no iba a ser en serio, Mauro?

No sé, yo no me siento atractivo
Para nada

Tonterías
Eres guapísimo
Me encanta tu cuerpo

No lo has visto

Tampoco hace falta, bobo
Sé que me gustas
Físicamente

Tú a mí también

No me digas esas cosas
Que estoy tontito

Vale
Pues no te las digo

Mejor sí
Dímelas
Quieres que quedemos un día?
Para poner en práctica nuestros descubrimientos?

Claro
Solo de pensarlo me pongo nervioso

Eso es buena señal
Mira, mejor te dejo
Me estoy poniendo malo

Tómate algo anda
Y descansa

No me refería a malo en plan médico
Sino a... 🔥🔥🔥

Mauro dudó en escribir lo que quería decirle. Sentía la entrepierna algo agitada y comprobó que él también se estaba poniendo

como esos emojis. Si sus amigos lo hacían, ¿por qué no él? Abrió la opción de cámara del teléfono y se sacó una foto del pijama con su miembro en modo creciente.

[Foto]

Joder Mauro

Lo siento

No lo sientas
Yo estoy igual
[Foto]

La de Héctor era similar a la de Mauro, aunque se veía un poco más oscura: un pijama con un bulto debajo.

Como sigamos así...

Yo pienso que es mejor reservarnos
Descubrir juntos
Mantener la sorpresa, no sé
Qué piensas?

Puede ser
Me gusta la idea
Tienes razón

Entonces sí que me voy a ir a dormir
Aunque me voy más contento
Gracias por alegrarme la noche

95

Gael

La luz de la ventana le dio directamente en el ojo. Gael notaba el peso de sus párpados, las legañas, el calor que provenía de su lado. Felipe dormía con la boca abierta, como un lirón.

Gael se movió despacio para despertarle. Tenía que ser lo justo para que pareciera que aún estaba medio dormido. Le dio un par de golpes y Felipe abrió los ojos. Bueno, a medias.

—¿Qué *pahaaa*? —preguntó sin apenas vocalizar.

—No sé, tengo hambre... Baje a por el desayuno... —La estrategia era hacerse el remolón para que Felipe cediera, que tan solo asintió con la cabeza y volvió a cerrar los ojos—. Porfa... Desayunemos juntos algo rico... Un pan de bono, alguito.

Tras insistir durante un par de minutos más, Felipe se despertó del todo. No tuvo más remedio. Se vistió, y casi se cayó al meter la pierna en el pantalón, mientras Gael le miraba desde la cama.

—¿Qué quiere?

—Baje al colombiano de aquí cerquita, quiero papa rellena, empanadas... Lo de siempre.

Felipe asintió, buscó su cajetilla de tabaco, las llaves del piso y cogió un par de billetes que andaban desperdigados por el suelo.

—Ahora vengo.

Pobre, seguía medio dormido.

En cuanto Gael escuchó la puerta cerrarse tras él, se levantó de la cama como movido por un resorte. Salió de su habitación y se encontró a Iker y a Mauro, totalmente vestidos, esperándole.

—Que empiece el juego —dijo Iker.

—Te gusta sentirte como en *Misión Imposible*, ¿eh? —bromeó Gael.

—Soy más de las *Totally Spies* —respondió Iker guiñándole el ojo—. Venga, no podemos perder ni un segundo.

Mauro fue corriendo a la ventana del salón, la que daba a la calle.

—Confirmamos —dijo, viviendo su fantasía de espía secreto.

Entonces Iker se dirigió decidido a la puerta de entrada.

—¡Sube!

Lo gritó a la nada, a las escaleras. A los pocos segundos, unos pasos comenzaron a sonar, parecían pesados. Gael estaba nervioso con el plan que habían trazado; si salía mal, las consecuencias quizá fueran peores que el remedio.

Un hombre cargado con una caja de herramientas llegó al rellano.

—Buenos días —les dijo.

—Es esta, la principal. —Iker le señaló la cerradura—. ¿Seguro que lo puedes hacer en quince minutos? Es lo que decía el anuncio.

—Y en menos —le respondió el cerrajero.

—Vale, genial.

Iker se dio la vuelta para dirigirse a sus compañeros de piso.

—Comienza la parte dos de la misión.

Los tres fueron a la habitación de Gael. Abrieron las maletas de Felipe sobre la cama y comenzaron a lanzar todas sus pertenencias dentro, en una imagen similar a la que Andrés había protagonizado hacía unas semanas. Terminaron enseguida, pues Felipe no había llevado demasiados objetos personales. Cerraron las maletas y con permiso del cerrajero, que parecía bastante avanzado ya con el cambio de cerradura, las dejaron en el hall.

—Ahora solo queda esperar... —Mauro parecía nervioso, no dejaba de mirar de soslayo a Gael.

Él no se permitía pensar. Lo que estaban haciendo estaba feo, la peor manera de terminar con una pareja: mal. Había tenido tantas exparejas con las que las cosas se habían torcido que sabía que después no lo iba a pasar bien. Pero Iker y Mauro ya habían movido sus fichas cuando le contaron el plan y habían reservado parte de su sueldo para cubrir los gastos. Era redondo, ¿verdad? No podía salir mal. Aunque no podía evitar sentir la angustia de la duda en el pecho.

—Ya estaría —anunció el cerrajero. Le dio tres llaves nuevas a Iker.

—Muchas gracias, toma. —Le plantó dos billetes de cien, que el cerrajero se metió en el bolsillo. Se despidió con la cabeza y bajó con su caja de herramientas.

—Debe de estar al caer, deberíamos cerrar —avisó Mauro.

Y tenía razón. La cafetería colombiana a la que había ido Felipe no estaba a más de cinco minutos, por lo que...

—Está aquí —dijo Gael con los ojos muy abiertos.

La puerta de entrada al edificio se había oído abrirse y cerrarse de un golpe.

Entonces, como movidos por el instinto, Iker y Mauro se pusieron delante de Gael para cubrirle. Estaban los dos cruzados de brazos, en plan guardaespaldas. Gael no quería reírse por la tensión de la situación, pero fue bastante gracioso de ver.

Escucharon cómo Felipe sacaba las llaves y elegía la que tenía que introducir en la cerradura. Lo intentó. La giró. Golpeó por si se había quedado atrancada. Suspiró y, a los pocos segundos, llamó con los nudillos. Acto seguido, llamó al timbre.

—Baby —dijo. Parecía nervioso. ¿Se lo estaría oliendo?

Ninguno de los tres dijo nada. Gael se llevó la mano al pecho. Se sentía... extraño.

—Chicos, abridme —repitió Felipe, algo más alterado. Se escuchaba el roce de la bolsa de plástico con el desayuno—. No puedo abrir. Y... ¿por qué están las maletas aquí? ¡Chicos! ¡GAEL!

Fue Iker quien rompió el silencio que reinaba dentro de aquella casa, viendo que se estaba yendo de madre.

—¡Vete! Esta nunca fue tu casa, coge las maletas y márchate, por favor.

—Deja a Gael en paz —añadió Mauro, haciendo que el colombiano se lo mirase, sorprendido por sus agallas. Cuánto había cambiado en tan poco tiempo, estaba orgulloso.

—¿Gael? ¡Dígame que le están obligando estos hijueputas! —Golpeó la puerta repetidas veces, furioso.

Iker le hizo un gesto para que no respondiera.

—Vete o llamamos a la policía por allanamiento de morada.

—Culicagaos de mierda... —dijo Felipe por lo bajini.

—Tienes un billete que sale en unas horas para Colombia. Está en el bolsillo delantero de la maleta azul —anunció Mauro.

¿Qué narices?

Gael no entendía nada. Se acercó a sus compañeros, pidiendo explicaciones con la mirada. La respuesta de ambos fue un guiño. Ese gesto le llenó los ojos de lágrimas a Gael, y también de fuerzas para dejarle las cosas claras a Felipe. Se acercó con lentitud a la puerta, apoyó la cara contra la fría madera y habló:

—Feli, le quiero, pero ya es suficiente. Déjeme vivir mi vida aquí, echar raíces, quedarme con mi nueva familia. Fue bonito lo que vivimos, pero marica, usted ya cansa.

Al otro lado de la puerta había silencio. Se escuchó una cremallera abrirse.

—No alcanzo a llegar al aeropuerto —dijo Felipe.

Como respuesta, un claxon llegó desde la calle.

—Ese es tu taxi, campeón —casi gritó Iker.

—Pero ¿qué?

Gael no se creía lo que estaba sucediendo. ¿Habían armado todo eso para hacerle feliz? ¿Para librarse de Felipe? Nadie jamás se había preocupado tanto por él.

—¡No alcanzo! El vuelo sale en dos horas, gonorrea —dijo Felipe desde el otro lado de la puerta, furioso.

—Sí, llegas de sobra. Tienes un minuto para recoger e irte. —Iker se había puesto aún más serio de lo habitual. Gael se fijó en que tenía los brazos contraídos, se le marcaban todos los músculos y las venas. ¿Estaba listo para pelear si era necesario?

Unas ruedas de maleta sonaron en el rellano.

—Hijueputas de españoles y de Gael culicagao...

La perorata de insultos continuó hasta que se escuchó el sonido de la puerta de abajo cerrarse. Aun así, los amigos esperaron unos segundos para soltar el aire que habían mantenido en los pulmones. Mauro fue corriendo hasta la ventana y comprobó que, resignado, Felipe metía las maletas en el taxi y se montaba. Al ver el coche desaparecer al final de la calle, sonrió.

Cuando Mauro se volvió para confirmarles que Felipe ya no estaba en sus vidas, la tensión desapareció de pronto y Gael fue a abrazar a sus amigos. Rompió a llorar.

—Parce, no sé qué siento... —confesó, entre los cuellos de Iker y Mauro. Ellos correspondieron al abrazo, también emocionados, tratando de transmitirle el máximo de fuerza y empatía posible.

—No pasa nada, es normal. Pero ya tienes un peso menos encima —le dijo Iker.

Al cabo de unos segundos, se separaron. Gael se limpiaba las lágrimas mientras trataba de sonreír de nuevo.

—¿Y cómo lo hicieron para el pasaje?

—Ni te preocupes por eso —le respondió Mauro con una reconfortante sonrisa.

—Pero son muy caros... —comenzó Gael.

—¡Eh, eh! Ninguna tontería, parsero, que lo hemos hecho sin pedir nada a cambio. Y por ti, aunque nosotros también estábamos hartos. —Iker se echó a reír y contagió su risa a los demás.

Gael no podía creer la suerte que tenía. Eran los mejores amigos que podría pedir.

Su familia.

96

Iker

Entrar aquel día a trabajar fue un infierno. Iker notó desde el primer momento los comentarios de sus compañeros. Pasó por entre las mesas como cada mañana mientras trataba de entender qué estaba pasando. El murmullo era general, constante, las miradas se le clavaban como cuchillos.

Se temió lo peor.

Y sus sospechas se confirmaron en cuanto...

—Iker —le dijo una voz. Alguien estaba dentro de su despacho, junto a su mesa. No pudo ver bien de quién se trataba hasta que entró y cerró la puerta tras él.

Era Leopoldo Gaitán. Su padre.

—¿Qué pasa? ¿Qué haces aquí?

Iker llevaba mucho tiempo sin verlo, tanto que le extrañó lo cambiado que estaba. Ahora tenía el pelo más largo, con una melena peinada hacia atrás típica de un hombre de su edad. Además, se había quitado la barba y llevaba un afeitado apurado que le marcaba la mandíbula regia que siempre le había caracterizado. Era un hombre grande, que no robusto, pues había pasado años entrenando en sus ratos libres. Le imponía demasiado.

—Siéntate, tenemos que hablar —le dijo Leopoldo en tono serio.

Iker le obedeció. No tenía sentido discutir o pelear. Dejó su maletín sobre la mesa y se sentó en la silla. Leopoldo mantuvo los brazos cruzados en posición amenazante.

—¿Qué cojones te ha pasado por la cabeza para follarte a un compañero de trabajo?

El mundo de Iker se vino encima.

Joder. Joder. Joder.

Su mente repetía una y otra vez todas las veces que le habían dejado claro que ser homosexual en el trabajo no iba a ser más que un hándicap, que pondría en peligro su carrera, que todo se iría al garete... Imágenes borrosas, los gritos de su padre. Todo fue una vorágine de sensaciones descontroladas.

—Esto es una empresa seria. No podemos tolerar ese tipo de comportamientos.

Iker estaba sin habla. Lo único que le quedaba era... defenderse.

—¿Quién te lo ha contado?

—Ah, o sea que no lo niegas. Eres un insolente. —Las palabras de Leopoldo hirieron a Iker, aunque el dolor era menor del que recordaba. Se había hecho más fuerte.

—¿La gente no tiene vida? Todos tenemos derecho a tener una vida privada.

—Pero eso no significa follarse a compañeros de trabajo.

Fue tajante. Su tono de voz y su expresión no dejaban lugar a dudas. No había vuelta atrás con lo que Leopoldo consideraba traición. Al otro lado, en la oficina, no se escuchaba ni una mosca. Estarían tratando de escuchar lo que ocurría dentro del despacho, como los buenos cotillas que eran todos.

—Fue después de irse —trató de explicar Iker—. Ya no trabajaba aquí. Y ni siquiera fue en la oficina, puedes estar tranquilo si es lo que te preocupa.

—Lo sé. Lo sé todo, Quique. —Iker odiaba que le llamara así, y él lo sabía—. Me lo contó Diego.

Hijo de puta. Lo voy a matar.

Descubrir eso le provocó una impotencia brutal. No entendía la necesidad de Diego de contarlo y, además, ¿cómo había conseguido comunicárselo directamente a su padre? ¿Al maldito dueño de la empresa? Ahí había gato encerrado, no le gustaba nada cómo estaba yendo aquella conversación.

—No tenía ninguna necesidad de hacerlo, además, no te conoce. ¿Cómo ha contactado contigo?

Leopoldo Gaitán hizo un deje con la mano, como dejando pasar la pregunta.

No, claro, para él eso no es importante.

—Quizá él sí sabe que somos una empresa seria y, como tal, debía hacérmelo saber. Él ya no formaba parte de la plantilla, por lo que está a salvo.

Se hizo el silencio. Si Iker había entendido bien...

—¿A salvo de qué? —preguntó, temiendo la respuesta.

—Del despido.

Boom.

A tomar por culo.

Iker negó con la cabeza. Nada de aquello tenía sentido.

—Él suplía una baja. No va a volver. Más que nada porque no es necesario ahora mismo.

—Eso es lo que tú te piensas —le respondió su padre, señalándole con un dedo acusador—. Demostró una gran entereza y compromiso con mi empresa y conmigo, Iker. Eso es algo que tú nunca has hecho por más que lo intentaras. Igual es momento de dejar de contar contigo, dejar de mantenerte, para que puedas tener una vida privada sin problemas, que parece que es lo único que te interesa en este momento. Y siempre, si me lo permites. Siempre antepusiste quién eras a lo que debías ser.

—¿Qué me estás queriendo decir?

La respuesta se hizo esperar. Leopoldo se atusó el traje, cuadró los hombros y le miró de manera condescendiente.

—Lo que escuchas, hijo. En esta vida si no comes, te comen.

Y con eso, se dio la vuelta y se marchó.

97

Andrés

Aquella misma noche Andrés había preparado la cena. Efrén iba a llegar tarde y la última vez que entró en casa pasadas las diez de la noche, discutieron porque Andrés no había hecho nada para cenar. No lo hizo de manera premeditada, simplemente quería esperarle a que llegara para decidir qué podían pedir por Glovo. Pero no pareció sentarle bien. Así que ahí estaba, haciendo unos macarrones con queso al horno que le iban a quedar deliciosos.

—Pero bueno, cariño, qué aplicado —le dijo Efrén.

Andrés pegó un brinco del susto.

—¿De dónde has salido?

—Quería darte una sorpresa. —La sonrisa de Efrén era, como siempre, perfecta.

Cuando Andrés se dio la vuelta, aún con el utensilio de cocina en la mano, se sorprendió por lo que Efrén sostenía en las suyas: un enorme ramo de flores.

—¿Y esto qué es? ¿Por qué?

—Simplemente es un regalo porque te quiero, bobo. —Efrén acompañó aquella frase con un beso en los labios a Andrés, que seguía pasmado.

—Jo, eres... —No encontró las palabras—. Muchísimas gracias.

Efrén parecía satisfecho.

—Lo dejo en el salón para que termines de cocinar tranquilo.

—Son solo cinco minutitos al horno para que...

Escuchó la puerta del baño cerrarse. Efrén tardaba aproximadamente siete minutos en ducharse, así que le daba tiempo a poner la mesa y dejar el gratinado al punto. Terminó de cocinar, llevó las cosas al salón, donde solían comer siempre mientras veían la televisión, y esperó a que Efrén apareciera por la puerta. Aquel día se estaba demorando más de lo habitual, pero finalmente salió.

No parecía tan feliz como hacía unos minutos.

—¿Pasa algo? —le preguntó Andrés preocupado.

Efrén no dijo nada y simplemente se sentó a su lado en el sofá, mirando la comida.

—Tiene buena pinta —dijo en un tono de voz seco.

—¿Qué pasa? —insistió de nuevo Andrés.

El reloj de pared hizo tic, tac, dejando claro el silencio que reinaba en aquella estancia. Andrés se volvió para buscar con la mirada los ojos de Efrén.

—Tengo que... preguntarte algo.

Andrés tragó saliva.

—Claro, dime.

—Lo he estado pensando y creo que podemos darle un cambio a nuestra vida. No es que no me guste ni esté feliz contigo, porque lo estoy, pero creo que esta ciudad me abruma. —Hizo una pausa durante la que Andrés no dijo nada. Quería escucharle—. Podríamos... irnos a otro lugar.

De pronto, el mundo de Andrés se hizo diminuto, como una canica sobre una enorme espiral, cayendo al vacío.

—¿A cuál? —Casi fue incapaz de hablar.

—He pensado en Barcelona. Bueno, cerca, Sitges. Mi jefe tiene ahí otra cafetería y creo que podría transferirme sin problemas. Está contento conmigo y me puede hacer el favor, no le importa.

—¿Ya lo has hablado? —preguntó Andrés. De pronto se sentía traicionado.

—Llevo un tiempo dándole vueltas, cariño. —Efrén se acercó y le puso la mano sobre el muslo, acariciándolo—. Creo que es lo mejor, esta ciudad es estresante. Mucha gente, mucho ruido, todo es frenético.

Andrés tragó saliva antes de continuar haciendo preguntas. Tenía decenas, cientos, miles de ellas.

—¿Y yo? ¿Dejo mi trabajo? No conozco a nadie allí...

Efrén se encogió de hombros.

—No sé qué decirte, Andrés. Yo creo que nos podría venir muy bien. A los dos.

—Yo estoy feliz con lo que tenemos ahora mismo, aquí, en tu casa —se defendió Andrés.

—Y yo, cariño, no pienses lo contrario —le dijo Efrén, cogiéndole de las manos—. Pero este ambiente me asfixia. Allí podremos estar más tranquilos. Además, si no conoces a nadie... Nada, déjalo.

Efrén le soltó las manos y se colocó de cara a la mesa de nuevo. Buscó el tenedor con la mano y se dispuso a comer.

—No, no, dime. Quiero saberlo. Es un cambio grande.

Estado de Andrés: asustado.

—Es que te vas a enfadar y...

—Efrén —le dijo Andrés con seriedad—. Dime todo lo que piensas. Una relación funciona solo así, si confiamos el uno en el otro.

—Vaaale. —Efrén dejó el tenedor y volvió a la postura anterior. Entrelazó sus manos con las de Andrés—. Madrid es una mierda. No como ciudad, no para mí, sino para ti. Aquí están esos... amigos tuyos. No me gusta hablar de ellos, pero ¿te hacen bien? Lo hemos comentado mil veces y creo que alejarnos es la mejor forma de que rompas con todo, de que te portes bien.

—¿Portarme bien? No he hecho nada para que dudes de mí.

—Lo sé, pero esa gente es así. No puedes fiarte de ellos, ni de sus borracheras y su estilo de vida. De verdad, sé de lo que hablo. Si nos alejamos, será mejor para la relación y de verdad que podríamos estar juntos, sin que nadie nos molestara. Además, me gusta mucho el mar.

Andrés se mordió el labio inferior, nervioso. Era demasiada información en muy poco tiempo y tenía que procesarla. La idea no le disgustaba, pero... ¿perder a Iker, Gael y Mauro? No conectaba con su estilo de vida, no le gustaba pensar ya en ellos como amigos, pero ahora, con la posibilidad ante él de perderlos para siempre de vista... La cosa era muy diferente. Sintió vértigo, como si tuviera una piedra atada a la cintura y lo lanzaran desde un puente.

Todo ese tiempo había mantenido la esperanza de que encontrarían la forma de volver a conectar. De que, en un futuro, Efrén fuera más laxo y le permitiera volver a salir con ellos. No a discotecas, claro, pero sí a tomar un café y ponerse al día. Por lo menos quería saber qué era de sus vidas.

Pero eso cambiaba sus planes por completo.

—Tengo que pensarlo, amor —dijo finalmente.

—Claro, no pasa nada. Solo era una idea.

Efrén se puso a comer y Andrés lo intentó, pero se le había quitado el hambre.

Esa noche Andrés no pudo dormir. A su cabeza no dejaban de acudir recuerdos de noches de fiesta, risas, comentar *Paquita Salas* o reírse de memes de Anabel Pantoja con sus amigos. Le vinieron recuerdos de la mudanza, de cuando ponía Taylor Swift a todo volumen e Iker contraatacaba con música electrónica. Era imposible que ninguno de esos recuerdos no le hiciera sonreír, al tiempo que sentía culpabilidad.

Miró hacia su derecha, donde estaba Efrén. Dormía ajeno al huracán de pensamientos en el que se encontraba atrapado su pareja, pero pensó que era mejor así. Él no debería saber que aún echaba de menos a sus amigos, de un modo u otro. Le había dejado claro en muchas ocasiones que no les tragaba, que no eran una buena influencia.

Y Efrén debía de tener razón, ¿no? Siempre la tenía. Era más experto que él, conocía mejor el mundo. Le había enseñado desde cómo hacer el amor a cómo cocinar, cambiar una bombilla y le había dado consejos sobre comprar cortinas. Sabía de todo, y todos los temas le parecían apasionantes. Así que sí, debía de tener razón de alguna forma.

Andrés no podía tomar una decisión. No aquella noche.

Se durmió pensando en la playa de Sitges, que había visto hacía unos días por la televisión. Era muy bonita. Se imaginó que paseaba por ella con Efrén de la mano, y terminó soñando que se casaban con la espuma del mar jugueteando con sus pies.

Y en esa boda estaban solo ellos dos. No había sitio para nadie más.

98

Mauro

Mauro estaba nervioso. Le temblaban las piernas e incluso notaba que le vibraba la punta de la nariz a causa de la velocidad de sus pulsaciones. Se encontraba frente a la casa de Héctor, temía llamar a la puerta.

¿Pasaría por fin?

—Oye, que te he escuchado subir —dijo Héctor desde el otro lado, la voz amortiguada por la puerta.

—¡AH! —gritó Mauro, que saltó hacia atrás, presa del susto.

Se escucharon ruidos mecánicos, picaportes y seguridades varias al abrirlas, y a los pocos segundos Héctor apareció entre la puerta y el marco.

—Pasa, no te quedes ahí —le dijo con una sonrisa.

Mauro entró con cuidado, como si el suelo fuera de cristal y él llevara tacones de aguja que amenazaran con resquebrajarlo.

—Mis compañeros de piso vuelven mañana, estamos solos —le dijo Héctor.

—¿Y eso? —Héctor se encogió de hombros—. ¿No te hablas con ellos?

—Sí, joder, pero van bastante a su bola y se han escapado a no sé qué cosas de un brunch electrónico extraño.

Si para Mauro el choque entre Madrid y su pueblo era grande, no quería ni imaginarse lo que suponía cada más mínimo detalle para Héctor, que venía de un lugar mucho más cerrado y absorbente.

—Bueno, te enseño la casa.

Le hizo el tour sin entrar en demasiados detalles y terminaron en su habitación. Tenía una cama doble, un pequeño escritorio, un burro con algo de ropa y una cómoda. Era pequeña, pero suficiente para él solo.

—¿Te gusta? —le preguntó Héctor, ilusionado. Mauro supuso que, como a él, le hacía ilusión tener su propio espacio. La sociedad iba en contra de los dos y sus experiencias vitales y a esas edades se entendía que ya deberían tener la vida resuelta, pero no era así.

—Me encanta —respondió Mauro, sintiendo también su emoción.

—Ven, mira. —Le hizo un gesto para que se acercara a la cama, donde se sentó—. Todavía tengo un montón de cosas en cajas aquí debajo. —Se agachó para coger una y sacarla—. Recuerdos, fotos...

Héctor empezó a enseñarle y comentarle por encima episodios pasados de su vida, pero Mauro no era idiota. Las conversaciones se habían caldeado un poco y ambos sabían que podían suceder cositas; era demasiado obvio que Héctor trataba de extender lo máximo que pudiera hasta que llegara ese momento. Y era normal, se le notaba también nervioso.

Siguieron charlando y poco a poco se fueron acomodando en el colchón. Al cabo de una buena hora estaban cerca, muy cerca, el uno del otro.

—¿Qué piensas? —le preguntó Héctor de pronto, en medio de un silencio.

—En ti.

Entonces Héctor se acercó más y más y comenzaron a besarse. Ya lo habían hecho en varias ocasiones, pero reencontrarse con sus labios, con su aliento y su saliva, le hizo a Mauro sentirse como en casa. Era una sensación extraña, y más sentirla tan pronto, pero Héctor tenía ese poder que le embargaba. Los besos fueron aumentando de intensidad, se dejaron llevar. Tanto, que Héctor terminó encima de Mauro, y él totalmente recostado en la cama.

Héctor se separó, pero mantuvo las manos sobre la cara y el cuello de Mauro.

—Me encanta besarte —le confesó.

Como respuesta, Mauro le buscó de nuevo. Ahora, se atrevió

a morderle un poco los labios, tirando de ellos hacia él. Pareció acertar, porque Héctor gimió entre beso y beso.

La entrepierna de Mauro comenzó a despertarse. Notaba algo duro apretado en su calzoncillo y le dio vergüenza que Héctor lo notara, pero se sentiría mejor si él se encontraba en la misma situación. Poco a poco, manteniendo boca con boca, recorrió con la mano toda la espalda de Héctor, el pecho... Hasta llegar a su entrepierna. Bingo. Estaba igual de duro que él.

—Uff —le susurró Héctor al oído.

Eso hizo que el pene de Mauro se moviera dentro del pantalón. De forma casi instintiva, como animal, Mauro comenzó a tocar el bulto de Héctor. Lo frotó y manoseó, disfrutando del morbo que le daba, dispuesto a dar los siguientes pasos.

Pero Héctor le pilló desprevenido. No sabía cómo, pero su mano había bajado hasta la cintura de Mauro, y los dedos de Héctor jugueteaban con su miembro. ¡Por debajo del calzoncillo! Le estaba tocando. Literalmente.

—Uff. —Ahora fue el turno de Mauro de decirlo. Notar el tacto de Héctor allí abajo le estaba volviendo loco.

Los besos se pausaron por parte de los dos, porque ahora tenían la mente puesta en otra cosa.

Pasara lo que pasase, era emocionante. Aquella sería la primera vez de los dos, tendrían sus experiencias juntos... Todo tenía un cariz diferente, como de película. Ambos con las mismas dudas, las mismas sensaciones, compartidas por primera vez entre ellos. No había mejor forma de hacerlo.

—Espera —le dijo Mauro a Héctor. Su mano se había hundido más en su calzoncillo y la goma le empezaba a apretar, así que como pudo, trató de desatarse el cordón del pantalón... Pero no pudo.

—Te ayudo, espera.

Héctor sacó la mano y trató de romper el lazo que unía los dos cordones, pero fue imposible.

—Se ha metido hasta dentro.

—Qué vergüenza —dijo en voz alta Mauro, lo que le hizo pasar aún más vergüenza. Notó que se ponía rojo.

—No pasa nada, ni que fuera tu culpa. —Héctor se encogió de hombros y continuó tratando de abrir el cierre del pantalón. Al cabo de unos segundos lo consiguió y, con la ayuda de Mauro, se lo quitó.

Después de eso se volvió a poner encima. El roce de piel con piel, ese nuevo tacto que estaban descubriendo, los volvió locos por igual. Los dos estaban en calzoncillos, uno encima del otro, sintiéndose y tocándose entre besos y primeras ilusiones.

Pero...

Pero Mauro no podía más.

De pronto una vorágine de pasión le subió por el pecho e introdujo la mano dentro del calzoncillo de Héctor. Notó la humedad, el vello, algo duro. Todo tenía un tacto nuevo, algo que descubrir. Quiso verlo por completo, y forzó un poco a que se bajaran los calzoncillos haciendo fuerza con la mano. Héctor movió las piernas para liberarse y, de pronto, su pene, duro, rozó la tripa de Mauro. Simplemente fue un momento, y por encima de la camiseta, pero fue suficiente como para notar cómo unas gotitas emanaban de su pene.

Entonces Mauro focalizó su visión en el miembro de Héctor. Era la primera vez que lo veía, pero no la primera vez que veía uno. Sin embargo, aquel era especial. Tenía la punta un poco más grande que la cabeza, pero no demasiado, y se le transparentaban las venas en tonos azulados y morados. La piel parecía demasiado apretada, como si el interior quisiera escapar. Héctor no estaba depilado, al igual que él, así que se sintió incluso más cómodo.

—¿Puedo? —le preguntó a Héctor, que aún seguía sobre él.

—¿El qué?

Pese a no entender qué le pedía, Héctor se dejó caer hacia un lado de la cama. Fue el turno de Mauro de darle besos, aunque esta vez la boca pasó a un segundo plano. Le besó el cuello, manoseó su cuerpo y fue bajando poco a poco y de manera instintiva hasta que se encontró el miembro de Héctor muy cerca de su cara. Desde ahí podía verlo mejor y el olor...

Agarró el pene con una mano y se llevó la punta a la boca. Héctor cerró los ojos y gimió de placer. Era su primera vez. La de los dos.

Mauro se sorprendió de sí mismo, porque parecía que lo hubiera hecho cientos de veces. Poco a poco fue introduciéndose más el pene, bajando y subiendo la piel según le permitía la saliva. Héctor no dejaba de gemir y decir cosas, pero Mauro estaba concentrado en lo que hacía.

—¿Te gusta? —preguntó en un momento dado.

Héctor le miró y le dijo:

—Claro que sí —con una sonrisa de oreja a oreja.

Así que Mauro siguió un buen rato. Le gustaba, le gustaba mucho. Entonces Héctor le hizo que parara.

—¿Qué pasa?

—Me toca a mí —le dijo.

Dios. Diosss.

Mauro se puso supermegaultranervioso. Empezó a temblar.

—No pasa nada. Tú lo has hecho increíble, ahora entiendo que a la gente le guste tanto —dijo Héctor entre risas.

El comentario relajó la tensión de Mauro, pero no evitó que su pene no se mantuviera duro. Para recuperar fuerzas buscó los labios de Héctor. Volvieron a besarse durante unos minutos, y todo volvió a ser normal.

Héctor hizo el mismo recorrido que le había hecho Mauro: besos en el cuello, tocar el cuerpo, llegar hasta abajo.

El pene de Mauro aún seguía encerrado en su calzoncillo, que ya estaba un poco mojado debido al líquido preseminal. Héctor se lo quitó y el primer instinto de Mauro fue taparse.

—No seas tonto —le dijo. La mirada de Héctor era ¿de dolor? Como si le doliera que Mauro tuviera esa actitud.

—Es que no sé.

—Relájate. También es mi primera vez. Y mira cómo me pones, idiota —le dijo, señalando su pene, que apuntaba directamente al techo, duro como una piedra.

Mauro separó entonces las manos de su entrepierna y... Héctor se llevó su miembro a la boca. Sintió un placer infinito, no podría describirlo. Creía que iba a entrar en shock cuando Héctor se introdujo más de la mitad en su boca, ¡demasiadas terminaciones nerviosas a la vez! Se agarró a las sábanas mientras respiraba entrecortadamente.

—¿Y yo lo hago bien? —le preguntó Héctor, desde allí abajo.

Era como si estuviera lejísimos, y a la vez tan cerca. Mauro no tenía fuerzas para hablar en voz alta, así que le respondió asintiendo con la cabeza.

Héctor siguió mientras Mauro no podía contener más los gemidos, el apretar las sábanas, el morderse el labio. Ahora entendía tantas cosas. Si aquello era el placer carnal, el sexo, todo en su cabeza cobraba sentido. Era la última pieza que necesitaba para entenderlo.

Un torrente de sensaciones empezó a cruzarle por todo el cuerpo hasta culminar en la punta de su miembro, donde Héctor permanecía jugueteando con su lengua.

—Uff —dijo en voz alta Mauro—. Creo que... creo que me voy a correr.

Entonces Héctor paró.

—¿Qué hacemos?

Se miraron durante unos segundos sin saber qué responder. Luego rompieron aquel momento riéndose a carcajadas: no tenían ni idea, y eso era lo bonito.

—¿Quieres terminar tú antes? —le preguntó Mauro. Héctor se encogió de hombros.

—Puede ser a la vez.

Mauro asintió con la cabeza y Héctor se colocó a su lado; entrelazó su pierna derecha con la izquierda. Vio cómo llevaba la mano a su pene y le indicaba con la mirada que Mauro hiciera lo propio con el suyo.

Así que ahí estaban, piernas y brazos entrelazados, intentando llegar al orgasmo mientras se masturbaban el uno al otro.

El éxtasis fue una explosión para ambos. Literalmente. Gritaron y gimieron sin dejar de masturbarse. Mauro notó el semen de Héctor caer sobre su mano, pringoso, caliente, maloliente, pero ¡lo había hecho él! ¡Él era la causa de que un chico se corriera! No pudo pensarlo demasiado porque ver a Héctor contraerse de placer mientras le clavaba la mirada fue lo que su cuerpo necesitó para descargarse. Vio las estrellas y las galaxias. Le vino a la mente la sensación que tenía cuando se masturbaba, pero aquello era como cien veces más.

Al cabo de unos segundos, dejó de temblar y comenzó a recuperar la respiración, poco a poco.

—Estás rojo —le dijo Héctor, con una sonrisa de medio lado.

Mauro le miró y le devolvió la sonrisa. Se sentía la persona con más suerte de todo el universo.

Iker.

El nombre le vino a la cabeza como si fuera el susurro de un fantasma. ¿Qué pasaba ahora con él? ¿Por qué le dolía el pecho? Era como si le hubiera... fallado.

Agitó la cabeza contra el viento de la calle para quitarse esa idea absurda de la cabeza. Era una tontería como una casa. Había disfrutado con Héctor, estaba ilusionado, por fin construía algo con un chico. Si Héctor le propusiera ser algo más, Mauro no tenía ninguna duda de su respuesta.

Sí rotundo.

De pronto el cielo parecía tener más colores. Lo a gusto que se había quedado después de... después de aquello no tenía nombre. Era como si todo el estrés y la tensión que llevaba semanas acumulando hubieran desaparecido por la punta de su glande.

Todo estaba fluyendo, quizá demasiado rápido, pero en ningún momento le pareció que se estuviera equivocando. Por fin había encontrado a alguien junto a quien caminar, a la par, con la misma vergüenza e inocencia que Mauro sentía en su interior.

Contempló Madrid con los ojos entrecerrados: estaba oscureciendo. Se dio cuenta de que no había cambiado nada desde que había llegado ahí, pero él había dado pasos de gigante.

Y ahora, con Héctor a su lado, era el momento de escribir su propia historia.

99

Gael

Después de que Felipe volviera a desaparecer de su vida, Gael tenía que mover ficha respecto a su estancia en Madrid. En aquel momento se dirigía a casa de un cliente, con quien había quedado para algo rápido y sencillo. No podía dejar de pensar en que no le quedaba demasiado tiempo hasta que la burocracia comenzara a llamar a su puerta, porque desde luego que quería quedarse un tiempo más en Madrid. Chasqueó la lengua al pensar en las leyes españolas, arcaicas y sin ningún tipo de sentido. ¿En serio después de tres años podían echarle para atrás los papeles? Eso decía en Google. Por ir tan pegado a la pantalla, se chocó contra el hombro de alguien, a quien pidió disculpas. Tenía la cabeza aturullada de conceptos y leyes que no llegaba a comprender.

Así que hizo otra búsqueda rápida y...

—Despacho de abogados De Benito, ¿dígame?

—Sí, buenas. Me gustaría obtener información para conseguir regularizar mi situación en España. Soy colombiano.

—Deme un segundo, le paso con nuestra abogada especializada en el tema.

Le pusieron en espera. Deseó que fuera una llamada rápida, una primera toma de contacto. Tenía solo cinco minutos hasta que llegara a la casa de su cliente.

—Buenos días, ¿en qué puedo ayudarle? —le preguntó una voz

dulce y delicada. Tenía un deje latino, ya casi neutralizado, pero parecía colombiana por el acento.

—Hola. Mire, voy a cumplir tres años en España y he estado viendo en internet lo que tengo que hacer, pero no me queda claro.

—¿Cuándo llegó?

—Hará dos años y medio, creo.

—Vale, eso tenemos que mirarlo bien. ¿Y ahora de qué vive? ¿Trabaja, estudia...?

—Trabajo.

—¿Contrato?

—No puedo tenerlo, ¿cierto?

Hubo una pausa al otro lado de la línea.

—No, no puede. Pero... ¿trabaja? De lo que sea. Es decir, ¿tiene ingresos?

—Sí, tengo —le respondió Gael. ¿Tendría que decir en algún momento de dónde lo sacaba? Sabía que en España era ilegal.

—De acuerdo, ¿y tiene casa a su nombre o familia?

—Vivo con mis amigos en un piso compartido.

—Está bien. Pero no tiene familia entonces por acá, ¿no?

—No...

La abogada soltó un sonoro suspiro.

—Bueno, vamos a ver qué podemos hacer. Hay tres opciones: asilo político o de refugio, aunque ya se ha pasado el tiempo para pedirlo, así que lo descartamos. Otra opción es pedir arraigo. Podríamos probar con sus compañeros, pero no es nada seguro. Y por último, estaría el matrimonio con un ciudadano europeo, idealmente una persona con nacionalidad española. ¿Tiene pareja?

Gael tuvo que detenerse durante un segundo. Se hizo a una esquina y se metió en un portal para sujetarse contra la pared.

—No tengo pareja.

Ante aquello, la abogada chasqueó la lengua.

—¿Cuándo podría pasarse por mi despacho? Estamos en Villaverde.

—Puedo acercarme, sí, pero en unas semanas se terminan mis tres años acá. Me corre prisa.

—Vale, mire, creo que ahora mismo la mejor opción sería el enlace matrimonial. Es la opción más rápida. Sin familia aquí es complicado. De todas formas, venga cuando pueda, porque es también un proceso largo y si no tiene pareja va a ser complicado... Estudian bastante este tipo de casamientos.

—Entiendo.

—Si puede pasarse durante esta semana cualquier mañana, me avisa a este mismo número y vemos en persona todas las opciones. Ahora le remito toda la información que debería traer y la tarifa de la consulta, así como de la gestión de los papeles. Dependiendo de a lo que opte, rondarán los trescientos euros.

Gael tragó saliva. Pensaba que sería más barato.

—De acuerdo, hablamos pues.

La conversación terminó ahí. Gael consultó la hora en el teléfono móvil y vio que iba tarde, así que salió de aquel portal y, como alma que lleva el diablo, aceleró el ritmo para llegar a tiempo a su cita.

En su mente no dejaba de verse ¿en un altar? Su subconsciente le estaba jugando una mala pasada. Quería ir mañana mismo a ver a la abogada, terminar el proceso cuanto antes, encontrar un buen trabajo fijo y mantenerse sin recurrir a lo que se veía obligado a hacer.

Pero la opción del matrimonio nunca le había parecido tal. Se había informado y sí era una posibilidad que rondaba por su cabeza, pero ver que ahora sería probablemente la única manera de hacerlo bien... No, no. Le había cambiado por completo sus planes. Se sentía nervioso o, más que nervioso, agitado.

Con todo, llegó a tiempo a casa de su cliente. Llamó al timbre, le abrió y se perdió en su trabajo para no pensar más en el tema. Al menos, durante un rato.

Dos horas, un polvo y dos mamadas después, Gael salía del piso sin querer volver a recordar lo que rondaba su mente antes de entrar ahí. Pero su subconsciente parecía haber implantado una idea, anclada ya, que no le dejaría dormir.

Casarse.

Sabía que no podría ir con un desconocido a firmar unos papeles que les unieran en matrimonio. Como hacían preguntas y exámenes exhaustivos, no era posible. Tendría que ser con alguien que le conociera lo suficiente, que estuviera dispuesto a ayudarle en ese sentido. No era más que un mero trámite.

Solo había dos personas con las que podría hacerlo.

Y aunque tenía que hablar con la abogada en persona, sentía que en aquel momento no barajaba muchas más opciones.

100

Andrés

- Resto de cremas skincare routine
- Vinilos de Taylor Swift
- Los libros de la estantería de encima del escritorio
- Zapatos y botas del armario
- Cuadernos con mis historias

Andrés revisó la lista y se llevó el bolígrafo a la comisura de los labios. ¿Qué se le olvidaba? Quería hacer un solo viaje a su antiguo piso para recoger todo lo que le faltaba, y quería ser rápido y eficaz, sin enfrentarse demasiado a ninguno de sus excompañeros. No era el momento.

De fondo sonaba uno de los primeros álbumes de Lana Del Rey, y Andrés contempló la escena con una mezcla de felicidad y nostalgia reflejada en su cara. El salón estaba repleto de cajas de cartón. Algunas estaban abiertas, otras cerradas. Faltaban cosas por guardar, pero la mudanza estaba casi completada.

Se mudaba a Sitges con el amor de su vida.

Le había comunicado la decisión a Efrén la noche anterior, después de meditarla con calma. La reacción fue la esperada: Efrén soltó alguna lagrimilla, se abrazaron e hicieron el amor durante horas. Se quedaron dormidos, abrazados el uno al otro, y Andrés supo que había hecho lo correcto. Si Efrén estaba feliz, él también lo sería.

Retomó la lista, esforzándose en pensar qué más necesitaba. No se iba a llevar ninguno de los muebles, porque casi toda su habitación la habían decorado y amueblado los dueños del piso. Suyo era tan solo el escritorio, que no era el mejor del mundo, sino el más barato que había encontrado en Ikea, y el flexo lo había comprado en un outlet de decoración. Vamos, que no perdía demasiado.

Le dio vueltas a lo que Efrén le había pedido antes de marcharse, lo cual, por cierto, harían en apenas unos días. La mudanza iba contra reloj, porque el bar donde iba a trabajar Efrén llevaba cerrado un tiempo y tenía que estar allí antes de la reapertura para prepararlo todo. Iba a ser el encargado de uno de los establecimientos top más exitosos del verano en Sitges.

Andrés se sacó el teléfono móvil del bolsillo y miró los chats por encima. Lo que Efrén quería que hiciera iba a ser complicado: dejar atrás todo. No solo se refería a romper con Madrid en el sentido físico, sino que no quería que sus amigos tuvieran la oportunidad de... seguir formando parte de su vida.

—Creo que deberías deshacerte de ellos. En plan, bloquearlos. Que no te puedan rayar de más, porque siendo como son, van a querer que te quedes o que vuelvas. Y tampoco vamos a estar así. Las decisiones se toman y no hay arrepentimientos posibles, porque por eso se meditan.

—Ya, pero son mis amigos.

—¿Cuánto llevan sin hablar contigo? ¿Sin mandarte mensajes?

Andrés se mordió los carrillos. Era cierto que él no estaba haciendo nada por acercarse de nuevo a ellos, tal y como le había prometido a Efrén, pero que ellos no le escribieran... ¿Le echaban de menos? Estaba claro que no.

Sin embargo, bloquearles era como decir: estamos enfadados, no quiero saber nada de vosotros. Y Andrés sentía que era como poner barreras o cerrar puertas a algo que podría recuperarse en un futuro, cuando cambiaran su estilo de vida y fueran más sanos consigo mismos. Se preguntó si Mauro ya estaría tan contaminado como Iker o Gael...

Pasaban los minutos, canción tras canción de Lana Del Rey. Ahora sonaba el álbum *Honeymoon*, y Andrés no separaba la mirada de sus chats de WhatsApp.

¿Les bloquearía? ¿Cerraría la puerta para siempre?

Tenía que empezar una nueva vida. Por su relación. Por Efrén.

Su dedo actuó solo. Tenía en la mente una imagen que se repetía desde hacía días: puestas de sol, la playa, quitarle la arena de la tripa a Efrén entre risas... En su mente se reproducía una película ficticia. Su propia película, su propia comedia romántica llena de esperanza.

No tardó más de un minuto en salirse de los grupos en común y bloquear a cada uno de sus amigos. Llamadas, mensajería, redes sociales.

Empezaba una nueva vida.

Ya no había vuelta atrás.

101

Iker

¿Era ese su momento de inflexión? Iker no quería admitirlo, pero los últimos días no habían sido excelentes. Y no lo habían sido por una sencilla razón: su vocecita interior. Le llevaba susurrando cosas desde lo sucedido con Diego y, aunque había tratado de ignorarla, no lo había logrado. Con los días había ido creciendo hasta convertirse en un rugido que le golpeaba por todo el cuerpo.

Jugar con hombres había sido algo que le entretenía. Y ahora sí podía usar aquella palabra. Jugar. Nunca le había gustado referirse a lo que hacía de aquella manera, pero ya no le quedaba otra. Estaba más claro que el agua. Su ego no podía anteponerse a la evidencia, sus ganas de gustar no podían pasar por encima de las personas. Eso es lo que Diego había hecho con él, y no le había sentado nada bien.

Lo sintió por todos y cada uno de ellos: Jaume, Yohannes, Enrique, ¿Víctor?... Ni siquiera se acordaba del nombre de todos, pero la intención era lo que contaba.

No iba a dejar de acostarse con chicos, o de buscar desesperadamente sentirse poderoso a través del sexo, pero no lo haría como si fuera esa su razón de vivir. Aquello no podía seguir así, porque lo había vivido en sus propias carnes y no era plato de buen gusto.

Y quizá...

No, no quería pensarlo.

Pero tampoco podía negarlo.

Mauro.

Mauro le había hecho cambiar su visión de la vida, de decenas de cosas que pensaba que tenía claras y que ahora no lo estaban tanto. Había llegado sin saber nada de la vida moderna, y aquello le recordaba a Iker cuando tan solo era un chaval. Demasiadas cosas se habían activado desde que lo había visto y, ahora, meses después, seguían ahí, en su cabeza.

Sin embargo, eran distintas.

Parte de su cambio era por y para Mauro. Lo sabía. En el fondo lo sabía. Su protección también se tenía que ver sí o sí reflejada de alguna forma en sus actos. Para protegerle, tenía que mostrarle un mundo sano, no tóxico, de entendimiento, coraje y amor propio. ¿Era Iker el mejor ejemplo para eso? Sabía perfectamente que no, de ahí su continuo conflicto.

Aun así, y aunque no dejaba de ser verdad, aquello no era más que una burda excusa para tapar otros sentimientos que habían nacido dentro de él y no sabía identificar. No era difícil darse cuenta de que no todo era por y para la protección de Mauro.

Necesitaba hablar con él claramente, ponerle las cartas sobre la mesa.

¿Qué es lo que estaba pasando realmente en el corazón de Iker? Estaba tan confuso...

102

Mauro

Semanas después de conocerse, Héctor y Mauro habían conectado más de lo esperado. Se sentían felices juntos, habían experimentado y lo más importante para Mauro: ya no era virgen.

No lo había anunciado a bombo y platillo como pensaba que haría.

No le había cambiado la voz ni había perdido veinte kilos.

No le había pasado nada de lo que pensaba que iba a pasar.

Su primera vez con penetración había sido desastrosa, pero entre risas, superaron ese bache. Volvieron a intentarlo y a intentarlo otra vez. Había perdido la cuenta de todas las cosas que había estado probando las últimas semanas con Héctor. Gael tenía razón. Maldito. Tendría que haberle escuchado antes. No era tan importante esa primera experiencia, sino el liberarse de la carga para poder disfrutar de todas las demás veces.

El mundo continuaba su curso y él se sentía bien, empoderado por continuar explorando cada día más en el sexo.

—¿Qué tal? —le había preguntado Héctor cuando terminaron de practicar sexo por primera vez.

—Supongo que bien —respondió Mauro, pensativo.

—¿Supones?

—Creo que necesitamos más práctica —le dijo Mauro riendo.

La respuesta de Héctor había sido soltar una carcajada y darle besos a Mauro. Después de esa primera vez, hubo una segunda y una tercera, y ahora era una práctica habitual cada vez que se veían. Mauro se había dado cuenta de que todas eran realmente la primera, porque cada vez era diferente y, por muy pequeño que fuera el detalle, siempre iba a ser especial.

Y con esa mentalidad, en ese momento se encontraba tumbado en su cama con Héctor apoyado sobre su pecho. Estaban los dos desnudos, aunque Mauro se tapaba casi todo el cuerpo con la sábana. Había confianza con su chico, pero no consigo mismo.

—Me dormiría aquí siete años —dijo Héctor.

—Hazlo.

Mauro suspiró. ¿Eso era lo que se sentía cuando estabas enamorado? Nunca lo había experimentado, pero algo le recorría las venas, como si, en vez de sangre, fueran mariposas.

De pronto su calma se vio afectada cuando alguien llamó a la puerta. Los dos se tensaron automáticamente. Esperaban que, fuera quien fuera, no entrara sin más.

—¿Sí? —preguntó Mauro después de carraspear.

—Mauro, me gustaría hablar contigo de...

—Estoy ocupado, ahora te aviso —cortó Mauro.

¿Iker quería hablar con él? Llevaban días y días sin apenas cruzar palabra, parecía absorto en sus propios pensamientos y Mauro también estaba absorto en los suyos con Héctor. Hacían planes cada día y...

—Es urgente —insistió Iker.

Antes de que Mauro pudiera responder, la manilla se giró e Iker abrió la puerta. Sus ojos parecían a punto de salirse de las órbitas de tan abiertos que estaban. La mirada fue del pecho desnudo de Mauro a Héctor sobre él, que también había abierto los ojos.

—¿Qué mierdas? Perdón, perdón... —se disculpó Iker, y cerró la puerta de golpe.

Entonces, Héctor se levantó azorado.

—Muy poca intimidad en este piso.

Parecía más una crítica que un comentario jocoso, como solía ser él.

—No ha visto nada —le dijo Mauro para intentar de calmarlo.

—Ya, pero siento que estoy en casa de mis padres. ¿Qué mosca le ha picado si le has dicho que no entrara?

Mauro no entendía por qué Héctor hablaba así, ni por qué le miraba con esa cara. Parecía bastante molesto y era una actitud nueva que Mauro no sabía gestionar.

—Bueno, sería importante de verdad... —trató de excusar a Iker.

—No pasa nada, o sea, es tu amigo, pero a veces parece, no sé...

Héctor no terminó la frase. Se dispuso a levantarse, pero Mauro le agarró del brazo para que no se marchara de la cama.

—¿Qué parece?

En ese momento, la cabeza de Mauro no era consciente de lo que podía salir de la boca de Héctor. ¿Pero quería serlo?

—Es demasiado protector contigo, incluso celoso.

Mauro no dijo absolutamente nada.

Porque no sabía qué decir.

—Parece otra cosa, Mauro —le dijo Héctor—. Pero no soy nadie para juzgar cómo llevas tu amistad con él.

El mundo de Mauro daba vueltas.

—¿Qué me estás queriendo decir?

De nuevo, Héctor esquivó la pregunta y se levantó de la cama. En esa ocasión, Mauro le dejó hacer. Vio cómo su chico se vestía con la ropa que estaba desperdigada por la habitación, sobre el suelo, sobre el escritorio.

—Mejor me voy, lo siento, solo hay que verte —le dijo finalmente Héctor, cuando estaba ya casi vestido. Solo le quedaban los zapatos.

—¿Perdón?

No me jodas. No me jodas.

El temor de Mauro sobre su cuerpo no se había marchado. Temía un comentario como el de Javi, o incluso peor.

—Mírate, Mauro —aclaró Héctor—. Se te nota tenso, sabes que quieres ir a hablar con él.

—Claro, es mi amigo. Algo grave tendrá que estar pasando para...

—Venga, que Iker no es tonto. Se le ve muy espabilado, lo suficiente como para saber que nos estamos viendo.

Mauro se quedó en silencio ante la inquisitiva mirada de Héctor.

—La verdad es que no hemos hablado demasiado últimamente —le confesó Mauro.

—¿No sabe que existo?

El dolor en los ojos de Héctor fue evidente. Terminó de calzarse y se irguió, dispuesto a marcharse.

—Perdón. —Fue lo único que pudo musitar Mauro.

Con aquello, Héctor pareció haber tenido suficiente. Se despidió con la cabeza y esbozó una sonrisa falsa.

Mauro no hizo ningún ademán de decirle que se quedara. Estaba tumbado en la cama, contemplando la escena, porque se sentía bloqueado. ¿Héctor estaba viviendo un ataque de celos por esa tontería? Si Iker siempre lo hacía.

Entonces la cabeza de Mauro sí comenzó a ser consciente.

Pues claro que lo hace, idiota.

Pero no podía ser. ¿No?

Apenas se dio cuenta de que Héctor se había marchado sin despedirse, solo cuando escuchó la puerta del piso cerrarse con fuerza. Mauro se levantó de la cama y se vistió como un autómata. Hacía cosas sin saber por qué.

Y de pronto estaba frente a la puerta de la habitación de Iker.

Llamó con los nudillos.

Esperó unos segundos.

Escuchó pasos al otro lado.

El pomo se giró.

—¿Sí? —Iker parecía enfadado. Ni siquiera había abierto totalmente la puerta; solo podía verle un ojo, la nariz y media boca.

—Perdón, ¿qué pasa?

Iker chasqueó la lengua. Comenzó a negar lentamente con la cabeza.

—No te preocupes, Mauro. Sé feliz con quien sea que estés conociendo. Debería haberme dado cuenta de que estabas a tu rollo, y yo tampoco he estado ahí para ti. Así que... Bueno, pues eso. Sé feliz, Maurito.

En su tono había tristeza y mal humor, molestia, enfado, cólera y rabia. Pero eran tantas emociones que se presentaron en una sola, una emoción que Mauro no podía entender por más que tratara de comprenderlo.

¿Se había rendido sin intentarlo?

Y la puerta se cerró delante de él.

103

Un mes

Habían pasado treinta días desde la marcha de Andrés. Nada era como antes en aquella casa. Ni Gael ni Iker ni Mauro se atrevían a buscar otro compañero de piso: se negaban a pensar que Andrés había abandonado sus vidas para siempre.

Mauro revisó los mensajes que le había ido enviando las últimas semanas antes de su partida. Andrés ni siquiera había abierto su chat. Cerró la aplicación chasqueando la lengua. De nuevo, sentía el vacío que había dejado su marcha.

—¿Qué tal? —Gael acababa de entrar por la puerta de casa. El tiempo ya era más primaveral, por lo que llevaba una camiseta de manga corta que dejaba ver todos sus tatuajes—. Aún nada, ¿verdad?

La respuesta de Mauro fue negar de nuevo con la cabeza.

—Ya sabremos algo de él —dijo el colombiano para calmar a su amigo.

—Es que me parece todo demasiado surrealista.

La desaparición de Andrés había dejado una dinámica extraña entre los amigos, pero Iker estaba determinado a cambiar aquello.

Esa misma noche cenaron juntos en el salón viendo un episodio de *RuPaul's Drag Race*, como siempre hacían cuando estaban tristes. Comían pizza y bebían Coca-Cola mientras reían. Iker y Mauro estaban sentados en extremos diferentes. Nada había vuelto a ser lo mismo entre ellos dos desde hacía un mes y, con la tensión reinante, Gael había decidido ponerse en el centro. Una vez que terminó el episodio, Iker se aclaró la garganta.

—Chicos —comenzó—. He pensado una cosa.

Mauro le miró, esperando.

—No podemos permitir que Efrén se haya llevado a Andrés. Creo que todos sabemos lo que pasaba en esa relación en realidad. Y lo que sigue pasando. Se ha ido para no volver, pero no creo que Andrés quisiera eso de verdad.

—Efrén es un tóxico —corroboró Mauro.

—Después de todo lo que hemos pasado los cuatro... Creo que debemos hacer algo por él. Andrés no ha sido el mismo desde que conoció a Efrén y no sé vosotros, pero yo siento que tengo que actuar.

Dejó que aquello calara en sus amigos. Gael estaba de brazos cruzados, mirando a la nada, mientras que Mauro se mordía los carrillos, nervioso. No sabía por dónde iba a tirar Iker.

—Tenemos que ir a por él. Tengo la maleta preparada y me he pillado un coche de alquiler, que está en la puerta. Este fin de semana es puente y he conseguido unos días libres en el trabajo —mintió para que nadie supiera aún la verdad—. Efrén ha sido tan estúpido de subir varias fotos con ubicación, así que sé dónde están. Me voy a Sitges a buscarle. ¿Os venís?

Mauro abrió la boca sin saber qué decir, pero no tenía ninguna duda.

—¿Y por qué no salimos ya? —dijo Gael, como leyendo su mente—. Una maleta rápida y nos vamos.

—¿Mauro? —Iker alzó una ceja tras lanzar esa pregunta.

Rocío estaba en el mostrador de la librería. Aquel día, no había nadie más. Se acercaba el puente y sus compañeros tenían el día libre, porque ella ya había disfrutado de otras vacaciones. No se había pasado ningún cliente en toda la tarde y en media hora echaría el cierre.

La calma se rompió cuando por la puerta apareció una chica con una maleta enorme. Lo primero en lo que se fijó fue en su enorme pecho. Pese a llevar una camiseta sin demasiada forma, se le ceñía la tela de tal manera que parecía que iba a explotar. Luego miró sus ojos, eran marrones. El pelo, largo, liso, con reflejos dorados. Tenía alguna que otra peca y una pequeña cicatriz en la barbilla.

Era preciosa.

Rocío tragó saliva. ¿Debía atenderla? Estaba nerviosa. Tenía claro que se había enamorado a primera vista.

La chica se acercó después de echar un vistazo rápido por la tienda.

—Hola —le dijo ella, con una sonrisa.

—B-buenas —trató de responder Rocío. Dirigió su mirada hacia la maleta. Estaba claro que acababa de llegar desde muy lejos.

—Estoy buscando a alguien, pensaba que estaría aquí.

Rocío frunció el ceño.

—Hoy estoy yo sola. ¿Te refieres a mis compañeros? —La chica asintió con la cabeza—. Pues no sé qué decirte...

La chica se encogió de hombros y se echó el pelo hacia atrás. Se hizo una coleta en tiempo récord, lo que dejó su cara al descubierto.

Joder. Joder. Me he enamorado.

—Pensaba que Mauro estaría aquí. Porque trabaja aquí, ¿verdad?

—Sí. ¿De qué le conoces?

La chica sonrió y dijo:

—Soy Blanca.

—Rocío —se apresuró a decir ella.

Se quedaron analizándose, cruzando miradas. Rocío no podía estar loca: aquello no era normal. ¿O se lo estaba imaginando? Además, le sonaba el nombre de Blanca...

—Bueno, no pasa nada. Lo único es que pensaba quedarme en su casa, pero no me responde el teléfono desde hace un rato.

—Está de puente.

—Ah, claro. Es que vine de sorpresa.

—¿Cuánto tiempo te vas a quedar?

Blanca se encogió de hombros.

—Traigo bastante ropa. Lo que Madrid me deje quedarme. —La sonrisa en su cara iluminaba todas sus facciones, incluidos esos ojos enormes que parecían brillar ya de por sí.

—Mira, yo cierro en un rato. Puedes esperar aquí conmigo si quieres, no me importa, y vemos qué hacer.

La recién llegada no dijo nada, sino que se sentó encima de la maleta y se puso a mirar los objetos detrás del mostrador para distraerse. Rocío no sabía qué hacer. No tenía ninguna duda de que se había enamorado a primera vista.

Blanca, Blanca...

Hostia. ¿Era la amiga del pueblo de Mauro?

Si era así, ¿por qué nunca había visto una foto suya? Le habría pagado siete billetes de bus para recorrerse La Mancha y conocerla.

—Oye —le dijo Blanca de pronto—, si quieres me sacas una foto.

Rocío se dio cuenta de que la estaba mirando. Demasiado.

—Perdón, perdón.

Blanca se rio con una carcajada, era como el cantar de un ángel. Hasta eso lo tenía bonito.

—No te preocupes, tú también eres muy guapa.

Bombazo. Rocío sintió que le temblaban las piernas. ¿Acaso era...?

—De hecho, mientras contesta Mauro, podríamos darnos un paseo y me enseñas Madrid.

—Pero llevas ese maletón...

—No importa si me acompañas tú —le dijo Blanca, restándole importancia.

Rocío no tardó, después de eso, en cerrar caja y bajar las persianas de la librería. Blanca la esperaba fuera, apoyada en la pared.

—Vamos por aquí —le indicó Rocío, señalando el final de la calle.

El traqueteo de las ruedas de la maleta comenzó a reverberar en las paredes de los edificios. Escuchaban sus pasos. No había demasiada gente pese a ser la hora ideal para salir a cenar. Rocío sacó lo necesario para liarse un cigarro, sin saber de qué hablar o qué hacer.

—Me encanta Madrid —dijo entonces Blanca. Pasaron unos segundos y añadió—: Llevo un par de horas y ya me he enamorado.

Le guiñó un ojo a Rocío y, entonces, esta entendió a lo que se refería. Algo se le removió en el estómago y le devolvió la sonrisa. Y así, comenzó una noche para el recuerdo.

Mauro no tenía demasiado que pensar. Se imaginó a Andrés solo en las cercanías de Barcelona, sin acceso a su teléfono móvil, obligado a hacer cosas que no quería... Con el tiempo las piezas habían encajado y en las teorías locas de su cabeza, su amigo tenía una relación tóxica de manual. No es que fuera experto, pero cuando lo comentó con Iker y Gael se hizo más que evidente.

No, no podía imaginarse a su amigo en esa situación, y más sabiendo lo que estaba viviendo sin hacer nada por remediarlo.

Era su amigo.

—Dadme veinte minutos —respondió, levantándose del sofá.

—¡Vamos!

La sonrisa de Iker le ocupaba toda la cara.

Mauro hizo una maleta rápida. Vio que la pantalla de su móvil estaba encendida. Lo tenía cargando sobre la cama. Desconectó el cable, buscó sus auriculares y lo metió todo como pudo en una pequeña mochila. No se fijó en que tenía decenas de notificaciones de Blanca; su mente en aquel momento estaba a doscientas revoluciones por hora.

Cuando llegó al salón con todo preparado, Gael e Iker le miraron, visiblemente nerviosos.

—Ya estoy —anunció Mauro.

A todos les embargaba la emoción. Dejando de lado que Iker y Mauro no estaban en su mejor momento, que Gael no podía dormir pensando en que quizá le arrebatarían todo si no buscaba un buen remedio pronto... Todo daba igual en aquel momento, porque iban a encontrar a su amigo y lo traerían de vuelta. Y así quizá las cosas volverían a ser normales.

No tardaron mucho más en bajar las maletas, entre bromas, cargarlas en el coche y poner el GPS del móvil con destino a Sitges.

A por Andrés, a por su amigo.

Eran cuatro. Eran familia.

Y nada ni nadie les iba a separar.

Que tiemble Barcelona.

Si te has quedado con ganas de más, escanea este código QR y empieza a leer la continuación

DOS COPAS EN SITGES